# GAROTAS SELVAGENS

MADELINE CLAIRE FRANKLIN

# GAROTAS SELVAGENS

Tradução
**Débora Landsberg**

Copyright © 2024 by Madelina Claire Franklin
Copyright da tradução © 2025 by Editora Globo S.A.

Publicado originalmente nos Estados Unidos por Zando Young Readers, um selo da Zando.
www.zandoprojects.com

Os direitos morais do autor foram assegurados. Todos os direitos reservados. Nenhuma parte desta edição pode ser utilizada ou reproduzida — em qualquer meio ou forma, seja mecânico ou eletrônico, fotocópia, gravação etc. — nem apropriada ou estocada em sistema de banco de dados sem a expressa autorização da editora.

Título original: *The Wilderness of Girls*

Editora responsável **Paula Drummond**
Editora de produção **Agatha Machado**
Assistentes editoriais **Giselle Brito e Mariana Gonçalves**
Preparação de texto **Bárbara Morais**
Revisão **Paula Prata**
Diagramação **Renata Zucchini**
Projeto gráfico original **Laboratório Secreto**
Ilustração de capa **Mayumi Takahashi**
Design de capa **Carolinne de Oliveira**

Texto fixado conforme as regras do Acordo Ortográfico da Língua Portuguesa (Decreto Legislativo nº 54, de 1995)

**CIP-BRASIL. CATALOGAÇÃO NA PUBLICAÇÃO**
**SINDICATO NACIONAL DOS EDITORES DE LIVROS, RJ**

F915g

    Franklin, Madeline Claire
        Garotas selvagens / Madeline Claire Franklin ; tradução Débora Landsberg. - 1. ed. - Rio de Janeiro : Globo Alt, 2025.

        Tradução de: The wilderness of girls
        ISBN 978-65-5226-027-7

        1. Ficção americana. I. Landsberg, Débora. II. Título.

25-95768
                CDD: 813
                CDU: 82-3(73)

Gabriela Faray Ferreira Lopes - Bibliotecária - CRB-7/6643

1ª edição, 2025

Direitos de edição em língua portuguesa para o Brasil adquiridos por Editora Globo S.A.
R. Marquês de Pombal, 25
20.230-240 – Rio de Janeiro – RJ – Brasil
www.globolivros.com.br

*Este livro é dedicado à menina de doze anos que acabou de gastar tudo o que economizou na vida em seu primeiríssimo computador na esperança de escrever romances um pouco mais rápido. Ela provavelmente está andando de um lado para o outro do quarto com uma coroa de papelão e óculos escuros de brinquedo, tentando descobrir a melhor forma de começar o próximo capítulo.*

*Jamais deixe de ser esquisita, menina.
E continue selvagem.*

# UMA CARTA DA AUTORA

**Escrevi este romance por diversas** razões: a compulsão inata de uma contadora de histórias, a raiva em carne viva do meu despertar feminista, o amor e a confusão que sinto diante da magia natural e de sua compatibilidade com minha visão de mundo. O que só fui perceber depois de me empenhar por anos a fio para colocar esta história no papel é que eu estava escrevendo este romance para exprimir algumas feridas profundas. E, infelizmente, se quisesse contar esta história, teria que me esforçar para me curar. (E se quisesse me curar, também teria que escrever esta história.) Nenhum dos eventos específicos deste romance aconteceu comigo de verdade, mas a ficção vira e mexe é o som harmônico da nossa realidade vivida, coado por vários filtros, acentuado e afinado, o ruído apagado para criar uma melodia narrativa satisfatória.

Com o que sei sobre as feridas comuns-até-demais que foram examinadas durante a escrita deste livro, acho que, como contadora de histórias, eu seria irresponsável se não avisasse a você, Leitor, que estas páginas contêm momentos que podem trazer à tona emoções fortes, incômodas. Embora torça para que este livro cure ou fortaleça algo dentro de todos os leitores que o tenham na mão, por favor esteja consciente dos avisos de conteúdo a seguir e cuide de seu bem-estar pessoal.

Este livro retrata, descreve ou discute em detalhes: transtorno de estresse pós-traumático complexo, suicídio e ideação suicida, transtorno alimentar, ridicularização de aparência física, violência familiar e doméstica, abuso emocional, canibalismo e violência sexual.

# No começo, éramos selvagens

**Trecho de *Castelo Selvagem: memórias das garotas selvagens de Happy Valley***

**Era uma vez, nas profundezas da mata,** em uma terra fora dos mapas, fronteiras e coisas reivindicadas por seres humanos, um lindo castelo.

Esse castelo não era como os das histórias que você pode ter ouvido: era selvagem e vivo, feito da própria terra, erguido e moldado ao longo de séculos, só para nós. Nosso castelo era o corpo escavado de uma árvore antiga, envolta e entrelaçada no exoesqueleto de trepadeiras e magia. Era um gigante disfarçado de árvore. Uma montanha se passando por árvore.

E era nossa casa.

O castelo nos protegia: quatro princesas indomadas e, às vezes, um velho sábio chamado Mãe. Mãe não era apenas seu nome: ele era nosso profeta, nosso protetor, nosso professor. Ele nos concedeu o dom da magia, a verdade dos nomes, a preciosidade das histórias. Ele nos deu as amarras de um passado e a promessa de um futuro. Mãe era nosso coração, nossos ossos eram o castelo. Juntos, eles nos mantinham de pé em meio a todas as tempestades.

Ali vivíamos em ritmo e harmonia perfeitos, assim como a própria mata. Quando tínhamos fome, caçávamos com nossos parentes-lobos, a terra clemente debaixo de nossos pés calejados, o líquido quente da caça na nossa mandíbula. Depois de longos dias de colheita e movimento, dormíamos em paz no abrigo de nosso castelo, só as estrelas iluminando nossos sonhos. Acordávamos com o sol quando ele nascia sobre a montanha, inundando nossa floresta com a promessa dourada de um novo dia. Nos empanturrávamos de gordura de urso e castanhas na época em que tudo morria e nos arrastávamos nos meses de gelo, em uma confusão de fome e devaneio, dias de neve em que ficávamos imóveis e noites em que nos amontoávamos. Com a volta do verde e da luz, pegávamos peixes nos rios com as mãos e os comíamos crus, as escamas errantes pintando arco-íris em volta de nossa boca.

Fazíamos parte da natureza selvagem e de tudo o que ela contém. Éramos parte da magia da formação de novas folhas, da força que clivava o mundo quando raios partiam o céu. Fazíamos parte da espiral de dança da vida e da morte; da maravilha da luz dançando na água e das folhas ao vento; do mistério das mudas e da terra preta fria; da beleza da deterioração, da violência da vida. Fazíamos parte da magia disso tudo.

Até que, um dia, os feitiços se quebraram.

Um dia, o castelo ruiu.

Um dia, saímos da única casa que conhecíamos e nossa amada mata nos traiu.

Era uma vez a mata. A beleza violenta e a calmaria devastadora. As nuvens em migração, o sol que castigava, o céu de pedras preciosas.

Era uma vez quatro garotas e um homem chamado Mãe, os lobos que chamávamos de família, uma árvore que chamávamos de castelo e a floresta que chamávamos de casa.

No começo, *éramos* a selva.

E então fomos enjauladas.

# 1

**Na noite em que seu** pai é preso, Eden está sentada à lateral mais comprida da mesa de jantar, de frente para a parede que separa a sala da cozinha. Está de costas para a janela panorâmica que dá para o quintal bem-cuidado que esbarra nos limites da floresta.

Aquela é sua cadeira. Quando Eden era criança, a madrasta, Vera, achava insuportável que ela passasse o jantar olhando fixo para as árvores, por isso a obrigou a se sentar de frente para a parede. A parede em questão está vazia: não tem retratos de amigos ou parentes; não tem pratos comemorativos ou pinturas interessantes — óbvio que não exibe nenhuma das pinturas que Eden fez na infância.

No entanto, Eden já não é mais criança. Agora ela sabe como sobreviver. Faz tempo que aprendeu a não fazer comentários, ou sequer pensar, sobre as paredes brancas vazias. Faz tempo que aprendeu a não olhar para trás em busca de um vislumbre da floresta.

O pai e a madrasta de Eden estão sentados à sua esquerda e direita, respectivamente, ambos nas cabeceiras da mesa. Há um copo d'água e uma taça de vinho junto a cada jogo de pratos. Vera sempre diz que o álcool é inibidor de apetite se tomado com moderação, e para ela isso parece ser verdade. Ela toma a terceira taça de vinho da noite, sua salada quase intocada enquanto divide o olhar entre a janela, Eden e Pai.

Eden está bem consciente da tensão à mesa. Pai passou o jantar inteiro ao telefone, discutindo com um sócio ou outro. Seu tom é agressivo e ríspido, embora não grite. A peça de carne vermelha grelhada que está em seu prato tem um aroma divino, mas ele mal a cortou. A cor rosada é tão sedutora para os sentidos de Eden que chega a ser quase vulgar.

Eden queria poder fazer alguma coisa para desviar a atenção de Vera do comportamento rude de Pai; queria poder fazer alguma coisa para obrigar Pai a guardar o telefone e prestar atenção à esposa infeliz. Mas como agradar um poderia enraivecer o outro, Eden prefere se concentrar na salada de verduras amargas e no frango branco grelhado. Descobre que a cozinheira, Mariya, escondeu uma pocinha de azeite aromatizado debaixo da salada, na qual Eden mergulha fatias de frango antes de grudá-las às verduras para esconder o brilho. Vera ficaria furiosa se desconfiasse de que Eden estava saindo da "dieta".

*Café preto e meia toranja de manhã, dois ovos cozidos no meio da manhã. Carne magra e legumes no almoço e no jantar. Shake proteico depois de malhar, mas só se o treino for de mais de sessenta minutos. Os lanchinhos têm que ser brócolis cru — as fibras causam saciedade mais rápido. Nenhuma gordura depois das sete horas. E vinho tinto durante o jantar. Faz bem para a digestão.*

Como é assim que Vera vive, também é assim a vida de Eden.

A garota tinha apenas seis anos quando Vera começou a criticar seu corpo, a restringir sua alimentação, levando Eden junto com ela para a academia. Agora ela tem dezesseis anos e não come nem uma maçã sem se lembrar de quantas calorias tem. Vera garantiu que fosse assim.

Se não fosse Mariya escondendo calorias líquidas debaixo dos alimentos "aprovados", ou o irmão postiço, Kevin, lhe dando guloseimas às escondidas de madrugada quando ficava na casa deles, Eden acha que já teria definhado. Está sempre cansada, sempre esfomeada. Tem fantasias com comida, e nem sequer é com algo especial: colheradas furtivas de pasta de amendoim, o misto quente de um colega de classe, manteiga nos legumes cozidos a vapor, uma fatia de pão recém-saído do forno.

Com o olhar fixo na salada, Eden respira fundo em silêncio e abandona a raiva. Raiva não serve para nada. Só aumenta o sofrimento. A única forma de seguir em frente — de ter alguma esperança de um dia fugir daquela casa — é não sentir absolutamente nada.

Eden toma um gole de vinho. Gosta de como a bebida a aquece, de como deixa seu cérebro liso, aberto, nebuloso. Eden acha que entende melhor a madrasta depois de uma ou duas taças de vinho. Como se tivesse sintonizado uma estação de rádio diferente e finalmente conseguisse ouvir o que Vera diz de verdade.

— Esse frango está seco — Vera murmura, cutucando a carne com o garfo.

*Estou insatisfeita.*

— É bom que a Mariya não esteja usando peito de frango congelado. Já cansei de falar que fica com uma textura horrível.

*Por que não tenho controle algum sobre minha vida?*

— Pelo que a gente paga, era para ela conseguir fazer um frango que não ficasse seco.

*Eu tenho tudo que quero e nada disso me faz feliz.*

Vera apoia o garfo no prato e toma um longo gole de vinho. Lança um olhar duro para Pai quando acaba. *A culpa é sua.*

Ela olha de relance para Eden antes de se voltar para o vinho. *E sua.*

Quando a campainha toca, Pai revira os olhos com veemência, ainda falando ao celular e ignorando a família. Eden fica tensa, se perguntando quem poderia estar à porta, imaginando a fúria de Vera com a interrupção. Ela mesma atenderia, mas Vera odeia quando Eden faz o trabalho que cabe à empregada.

Quase um minuto se passa até o barulho na frente da casa alcançar a sala de jantar, até entenderem que o som dos pés que pisam firme no assoalho de mármore parece agressivo — como em uma invasão.

Dois homens engravatados aparecem na arcada atrás de Vera, ladeados por quatro policiais com a mão no revólver, prontos para atirar. Ela se contorce para vê-los, confusão e raiva impressas na testa, mas os homens passam por ela, por Eden, tão ágeis que Pai não tem tempo nem de largar o telefone enquanto o espanto lampeja em seus olhos.

— Lawrence Chase — diz um dos engravatados bem alto enquanto os policiais pegam os braços de Pai. — Temos mandado de prisão para o senhor.

O telefone de Pai bate no chão enquanto os policiais o colocam de pé e juntam seus braços atrás do corpo. Ele não luta, mas tampouco facilita para eles. O corpo, os braços e as pernas de Pai estão enrijecidos, todos os músculos tensionados como se ele acreditasse que, ao manter o domínio de seu corpo, não pudessem lhe tirar nenhum direito.

Mas, para o espanto de Eden, é exatamente o que eles fazem. Ela vibra quando o informam de seus direitos e o acusam de crimes que não a surpreendem: apropriação indevida, lavagem de dinheiro, tráfico de drogas. A madrasta, no começo furiosa, logo passa a chorar alto, pega o telefone para ligar para o advogado e sai correndo da sala sem olhar para trás.

Enquanto Pai é retirado da sala de jantar e conduzido até a porta, ele olha para a frente que nem um soldado, inexpressivo e sereno. Em momento algum olha na direção da filha.

Um dos engravatados — talvez seja detetive? — põe a mão no espaldar da cadeira de Eden, o que a faz dar um salto. Ele se abaixa um pouco para dizer:

— Desculpa ter interrompido o jantar, meu bem. O papai foi meio malcriado.

Eden o olha com o que imagina ser um rosto inexpressivo, mas o que o detetive vê em seus olhos o faz erguer as costas e afastar a mão da cadeira. A satisfação que trazia no rosto some quando ele assente para Eden com frieza e segue os colegas porta afora.

Mariya está no vão da porta da cozinha, torcendo um pano de prato entre as mãos, os olhos pretos acompanhando o detetive que vai embora. Quando a porta da frente bate e o silêncio se instala na casa, ela diz a Eden:

— Ele vai ficar bem. O sistema é feito para homens iguaizinhos a ele. Aqui. — Ela se aproxima da mesa, pega o prato de Pai e põe o bife na frente de Eden. — Não faz sentido desperdiçar comida boa.

Eden percebe a bondade do gesto, o afeto, o talvez-seja-até-amor, mas queria mesmo que Mariya pusesse a mão em seu ombro ou lhe desse um abraço. Não por tristeza pela prisão de Pai, mas por estar *faminta* por toque humano — por se sentir só um tiquinho conectada a alguém neste mundo.

Mas já faz um bom tempo que Eden sabe que a fome de contato humano é o apetite mais perigoso de todos.

Ela corta o bife com o próprio garfo e a faca do pai, como se não fosse uma menina cujo pai tivesse acabado de ser detido, como se não tivesse fome de contato humano, como se não estivesse ávida pelo amor que vem fácil para quem faz parte de alguma coisa. Sua única fome é de comida, Eden diz a si mesma. Seu corpo só precisa de comida, de água e de um teto para sobreviver. Só disso.

Só disso.

É só disso que as pessoas precisam para sobreviver.

# 2

**Pouco depois de a polícia** ir embora com o pai de Eden algemado, Vera desce a escada principal com duas malas imensas. Chorosa, brada do vestíbulo:

— Para mim, já chega deste lugar!

E sai pela enorme porta da frente.

Eden imagina Vera jogando o cabelo para o lado num gesto teatral enquanto coloca seu maior óculos de sol Gucci antes de entrar no Uber. Mas o asco pelo comportamento de Vera não a poupa da dor do abandono; se algum dia pensou, mesmo que por um segundo, que Vera poderia nutrir *algum* sentimento materno por ela, agora essa ideia estava destruída por completo.

O Conselho Tutelar bate à porta antes de o Uber de Vera sequer se afastar do meio-fio. Quando Eden atende, o agente, um homem branco genérico de trinta e poucos anos, que parece nervoso de estar ali, manda que ela faça uma mala.

— Que dê para uma viagem longa. Você vai passar um tempo longe.

Eden não fez muitas viagens na vida. Passou um fim de semana prolongado no Harlem com o irmão postiço, Kevin, no verão anterior, antes de ele ir passar um ano fora do país — mas não tem muita serventia pensar nisso agora. Não está indo passar um fim de semana na cidade.

Este momento é um divisor de águas. Um limiar.

A caminho do quarto, Eden se dá conta — não é a primeira vez na vida — de que está sozinha de verdade. Só que dessa vez a ideia não a afunda feito uma rocha presa ao peito. Dessa vez, o peito aperta com o espanto nervoso à medida que reflete sobre as possibilidades que despontam à sua frente: Pai na cadeia; Vera sumida; Eden legalmente retirada de casa.

Pode recomeçar do zero, talvez.

Pode se esquecer de tudo o que já lhe aconteceu na vida. Talvez.

Eden pega uma mochila, mas não tem muita coisa que queira levar para esse possível *depois*. Alguns itens de higiene pessoal. Um retrato da mãe. Ela dá uma olhada para a prateleira de livros abarrotada, envergando sob o peso das folhas desgastadas, histórias para as quais escapou no decorrer daqueles anos longos, solitários. Porém, resolve deixar os livros para trás. Prefere botar na mochila os deveres de casa da escola, blusas limpas, sutiãs e calcinhas; algumas calças jeans surradas; o carregador do celular e o moletom da Universidade de Syracuse que tinha sido da falecida mãe.

— Só isso? — pergunta o agente quando Eden desce só de mochila.

— É — responde Eden, se preparando para ser repreendida ou ouvir que arrumou tudo errado.

O agente encolhe os ombros.

— Você é quem sabe. Vamos para o centro da cidade para botar você no sistema.

Enquanto está sentada na cadeira de plástico dura ao lado da mesa do agente do Conselho Tutelar, Eden tenta não pensar no fato de que o pai está em algum lugar daquele mesmo prédio, indignado porque alguém teve a audácia de pegá-lo cometendo crimes, ou em como a madrasta a abandonou e foi sabe-se lá para onde. (Na verdade, Eden sabe direitinho para onde: Vera vai pegar um voo rumo a um resort tropical, onde ficará sentada à beira da piscina ou na praia o dia inteiro, sendo elegantemente bombardeada com coquetéis chiques.) Vera sequer se daria ao trabalho de ligar para Kevin? Eden pensa, como um reflexo, que deveria ser ela a contar o que tinha acontecido. Mas o irmão postiço está viajando/não é uma opção/está estudando na Alemanha durante seu último ano de pós-graduação. A detenção de Pai não vai afetá-lo, supondo-se que os gastos com a universidade já estejam pagos.

Ele está longe. Longe demais para salvá-la desta vez.

— Uma boa notícia, menina — o agente diz. — Localizamos seu tio. Ele está preparado para te dar abrigo... a não ser que exista alguma razão para você não querer ficar com ele. Mas fique sabendo que lares temporários são... bom, digamos que eles são meio que um tiro no escuro.

— Meu... tio? — Eden não estava entendendo nada.

— James Abrams. — Ele força a vista para ler suas anotações. — É o irmão caçula da sua falecida mãe.

Ela se endireita.

— O tio Jimmy? É. Sim. Posso ficar com ele.

— Então está bem! — O agente sorri e faz um gesto de arma com cada uma das mãos, disparando-as na direção de Eden antes de pegar o telefone.

Ao que parece, tio Jimmy não só vai buscar Eden como está largando tudo para ir buscá-la *agora*. O agente diz que ela tem sorte. Em geral, o novo guardião não quer ter trabalho e as crianças têm que passar a noite na cela de detenção até o Conselho Tutelar ir entregá-las na manhã seguinte.

Eden não está se sentindo muito sortuda, mas sabe que é melhor não falar nada. Não sabe muita coisa sobre tio Jimmy além do fato de ser o irmão bem mais novo de sua mãe. Eden não conseguiu visitá-lo após a morte da mãe, quando ela tinha quatro anos, e mal se lembra dele antes disso. Tinha visto o tio no velório da mãe (ele devia ser adolescente na época, e Eden era tímida demais para dizer muita coisa a ele). Por outro lado, uns anos depois, quando foi à casa dela para a primeira e única visita, quando Pai não estava lá, Jimmy já cursava a faculdade, na Universidade de Syracuse (assim como a mãe de Eden), e Eden tinha mais ou menos dez anos e estava mais tímida do que nunca. Foi uma visita bastante agradável, levando em conta que ele era (e é) praticamente um estranho para ela, mas na época ela tivera a impressão de que ele era uma pessoa séria. Afinal, que universitário tira um tempo e faz um esforço para visitar a sobrinha de dez anos com quem mal falou na vida?

Duas horas depois de chegar à delegacia de polícia, o telefone de Eden toca. Ela é despertada do cochilo que dá na cadeira da sala de espera e pega o celular da mochila.

### Mensagem de: NÃO

De repente, ela está bem acordada. O calor se esvai do rosto enquanto segura o telefone com força entre as mãos, dividida entre ler e não ler a mensagem. No final das contas, Eden apaga a notificação antes de sequer visualizar parte da mensagem.

Não tem como pensar nisso agora.

Felizmente, o tio chega à Delegacia de Polícia de Saratoga Springs minutos depois, pouco antes da meia-noite, a neve polvilhada nos ombros enquanto procura a sobrinha na sala de espera. Ele é da altura que ela lembrava, pelo menos um metro e oitenta, e tem os mesmos olhos pretos e pele etnicamente ambíguos que ambos compartilham com a mãe de Eden: um bege tom de mel no inverno que vira um bronze amarronzado intenso no verão. Pelo que Eden sabe, herdaram a cor de pele da avó dela, cuja família inteira era judia.

Ao ver Eden, tio Jimmy lhe dá um abraço de urso, embora não se vejam há anos. A contragosto, apesar da distância, e devido ao fato de que ela está bem, ela está bem, ela está bem (*no mínimo, vai ser melhor assim, não é?*), Eden quase desata a chorar quando ele passa os braços em volta dela. Não tem certeza do que sente, mas o sentimento tenta dominá-la, inundando o peito e os olhos com um calor molhado e aflito. Mas antes que o primeiro soluço possa sair pela boca, Eden segura o ímpeto, trincando os dentes, quase sem respirar até a pressão na garganta diminuir. Não precisa chorar por nada disso, diz a si mesma. Principalmente na frente de um estranho.

— Ok — diz tio Jimmy depois de assinar os formulários necessários e ouvir o discurso do agente do Conselho Tutelar sobre suas responsabilidades jurídicas como guardião. Agora ele e Eden estão parados no vestíbulo, se preparando para enfrentar a noite de inverno. — Você guardou tudo o que precisa aí nessa mochila? Lá em casa eu não costumo ter os produtos de que meninas adolescentes precisam, então ou a gente para em algum lugar para comprar algumas coisas básicas ou a gente espera para fazer isso amanhã. De uma forma ou de outra, a gente vai chegar bem tarde, mas não tem problema. Amanhã nós dois vamos matar aula. Então, o que você prefere? — A voz dele tem uma animação forçada, seu leve sotaque do interior do estado de Nova York não é tão forte quanto o sotaque de Vera, que era da cidade de Nova York, mas a semelhança é óbvia. Eden se pergunta se ela também tem sotaque, mas nunca percebeu.

— O que você quiser fazer está bom para mim — diz Eden baixinho. — Acho que tenho tudo do que eu preciso.

De soslaio, Eden vê o tio observando seu rosto. Não se vira para olhá-lo. Prefere olhar para os degraus de concreto cinza que estão visíveis através das portas de vidro da delegacia, os enormes flocos de neve rendados batendo nas vidraças feito espirais de confete frágil.

Tio Jimmy passa o dedo no restolho da barba.

— Que tal a gente ir comer alguma coisa? Você está com fome?

Eden encolhe os ombros. Está sempre com fome, mas já está acostumada.

— Eu soube que a polícia interrompeu seu jantar. Achei uma grosseria, se quer saber.

— Não teve problema — diz Eden, a barriga roncando com a lembrança do bife que não pôde terminar de comer. Espera que Mariya tenha comido o resto, pelo menos. E espera que ela tenha pegado todas as coisas boas que havia na despensa e na adega antes de ir embora.

— Bom, eu estou com fome. Essas viagens tarde da noite abrem o apetite da gente, né? Eu adoraria ir comer alguma coisa em uma espelunca à moda antiga. Que tal?

Eden não entende o que isso significa. A testa enrugada provavelmente demonstra sua confusão.

Tio Jimmy dá uma risada.

— Espelunca... é assim que o pessoal chama aquelas lanchonetes antigas que servem desjejum e café queimado a qualquer hora do dia. Tem um lugar desses que fica no caminho daqui para Happy Valley e serve um belo de um cheeseburger. Você come carne? Tem comida vegetariana também, sem sombra de dúvida. Ou batata frita com queijo, panqueca... — Ele para, e quando volta a falar, sua voz está mais macia, como se tivesse ficado triste falando da comida da lanchonete: — O que você quiser, Edie. Você é minha convidada.

Eden se sente à flor da pele. Faz tanto tempo que não ouve ninguém falar seu nome com uma bondade genuína que quase lhe parece perigoso.

— É, acho uma boa — diz ela, porque parece que é isso que ele quer que diga.

— Então está bem — conclui tio Jimmy, contente por ter uma direção para seguir.

Ou talvez satisfeito porque Eden concordou com ele — ela não sabe direito. Ainda não sabe interpretar os atos dele.

Ele abre a porta da delegacia e indica que Eden passe na frente. Enquanto cruzam o estacionamento, flocos de neve lentos caindo, sem peso, no cabelo e nos ombros dos dois, tio Jimmy diz:

— Acho que vou pedir milkshake de chocolate e batata frita. Você já molhou a batata no milkshake? Parece estranho, mas é uma mistura clássica. Você gosta de pretzel com cobertura de chocolate? Acho que funciona do mesmo jeito em termos de perfil de sabor.

Eden não toma milkshake há anos. Nem come batata frita, aliás. Nem pretzel.

— Andei aprendendo bastante sobre *perfil de sabor* — continua tio Jimmy, nervoso, enquanto se aproximam da picape. É grande e verde-floresta, com o logotipo branco do Parque Florestal de Happy Valley na lateral: a cabeça de um cervo com duas montanhas entre as galhadas, um pinheiro e um pássaro voando sob a lua crescente. Ele destranca a picape com um *bipe* e uma piscada dos faróis, depois abre a porta do carona para Eden e dá a volta para se acomodar no banco do motorista. — Tenho ume amigue que é chef, adora combinar sabores e essas coisas...

No carro, tio Jimmy continua falando sobre essa pessoa. Eden acaba entendendo que é alguém que ele está tentando impressionar romanticamente. A princípio, fica com vergonha alheia, mas como ele se mostra tão sincero quanto em suas lembranças, parte da tensão se dissipa e Eden começa a vê-lo *de verdade*, sem o véu do medo sobre os olhos. Ele parece ser um cara genuinamente bom, o contrário dos homens que Eden já conheceu.

— Qual é o nome delu? — Eden acaba perguntando.

Tio Jimmy faz uma pausa.

— Ah. — Ele ri de novo. — O nome é Star.

— Star — Eden repete.

*Que nome idiota*, pensa, mas não é a própria voz que ouve dentro da cabeça. É a de Vera.

Eden analisa o nome, testa nela mesma. Conclui que gosta. Talvez devesse roubá-lo.

— Que nome original — comenta.

— Ah, Star é bastante original — tio Jimmy confirma com um sorriso. — Elu escolheu esse nome quando se mudou para Happy Valley. Para recomeçar a vida, sabe?

Eden não responde. Através do para-brisa, olha a faixa preta da estrada, iluminada somente pelos faróis halógenos da picape, mas não enxerga nada. Está ocupada demais tentando engolir o coração para que ele não suba pela garganta.

Essa possibilidade existe? De virar outra pessoa assim que se deixa para trás todo mundo que conhece? Ela pode simplesmente *deixar de ser* Eden Chase e esquecer toda a dor que essa menina carrega dentro de si?

Na lanchonete, Eden se arrepia ao olhar o cardápio. Sabe que tio Jimmy quer que ela coma alguma coisa, e quer que ele goste dela e não a ache uma aberração com problemas em relação à comida. Também sabe que Vera está longe e literalmente não existe motivo para Eden não pedir qualquer coisa que suas papilas gustativas e seu estômago desejem. Mas ainda existe a falação de Vera perturbando sua cabeça, alertando-a para as gorduras saturadas, o sódio, o inchaço, a acne, a celulite e sempre, sempre a advertindo contra "ficar gorda".

*Não ligo de "ficar gorda"*, ela pensa.

*Você liga, sim*, ela também pensa.

*Bom, no momento eu ligo mais para mandar Vera se foder.*

A garçonete se aproxima, uma mulher de aparência agradável na faixa dos quarenta ou cinquenta anos, curvilínea e baixinha. Eden acha que ela está linda com as luzes fluorescentes batendo no cabelo e sem fazer nada para disfarçar o pó que dá acabamento à maquiagem alojada sobre o rosa das bochechas redondas, ou os floquinhos de rímel preto que salpicam as bolsas que tem sob os olhos.

*A Vera jamais acharia o mesmo*, Eden pensa, o que a faz simpatizar automaticamente com a garçonete.

— Boa noite, senhora — diz tio Jimmy. Ele dá uma olhada em Eden para ver se ela está pronta para pedir.

Ela assente, mas como não tira os olhos do cardápio, ele pede primeiro.

— Quero um café e o hamburguer da casa, meio mal passado, com queijo, bacon e sem alface, por favor. Ah, e com batata frita de acompanhamento.

— E você, meu bem? — pergunta a garçonete, virando-se para Eden depois de terminar de anotar o pedido de tio Jimmy.

Eden ergue a cabeça e repara que a plaquinha identifica a garçonete como *Doris*.

— Vou querer a mesma coisa que ele, mas sem cebola, por favor. E Sprite. E milkshake de chocolate, por favor.

— Mandou bem, garota — fala tio Jimmy. — São dois milkshakes de chocolate, senhora. Por favor e obrigado.

— Nada — diz Doris. — Dois minutinhos. — Ela pontua alguma anotação no bloco e sorri para os dois antes de voltar para o balcão com o pedido.

— Que bom que você achou seu apetite — diz tio Jimmy, pegando um pacotinho de açúcar da caixinha de plástico cheia de adoçantes no canto da mesa e batendo o saquinho no tampo. Embora seu tom seja brincalhão, existe uma outra nota em sua voz, como a queda íngreme de um despenhadeiro. Eden percebe que ele vai entrar em um assunto mais sério. — Nada como um bom prato de comida para acalmar a pessoa depois de uma provação.

Pronto. Hora de falar do *porquê* e do *como* da noite. Ou pelo menos de *o que está por vir*.

Doris volta rápido com a Sprite de Eden e serve uma xícara de café a tio Jimmy. Depois de um turbilhão de *obrigados* e *de nada, queridos*, ela some de novo.

— Escuta, Edie — tio Jimmy começa, abrindo um potinho de creme e o despejando no café. — Sei que a gente não se conhece direito, mas quero que você saiba, eu *espero* que você saiba, que não foi por falta de tentativa. Você é a única parente que me resta. Eu *queria* fazer parte da sua vida. Mas acho que devia ser difícil demais para o seu pai. Acho que eu o lembrava demais da Angie.

Faz tanto tempo que Eden não ouve ninguém chamando sua mãe de Angie que ela quase fica sem saber a quem ele se refere. O pai só a chamava de Angela. Mas Eden olha para o tio de pele amarronzada (como a de Eden) e olhos castanho--escuros (como os de Eden) e cabelo louro-escuro (como o da mãe de Eden) e acredita enxergar uma semelhança.

— E é muita estrada até chegar em Happy Valley, então não dava para ele te deixar lá para jantar comigo nem nada assim. — Tio Jimmy mistura o açúcar ao café enquanto arruma desculpas para o pai dela, o que Eden acha desnecessário. — Mas espero que você saiba…

— Tio Jimmy — ela o interrompe, o rosto ardendo pela própria audácia. Mas se é para aproveitar a oportunidade de recomeçar do zero, ela vai aproveitar direito. — Meu pai não teria aparecido para jantar nem se você fosse nosso vizinho de porta. Ele não teria te convidado para ir jantar lá em casa nem se você fosse completamente diferente da minha mãe. Meu pai é assim.

Tio Jimmy a avalia. No mesmo instante, ela começa a se questionar se não devia ter falado nada, se não seria melhor fingir que concordava com a ideia de que o pai era um homem bom, mas de coração partido. Esqueça a sinceridade, esqueça ser verdadeira ou autêntica…

— É. — Tio Jimmy dá uma risadinha de nervoso, depois se cala. — Está bem. É, você deve ter razão. Bom, a questão é que eu sei que a gente não se conhece muito bem, mas devo a você e à sua mãe mantê-la a salvo e saudável. Para ser sincero, eu não faço *a menor ideia* do que estou fazendo. — E ao dizer essas palavras, por um instante ele realmente parece totalmente perdido. — Mas prometo que vou dar tudo de mim. — A testa dele se enruga. — Você não é alérgica a gato, né?

Eden pisca.

— Hmm, não que eu saiba?

— Ok. Bom, eu tenho uma gata chamada Purrdita. Ela parece um dálmata. Você já viu *Os 101 dálmatas*?

Eden faz que não.

— Hmm. A gente resolve esse problema um dia desses. — Tio Jimmy toma o café. — Você entende que é uma mudança radical, né? Casa nova. Cidade nova. Escola nova.

Algo em Eden boceja e se alonga diante dessa informação, como uma muda de planta se desenvolvendo debaixo do solo.

— Entendo.

Tio Jimmy assente.

— Então está bem. — Ele ergue a caneca na direção dela. — A novos começos.

Eden hesita, batucando as unhas curtas, roídas, no plástico vermelho translúcido do copo.

— Tio Jimmy — diz ela, olhando para os potes de creme que Doris havia colocado na mesa antes. — Já que estou passando por tantos recomeços... — Ela olha para o tio. — Não quero mais me chamar *Eden*. Quero escolher outro nome, se possível.

Eden se prepara para que ele a questione, pergunte o porquê, argumente. Ela chega a se questionar, argumentando que *Eden é um nome ótimo. E daí se ele foi cuspido feito leite azedo e cochichado feito um espartilho espremendo as entranhas? Ela devia ser mais forte.*

Mas tio Jimmy tem um brilho nos olhos, um tipo de felicidade comedida nos olhos marejados que Eden demora muito, *muito* tempo para entender que é orgulho.

— Tudo bem. Por mim, você pode ter o nome que quiser. — Ele ergue a caneca um pouco mais alto. — A novos nomes *e* novos começos.

Pela primeira vez em sabe-se lá quanto tempo, ela abre um sorriso genuíno. Em sua mente, empurra a menina conhecida como *Eden* para o guarda-roupas do quarto em que passou a infância, junto com todas as lembranças feias. Em seguida, tranca e faz uma barricada na porta do armário e tenta se esquecer da expressão apavorada que Eden tinha no rosto antes de ela se fechar.

Ela levanta o copo de plástico vermelho e o bate contra a caneca de cerâmica quase branca do tio.

— A novos começos — ela brinda.

# RASCUNHOS

DE: "Eden Chase" <e.r.c.2007@springmail.com>
PARA: "Kevin Hartwell" <hartwell.kevin@irving.edu>
DATA: 12 de dezembro
ASSUNTO: Saudações do fim do mundo

---

Kevin,

Com certeza você deve ter ouvido falar do Pai. Está surpreso? Eu não. Talvez esteja surpresa por ele ter sido pego. Mas não por ele ser criminoso. Estou morando com meu tio em Happy Valley, a mais ou menos uma hora de casa. A vida aqui sem dúvida é diferente. Não tem nenhum sushi bar nem loja de sucos orgânicos. (Vera odiaria.) Não é exatamente *cosmopolita*.

O que me lembra uma coisa... Sabe no que eu estava pensando um dia desses? Na primeira vez que nos vimos. Perguntei o que você queria ser quando crescesse. Você disse que não importava, contanto que pudesse viajar o mundo. Agora você está morando na Alemanha, provavelmente viajando nos finais de semana para países de que eu nunca nem ouvi falar. Como foi que você conseguiu? Fazer sua vida acontecer como você queria?

Eu preciso de um toque dessa mágica. Preciso fazer a minha vida *acontecer*. Ou vai ver que só precisava ter nascido filha de outra pessoa. Ou filho, para ser mais realista.

Sabe no que mais eu estava pensando? Por pior que tenha sido, você provavelmente foi a única razão para eu ter sobrevivido naquela casa por tanto tempo.

Mas agora você está longe. E eu estou livre.

Pelo menos por enquanto.

A Vera está feliz no lugar para onde ela fugiu?

(A quem estou querendo enganar? Eu não vou mandar isso aqui.)

Saudades.

Feliz Natal, feliz Chanucá e feliz ano novo também, acho.

# 3

— **Bela camiseta** — uma menina diz ao passar atrás de Rhi no vestiário.

Rhi encurva os ombros e não reage nem se vira para olhar quem fez o comentário. Não tem certeza se a ideia era ofender ou elogiar, e a verdade é que não quer descobrir. Fecha a porta do armário e arregaça as mangas da camiseta do Parque Florestal de Happy Valley que o tio trouxe do trabalho para presenteá-la logo depois que ela foi morar com ele.

Já é fevereiro e faz quase dois meses que Rhi está em Happy Valley. Ainda não fez nenhum amigo além de Purrdita.

Na aula de educação física, ela faz dupla com outra pária de ar sério na hora dos exercícios de basquete, mas até essa menina parece se sentir humilhada de ter que ficar tão perto dela. Rhi não sabe o que tem — talvez emane algum feromônio que avise aos outros alunos que é esquisita. Ela nunca se entrosou nas escolas particulares em que o pai a colocava, e agora, vinda dessas escolas particulares, ela tampouco parece se enturmar na Happy Valley Public High School. Tem a impressão de que a acham esnobe, e talvez a culpa seja dela mesma.

Apesar da boa intenção de recomeçar do zero, Rhi parece não conseguir manter a cabeça erguida no corredor; não consegue olhar ninguém nos olhos; não consegue sorrir para nenhum desconhecido para ver se o sorriso é retribuído. É muito consciente de si, como se estivesse assistindo a um filme em que fosse a personagem principal. Mas ao contrário do que aconteceria no enredo de um filme, não foi aceita por nenhum colega popular que enxergou nela algo singular; não foi adotada por um extrovertido entediado de nenhuma camada social; mal é percebida pelos outros.

A exceção é a professora de educação física, que vive tentando convencer Rhi a participar de uma das equipes esportivas. Ela vê "potencial" em Rhi, que sozinha acabou com o time rival de hóquei na sua primeira semana na HVPH (carinhosamente chamada de "HPV" pelos alunos) e corre 1,6 quilômetro em seis minutos sem nem fazer esforço. A treinadora pode agradecer a Vera por sua obsessão com cardio. Mas Rhi se recusa a fazer parte do time de hóquei, do time de lacrosse ou do time de vôlei femininos. Diz não ao atletismo, ao basquete, à natação. Diz não a tudo.

— Por quê? — pergunta, por fim, a treinadora depois de uma aula de educação física, encurralando Rhi enquanto as outras meninas vão em fila até o vestiário. — Você não quer conhecer gente nova? Se entrosar na cidade? — Ela se aproxima, baixando a voz. — Sei que é difícil mudar de escola no meio do ano letivo. Mas participar de uma equipe... é assim que você faz amizades que vão durar o resto da vida.

— Desculpa — Rhi diz ao seguir em direção à porta do vestiário. — É que eu estou muito ocupada estudando.

Mas ao vestir de novo o uniforme da escola, a culpa atazana sua cabeça. A verdade é que não conseguiu estudar desde que começou na HVPH. Sempre que abre o livro ou pega um maço de fichas de resumo, é como se fosse dominada por um feitiço do sono. Acordara debruçada na escrivaninha do quarto de hóspedes de tio Jimmy, com uma coberta em seus ombros que não tinha sido ela quem havia pegado, mais de uma vez. Depois da escola, às vezes tio Jimmy aceita sua ajuda para preparar o jantar, mas quando ele consegue convencê-la de que dá conta sozinho, Rhi sempre acaba dormindo na frente da televisão ou cochilando no quarto onde está instalada. Por sorte, suas notas ainda não começaram a cair.

Quando as aulas terminam, Rhi vai andando até a sede da guarda-florestal, como tem feito todo dia desde o início do semestre. Pisoteando a neve ao cruzar o centro da cidade, acha inevitável comparar a vida atual à que tinha apenas dois meses antes. Em vez dos jantares sofisticados e das lojas luxuosas de artigos para casa de Saratoga Springs, o centro de Happy Valley é feito sobretudo de lojas de ferragens e empórios. Em vez das corridas de cavalos, spas e outras atrações turísticas de Saratoga Springs, Happy Valley tem somente a vastidão da natureza indomável do parque florestal e as áreas de camping anexas, que mal são usadas no inverno.

E em vez de ficar presa na casa cavernosa do pai, com seus azulejos estéreis e chão novo de madeira reluzente, agora Rhi mora na cabana reformada de dois quartos do tio, que muito provavelmente é tão antiga quanto Happy Valley, com um carpete marrom denso que vai de uma parede à outra e que nem com todo aspirador do mundo fica livre dos pelos soltos por Purrdita e acumulados ao longo dos anos. Pelo de gato, de modo geral, é um fenômeno novo para Rhi — está *em cima* de tudo, *gruda* em tudo, *cai* de tudo, mesmo quando *acabaram* de fazer faxina. Mas ela não liga. Existe uma certa segurança em viver com alguém que permite esse tipo de desordem.

Quando chega à sede da guarda-florestal, Rhi fica na sala de descanso esperando o expediente do tio acabar. Ela luta para manter os olhos abertos ao se debruçar sobre o capítulo sobre vida doméstica do livro de Latim (*avunculus; genitive avunculī; segunda declinação — tio do lado materno, irmão da mãe, marido da irmã da mãe...*) e ouve tio Jimmy falar com a colega de trabalho, Jessica, sobre a abertura das trilhas para a primavera.

— A gente vai precisar de alguém lá, a pé, depois que a neve derreter — tio Jimmy comenta. — Alguém para manter as trilhas limpas para os veículos, avisar se alguma árvore cair, esse tipo de coisa. Mas a gente não tem mais funcionário para isso desde que o Harry se aposentou, no outono.

— A gente podia contratar alguém para trabalhar meio período — Jessica sugere. — Que tal a sua sobrinha? Ela não parece estar fazendo muita coisa.

— Ei, ela está fazendo coisa *à beça* — tio Jimmy retruca, na defensiva.

Rhi fica vermelha, despertando em um segundo enquanto a vergonha toma suas bochechas. Além do excesso de sono, muito do que "está fazendo" desde a mudança para Happy Valley é ficar sentada na frente do aquecedor do quarto de hóspedes de tio Jimmy, enrolada em uma coberta, vendo a neve cair pela janela e tentando imaginar (e não imaginar) como será seu futuro.

Ela se levanta e vai até a porta da sala de descanso, por onde enfia a cabeça. O tio percebe sua presença na mesma hora e se endireita, levando Jessica a se virar e também olhar para ela.

— Qual o salário e qual é o horário de trabalho? — Rhi pergunta.

Ela começa o treinamento de segurança no mesmo fim de semana e, um mês depois, já está no cargo.

A floresta acolhe Rhi como nenhum outro lugar a acolheu na vida. Ela ainda está autoconsciente e vigilante demais, ainda mais depois de ouvir falar dos ursos-negros que apareceram em Oneida Lake no final do inverno anterior e destruíram várias cabines vazias em busca de comida. Mas depois que entra na trilha, sua cautela se despe de tensão: sua atenção se funde mais aos arredores. Embora a primeira parte da trilha seja uma subida — ou talvez por isso —, Rhi relaxa com a tarefa de um jeito que lhe dá energia, que a faz se sentir capaz e viva como não se sente desde… Bom, desde sempre.

Agora é fim de março e Rhi já se sente à vontade na floresta. Hoje, ela parte em caminhada pela trilha assim como faz todo sábado de manhã desde que começou. Sua parte preferida da trilha é a primeira, um caminho sutil que corta a selva e dá em uma trilha de manutenção larga demais no alto da montanha. Quase sente as árvores se deslocando junto com ela, se curvando em sua direção com curiosidade ou abrindo caminho para lhe dar passagem. Volta e meia se lembra do mato emaranhado e atrofiado atrás da casa do pai, o santuário deserto de sua infância, mas a recordação é cheia de dor e ela a evita.

Rhi percebe a barulheira inesperada que tomou a floresta desde o equinócio. Mesmo de manhã bem cedo, nas horas enevoadas, os pássaros cantam, os esquilos correm em busca dos esconderijos onde estocaram comida, a neve derretida desce a montanha em filetes e correntes sussurrantes. As botas de Rhi esmigalham folhas e gravetos à medida que ela sobe a montanha, tirando os galhos maiores do trajeto.

Ao entrar na trilha de manutenção, densa com a cerração pálida da manhã, Rhi espera ver a faixa ampla já familiar de grama achatada que se estende em ambas as direções, um ou outro poste de cabos de eletricidade apunhalando o céu, a parede espessa de cicutas do outro lado da trilha.

No entanto, a primeira coisa que vê através da neblina são dois lobos prateados enormes.

Rhi fica paralisada. Os dentes dos lobos estão à mostra, os focinhos se contorcem em rosnados, eles prendem Rhi ao lugar onde está com seus olhos que parecem gemas cruas, quatro pontas afiadas em meio à bruma matinal. O corpo de Rhi quer virar as costas e correr, mas tio Jimmy ensinou que não é assim que se faz. Ela dá um passo cauteloso para trás, os dedos agarrados às alças da mochila.

Um movimento a instiga a se concentrar em algo que está atrás dos lobos.

Ela arregala os olhos.

Agachadas atrás dos animais, espiando através da neblina, abrigadas sob os pinheiros, há uma confusão de garotas selvagens.

# 4

**Rhi fixa o olhar,** chocada demais para aceitar o que sua cabeça lhe diz. O toque diáfano da cerração não ajuda — mais densa do que estava na trilha, e com um brilho rosa-dourado por conta do sol nascente, transforma as garotas e os lobos em algo que parece saído de um sonho.

Quando a neblina se dissipa, se partindo como que para revelar o caminho entre Rhi e as garotas, fica ainda mais claro que não são andarilhas perdidas na mata. As garotas são *selvagens*, elas rosnam e estão seminuas, cobertas por peles de animais úmidas e esfarrapadas, o corpo coberto de terra. O cabelo está tomado por uma crosta de lama, afastado do rosto com tranças e nós toscos, salpicado por galhos e plumas como em uma espécie de camuflagem, coroa ou auréola.

Rhi conta quatro garotas emaranhadas: três garotas magrelas, subnutridas, talvez adolescentes, amontoadas em volta de uma menor. A quarta menina está deitada no chão, metade do corpo no tapete de folhas e metade no colo de outra garota. Ela rosna ainda mais do que os lobos, os olhos arregalados e selvagens no rosto pálido. Mas quando tenta se sentar, sibila e fecha os olhos com força, o rosnado virando uma careta, a ferocidade virando dor.

Uma corda se aperta no peito de Rhi, puxando-a em direção às garotas mesmo que os pés continuem plantados. Quer ajudá-las, mas a presença dos lobos — que ainda rosnam — a impede. Será que os lobos feriram a menina? Agora o ataque será contra *ela*?

Então repara: uma das garotas, a única de pele negra, está com a mão no tronco do lobo mais próximo, os dedos enfiados na pelagem com tamanha familiaridade que poderia ser um bicho de estimação.

Será que os lobos... *são* das meninas?

Ou elas também são dos lobos?

A menina menor tenta mudar de posição de novo e estremece. Em meio à rede de braços e pernas que mudam de lugar, Rhi vê um ponto de cores fortes: roxo e vermelho-escuro. Ela engole em seco, a corda dentro do peito de novo se apertando. Precisa fazer algo.

— *Ei* — Rhi chama, se assustando quando sua voz rompe o longo silêncio.

Os lobos abaixam a cabeça, ainda rosnando, mas não se movimentam para atacar.

— Você está ferida? — Rhi pergunta.

Ninguém responde, mas a expressão da menorzinha diz tudo.

Devagar, Rhi abaixa a mão para pegar o rádio bidirecional preso ao cinto, atenta aos lobos para ter certeza de que não os está agitando. Ela desprende o rádio e diminui o volume antes de ligá-lo.

Está com a boca seca ao murmurar no aparelho:

— Guarda Um, aqui é Rhi-Rhi. Favor confirmar. — Passado um instante, ela se lembra de acrescentar: — Câmbio.

— Câmbio Rhi-Rhi. Fala. — A voz de tio Jimmy chia no rádio.

— Tio Jimmy, tem umas garotas aqui em cima. Uma delas está ferida. Câmbio.

— De que tipo de ferida você está falando? Câmbio.

— Não sei direito. Não consigo chegar perto para ver e a neblina está muito densa aqui em cima. Tem dois lobos junto com elas. Câmbio.

GAROTAS SELVAGENS **35**

Há uma breve pausa.

— Como é? — ele diz, surpreso, se esquecendo da etiqueta ao rádio.

— Tem dois lobos junto com elas. Câmbio.

Dessa vez, a resposta dele é rápida:

— Qual é a sua localização? Você está em perigo? Câmbio.

— Eu estou bem. Os lobos não parecem ter interesse em atacar. Eu acho... acho que estão protegendo as garotas. — Rhi fica vermelha depois de falar isso em voz alta. — Sei que parece loucura, mas estou olhando para elas. Câmbio. — Ela quer dizer mais, explicar mais, mas não deve obstruir a frequência porque talvez ele esteja tentando responder.

— Ei, eu acredito em você, menina — tio Jimmy garante. — Me diz sua localização? Mando ajuda aí para cima assim que possível. Câmbio. — Depois que Rhi responde, tio Jimmy diz: — Estamos a caminho. Se cuida, ok? Câmbio e desligo.

Rhi prende o rádio no cinto e respira fundo. Saber que o socorro está a caminho faz com que se sinta mais no controle da situação — mas não muito.

Os lobos pararam de rosnar, mas continuam com o olhar afiado para ela, uma energia febril nos pelos eriçados, os movimentos rápidos dos rabos. As garotas continuam desconfiadas, todas de corpo virado umas para as outras. A atenção delas também está em Rhi.

— Ei — Rhi chama de novo. — O socorro está vindo, ok?

As garotas trocam um breve olhar antes de voltarem a se concentrar nela. A menorzinha torna a estremecer, uma careta repuxando o rosto.

— Vocês se importam se eu der uma olhada na ferida dela? — Rhi pergunta, a voz firme. Nenhum das meninas responde. Não tem nem certeza de que a entendem. Mas como cresceu com o pai e com Vera, Rhi aprendeu a ser excelente em interpretar as pessoas, e seus instintos lhe dizem que as garotas, e talvez até os lobos, estão esperando que ela faça alguma coisa.

Estão até antevendo isso. O estranho é que Rhi tem o mesmo sentimento: a compulsão, que a fez perder o fôlego, de ver onde essa história vai dar.

Rhi reúne forças e dá um passo cauteloso em direção à neblina, enfim permitindo que a corda esticada dentro do peito a puxe para a frente.

Os lobos não se mexem. As garotas não se esgueiram. Encorajada, Rhi ousa dar mais um passo, e outro, os nervos à flor da pele à medida que vai chegando mais perto. Mais perto. Mais perto, até ela ver a brisa agitando o pelo dos lobos, a lama salpicada nas laterais do corpo.

Rhi já enxerga a menorzinha um pouco melhor. Também enxerga melhor sua ferida: a perna direita está coberta de sangue da panturrilha para baixo, e ela está enrolada em alguma coisa, um grilhão ou laço ou...

Não. Rhi já viu aquilo na sede da guarda-florestal: é uma armadilha, uma daquelas serrilhadas para ursos, que parecem uma mandíbula, que, antes de se mudar para Happy Valley, ela só tinha visto nos desenhos animados. Mas elas são de verdade e infringem a lei. Caçadores ilegais montam armadilhas como essas na mata densa das montanhas, bem longe de áreas de camping e de trilhas, na esperança de pegar raposas ou filhotes de ursos-negros.

E a pobre coitada da menina tinha pisado em uma dessas.

— Deus do céu — murmura Rhi, a própria panturrilha de repente doendo em solidariedade.

O lobo à esquerda inclina a cabeça, um rosnado no fundo da garganta.

— Por... por favor — Rhi diz baixinho, sem saber se está falando com os lobos ou com as garotas, o olhar se alternando entre eles até ficar quase zonza. — Só quero ajudar. Vocês podem confiar em mim.

Ela percebe a hesitação deles. Com muito cuidado, se ajoelha, demonstrando submissão.

— Meu nome é Rhi — diz. — Como vocês se chamam?

As garotas arregalam os olhos e se encolhem como pétalas se fechando sobre um broto, se aglomerando. Um barulho esquisito, repetitivo, surge entre elas, feito cigarras formando um coro no alto das árvores. Murmura na trilha de manutenção, dá voltas na cabeça de Rhi, mal tocando em seus ouvidos antes de os pelos da nuca se arrepiarem.

— Reereereereereereereereeree . . .

Estão dizendo seu nome, ela se dá conta. Elas o sussurram repetidas vezes, como um mantra, causando incômodo em Rhi, deixando-a estranhamente possessiva com o monossílabo que passou a ser dela. Queria quase tomá-lo de volta das garotas, quase as sente repuxando-o, examinando-o como uma fantasia que Rhi nunca soube que usava. Mas quando as meninas param de sussurrar e a encaram com ar confuso, a curiosidade se torna maior do que o incômodo.

O que foi *isso*?

Antes de Rhi conseguir entender, uma das garotas se mexe.

Devagar, ela se desvencilha do emaranhado de braços e pernas magricelas e sujos, os olhos pálidos feito fantasmas no ébano frio do rosto. As outras encostam nela enquanto ela se movimenta: carícias familiares, palmas nas costas nuas, nas partes musculosas das pernas.

Rhi é tomada por um pavor horripilante, sinistro. A forma como a garota se movimenta em meio à neblina é perturbadora: parece uma aranha, agachada com os joelhos perto da cabeça, os braços passando pela lama e os pinhos e o musgo, os dedos compridos e endurecidos. Levanta os cotovelos acima das orelhas ao mergulhar o peito no chão, a cabeça feita de tranças longas cobertas de lama se arrastando no chão da floresta. Mas seus olhos estão erguidos.

Ela olha fixo para Rhi.

Rastejando, passa à frente dos lobos, farejando o ar com inalações rápidas, aguçadas, como se tentasse captar um cheiro. Sentindo-se amedrontada e ridícula na mesma medida, Rhi levanta a mão e a oferece à garota, assim como faria com um cachorro desconhecido.

A garota se aproxima um pouco mais, graciosa e desengonçada ao mesmo tempo. Levanta a cabeça e fareja de novo, a centímetros da mão esticada. Rhi percebe a sujeira debaixo de suas unhas, sente o fedor de pelo molhado da peliça pendurada em volta do quadril. Rhi se pergunta o que a garota consegue deduzir através do cheiro da palma de sua mão.

Seja o que for, as feições da garota relaxam e ela se senta a alguns centímetros de distância, enquanto dois lobos se aproximam para se encostar nela, ombro a ombro. Então a menina endireita a coluna, deslocando seu peso para os calcanhares enquanto os lobos se avizinham à sua frente.

Sem nenhum aviso, o lobo à direita enfia o focinho na palma da mão esticada e parada de Rhi, fazendo seu corpo vibrar de medo. Ele cheira com entusiasmo e bate com a língua em sua pele enquanto o outro lobo se aproxima pelo outro lado, enfia o focinho em seu punho e a força a abrir a mão. Quando Rhi se dá conta, está cercada: um lobo em cada mão e a garota selvagem à sua frente. Observando. Encarando.

Rhi retribui o olhar fixo. De repente, os olhos da menina se tornam intensamente reais — reais demais —, como se Rhi estivesse olhando nos *próprios* olhos. Ela é imobilizada pelo olhar, sua clareza pungente a dominando, roubando a velocidade de sua pulsação, o medo de seu corpo. Rhi já não tem consciência de mais nada além da moça selvagem à sua frente, sua coroa de nós e plumas, os olhos cinza-fantasma.

Satisfeita com o que descobriu, seja lá o que tenha sido, a menina levanta o queixo em um gesto de reconhecimento e volta para perto das companheiras rastejando. Os lobos vão atrás.

Rhi está trêmula — animada, mas trêmula. Está sendo aceita por elas. Confiam nela. *Não é?* Ela se movimenta em direção ao grupo com cautela, com a esperança exagerada de que não esteja interpretando mal suas atitudes.

Rhi se ajoelha ao pé preto de terra da menina ferida, olhando em seus olhos ao se abaixar. A expressão da menina é vil e feroz, cheia de rosnados nos lábios e vincos no nariz, com um sulco profundo entre as sobrancelhas claras. Agora que Rhi está mais perto, repara que os olhos da menina são heterocromáticos: um é azul e o outro castanho. Ela tem um ar de loucura sombria, como se estivesse possuída — ou talvez seja apenas a justaposição do que Rhi sempre ouviu que uma menina *devia* ser e o que aquela ali é.

Rhi se curva para examinar a armadilha para ursos e faz questão de que seus movimentos sejam lentos e suas mãos estejam sempre visíveis. De perto, Rhi vê os dentes de aço serrilhados afundados na pele, as feridas com sangue encrustado. Só existe um espaço estreito entre as mandíbulas da armadilha. Rhi não se surpreenderia caso o osso da menina estivesse quebrado. A panturrilha, muito inchada, adquiriu um tom de roxo sinistro. Rhi só sabe um pouquinho de primeiros-socorros devido ao treinamento de segurança que fez para assumir o cargo, mas tem certeza de que a falta prolongada de circulação sanguínea é um caminho certeiro para a perda do membro.

— A armadilha tem que ser tirada — Rhi explica, tentando parecer confiante, erguendo os olhos para o rosto pálido da menina, riscado de terra e lágrimas. — Eu sei como soltar. Você me deixa soltar?

A menina a analisa durante um instante interminável, pesando fatores que Rhi nem consegue imaginar. Por fim, assente bruscamente. Depois de respirar fundo, a menina ferida empurra as costas contra a garota atrás dela, que a segura com força e não cede. A outra garota também é branca sob a lama seca no rosto. O cabelo preto volumoso está amarrado no alto da cabeça, preso com ossinhos de animais que dão a volta na cabeça. Os olhos, que de tão escuros são quase pretos, brilham quando ela sinaliza com a cabeça para que Rhi prossiga.

Rhi examina a armadilha, torcendo para que seja igual àquelas que viu na sede da guarda-florestal. Esta é mais velha e está toda enferrujada, ao contrário das armadilhas lisas de aço inoxidável que os caçadores usam para evitar danos a seus bens. Essa armadilha estava esquecida há tempos, ou a ideia era que causasse danos graves. Seja como for, o princípio básico da armadilha é sempre o mesmo: duas alavancas nas laterais e um pino para disparar o acionador. Apertar as alavancas comprime os acionadores, soltando as mandíbulas e a garota.

Rhi procura as alavancas — e solta a respiração quando as acha.

Ela se levanta e olha para as outras, fechando as mãos para conter o tremor. A adrenalina que antes percorria seu corpo parece ter triplicado agora que tem nas mãos o destino da perna da menina. Ela resolveu confiar sua dor a Rhi, e Rhi está decidida a não quebrar a confiança.

— Pode ser que você sinta dor quando a armadilha se mexer — Rhi avisa, gotas de suor escorrendo pelas costas enquanto fala, apesar do frio matinal. — Mas vou conseguir abrir, prometo.

As meninas fitam Rhi e se calam.

Ela considera o silêncio uma permissão para seguir em frente.

Com um cuidado extremo, Rhi se inclina e puxa para fora as alavancas dos dois lados da mandíbula, tentando manter um equilíbrio de pressão para evitar algum solavanco desnecessário da perna ferida. Ela se endireita, toma fôlego, expira. Antes de perder a coragem, concentra seu peso nos calcanhares e pisa na alavanca com uma das botas de caminhada, depois pisa na outra e joga o peso do corpo sobre a parte da frente dos pés, apertando a mola debaixo da armadilha.

Mas as mandíbulas não afrouxam.

Os dentes estão afundados demais na pele inchada da menina.

Rhi pede ajuda às outras com o olhar, mas elas não entendem o mecanismo da armadilha. Alternam olhares de Rhi para a armadilha, os olhos arregalados e esperançosos, impacientes pelo afrouxamento prometido.

Rhi dá outra respirada trêmula e põe toda a sua força nos pés enquanto se agacha, tomando muito cuidado para botar a mesma pressão sobre as duas alavancas. Quando está segura de seu equilíbrio, usa as mãos para alcançar as mandíbulas de metal, se obrigando a não tremer. Com o máximo de delicadeza possível, começa a afastar os dentes de metal da perna da menina.

A menina respira com dificuldade.

— Desculpa — Rhi diz entre os dentes trincados. — Desculpa, desculpa, desculpa... — Ela aperta o metal e puxa, com a mesma força, devagar, com firmeza, até as mandíbulas finalmente cederem. Os dentes serrilhados se afastam das feridas e um novo jato de sangue escuro corre para preencher o vazio, escorrendo pela panturrilha da menina. As mandíbulas estão abertas, achatadas entre os pés de Rhi, e a menina está livre.

Uma das outras passa a mão por baixo do joelho e levanta a perna para tirá-la do meio da armadilha. Quando a perna da menina está liberada, Rhi manda que elas não cheguem perto. Ela se deixar cair de bunda e a armadilha se fecha.

Então levanta a cabeça e descobre que todas estão com uma expressão lúgubre, menos a menina ferida, cujo rosto está enrugado, tomado por uma dor apreensiva. Os lobos se aproximam, afastando Rhi dali, forçando-a a dar passos desajeitados para trás. Quando os lobos começam a lamber a ferida, a menina machucada morde o lábio com tamanha força que tira sangue. Morrendo de dor, ela fixa o olhar no céu enquanto uma nuvem preta encobre o sol, abafando a luz já turva. Ela geme enquanto as irmãs tiram o cabelo louro da testa, apertam seu peito, pescoço e costas com a palma da mão. Quando ela faz careta e geme mais alto, elas se curvam em sua direção, encostam a testa nela, nas outras; um murmúrio baixinho, sobrenatural, é feito por elas, como uma prece. No epicentro desse som, as meninas estão interligadas, pele com pele com pele. Até os lobos estão encostados às meninas, flanco com flanco.

Enquanto Rhi as observa, uma emoção incipiente, desagradável, tenta subir da boca de seu estômago, mas é em vão — é absurdo. Ela a empurra para baixo e se levanta, se obrigando a pensar em coisas práticas: *tio Jimmy e os outros já estão chegando. Ele vai ajudar. Não vai deixar que ela perca a perna. Elas vão ficar bem...*

Rodeada pelas irmãs, a menina ferida finalmente abre a boca e solta um berro alto, agoniado. Como se em resposta, uma luz lampeja no céu escuro, fazendo Rhi levantar a cabeça. As nuvens se iluminam, azuis e brancas, enquanto um relâmpago bruxuleia e as fura com seu alfinete. O trovão vem logo depois, abrindo o céu para despejar uma torrente de chuva. Rhi perde o fôlego quando ela toca em sua pele, fria e ligeira, provocando arrepios nos braços e calafrios nas costas.

Ela não fica surpresa quando a primeira garota uiva, ou a segunda, ou a terceira. Recua se encolhendo, tomando mais distância do amontoado de meninas e lobos, observando com uma reverência inesperada cada uma delas levantar a cabeça e a voz para os céus, uivando para as nuvens. São brados desconcertantes, pesarosos, que atravessam a tempestade e chegam aos céus.

Por mais que isso pareça impossível, Rhi entende o que dizem, embora não digam absolutamente nada. Entende a dor, o sofrimento, a perda, apesar de não saber nada a respeito delas. Sua garganta deseja imitá-las.

Ela prefere engolir em seco.

Quando os uivos param, a chuva aos poucos vira um chuvisco, depois uma névoa, como se a torneira tivesse sido fechada em algum lugar lá em cima.

Em vez das vozes das meninas, Rhi ouve o esmigalhar distante de escombros e o chiado baixo de motores impelindo veículos montanha acima. Um dos lobos vira a cabeça para trás para fitar Rhi. Ele se esgueira até ela, cutucando sua mão com o focinho outra vez. O lobo ergue os olhões amarelos para ela, depois para as garotas, vai e volta, vai e volta.

*Elas agora estão no seu mundo*, o lobo parece dizer. *Cuide delas.*

— Vou cuidar — Rhi sussurra, tentando fazer o animal compreender. — Vou fazer de tudo para que elas fiquem bem. Prometo.

Os carros fazem a curva da trilha de manutenção, os faróis altos cortando a neblina — ainda estão a uns cinquenta metros de distância, mas se aproximam rápido. Os lobos, de pelos eriçados, se viram para olhar para as garotas uma última vez. Remexem o chão antes de fugir para o esconderijo da floresta, névoa, árvores e sombras os engolindo inteiros.

Por um instante, enquanto Rhi fica olhando os guardas-florestais estacionarem os carros e descerem, ela se questiona se os lobos realmente estiveram ali.

# Um nome para todas as coisas

**Trecho de *Castelo Selvagem: memórias das garotas selvagens de Happy Valley***

**Foi em uma noite de inverno** que Mãe nos ensinou sobre nomeação.

— Dar nome não é uma coisa simples — ele nos disse, revirando o fogo com um galho comprido na mão. Estávamos sentadas em volta da fogueira escavada no meio do chão do castelo, que ardia devagarinho para manter a árvore oca aquecida sem nos tostar. Não sentíamos o frio como Mãe sentia: já fazia muito tempo que tínhamos nos adaptado às intempéries, os pelos do nosso corpo engrossando e afinando, o sangue correndo mais quente e mais frio, atendendo às necessidades da estação. No entanto, Mãe era velho, mesmo quando éramos muito novas. Ele era um sábio em sua terra, afinal, e era profeta, e não havia nenhum jovem que já tivesse visto o suficiente da vida para ser ao mesmo tempo sábio e profeta.

— Quando as palavras são verdadeiras, elas têm muito poder — Mãe nos disse, se movimentando com cuidado no espaço entre nós e o fogo, parando diante de cada uma de nós para riscar o chão de terra com a ponta do graveto. — Mas quando um nome é verdadeiro, ele tem o maior poder que existe.

Oblivienne ergueu a cabeça para ele, a luz do fogo dançando no breu de seus olhos.

— Como saber se um nome é verdadeiro?

— Da mesma forma que se sabe qualquer coisa, criança — ele disse. — Você *sente*. Veja só este fogo, por exemplo. A palavra *fogo* não te parece correta? Fogo. Feu. Vuur. Vatra. Eldur. Em quase todas as línguas do mundo, a essência e a sensação do fogo foi captada.

No brilho das chamas, os olhos de cores diferentes de Sunder se arregalaram enquanto ela endireitava as costas, murmurando:

— Fogo.

Epiphanie, a pele negra dourada pelas labaredas quando ela se curvou, murmurou de volta:

— Fogo.

E quando as duas, além de Verity, sussurraram juntas, o fogo bruxuleou e roncou. Subiu dois centímetros, depois cinco, se esticando para expulsar as sombras no alto.

Mãe deu uma risadinha.

— Isso, isso, que bom. Viram? Nome é coisa poderosa. E foi por isso que escondi o de todas vocês.

Quatro pares de olhos questionadores se voltaram para Mãe, buscando um vislumbre dos segredos sempre presentes em seu olhar. Nenhuma de nós se lembrava de ter sido chamada de outra coisa que não os nomes que conhecíamos, mas sempre havia muita coisa dos nossos primeiros anos de que não nos lembrávamos: a época anterior à selva, ao castelo, quatro garotas e um velho profeta afável, amontoados nos montanhas de um mundo estranho. Tínhamos poucas lembranças de nosso primeiro lar além de escuridão, medo e ruínas, e não sentíamos saudades de nada.

— Quem detém o conhecimento de seus nomes também detém o poder sobre vocês — Mãe continuou. — Escondi seus antigos nomes do mundo e de suas lembranças. Fiz isso para proteger vocês, sim. Mas também fiz isso para garantir que vocês quatro nunca tenham senhores e reis.

Mãe se aproximou de Sunder e riscou um símbolo na terra, usando as mãos para estabilizar o graveto enquanto o movimentava. Sua voz virou um sussurro:

— Ninguém vai acreditar que os nomes que dei a vocês são seus nomes verdadeiros. Mas o segredo é que esses nomes são mais verdadeiros do que qualquer nome que vocês usassem antes. — Mãe deu um passo para o lado, para ficar de frente para Epiphanie, alisando a terra com o pé descalço escurecido por anos debaixo do sol. — Esses nomes são os sons que suas irmãs berram quando precisam de ajuda. São invocações de suas personalidades selvagens: aventureiras, exploradoras, sobreviventes em uma nova terra.

— Mas o que isso quer dizer? — Verity perguntou ao desenhar formas na terra à sua frente com a unha irregular do mindinho. As formas dela eram diferentes das de Sunder, à sua esquerda, e de Oblivienne, à direita.

— Talvez esses não sejam os nomes que seus pais deram a vocês — Mãe explicou. — Mas são os nomes escritos no destino. — Ele terminou o desenho de Epiphanie, deu um passo para fora do círculo e nos encarou com orgulho.

Oblivienne arranhou o braço, copiando as formas desenhadas na terra e observando as linhas vermelhas incharem no antebraço.

— Então o que são esses símbolos?

— São seus sigilos, para que vocês possam invocar seus poderes mesmo que em silêncio. Mesmo que em segredo. — Mãe se apoiou no graveto e começou a andar, dando voltas às nossas costas. Nas sombras, não víamos o quanto ele dependia da bengala, a rigidez com que movimentava as pernas. Não víamos sua idade verdadeira.

— Vocês têm seus nomes — ele nos disse. — E agora têm seus sigilos. Tratem de aprendê-los. Lembrem-se deles. Usem com sabedoria. Invocar o nome de alguém não é uma bobagem, seja pelo som ou pela visão.

GAROTAS SELVAGENS **47**

Todas levantamos a cabeça, tiramos os olhos dos desenhos na terra e na nossa pele. Observamos Mãe chegar na porta aberta, fechar os olhos e sentir o frio no rosto, apoiando boa parte de seu peso no graveto. O céu rosado da noite criava um pano de fundo surreal da floresta ali fora, transformando-o em uma silhueta denteada enquanto o fogo lançava sombras em seus mantos, fazendo-os tremeluzir assim como as chamas.

— Isso quer dizer que você não era chamado de Mãe na sua terra? — Epiphanie perguntou.

Mãe deu uma risadinha, olhando a neve cair por entre os arcos que havia entre as raízes do castelo.

— Não — ele admitiu, inspirando o ar frio, fresco, da noite rosada. — Mas esse nome é mais verdadeiro do que o nome que eu usava antes de vir para este novo mundo.

Ele esticou o braço e pôs a mão na madeira lisa e seca das paredes do castelo, talvez sentindo a última gota de sua magia se esvaindo para a árvore, fortalecendo seu esqueleto podre para enfrentar mais um inverno.

Sabíamos que em breve ele nos abandonaria de novo. Teria que perambular para restaurar sua magia. E desta vez, assim como da última vez, tínhamos medo de que ele não conseguisse voltar.

# 5

**Oblivienne se agarra às irmãs** quando elas descem do veículo, olhando para o alto, para o prédio enorme que se ergue do chão, a menos de trinta passos de onde estão. Enroladas em cobertas prateadas amarrotadas, que ganharam das pessoas que as tiraram da floresta, acompanham a menina que diz se chamar *Rhi*, aquela que o parente-lobo dissera ser digna de confiança. Elas a seguem, tocam nela, se seguram nela como se fosse a única tocha em uma noite sem luar. Mas é dia — é um dia frio e claro de primavera — e as meninas nunca se sentiram tão perdidas.

O chão é artificialmente plano sob os pés descalços de Oblivienne, duro feito pedra e mais áspero do que areia. A garota curva os dedos dos pés para protegê-los enquanto observa o veículo retangular que chegou antes delas, as luzes brilhando e rodopiando no alto. Em breve vai descobrir que o veículo se chama *ambulância*, mas hoje sabe apenas que Sunder está dentro dele, ferida e vulnerável. As portas de trás se abrem e um homem e uma mulher saltam, esticam os braços e puxam Sunder, presa a uma cama estreita, para tirá-la do espacinho que há ali dentro. Rodas surgem da cama e se estendem até o chão enquanto as pessoas de ambos os lados fazem alguma mágica. Oblivienne se pergunta se seriam curandeiros, assim como Mãe. Sunder uiva na cama, trincando os dentes quando a empurram em direção ao prédio em uma corridinha, os olhos mirando seus pés e a vidraça larga que bloqueia o caminho.

Oblivienne não pensa nada quando a vidraça se divide e se abre, se fecha inteira depois que eles passam, sem nenhuma ajuda humana. Já viu milagres maiores com Mãe na selva.

Ainda assim, ver Sunder desaparecer dentro da montanha de tijolos brancos e argamassa revira o estômago de Oblivienne. Ela e as irmãs ficam mais perto de Rhi, que as leva em direção às portas.

— Está tudo bem — Rhi lhes garante. — Vão dar um jeito na perna dela. É neste lugar que eles ajudam as pessoas.

A tranquilidade de sua voz traz à cabeça de Oblivienne a lembrança de que Mãe controlava tempestades só com a firmeza de sua determinação — um ser humano solitário e frágil segurando toda a força uivante da natureza. Mas nem Mãe conseguia refrear um temporal para sempre — tampouco gostaria de fazê-lo. A natureza, assim como os seres humanos, só pode ser manipulada. Uma hora ou outra, todas as coisas verdadeiras chegam ao fim. Porém, Oblivienne está grata, assim como sabe que as irmãs estão, porque Rhi se estabeleceu como uma ilha de paz nessa tempestade.

Rhi e o homem que ela chama de "tio Jimmy" as guiam pelas portas de vidro do edifício. Na vidraça, no instante em que ela vai se abrir, Oblivienne lê as palavras como Mãe as ensinou a fazer:

## HOSPITAL DAS IRMÃS DE CARIDADE DE ONEIDA
## PRONTO-SOCORRO

As palavras não fazem muito sentido para Oblivienne, mas já dentro do prédio, ela as esquece. O chão é liso e a frieza sob seus pés descalços a assusta — é encerado, quase, com uma camada fina de cascalho coberto com algo reluzente. O ar tem um cheiro pronunciado e estranho, repleto de aromas esquisitos que Oblivienne nunca havia encontrado. Um burburinho e movimentação dominam o espaço: pessoas falando, sons desconhecidos de campainhas e zumbidos que quase sobrecarregam os sentidos de Oblivienne. Elas chegam perto de uma placa pendurada no teto que diz RECEPÇÃO, e Oblivienne fica contente quando as vozes vacilam e somem — mas então sente olhos na pele, se arrastando feito besouros. Ela e as irmãs se aglomeram ainda mais antes de se virarem para olhar.

À direita delas há um ambiente *cheio* de gente — mais gente do que tinha ido à floresta para socorrer Sunder —, mais gente do que Oblivienne e as irmãs já tinham visto em um só lugar *na vida inteira*. As pessoas estão sentadas em bancos e cadeiras, fitando descaradamente o grupo de meninas. Oblivienne e as irmãs as encaram também.

— Pelo amor de Deus, o que foi que aconteceu com essas meninas? — alguém pergunta em voz alta atrás dela, o tom ao mesmo tempo irritado e preocupado.

Oblivienne se vira e vê uma mulher toda vestida com um ousado rosa-choque, as mesmas roupas que várias outras pessoas estão usando naquele prédio, apressadas como formiguinhas trabalhando. A mulher se agacha para recolher a coberta prateada que Verity deixou cair no chão e a coloca de novo sobre os ombros da garota — a mulher bate na altura dos ombros dela —, mas Verity a encara e deixa a coberta cair de novo, inflando o peito num em uma atitude de confronto. A mulher suspira e segura Verity pelos braços, tirando-a do ambiente repleto de olhares ferinos.

*O que* aconteceu *com a gente?* Oblivienne pensa, olhando para as irmãs. *Nós perdemos a proteção de Mãe. Deixamos o castelo. A natureza nos traiu.* Mas isso não é algo que consiga explicar a esses estranhos.

— É bom que a polícia já esteja a caminho — a mulher murmura para outra moça de rosa. Olha para Rhi. — Foi você que achou elas?

— Sim, senhora — Rhi diz.

— Elas falam ou só rosnam que nem aquela outra que os socorristas trouxeram?

— Elas entendem tudo que você está falando. — Rhi parece irritada.

A enfermeira volta a atenção para Oblivienne.

— Como você se chama?

O rosto de Oblivienne se fecha, relaxa. Sabe que não deve entregar o poder que tem à toa.

A mulher suspira.

— Vocês é que sabem. — Ela anota alguma coisa na prancheta onde um papel está afixado, parando por um instante para encaminhar Verity para as irmãs quando ela tenta se virar de novo. A mulher ergue os olhos para Rhi. — Qual é o seu nome? Você não é a sobrinha do Guarda Abrams?

— Rhi. Sou.

Oblivienne e as irmãs se espantam. É a segunda vez que ela revela o nome. Será que não sabe do poder que um nome tem?

— Bem, você fez o possível por essas meninas. A partir de agora, pode deixar com a gente. — Ela pega Rhi pelo cotovelo e tenta mandá-la embora.

Epiphanie segura a mão de Rhi.

— Rhi — ela diz com angústia, os olhos pálidos arregalados.

— Rhi — Verity sussurra, fitando a menina.

— Rhi. — Oblivienne acrescenta sua voz ao coro, murmurando o som repetidas vezes, invocando o nome como Mãe as ensinou a fazer. Suas vozes se misturam e se sobrepõem até o som formar uma bolha em torno de Rhi, em torno das irmãs de Oblivienne, em torno da mulher que de repente está de olhos esbugalhados. O poder do som as envolve, zune através da pele, mas por algum motivo não atinge a menina diante delas.

Tem alguma coisa errada.

Mas é o nome ou é a magia delas?

Rhi as fita com surpresa, os olhos de repente radiantes com uma emoção que Oblivienne não sabe nomear, mas reconhece:

é a sensação de estar de fora e ser arrastada para dentro — o que Oblivienne conhece bem. Por mais que seja membro dessa alcateia, vira e mexe tem a impressão de que os fios que a ligam às irmãs são mais tênues do que o resto. Volta e meia sente uma solidão inexplicável, mesmo quando inegavelmente conectada.

*Essa é simplesmente sua natureza*, Mãe lhe disse uma vez, muito tempo atrás. *Algumas pessoas nascem com fronteiras menos permeáveis do que outras. Isso pode ser tanto um ponto forte quanto um ponto fraco.*

Oblivienne pisca para esquecer da lembrança enquanto Rhi balança a cabeça, como que para livrá-la de uma distração similar.

— Deixa eu ficar com elas mais um tempo — Rhi pede à mulher, se endireitando. — Acho que posso ajudar.

Oblivienne sente uma onda de emoção, um inchaço no peito que a faz se agarrar ainda mais à menina. *Ajudar. Sim. A gente precisa de ajuda. Sunder precisa de ajuda. A gente precisa que a perna dela fique boa e precisa achar um jeito de voltar para casa...*

A mulher contrai a boca, fazendo com que vire uma linha fina, o olhar fixo na alcateia. Ela ergue a sobrancelha para Rhi.

— Guarda Abrams — ela chama, deslizando o olhar até o homem de uniforme caramelo apoiado no balcão, escrevendo em um montinho de papeis. — Você ouviu o que ela falou?

Guarda Abrams — *tio Jimmy*, Oblivienne se dá conta, e pensa que talvez eles *usem* nomes falsos naquele mundo? — olha para a mulher, os retângulos frios de luz no teto iluminando o tom prateado em seu cabelo louro-escuro.

— A Rhi é uma menina esperta. Ela pode assinar qualquer formulário que você precisar. — Ele olha para Rhi e um sorrisinho orgulhoso ergue os cantos de sua boca.

*Mãe sorria para nós desse jeito*, Oblivienne reflete, e o pensamento atravessa suas irmãs à medida que uma espiral de luto brota no peito de todas elas. Elas se espremem ainda mais, estreitando o círculo em torno de Rhi.

A mulher encolhe os ombros e dá meia-volta com seus sapatos brancos.

— Então vamos — ela diz em tom indulgente, mas seus ombros se encolhem ao conduzi-las pelo corredor, incomodada com as meninas às suas costas, onde não as enxerga.

Elas cruzam um labirinto de corredores e portas, e após uma breve inspeção do corpo das meninas em busca de sinais de ferimentos, Rhi conversa com uma das diversas mulheres de rosa-choque que acompanham o bando antes de se virar de novo para as meninas.

Ela endireita os ombros, tranquila e segura apesar do caos.

— Agora as enfermeiras vão limpar vocês, está bem? Vocês podem confiar nelas.

Oblivienne se pergunta como pretendem fazer isso sem um rio ou lago ali perto.


Oblivienne fixa o olhar, espantada com a água que brota dos galhos curtos de metal que surgem das paredes, a quantidade incrível de jatos enchendo o ambiente. Despidas das peles esfarrapadas e molhadas, ela e as irmãs são levadas a um quarto quadrado escorregadio e, após muita hesitação, elas tocam na água e a acham quente demais. Verity é a primeira a se dar conta do prazer que isso traz ao se enfiar embaixo da ducha, apreciando a água quente, sem mal notar quando a enfermeira lhe entrega um tijolo encerado cheiroso e um quadrado de pano branco e fala para ela se lavar.

Oblivienne e Epiphanie seguem o exemplo de Verity e param debaixo dos borrifos de água, pegam os tijolinhos pungentes das enfermeiras e criam uma espuma densa, floral. Elas volta e meia se lavavam com saponária na selva, mas a espuma das raízes secas da planta não parecia em nada com essa.

— Não se esqueçam de passar atrás das orelhas — uma das enfermeiras ressalta.

— E nos dedos dos pés.

— E na dobra dos joelhos.

As garotas seguem as instruções vazias, se cobrindo de espuma branca densa.

— Pronto, agora é enxaguar.

Oblivienne se irrita. Nunca na vida receberam ordens de alguém — nem de Mãe. Mãe só lhes oferecia sugestões e orientações amáveis. Mas que alternativa elas têm? Sunder é prisioneira ali. Até que seja devolvida a elas, as garotas têm que se aliar a essas estranhas.

As enfermeiras as ajudam a vestir roupas estranhas depois que elas se secam da melhor forma possível, passando escovas duras pelos cabelos de Oblivienne e Verity para retirar as plumas e ossos que continuam enrolados. Oblivienne puxa a camisola desconfortável, com ódio da sensação da gola contra o pescoço nu. Recebem robes finos para usar por cima dos vestidos, além de capas horríveis de papel para usar nos pés, que farfalham e fazem barulho a cada passo que dão, a cada vez que apoiam o peso do corpo em uma perna ou outra. Oblivienne olha para Epiphanie com asco, mas Epiphanie indica com um aceno da cabeça que ela deve aceitar aquilo.

Elas veem Rhi as esperando na sala ao lado, sentada em um banco. Ela se levanta e parece surpresa ao vê-las. Oblivienne também olha para as irmãs, tenta enxergá-las através dos olhos de Rhi, mas só vê as faixas brancas pomposas de tecido limpo demais, a frieza desfavorável da luz artificial, que deixa as cores brilhantes das irmãs insípidas e opacas. O pânico alfineta o fundinho da mente de Oblivienne: era isso mesmo o que Mãe queria para elas?

— Vocês estão bem? — Rhi pergunta, os olhos passando pelo rosto de todas.

Oblivienne e as irmãs se mexem dentro das roupas novas desconfortáveis, uma segurando a mão da outra com força.

— Vamos tirar elas pela entrada dos fundos — a enfermeira diz. — Tem uma ambulância esperando para fazer a transferência delas para a unidade psiquiátrica. Mas você devia ir embora daqui depois que a gente colocar as meninas na ambulância.

— Unidade psiquiátrica? — Rhi repete, sua preocupação deixando as meninas mais atentas.

— Para onde você achava que elas iriam, querida? Elas são meio selvagens, não-verbais e têm cara de que prefeririam nos morder a aceitar nossa ajuda se você não estivesse por perto. Elas precisam ser avaliadas *integralmente*. Só Deus sabe pelo que elas passaram para terem ficado desse jeito. — A boca se contorce em solidariedade enquanto ela se aborrece com um nó no cabelo louro comprido de Verity. — Alguém é responsável pelo estado em que elas estão.

— Vamos — uma das enfermeiras diz. — Meninas, vamos para um lugar onde podemos dar comida e cuidar de vocês. Sua amiga vai encontrar com vocês logo, depois que a gente der um jeito na perna dela. Entenderam?

A testa de Oblivienne se enruga e ela sabe que a testa das irmãs se enruga do mesmo jeito. Elas entendem o sentido das palavras, mas não a essência.

— Vocês podem ir com as enfermeiras — Rhi lhes garante. — Daqui a pouquinho vocês vão ver sua irmã de novo.

Mas o coração de Oblivienne só acelera, dominado por uma tempestade interna que ela percebe que não vai conseguir conter por muito tempo.

As enfermeiras juntam as pranchetas e empurram as garotas rumo ao corredor, conduzindo-as de novo pelas retas e curvas do prédio até chegarem a duas portas cinzas enormes debaixo de uma placa verde que diz SAÍDA. Duas das enfermeiras passam à frente do grupo, e Oblivienne ouve pessoas do outro lado — muitas pessoas, ao que parece. Quando as outras enfermeiras escancaram as portas, uma maré de corpos vem ao encontro delas.

Mulheres e homens desconhecidos se amontoam em volta de Oblivienne e suas irmãs, embora as enfermeiras os empurrem. É tanta gente, tantos olhos e vozes e rostos novos e diferentes que a sensação é de que são *centenas* de pessoas — mas Oblivienne sabe que é impossível.

Uma centelha potente de uma luz a cega, como um raio caindo perto dela. A primeira explosão de flashes faz com que estremeça e se encolha, cobrindo o rosto com o antebraço. Quando as vozes começam a berrar, ela quase fecha os olhos e os pelos do corpo se arrepiam. Uma corrente elétrica passa entre as meninas, louca e frenética, como o ar antes de uma trovoada.

O corpo percebe antes que elas saibam: essas pessoas não são confiáveis.

Quando alguém enfia um bastão preto rombudo quase na cara delas, a tempestade irrompe.

Verity arranca o robe dos ombros e o atira na multidão. Ele cai sobre um punhado de pessoas, que tropeçam, caindo de costas em cima de outros corpos. Aproveitando-se da confusão, Epiphanie se lança contra as pessoas rugindo feito um puma, dando cabeçadas na mulher mais próxima que empunha um bastão preto, derrubando-a sobre as pessoas de trás. Epiphanie e Verity surram a boca preta escancarada dos objetos retangulares que apontam para elas com um *paf* e acertam um que está empoleirado nos ombros de um homem, derrubando-o no chão, os pedaços voando em todas as direções, pisoteados.

Oblivienne é a última a se juntar à briga, investindo contra os joelhos dos agressores para derrubá-los. Soca com os braços musculosos e fortes qualquer coisa que não saia do seu caminho, sente o colapso satisfatório das articulações ao seu redor quando os corpos tombam no chão artificialmente plano.

— Está pegando tudo? — alguém grita com entusiasmo quase à margem da multidão. — Que incrível!

Oblivienne não entende a alegria na voz da pessoa. Não entende os objetos que são enfiados na cara delas. Não entende por que homens enormes de roupas de uma brancura anormal estão puxando-as das mãos das pessoas que atacam as irmãs e ela. Não entende por que tem uma picada no braço ou por que um cansaço repentino a domina sem ter sido convidado.

O que ela entende é a coisa que vem tentando ignorar desde o dia em que elas abandonaram o castelo; desde que Sunder pisou naquela armadilha de metal horrível; desde o instante em que o parente-lobo aprovou a menina chamada Rhi, que agora se debruça sobre Oblivienne com uma expressão chocada, segurando sua mão.

Enquanto mergulha na prisão cinza do sono artificial, Oblivienne enfim entende: ela e as irmãs nunca mais voltarão para casa.

# iCloud de dra. Mariposa Ibanez > Anotações

## SIGILOSO: As garotas

Não posso incluir estas anotações no arquivo oficial. Estou morrendo de raiva. As enfermeiras do pronto-socorro causaram um estrago tenebroso a essa situação e agora VIOLENTAS está escrito na ficha oficial das meninas. Dá para tirar a razão delas por terem reagido daquela forma? Depois de tudo pelo que passaram?

Os exames preliminares não revelaram indícios de atividade ou abuso sexual, o que já é alguma coisa. Mas as meninas se recusam a conversar conosco. São desconfiadas, assustadas. Preciso achar uma maneira de conquistar a confiança delas.

Até que isso aconteça, aqui está o que inferi a partir das minhas observações:

- Muitas tentativas de juntar alimentos e água. Esse é um típico sinal de escassez de comida, mas fora a ferida, as meninas têm uma saúde surpreendente, ainda que estejam abaixo do peso normal. Será que alguém cuidava delas lá na selva?
- Longas sessões do que parece ser um canto coletivo. Talvez seja uma forma de se tranquilizarem?
- Grande interesse por artes e materiais de artesanato — embora pareçam nunca ter visto canetas e lápis de cor. Ficam hipnotizadas com as cores.
- Destreza e habilidade motora fina entre normal e acima da média.
- Por que elas escrevem a palavra "sunder" inúmeras vezes? Significa ruptura, em inglês. O que significaria para elas?

MAIS TARDE: A enfermeira Leticia diz, desde que a mais jovem (segundo acreditamos?) voltou ao convívio das companheiras, ontem, as garotas acrescentaram mais três palavras à mistura, mas escrevem duas delas errado. Fico aliviada ao ver que têm alguma capacidade de leitura e escrita, o que vai facilitar bastante a reabilitação delas. No entanto — será que elas sabem escrever algo além dessas quatro palavras?

São tantas questões. Quem as ensinou a escrever? Há quanto tempo estavam na selva?

Quem está sentindo falta dessas pobres meninas?

# 6

**A mídia está apaixonada** pelas "Garotas Selvagens de Happy Valley". Embora só possam se basear em especulações (ou talvez *porque* só possam se basear nisso), os canais de notícias e seus espectadores ficam cativados pela história. Rhi passa horas a fio mudando de canal com Purrdita aninhada no colo, soltando pelos pretos e brancos na calça de pijama preta de Rhi.

— Quatro meninas supostamente selvagens foram descobertas no Parque Florestal de Happy Valley hoje cedo por uma estudante do terceiro ano do colégio local. Nós a contatamos para pedir mais informações, mas a resposta foi de que ela não vai comentar neste momento...

*Nem em momento nenhum*, Rhi pensa, silenciando outro telefonema de número desconhecido em seu celular.

— O que se diz é que as quatro adolescentes foram levadas para o Hospital das Irmãs de Caridade de Oneida hoje, depois que uma colegial as achou na selva, cercadas de coiotes...

*Coiotes não. Lobos.*

*Não é?*

Rhi não tem mais tanta certeza. Relembrar os acontecimentos da manhã lhe causa fascínio e constrangimento em iguais medidas; sabe o que testemunhou — o que *vivenciou*. Mas como era possível que fosse verdade?

— Segundo alegações, as garotas viviam sozinhas nas montanhas já fazia bastante tempo. Não sabemos o que houve com os coiotes. Traremos mais informações à medida que a história for se desenrolando...

— Uma das meninas foi levada às pressas para o pronto-socorro com um ferimento grave na perna. Em vez de permitir que os médicos a tratassem, testemunhas dizem que ela exibiu um comportamento animalesco, avançando e mordendo as enfermeiras...

— Testemunhas declaram que as meninas selvagens atacaram um grupo de repórteres no hospital, gerando prejuízos de mais de dez mil dólares e um bocado de olhos roxos. Vamos dar uma olhada...

O vídeo é o mesmo em todos os canais: breves entrevistas com testemunhas ávidas, depois um vídeo tremido de três garotas com camisolas hospitalares derrubando homens e mulheres adultos no chão, lampejos de olhos brancos e dentes exibidos em rosnados ferozes, cuspe, braços e pernas para todos os lados.

Em uma parte da gravação, percebe-se Rhi em segundo plano, observando o caos com uma serenidade quase sobrenatural no rosto.

— Você deu sorte de não se machucar nessa briga — tio Jimmy comenta ao entrar na sala de estar e desabar na poltrona verde surrada. Ele também já trocou de roupa: está com uma calça do pijama de *Star Wars* inspirada em Warhol e uma camiseta preta velha esburacada.

— Elas só estavam se defendendo — Rhi explica, acariciando Purrdita com uma agressividade acima da pretendida.

O telefone de Rhi vibra outra vez em cima do sofá, na almofada ao lado. Ela estica a mão para recusar a ligação, mas hesita ao perceber que o telefonema não vem de um número desconhecido — é uma mensagem de texto de alguém que está na lista de contatos.

**Mensagem de: NÃO**
Eu por acaso acabei de te ver no jornal???

Rhi exclui as notificações e põe o celular na mesa de centro com a tela virada para baixo, ignorando a sensação de que o coração está tentando se arrastar boca afora.

Ao longo do fim de semana, Rhi vê os repórteres e jornalistas retomarem sempre as mesmas perguntas:

— Quem são essas garotas?

— Cadê a família delas?

— As Garotas Selvagens de Happy Valley foram raptadas?

— Elas fugiram de uma seita religiosa?

— São vítimas de tráfico humano?

Sem ter muitos dados para seguir em frente, todos os repórteres chegaram também às mesmas conclusões:

— Essas meninas provavelmente foram arrancadas de suas famílias quando eram pequenas e estavam desaparecidas há muitos anos.

— Elas precisam ser devolvidas aos pais — as vozes repetem, como se roteirizadas.

— É preciso que se faça justiça contra quem as raptou.

Na segunda-feira, Rhi está exausta de tanto passar as madrugadas rolando a tela para ler comentários e regurgitações da Associated Press. A sorte é que tio Jimmy deixa que ela mate aula — "só desta vez" — para evitar as perguntas que vão estar à sua espera e pôr o sono em dia.

Rhi dorme o dia inteiro, mas acorda a tempo de ver a coletiva de imprensa televisionada do delegado Elroy, na sede da prefeitura. Segundo tio Jimmy, Happy Valley nunca tinha precisado de uma coletiva de imprensa, mas o delegado faz o possível para ficar com ares de autoridade e parecer tranquilo atrás do atril.

Rhi e tio Jimmy assistem de casa. Star vai chegar mais tarde com quentinhas do restaurante chinês e jogos de tabuleiro; elu e tio Jimmy querem tirar a cabeça de Rhi das garotas selvagens, mesmo que só por uma noite.

Mas Rhi não consegue se imaginar pensando em mais nada. Sente ao mesmo tempo vontade de proteger as garotas e voracidade por qualquer informação sobre elas, qualquer coisa que possa ajudá-la a entender a conexão que sentiu com elas na floresta — aquela compreensão pura, silenciosa, como uma porta escancarada no coração. Foi como se Rhi tivesse sido uma sonâmbula a vida inteira, até o momento em que seu caminho cruzou com o delas. Só que agora ela está acordada, e não quer voltar a dormir.

Na tela plana do tio, o delegado Elroy lê seu relatório oficial, o suor pontilhando a testa enquanto ele se curva um pouco demais em direção ao microfone. Depois de abordar tudo o que sabem e podem compartilhar (o que é muito pouco), um repórter se levanta de súbito.

— Thomas Kyle, da Fox News. O senhor pode nos dizer se as meninas são uma ameaça à sua cidade?

O delegado ri.

— É claro que não. São apenas meninas novinhas.

Rhi revira os olhos tanto pela pergunta como pela resposta.

— Está bem claro que o delegado Elroy não teve irmã mais velha — tio Jimmy brinca, coçando Purrdita entre as orelhas.

— Elas são crianças selvagens, não é verdade? — Thomas Kyle continua. — Depois das atitudes violentas delas naquele dia, que precauções estão sendo tomadas para que ninguém mais se machuque? O que está sendo feito para garantir a segurança da equipe hospitalar e dos outros pacientes?

Rhi vê uma mulher latina de meia-idade que não lhe é estranha se levantar da cadeira atrás do delegado e se aproximar do púlpito. A mulher usa uma saia condizente com a ocasião e um blusa em tons de azul; o cabelo preto está preso em um rabo frouxo e ela usa óculos de armação escura. Ela sussurra algo para o delegado e ele faz que sim, descendo dali com um alívio óbvio no rosto.

— Ei, é a Mari! — tio Jimmy anuncia. — Você se lembra dela, né?

Quando a câmera corta para uma imagem mais próxima da mulher ao púlpito, Rhi percebe que é a psicóloga com quem se encontrou durante suas primeiras semanas de Happy Valley, quando o Conselho Tutelar obrigou Rhi a passar por uma avaliação psiquiátrica alguns dias depois da prisão do pai.

— Meu nome é dra. Mariposa Ibanez — a mulher diz em voz clara, alta, pronunciando o nome com a cadência espanhola correta, embora o resto de seu sotaque seja do norte do estado de Nova York. — Sou a chefe da clínica psiquiátrica das Irmãs de Caridade de Oneida e estou supervisionando pessoalmente a avaliação e o tratamento das jovens resgatadas da mata no sábado. Eu gostaria de deixar bem claro, agora, que *não vamos* responder a nenhuma pergunta sobre o tratamento delas, em *nenhum* momento. Posso assegurar que os outros pacientes da clínica estão mais seguros do que nunca. Também posso assegurar que a violência que elas demonstraram anteriormente e foi gravada em vídeo foi uma reação suscitada pelo medo, motivada pela autodefesa.

"Colhemos amostras de DNA e digitais, e estamos trabalhando junto com o FBI para identificá-las", dra. Ibanez continua. "Contudo, caso alguém tenha informações sobre elas, pedimos que contate a delegacia de polícia imediatamente. Essas garotas precisam da família mais do que nunca. Essa é nossa prioridade no momento, e esperamos que a imprensa nos ajude na busca por esses dados."

Ela lança um olhar longo e significativo para os muitos repórteres.

A multidão irrompe em perguntas quando a dra. Ibanez se afasta do púlpito.

Passado um instante, a transmissão volta à estação de notícias local, os âncoras momentaneamente perdidos até o âncora de sexo masculino comentar:

— Acho que ela quis ser curta e direto ao ponto.

— Mari nunca curtiu os holofotes — tio Jimmy diz, desligando o jornal no momento em que ele começa a falar de esportes. Antes da avaliação de Rhi com a dra. Ibanez, ele havia contado para ela que tinha passado pelo sistema escolar público de Happy Valley junto com Mari, e embora ela fosse alguns anos mais velha, eles tinham frequentado os mesmos círculos a vida quase inteira.

— Por falar na Mari… — Rhi morde o lábio, pensativa. — Tio Jimmy… será que você poderia me fazer um favor?

# 7

**Na escola, no dia seguinte,** Rhi tenta manter a cabeça baixa, mas seu manto habitual de anonimato lhe foi arrancado. Todos os colegas que lhe viravam o rosto quando precisavam se juntar para fazer trabalhos em grupo, ou que berravam um "quê?" ríspido quando Rhi respondia a alguma pergunta em aula em voz muito baixa, ou que simplesmente fingiam que ela não estava no corredor de repente a rodeiam antes e depois da cada aula.

— Você não ficou morrendo de medo?

— Elas falam ou só sabem rosnar?

— A perna da menina não ficou totalmente destroçada?

— Você viu a surra que elas deram nos jornalistas?

— Elas são perigosas?

— Não — Rhi responde, às vezes, tentando continuar neutra, inofensiva. — Elas só estavam assustadas.

Quando os colegas se entediam com suas respostas insatisfatórias, preferem começar a especular, assim como os repórteres.

— Você acha que elas fazem parte de uma seita?

— Você acha que elas foram raptadas?

— Você acha que elas são vítimas de tráfico sexual?

— Você acha que elas estão só fingindo para chamar a atenção?

Rhi faz que não ao ouvir as perguntas, mas na verdade as questões já não são mais dirigidas a ela. Ela acha cada vez mais difícil manter uma expressão neutra à medida que o dia vai passando. Então, depois do intervalo do almoço, alguém enfim faz seu sofrimento valer a pena.

— Você viu que alguém do hospital vazou o nome das meninas?

Rhi levanta a cabeça para o menino que diz isso, depois olha para o smartphone que ele passa às escondidas para sua mesa para que todos os alunos vejam antes que a professora perceba. Há quatro fotos granuladas, desbotadas — quatro garotas, bochechas encovadas e assombradas, como se em choque ao serem apresentadas à lente de uma câmera tão pouco tempo depois de quebrar tantas câmeras uns dias antes. Rhi lê os nomes abaixo de cada uma das fotos às pressas.

*Verity*. A loura alta estoica.

*Sunder*. A menorzinha, que feriu a perna.

*Oblivienne*. A menina de cabelo escuro em cujo colo Sunder deitou a cabeça enquanto chorava.

*Epiphanie*. A menina de olhos de fantasma que olhou no fundo da alma de Rhi até o mundo sumir.

Ignorando os colegas, Rhi abre a matéria de jornal no próprio celular e fita as quatro fotografias, cantando o nome de cada uma delas na cabeça até a professora dizer seu nome em tom de advertência e ela ser obrigada a guardar o telefone. Mas enquanto vê a professora dar aula usando o quadro branco, a mente de Rhi continua nas garotas selvagens.

Assim que sai da escola, Rhi pega o único ônibus da cidade rumo ao hospital psiquiátrico. Continua analisando o retrato das meninas no celular durante o percurso, não por medo de esquecer seus nomes, agora gravados em seu cérebro, mas para se centrar, acalmar o nervosismo da mente, titubeante até conseguir revê-las. Precisa ver as meninas com os próprios olhos para ter a certeza de que estão bem, mas não só isso — para ter a certeza de que encontrá-las não foi um sonho.

\*\*\*

A recepção manda mensagem para a dra. Ibanez quando Rhi chega e explica por que está ali. Passados alguns minutos, a dra. Ibanez aparece, um punhado de cor em forma de mulher no corredor sépia. Está de blazer lavanda e calça combinando, a blusa tem uma estampa verde e amarela. Ela sorri e estica a mão, o lampejo coral das unhas chamando a atenção de Rhi.

— Oi de novo, Rhi. Que bom te ver. — Elas trocam um breve aperto de mãos antes de a médica fazer um gesto para que Rhi a acompanhe. — É por aqui.

Os corredores do hospital psiquiátrico são silenciosos, só alguns poucos pacientes andam devagar pelos corredores brancos, ladeados por auxiliares. Vozes abafadas vazam de trás das portas fechadas: conversas sufocadas, a lengalenga dos programas vespertinos na televisão, um ou outro gemido choroso.

Rhi pigarreia, incomodada com os murmúrios do corredor.

— Então... como elas estão? — ela pergunta.

— Aqui não. — A dra. Ibanez leva o indicador aos lábios. — Tiraram as câmeras, mas as paredes têm ouvidos. *Alguém* aqui vazou o nome e as fotos das garotas para a imprensa. — Ela olha de soslaio para a sala vazia das enfermeiras antes de levá-la a um escritório que Rhi acha parecido com a sala de seu orientador pedagógico, mas sem os pôsteres motivacionais que dão vergonha alheia: prateleiras de livros apinhadas, envergadas, feitas de MDF; arquivos de metal lascados, metade das gavetas abertas e metade fechadas; poltronas descombinadas para as visitas; uma cadeira giratória de vinil branco rasgado no lado da mesa que é da médica, com o cantinho remendado com fita vedante de arco-íris.

A mesa é minimalista, de madeira clara, espantosamente sem bagunça. As únicas coisas que estão na mesa são a placa de identificação onde se lê Mariposa Ibanez, médica psiquiatra, um carregador de celular sem fio, uma caneca de louça roxa e verde, um laptop fechado e em cima dele uma prancheta com fichas com ares de documentos oficiais.

— Fiquei feliz ontem, quando o Jimmy me falou que você queria ver as meninas — diz a dra. Ibanez, indicando as poltronas descombinadas ao se sentar à mesa. — A verdade é que está sendo muito difícil fazer elas falarem comigo. Elas parecem *confiar* em mim, de certo modo, mas não respondem a nenhuma das minhas perguntas... — Ela toma fôlego, olha dentro dos olhos de Rhi. — Antes que a gente entre de cabeça nesse assunto, como está *você*?

Rhi se acomoda na poltrona funda de veludo verde. Já faz três meses que não se senta assim, de frente para a dra. Ibanez. Logo depois de chegar em Happy Valley, o Conselho Tutelar pediu que a dra. Ibanez avaliasse Rhi para decidir se ela precisava de "cuidados especiais" ou se o parente mais próximo já estava de bom tamanho. Rhi não sabe o que a dra. Ibanez disse em seu relatório, mas vive com o tio desde então e não vê nenhum indício de que isso vá mudar. Pelo menos até o pai sair da cadeia.

— Hmm, eu estou legal — Rhi declara, mexendo no fio solto do joelho da calça jeans. — Acho que meio esquisita por causa de tudo.

— É totalmente compreensível — dra. Ibanez diz. — Você viveu uma coisa muito intensa na floresta.

*Você não sabe da missa a metade*, Rhi pensa.

— É — ela confirma. — Mas o mais difícil é lidar com a atenção, sabe? Os jornalistas ligando. Meus colegas de classe fazendo um monte de perguntas que não posso responder. Para falar a verdade, eu acho que minhas perguntas são as mesmas de todo mundo. Só que eu tenho a sensação... — Ela se cala, constrangida por ter começado a falar alguma coisa, qualquer que fosse. Conversar com a dra. Ibanez é tão fácil que chega a ser estranho, mas também é escorregadio. Ela se pergunta se os terapeutas são treinados para colocar as pessoas em um estado de hipnose.

— Continua. — A dra. Ibanez se inclina para a frente na cadeira. — Eu trabalho na ala psiquiátrica, lembra? É raro eu ouvir alguma coisa que me choque.

Rhi hesita.

— Isso aqui não é, tipo, uma *sessão*, né?

A dra. Ibanez solta uma risadinha.

— Não. Mas se você vai conversar com as meninas, eu preciso ter certeza de que você está preparada para o que vai ver atrás dessas portas. Então, sim: eu estou fazendo *um tiquinho* de avaliação. Mas é só um tiquinho. — Ela sorri para Rhi. — Continua. O que você ia dizer?

Rhi encolhe os ombros.

— É uma bobagem.

— Nada que alguém sente é bobagem.

Rhi pensa que é justamente isso o que um psicólogo deve dizer, mas continua mesmo assim.

— É que eu... Eu tenho a sensação de que tenho mais *direito* de saber, se é que isso faz sentido? — Suas bochechas ardem. — Eu *sei* que não tenho. Mas fui eu que encontrei elas, sabe? Agora eu meio que faço parte da história delas.

A dra. Ibanez faz que sim.

— Você sente que suas atitudes deveriam ser recompensadas?

— O quê? Não. — Rhi cruza os braços sobre a barriga. — Não, não é *isso*. É que... quando as pessoas passam por uma experiência louca juntas, às vezes elas sentem que têm uma conexão.

— Você sente que tem uma conexão com as meninas?

Rhi morde a parte interna da bochecha, se questionando até que ponto deve se confessar para a dra. Ibanez — e depois pensando: *não é um sinal de alerta se eu estiver escondendo alguma coisa de uma psicóloga?*

— Mais ou menos — Rhi diz. Ela descruza os braços, começa a cutucar as cutículas. — É como você disse, foi uma situação muito intensa. E a confiança que elas depositaram em mim, na floresta e no pronto-socorro... a minha sensação era de que eu *sabia* como ajudar as meninas em todas as etapas. E elas também sabiam. De alguma forma. Então sim, me pareceu uma conexão.

A dra. Ibanez faz um barulho reflexivo.

— Algumas pessoas são bem melhores do que outras em captar pistas não-verbais. E quando alguém é muito bom nisso, como é o seu caso, Rhi, às vezes tem a sensação de que tem um superpoder... como se você estivesse lendo a mente delas e não a linguagem corporal ou as expressões faciais. Isso não é raro em quem cresceu em um ambiente instável.

Rhi ergue os olhos para ela, corando ao ouvir a insinuação.

— Então você acha que foi só isso?

— Ah, não... de jeito *nenhum*. É muito difícil definir a conexão humana, e só do ponto de vista científico ela é entendida como os processos químicos do corpo, o que eu acho que nem de longe lhe faz justiça. Se você sentiu uma conexão com as meninas, só me resta acreditar. E torcer para que elas também tenham sentido isso e se abram mais com você do que têm se aberto comigo, para que elas possam receber a ajuda de que precisam. — A dra. Ibanez dá um sorriso triste, enrolando a pulseira dourada do relógio sem prestar atenção ao que faz. — Mas a verdade, Rhi, é a seguinte: apesar da sua conexão com uma pessoa, você tem não direito à história dela. E não existe ninguém que tenha direito à *sua* história. É isso o que torna tão complicado ajudar essas meninas... elas precisam *querer* a nossa ajuda.

— Ah, mas eu não quis dizer... eu não acho que tenho *direito*... — Rhi gagueja, o rosto pegando fogo.

A dra. Ibanez acaba com seu constrangimento abrindo um sorriso que a desarma.

— É claro que não. São só algumas palavrinhas de sabedoria de uma *pessoa mais velha*. — Ela revira os olhos para ela mesma, depois fixa o olhar carinhoso em Rhi. — Acredito que nós duas temos o mesmo objetivo, Rhi. Queremos ver as meninas felizes, saudáveis e reunidas com suas famílias. E, tomara, conseguindo se curar do que quer que tenham enfrentado. Nós duas queremos o melhor para as meninas, né?

Rhi faz que sim.

A dra. Ibanez entrega a prancheta com um montinho de papeis a Rhi.

—Antes de você entrar, preciso que você assine esta renúncia, este formulário de segurança de informações de saúde e um acordo geral de confidencialidade. Vou passar esses documentos por fax para o seu tio porque ele também vai assinar tudo.

Rhi pega a prancheta e a caneta oferecida, e procura com avidez as linhas em branco destinadas à assinatura ao final de cada página.

Enquanto uma auxiliar vai buscar as meninas, Rhi aguarda na "sala da família", em uma poltrona estofada deformada, coberta com a mesma microfibra azul e branca desgastada do pequeno sofá ao lado. A dra. Ibanez não vai acompanhar Rhi na visita — as duas querem que as meninas fiquem à vontade para falar o que quiserem, e a presença da dra. Ibanez não se mostrou conducente a esse objetivo. A dra. Ibanez prometeu a Rhi não observar a visita — tanto porque Rhi se sente melhor não tendo que esconder isso das meninas como porque observar as conversas particulares de pacientes sem consentimento é uma zona cinzenta do ponto de vista moral, ainda que os pacientes não sejam juridicamente capazes de consentir.

Enquanto espera, ela tem tempo de se preocupar, de se convencer de que as meninas jamais confiaram nela de verdade, de que entendeu mal a situação toda. Ou até de que podem até ter confiado nela a certa altura, mas não vão confiar agora, porque ela as abandonou.

Mas antes que Rhi possa se enfronhar em um frenesi de frustração, a porta se abre e as meninas chegam, empurrando a mais nova — Sunder — em uma cadeira de rodas. Quando

Rhi se levanta para cumprimentá-las, as garotas correm até ela sem nem um pingo de hesitação, aniquilando em um piscar de olhos as ansiedades de Rhi com uma lufada de espanto. Elas a cercam, murmurando seu nome, puxando-a para um abraço confuso, encostando a palma da mão no rosto dela, tocando em seu cabelo, levantando as mãos para encostá-las no rosto delas. Uma delas agarra a mão de Rhi e a aperta com força.

Por um instante, o corpo inteiro de Rhi parece um fio elétrico, tenso devido ao excesso de contato inesperado. Mas o alívio que irradia das meninas a atinge feito um raio de sol, aquecendo seus músculos gelados.

Terminadas as saudações, a loura alta — Verity — ajuda Sunder a se levantar da cadeira de rodas e se acomodar no chão, junto ao sofazinho. Sunder estica a perna quebrada à frente do corpo, coberta por uma enorme bota preta removível. As outras se aglomeram no sofá, ainda grudadas como se não pudessem ficar de pé sozinhas.

— Rhi — Sunder sussurra do chão.

— Rhi — as outras ecoam, as vozes secas e abafadas.

— Oi de novo — Rhi responde, de repente muito acanhada. Com o pijama azul-claro dado pelo hospital, sem a ferocidade animalesca nos olhos, as meninas não parecem tão surreais quanto lhe pareceram quando as descobriu, agachadas em meio a lobos, uivando para os céus. Rhi não sabe por que fica incomodada, mas ela mal vê a semelhança entre essas garotas e aquelas que descobriu no parque florestal. Elas acabaram de se lavar e se esfregar, o cabelo foi desembaraçado, penteado, em alguns casos cortado: o de Verity está comprido e solto, Oblivienne está com um corte ao estilo Cleópatra, o cabelo de Epiphanie está preso em tranças justas, o de Sunder está curtinho. O rosto e o antebraço delas são mapas de arranhões e cicatrizes, alguns novos, alguns antigos, visíveis agora que limparam toda a lama. A pele está pálida sob as luzes fluorescentes; os olhos, cansados e brilhantes como os de um passarinho, acompanham Rhi.

Por um instante, Rhi sente pena das pobres garotas. Ela não *quer* sentir pena delas. Sabe que provavelmente não querem sua pena, em todo caso. Mas a pena não é apenas a reação de alguém que se importa — também é a reação de alguém que é impotente.

Rhi também sabe disso.

Ela dá um sorrisinho para as meninas e engole a pena.

— Vocês todas parecem estar bem — diz ela, embora não seja exatamente a verdade. Ela se senta no carpete verde-mofo, de frente para elas. — Como está a sua perna? — Ela gesticula para a bota na perna de Sunder.

— Vai sarar — ela diz, acariciando a textura áspera da bota com o dedo calejado. — Mas eu poderia sarar mais rápido na floresta.

Rhi está surpresa. A voz da menina é clara e jovem, mas inesperadamente *régia*.

— Por quê, Sunder? — Rhi indaga.

Sunder parece assustada. Ergue os olhos contrastantes para a irmã que está no sofá — para Epiphanie que, junto com os lobos, declarou Rhi digna de confiança antes, na floresta. Epiphanie tem uma beleza impressionante, mesmo sob as luzes florescentes nada lisonjeiras. Rhi percebe que tem uma postura excepcionalmente ereta, mas não parece endurecida. Ela se alterna entre as irmãs, olhando primeiro para Sunder, depois Oblivienne, depois Verity que, só agora, limpa e de cabelo penteado, parece familiar para Rhi, o que é bastante esquisito. Elas estão conversando, ela se dá conta.

— Quem falou os nossos nomes para você? — Epiphanie pergunta com uma seriedade mortal.

—Alguém deu seus nomes… para a imprensa. — Ela sabe, assim que diz isso, que sua frase não vai ter sentido nenhum para elas. — Uma pessoa me falou. Tem problema?

— Não são nossos nomes originais — Sunder diz com um olhar de advertência. — Mas são os únicos nomes que nós conhecemos. Eles nos foram dados.

— Ah. — A cabeça de Rhi acelera com essa revelação. — São nomes lindos. Posso perguntar quem foi que deu?

As meninas trocam olhares, outra conversa tácita ocorrendo entre elas. Rhi decide recuar e aceitar o conselho da dra. Ibanez: elas não devem a própria história a você.

— Vocês não precisam me contar se não quiserem — Rhi diz, e fala a sério, embora a ideia de que não confiem nela seja dolorosa. — Então, vocês estão sendo bem cuidadas aqui?

Sunder se vira para Rhi, os olhos brilhando.

— Tem *muita comida* — ela comenta, mais em tom de choque do que de apreço.

— E está só... *aqui* — Oblivienne acrescenta. — Não tem caça nem coleta.

— Algumas fazem minha barriga doer — Verity diz. — Mas tem remédio para isso.

— Tem remédio *para tudo* — Sunder diz, tentando coçar a pele debaixo da bota.

— Então... isso tudo é novidade para vocês? — Rhi pergunta com cautela. — Vocês não têm nenhuma lembrança da vida assim? Talvez de antes da floresta?

— Não. Nada assim — Sunder responde.

— Aqui tem água... água limpa, em todos os lugares — Epiphanie diz, um sorriso brilhante se espalhando nos lábios. — Quase todo ambiente onde a gente entra tem... o que é mesmo aquilo? Uma pia. Ou bebedouro.

— E os *chuveiros* — Verity lembra a elas. — *Água quente.*

Todas fazem que sim, a expressão reverente.

Rhi sorri, aliviada em ver as meninas se soltando.

— Acreditem ou não, é assim na maioria dos lugares. Água corrente quente e fria, acesso a comida. Vocês ainda nem falaram da eletricidade.

Oblivienne faz uma careta para os painéis de luz do teto.

— A luz confundiu nosso corpo. A gente já não sabe mais quando o sol está nascendo ou se pondo. A gente acorda e dorme em qualquer horário, de acordo com os horários de alimentação. Eu não gosto dessa parte do seu mundo.

Rhi repara na clareza das palavras que dizem, na inteligência de suas falas. Como é possível que sejam as mesmas garotas que achou agachadas, rosnando na mata? A centelha selvagem ainda não sumiu por completo de seus olhos, mas agora Rhi percebe que elas também são astuciosas. Definitivamente *não são* ferozes nem violentas, como a mídia quer que o mundo pense. As garotas são outra coisa totalmente diferente.

— Rhi — Epiphanie diz, com um olhar audacioso para ela. — Você veio nos ajudar? Vai nos levar de volta para a mata?

Verity, cabelos cor de mel e olhos verdes — que parece tão familiar para Rhi, mas ao mesmo tempo não parece — acrescenta em voz baixa:

— A gente sente falta de ser livre.

Rhi fica de coração apertado.

— Eu juro que *estou* aqui para ajudar. Mas não tenho o poder de decidir para onde vocês vão. — Ela franze a testa. — Vocês… vocês me desculpem. Esse era o único jeito de socorrer a Sunder. Ela poderia ter morrido lá…

— Esse é o único mundo que você conhece — Oblivienne explica. A voz é macia, clemente. — Você não precisa se desculpar. Foi assim que você aprendeu a fazer as coisas.

Rhi morde o lábio.

— Quero ser sincera com vocês — ela diz. — As pessoas que mandam aqui, as que *têm* poder, o plano delas não é deixar que vocês voltem.

— Eles explicaram — Epiphanie diz.

— A gente sabia do risco de sair do castelo — Verity acrescenta. — Mãe nos avisou.

Sunder lança um olhar ferino para Verity.

— Então… vocês viviam com a mãe de vocês? — Rhi indaga, se inclinando um pouco para a frente. — Em um castelo?

— Não *a nossa* mãe — Sunder diz, se virando para Rhi. — *Mãe*.

As garotas se empertigam, se endireitam.

— E quem é… Mãe? — Rhi pergunta. Ela imagina uma velha da floresta, o cabelo grisalho em uma trança que vai até os joelhos, um colar de crânios de animais pequeninos batendo no peito enquanto caminha, apoiada em uma bengala de madeira torta. Será que Mãe era cruel? Sábia? Apavorante? Insana?

— Você não entenderia — Oblivienne diz, cruzando os braços.

— Talvez sim — Sunder retruca, olhando para Rhi com curiosidade.

— Ela não é de Leutéria — Verity diz, mas declara isso como um fato, não um juízo de valor.

*Leutéria?* Rhi repete a palavra dentro da cabeça. Não se lembra de já ter ouvido falar de um lugar com esse nome.

— Mas ela é a quinta — Epiphanie diz. — A gente precisa confiar nela, senão tudo o que Mãe nos ensinou não serve para nada.

As meninas olham para Rhi, diversos matizes de cautela e esperança.

— Nos *disseram* que era para a gente confiar nela — Epiphanie lembra às irmãs. Sua voz é clara, melodiosa, chama atenção. — Afinal, Mãe falou que este reino é vasto. Talvez eles saibam alguma coisa do nosso mundo.

*Reino?* Rhi pensa. *Eu sou a quinta? A quinta o quê? A quinta… garota?*

— Mãe disse que era para vocês confiarem em mim? — ela indaga, tentando evitar que sua voz pareça ávida.

As meninas a analisam, avaliando pelos olhos que parecem saber muito mais do que Rhi jamais entenderia. Sunder começa sussurrando uma palavra diversas vezes, até sua voz parecer o vento passando pelas árvores. Rhi demora um instante para perceber que ela diz seu nome.

Sunder para de sussurrar e a encara com os olhos semicerrados.

— Rhi não é seu nome verdadeiro, né?

— É apelido de Rhiannon.

— Rhiannon. — Ela ergue os olhos para Epiphanie, que balança a cabeça. — Não, esse também não é seu nome de verdade.

Rhi sente um nó no estômago.

— Como assim?

— É um nome falso — Oblivienne diz. — É um nome que você adotou para se proteger.

Rhi se recosta, esfrega a palma das mãos úmidas nos joelhos.

— Como é… como é que vocês sabem?

— Dá a sensação de ter raízes rasas — Sunder diz. — Como um broto que dá para arrancar da terra.

Rhi assente devagarinho, atônita com a exatidão inacreditável de suas palavras.

— *Rhi* é como eu me apresento agora. — Essa é única resposta em que consegue pensar.

— Se você nos disser seu nome verdadeiro — Verity diz —, a gente te conta de Mãe.

— Verity! — Sunder sibila, se mexendo para dar um golpe no joelho da irmã, mas sem conseguir fazê-lo por causa da bota.

— Não — Epiphanie diz, a voz um bálsamo para a agitação de Sunder. A menina mais nova se acomoda no chão, esfregando a perna coberta pela bota. — A Verity tem razão. Fomos orientadas a confiar nela. Não devíamos ignorar isso… contanto que ela continue a ser digna de confiança.

Rhi engole o desconforto. Não pode deixar o passado interferir no que está tentando fazer aqui e agora, ou seja, *ajudar as meninas*.

— Legalmente meu nome é *Eden* — ela diz. As sílabas soam desajeitadas na boca; no mesmo instante, tem a lembrança do nome vociferado pelos lábios do pai, dito de forma arrastada pela boca da madrasta, cochichado na escuridão. A única voz de cuja pronúncia não se lembra é aquela de que gostaria de se lembrar: a da mãe.

Epiphanie levanta o queixo e ergue as sobrancelhas, como se entendesse alguma coisa que não captava antes.

— Eden — Sunder diz, mas a forma como acaricia o nome na boca é como uma prece, é quase uma invocação.

Todas as garotas saboreiam as sílabas, repetindo o nome em sussurros e murmúrios que se sobrepõem. O coração de Rhi incha e se encolhe com o som do nome de batismo, assustado pelos fantasmas que ganharam uma nova vida. Mas é algo mais — no estômago embrulhado, ela sente o nome ser santificado, as impurezas consumidas pelo fogo, levando o nome às raias da reencarnação. Como se elas estivessem lançando uma espécie de feitiço.

Quando as meninas se calam todas de uma vez, *Eden* já não é apenas o nome que Rhi abandonou. Ela não sabe direito o que *Eden* é agora, mas suas lembranças pararam de lampejar o som dele sendo dito pelas vozes de outras pessoas, que antes revirava seu estômago.

Agora, quando o nome ecoa em sua cabeça mais uma vez, ela sente pena dele — a mesma pena que sentiu das meninas pouco antes.

— Esse também não é seu nome verdadeiro — Verity declara.

Rhi, assustada, está prestes a protestar, mas Oblivienne continua o pensamento da irmã.

— Mas ele tem poder sobre você — ela complementa. Seus olhos escuros são carinhosos quando ela diz isso, e Rhi tem a sensação inquietante de que as garotas ouviram todos os pensamentos que atravessaram sua cabeça nos últimos sessenta segundos.

— É nosso segredo — propõe Epiphanie, inclinando a cabeça na direção de Rhi. — Esse nome não vai sair daqui.

Rhi olha para cada uma das meninas à sua frente, perplexa. Como elas sabiam de *Eden*? O que aconteceu enquanto cantavam que tirou o poder enervante de seu antigo nome? As meninas *sabem* o que fizeram?

O que Rhi acha que elas *fizeram*, de qualquer forma?

Alguma coisa. Não sabe direito o quê, mas fizeram *alguma coisa* com ela, e ela não sabe se começou na mata ou ali naquela sala.

— Obrigada — ela diz, tentando se recompor. — E obrigada pela confiança em mim. Vocês vão... vão me contar sobre Mãe e o castelo? Vão me contar sobre... Leutéria?

As meninas trocam olhares, de uma em uma, depois tornam a fitar Rhi.

Por fim, Epiphanie faz que sim.

— A gente vai te contar.

# Nosso castelo selvagem

**Trecho de *Castelo Selvagem: memórias das garotas selvagens de Happy Valley***

**Sempre tínhamos vivido no castelo.** Mãe nos levou para lá quando éramos novas: primeiro Epiphanie, em seguida Verity, depois Oblivienne. Sunder foi a última a chegar. Nos lembramos desse dia com muita clareza, quando Mãe voltou ao castelo, uma trouxinha de ouro branco se contorcendo em seus braços, as mãozinhas esticadas para cima, tentando alcançar o céu azul, azul.

O castelo sempre fez parte de nossa vida. Nunca, em todos os nossos anos, vimos uma árvore tão imensa quanto a que chamávamos de casa. Tinha o espaço de uma casinha, a altura de uma montanha, e na parte de dentro, onde os insetos e a deterioração haviam deixado o tronco oco, havia prateleiras e paredes e escadas, que subiam bastante junto às paredes, nos levando até nossas plataformas individuais, onde criamos ninhos aconchegantes para dormir nas noites em que queríamos ficar sozinhas, ou quando queríamos descansar durante o dia sem sermos incomodadas. Tínhamos espaços para guardar nozes e raízes e carnes defumadas durante o inverno, e prateleiras para nossas ânforas de frutinhas fermentadas e mel. Tínhamos um canto alto e seco para armazenar as peles nas épocas de calor, e era ali que pendurávamos ervas para que secassem, o que deixava as peles com cheiro doce de azedinha, capim-de-cheiro e sálvia silvestre.

E de certo modo, apesar da idade da coisa, apesar das décadas, se não séculos, de tempestades e vermes e insetos e putrefação, o castelo permanecia elevado e amplo, impermeável à destruição da natureza e suas armas de deterioração.

Entre duas raízes enormes havia uma passagem na camada mais lisa e mais externa do tronco, da largura de uma pessoa de braços abertos e a altura de um urso. No verão, pendurávamos uma coberta de grama entrelaçada sobre ela para impedir a entrada do calor. No inverno, fechávamos essa abertura com couro curtido para evitar o frio e conservar o calor de nosso corpo e de nossa fogueira. Nas noites amenas, às vezes dormíamos fora do castelo, debaixo das estrelas, a pele queimada de sol banhada pelo luar. Era raro que fôssemos picadas por mosquitos, pernilongos ou outros bichos que mordem. Eles circulavam à nossa volta como se fôssemos pedras, como se nem percebem nossa pele e nosso sangue.

Quando adoecíamos, ficávamos abrigadas no castelo, em camas de pinhos e peles, o cheiro de caldo quente e suor rodopiando no ar. Nossas irmãs nos traziam água e comida, além de histórias para passar o tempo. Mãe também vinha, às vezes, e usava sua magia para tirar a doença do nosso corpo. Porém Mãe nem sempre estava lá.

Um verão, quando ainda éramos muito novas, Sunder ficou muito doente. Vomitou por dias a fio, com diarreia, incapaz de comer ou manter a água no corpo por quase uma semana. Estava esquelética e cinza quando Mãe voltou. Ao regressar, ele fez um cataplasma com um punhado de gordura de urso e de ervas silvestres, e passamos a mistura no abdômen de Sunder. O cheiro era azedo e mentolado e a sensação ao toque era de pelota fresca de coruja, mas ela não demorou a sentir alívio. Minutos depois, conseguiu ficar confortável deitada, o que não acontecia havia dias. Passada uma hora, conseguiu comer e não botar nada para fora. Precisou de mais dois dias de repouso, comida e hidratação, mas se recuperou totalmente.

— Me ensina a fazer esse cataplasma, Mãe? — Epiphanie pediu no segundo dia, ao chegar no castelo com uma bolsa cheia de água doce. — Para eu poder fazer caso você não esteja aqui? — Epiphanie prendeu as tranças com as mãos ágeis e um galho bem-colocado antes de despejar parte da água em uma cumbuca e bebê-la.

— É, quais plantas você usou para curar ela? — Oblivienne perguntou de onde estava, sentada ao lado de nossa irmã adormecida, os olhos escuros brilhando. Verity estava na floresta procurando mais amoras-pretas e morangos silvestres, além das maçãs verdes azedas que cresciam um pouco mais longe.

Mãe sorriu e ergueu os olhos de onde estava sentado, de pernas cruzadas do outro lado do leito de Sunder.

— Ah, uma coisa ou outra. Mas tem menos a ver com as plantas que usei do que com a *intenção* que pus no cataplasma, e a força vital das plantas em si. Quaisquer coisinhas verdes dariam conta do recado com a pessoa certa misturando e dando a elas um objetivo.

— Você mostra para a gente como se faz isso? — Epiphanie pediu ao entregar uma cumbuca de água fresca a ele.

— Claro, minha filha — Mãe disse. — Mas primeiro a gente precisa de um desejo. Um desejo potente... não um mero capricho. Meu amor por Sunder fez com que meu desejo de curá-la fosse muito, muito forte. E quando encarrego o castelo de proteger vocês, meu amor por todas vocês é o que torna essa intenção tão forte. — Mãe se alternava entre olhares para Oblivienne e para Epiphanie. — Que desejos potentes vocês têm, minhas filhas?

As duas olharam para as mãos, como se as respostas estivessem escritas ali.

— Quero ver Leutéria de novo — Oblivienne disse, fechando as mãos. — Quero ver o lugar onde eu nasci. — Ela olhou para Mãe através da cortina de cabelo preto embaraçado pela lama, o maxilar enrijecido.

— Essa hora vai chegar, Oblivienne — Mãe disse em tom ameno. — Quando o céu encontrar a Terra e sua quinta irmã chegar, o caminho de casa será revelado. Você vai voltar a Leutéria e salvar seus reinos.

— Eu quero que a hora chegue *agora* — Oblivienne disse com uma ânsia profunda. — Estou cansada de esperar.

Epiphanie pôs a mão no ombro da irmã.

— A gente não pode apressar o céu, assim como não pode apressar as estações. Não pode apressar o destino.

— E você, Epiphanie? — Mãe perguntou. — O que você deseja?

Epiphanie olhou para Sunder, a pele pálida reluzindo no sono restaurador, adormecida na cama de peles, e depois para Oblivienne, que franzia a testa ao olhar para a porta do castelo e para o céu azul, azul.

— Eu desejo, do fundo do coração — Epiphanie disse, tirando o cabelo do rosto de Sunder —, que minhas irmãs fiquem em segurança... e sejam felizes.

# 8

**Rhi tenta não ficar boquiaberta** diante das meninas.

— Parece que Mãe ensinou muita coisa a vocês — ela diz, a cabeça desenfreada de imaginação, de preocupação, de questionamentos. Ela faz a pergunta que mais perturba sua cabeça.

— Vocês me contam… o que é Leutéria? Ou onde fica?

As meninas trocam olhares e voltam a mergulhar em sua história.

# Os cinco reinos

**Trecho de *Castelo Selvagem: memórias das garotas selvagens de Happy Valley***

**Não lembramos quando** foi a primeira vez que Mãe nos contou nossa história, mas a sabemos de cor.

— Era uma vez um mundo chamado Leutéria onde havia cinco princesas, em cinco reinos, que juntos formavam uma estrela perfeita no território.

Mãe sempre começava a narrativa dessa forma, com sua voz forçada, rouca. Sempre estava sentado junto ao fogo à noite, ou à sombra do castelo durante o dia, ou nos conduzindo até o alto da montanha quando a lua ficava cheia e iluminava bem o caminho entre as árvores.

Nossa lembrança mais radiante de Mãe contando nossa história é de uma noite de verão abafada em que decidimos dormir ao ar livre, deitadas entre as duas raízes extensas do nosso castelo que emolduravam a entrada larga. O ar da noite estava quente e úmido; Mãe usava seus mantos azul-claros que refletiam a lua enquanto olhava para o céu; nós nos esticamos, nuas, em uma cama de galhos de samambaias verdes recolhidas da floresta, apáticas, na torcida para que a luminosidade gélida das estrelas nos refrescasse. Nenhuma de nós desconfiava de que seria a última vez que ouviríamos Mãe contar nossa história. Se soubésse-mos, talvez tivéssemos feito mais perguntas.

— Era uma vez um mundo chamado Leutéria onde havia cin-co princesas — Mãe começou naquela noite, como sempre. Ele fechou um pouco o manto apesar do calor, se encostando na raiz do castelo, voltando o olhar para a floresta. — Cinco princesas em cinco reinos, que juntos formavam uma estrela perfeita no terri-tório. Durante milhares de anos, esses reinos tiveram paz e pros-peridade. E como não seria assim? O paraíso era a terra delas, e o povo delas descendia do céu.

— Você já era vivo nessa época? — Verity perguntou, fitando o céu, imaginando um desfile de seres celestiais dançando até as montanhas do planeta ali embaixo, cintilando com sua luz estelar.

— Em certos momentos, sim — Mãe respondeu. — Todos nós já fomos e viemos diversas vezes ao longo dos séculos. Mas não é sempre que lembramos de uma vida para a outra quem nós fo-mos e o que fizemos.

— Mas você lembra? — Oblivienne indagou.

— É claro que lembra — disse Sunder. — Senão ele não seria profeta.

— Eu *queria* me lembrar — disse Verity. — Eu já seria tão in-teligente. Pensem em todas as coisas que a gente não teria que aprender e reaprender várias vezes. Quantas vezes vocês acham que a gente aprendeu a contar, ou a esfolar coelho? A gente pode-ria estar descobrindo como abrir o céu a esta altura, se não preci-sasse repetir nossas lições.

— Por que você iria querer abrir o céu? — Epiphanie perguntou.

— Para ir para casa — Sunder respondeu pela irmã, esticando o braço para o céu.

— A volta para casa não pode ser forçada, meninas. Vocês sabem disso. — Mãe tornou a olhar para o céu, para as estrelas emolduradas pelos galhos desfolhados do castelo. — Quando o céu encontrar a Terra e sua quinta irmã chegar, o caminho de casa será revelado. Vocês vão saber quando a hora chegar... e ela só vai chegar uma vez nesta vida.

— Mas como você sabe? — Verity questionou.

Mãe suspirou, mas não de exasperação.

— Tudo o que eu previ aconteceu. Algumas coisas provocaram meu deleite, mas a maioria não. — Ele assentiu, mais para si mesmo do que para as meninas que de modo geral não olhavam para ele, mais encantadas com as estrelas e a noite do que com o velho cuja voz insistia em preenchê-la. — Eu previ a escuridão que consumiu Leutéria. Previ a barbárie e a doença que a levaram à ruína. A escuridão da humanidade é uma força tão destrutiva quanto qualquer tempestade, e não deve ser subestimada. Mesmo neste mundo, não estamos completamente imunes a seu alcance.

— Então como nós vamos salvar Leutéria? — Oblivienne perguntou, mal disfarçando a desesperança na voz.

Epiphanie esticou o braço por cima das peles para segurar a mão da irmã, entrelaçando seus dedos aos dela com delicadeza.

— A gente vai descobrir o caminho.

— O caminho será revelado a vocês — Mãe a corrigiu com amabilidade. — Assim como me foi revelado. Eu sabia que Leutéria estava caindo e previ que a única maneira de salvá-la seria trazer vocês quatro para cá, para este mundo além do véu, antes que vocês também fossem perdidas para a decadência. — Seu olhar se desviou do céu para as garotas, as flores silvestres murchando nos cabelos, os símbolos e enfeites grosseiros que tinham pintado na pele com água e cinzas. — Vocês têm sangue nobre, todas vocês são princesas dos reinos restantes. Não foi apenas o destino, mas o direito nato, que as escolheu para a missão de salvar seu mundo.

— Mas e a quinta princesa? — Sunder perguntou, voltando os olhos de cores descombinadas para Mãe. — Nossa quinta irmã. Quando é que finalmente vamos conhecê-la? Você fala dela desde que eu me entendo por gente, mas quando ela vai chegar?

Mãe sorriu, misterioso como sempre.

— Quando for a hora certa, e só quando for a hora certa. Quando a hora de salvar Leutéria estiver próxima, e não depois.

— Mas como ela vai saber que este é o caminho dela se ninguém nunca falou? — Oblivienne indagou. — Como ela vai saber onde nos encontrar?

— Minhas filhas, não se trata de partir em uma jornada e chegar a um destino — Mãe disse dando uma risadinha. — Trata-se de *vida*. De *destino*. Vocês já estão no caminho que as levará para casa, para Leutéria, e ela também. Nenhuma força do universo consegue alterar o caminho, a não ser sua própria vontade. Vocês quatro têm a sorte de saber aonde o caminho as levará, mas a presciência não faz parte do caminho dela. *Eu* não faço parte do caminho dela. Mas os caminhos *de vocês* estão entrelaçados.

— Mãe fechou os olhos, como que para espiar a própria mente e achar as palavras que buscava.

— Como nós vamos reconhecê-la? — Verity questiona.

— Ela é que nem vocês... filha dos lobos. Vocês vão reconhecê-la como parente assim que a virem, na fronteira entre os dois mundos. E ela vai se reconhecer em vocês.

As meninas se calam, tentando imaginar a quinta irmã, como volta e meia faziam: seria feroz e corajosa? Seria contemplativa e sábia? Seria imprudente e assustadora? Como o mundo além da floresta a formaria? Quem a estava orientando, se não Mãe?

— Mãe — Oblivienne sussurrou. — Mesmo se, e quando, ela nos encontrar, o que você descreveu, a sombra que se abateu sobre nossos reinos... é um fardo pesado demais para meras meninas.

— Não são *meras* meninas — Mãe insistiu. — Não existe isso.

— Então o que nós somos? — Verity perguntou.

— Vocês são guerreiras. Curandeiras. Sonhadoras. São o lobo selvagem e o urso-negro imenso, despojado de orgulho e forte em propósito. Quando eu as trouxe para cá, vocês eram puras, imaculadas e indomadas, e assim vocês permaneceram. Vocês não foram arruinadas pela cobiça ou a aversão egoísta.

A harmonia vem naturalmente para vocês. A magia flui facilmente para vocês. Sua admiração nunca cessou, sua selvageria continua intacta. É isso o que as mantém de coração aberto, e é isso o que as torna *fortes*.

A voz dele vacilou, mas não era apenas a convicção que fazia Mãe tremer. Ele apertou mais os mantos para esconder que pressionava a dor nos pulmões com os nós dos dedos, que o peito tremia a cada fôlego penoso.

— E quanto a você, Mãe? — A voz de Epiphanie se espalhou na escuridão.

— Não sou nenhum herói. — Mãe deu uma risadinha com um conformismo sossegado. Não queria que as meninas soubessem da visão que tivera para si mesmo, mas em breve não teria como evitar. — Quando o caminho para Leutéria for revelado, eu continuarei aqui.

— Não! — Sunder berrou, se sentando, afastando a coberta do luar em prol das sombras. — Leutéria precisa de todos nós!

— Minha menina — Mãe a tranquilizou. — Eu servi a Leutéria por muitos anos, e vou servi-la por muitos anos mais. Mas nunca mais nesta vida. Tenho certeza de que vocês perceberam que sou um homem velho.

— E daí? — Sunder implorou. — Você pode usar a magia. Pode se curar. Você já nos curou centenas de vezes!

— Curar cortes e machucados é muito diferente de curar as milhares de lacerações deixadas pela passagem do tempo. — Mãe esticou o braço até Sunder, que pegou sua mão ossuda, com consistência de papel, com rapidez, com firmeza. — Você vai ficar bem, minha menina. Vai sobreviver e vai cumprir seu destino.

— Todas nós? — Oblivienne perguntou em tom suave do amontoado de peles que fizeram no chão, ainda deitada de costas. Os olhos escuros úmidos estavam cheios de sombras e luz estelar, derramando uma corrente brilhante que caíam pelas têmporas, na confusão preta do cabelo.

— Sim — Mãe mentiu.

# 9

**Quando elas terminam de falar,** Rhi está tão desorientada quanto uma criança ao acordar de um cochilo. Ela pisca, a mente agarrando as imagens vívidas, como se tentasse capturar os vestígios de um sonho. Só que não é sonho — é a vida real dessas quatro mulheres. Quatro garotas.

Mas a história que têm vivido é cheia demais de fantasia para aguentar uma análise a fundo. Talvez elas acreditem nessas coisas, talvez tenham ouvido essas coisas, mas as coisas de que falaram — mundos alternativos e magia e previsão do futuro —, essas coisas são impossíveis. Inacreditáveis.

*E no entanto...*

E no entanto.

Quem é a quinta princesa que elas esperaram por tanto tempo? Era a isso que se referiam quando disseram "ela é a quinta" mais cedo? Foi por isso que os lobos a aprovaram? Por que Mãe mandou que confiassem nela sem nem sequer tê-la conhecido?

*Rhi* é a quinta princesa?

Rhi não consegue nem começar a imaginar como poderia compartilhar qualquer uma dessas informações com a dra. Ibanez, mas se pega tendo a audácia de mergulhar a cabeça em águas impossíveis com mais frequência do que nunca no que diz respeito a essas meninas — essas meninas selvagens, mas régias que cantam e uivam e invocam um poder que Rhi não entende, mas não tem como negar. E se de fato existir uma magia natural na ponta de seus dedos — ou talvez nos lábios, evocada pelo som de suas vozes levantadas em uníssono?

Ela não tinha sentido isso, naquele dia da floresta, quando Epiphanie olhou dentro de seus olhos e o mundo sumiu?

Ela não tinha suspeitado, quando a chuva e os trovões vieram, tão repentinos, no instante em que o pesar dominou Sunder e as meninas uivaram para o céu?

Ela não tinha quase acreditado, poucos minutos atrás, quando as meninas afirmaram inexplicavelmente que ela tinha um nome secreto?

O tique-taque do relógio no alto da parede traz a atenção de Rhi de volta ao presente. Ela engole em seco, olha para cada uma das garotas de pijama azul-bebê dado pelo hospital, no sofazinho azul desbotado, no tapete verde duro.

Ela sabe que é muito provável, se a mídia e a polícia estão falando a verdade, que as garotas sejam as meras vítimas da lavagem cerebral feita por um velho doente mental que as roubou das famílias.

E no entanto... se Rhi precisasse escolher qual versão da história ela gostaria que fosse a verdadeira, sem dúvida optaria pela das garotas.

— Então — Rhi diz depois de um tempo, parando para pigarrear. — Vocês viviam na floresta desde sempre? Com Mãe. Dentro de uma árvore.

— Um *castelo* — Sunder a corrige.

— Castelo. — Rhi faz que sim, lutando para não deixar a preocupação se manifestar no seu rosto. Um velho e quatro jovens vivendo sozinhos na floresta...

— Ele nos *protegia* — Oblivienne diz, chamando a atenção de Rhi.

Rhi se recosta, pasma. Oblivienne leu sua mente ou sua ideia horrível era tão óbvia assim?

— *Os dois* nos protegiam — Oblivienne continua, franzindo a testa. — A gente nunca devia ter ido embora.

— A gente não tinha opção — Verity rebate.

— Nós concordamos que os sinais diziam que era hora de ir — Epiphanie lembra a elas, tocando no ombro de Oblivienne. — Essa é só uma parte do caminho que temos que percorrer.

— Para chegar em casa — Rhi confirma. — A Leutéria. Para *salvar* Leutéria.

As meninas fazem que sim.

— É um fardo e tanto para carregar.

— É o nosso destino — Sunder diz, fixando o olhar em Rhi.

Rhi não sabe direito se Sunder está tentando lhe comunicar alguma coisa ou intimidá-la, mas há uma mensagem nos olhos bicolores da menina que ela não está captando — ou talvez não queira captar.

— Alguma de vocês se lembra de alguma coisa da vida *antes* da floresta? Da família de vocês antes de Mãe?

Elas fazem que não, não exatamente ao mesmo tempo, como caules de flores silvestres ondulando com a brisa.

— Sabemos que nossas famílias não sobreviveram à escuridão que tomou Leutéria — Oblivienne diz. — Também não teríamos sobrevivido se não fosse por Mãe. Ele nos resgatou.

— Então... Mãe — Rhi diz. — Onde ele está agora?

Epiphanie põe a mão no ombro de Sunder, pega a mão de Verity, que segura a mão de Oblivienne. Por um instante, respiram juntas, a cabeça baixa, os olhos em um lugar onde Rhi não pode acompanhá-las.

Por fim, Sunder levanta os olhos para Rhi e diz:

— Mãe está com a gente. Sempre.

— Fizemos um progresso *incrível* hoje, e foi tudo graças a você — a dra. Ibanez explica, ao acompanhar Rhi pelos corredores bizantinos do hospital. — Não tenho nem como te agradecer.

— Fico feliz de poder ajudar — Rhi diz, lutando contra o rubor que queima as bochechas.

No final da visita, quando as garotas não pareciam dispostas a entrar em mais detalhes ao responder à pergunta de Rhi sobre o paradeiro de Mãe, Rhi perguntou às meninas se poderia dividir o que elas haviam lhe dito com a dra. Ibanez. Não achava certo repassar informações à médica sem a permissão delas. Por sorte, concordaram que se Rhi confiava na médica, elas também confiariam. A dra. Ibanez gravou o relato que Rhi fez da conversa no celular, mantendo uma expressão entre neutra e meio interessada mesmo quando Rhi lhe falou de Mãe e da magia — mesmo quando falou de Leutéria.

— Ah, faz sentido — a dra. Ibanez disse a certa altura, em sua única interjeição. — Elas têm feito desenhos de cinco pessoas em volta de um círculo... acho que é a lua. Imaginei que a quinta figura fosse da pessoa que vivia com elas lá na mata, mas vai ver que é essa suposta quinta princesa?

Apesar do rosto meticulosamente neutro, seus olhos brilhavam de curiosidade, talvez até de empolgação.

—Você estaria disposta a visitar as meninas de novo logo? — a dra. Ibanez pergunta agora que se aproximam da entrada principal. — Quem sabe ainda esta semana? — Ela pigarreia e enfia a mão nos bolsinhos do blazer.

*Ela está... nervosa?* Rhi se pergunta.

— Elas parecem mesmo ter uma conexão contigo — a dra. Ibanez explica. — E quero que elas se sintam seguras enquanto estiverem aqui.

— Sim. — Rhi assente. — Claro, o que eu puder fazer para ajudar, eu faço.

Agora Rhi entende o nervosismo da dra. Ibanez: ela está pedindo a ajuda de Rhi, e esse não deve ser o protocolo padrão de um hospital psiquiátrico público.

Antes de chegarem às portas automáticas, a dra. Ibanez se vira e estica a mão de unhas pintadas para Rhi.

— Obrigada de novo, Rhi. E, sabe, se você precisar de alguém para conversar sobre tudo isso, como isso tem afetado *você*... minha porta está sempre aberta.

Rhi lhe dá um aperto de mão firme.

— Está bem. Sem problemas. Obrigada.

— Ah, e manda um oi para o Jimmy.

Ela sorri suavemente.

— Pode deixar.

Do lado de fora do hospital, o estacionamento parece imerso em uma escuridão artificial depois da radiância imediata dos refletores da entrada, poças distantes de luz iluminando os carros e as vagas desocupadas. Enquanto Rhi percorre as vagas com o olhar à procura da picape do tio, o telefone vibra no bolso. Pensando que talvez seja ele, ela o pega para olhar a tela.

> **Mensagem de: NÃO**
> Edie, por favor fala comigo.

Rhi passa o dedo na tela para deletar a mensagem, mas não antes que o coração suba à garganta para sufocá-la. Quando se dá conta, está com a mão no pescoço, apertando a pele delicada dos tendões, afastando a lembrança de outra mão, outra noite, outra vida completamente diferente.

Quase tão depressa quanto as memórias vêm à tona dentro de Rhi, a buzinada dupla de um carro a puxa de volta para a calçada, o hospital, Happy Valley e a vida que está vivendo agora. Olha para a origem do som e vê a picape verde-floresta de tio Jimmy parada do outro lado de um canteiro, a luz baixa âmbar piscando no breu sombrio.

Rhi corre e abre a porta do carona, entra e bate a porta. Força um sorriso, tanto para o tio como para tentar se convencer.

— Ei, sumida — tio Jimmy diz, entregando um copo de café de papelão que Rhi percebe que é da sede da guarda-florestal. — Como foi lá dentro?

Rhi segura o copo quente entre as mãos e no mesmo instante sente o cheiro doce e salgado de chocolate quente instantâneo, misturado com uma colher de café instantâneo, do jeitinho que ela gosta — e que Vera *jamais* permitiria que ela tomasse.

— Obrigada — ela diz. Rhi dá um golinho no "mocha de mercadinho", como o apelidou, em homenagem à mistureba esquisita de bens tecnicamente não-perecíveis que seriam baratos, mas estão superfaturados, além de volta e meia estarem vencidos, que se acha nas prateleiras dos mercadinhos próximos às áreas de camping à beira da reserva florestal. A bebida teve tempo de esfriar durante o trajeto, e era justamente daquela doçura melosa que ela precisava para ficar acordada durante o caminho até sua casa. — A verdade é que foi muito bem.

— Nem imagino o que essas pobres coitadas passaram. Você está fazendo uma coisa boa, Rhi, mostrando a essas meninas que elas não estão sozinhas. Fazendo-as falar. Isso pode ser essencial para descobrir quem elas são. Quando eu penso nas famílias que estão sentindo falta delas, *de luto* por elas... — Tio Jimmy balança a cabeça.

— Eu sei. — Rhi hesita. — Mas acho que ao mesmo tempo elas sentem falta de ficar lá, entende? Aquela liberdade toda... agora desapareceu.

Tio Jimmy olha para ela ao tirar o carro da vaga.

— Você não está sentindo culpa, né? Por ter me chamado lá em cima e ter levado as meninas para um lugar seguro?

— Não. Talvez. Não sei.

— Você salvou a vida daquela menina, Rhi-Rhi. Talvez a vida de todas elas.

— É. — Rhi não sabe explicar para o tio, não sem parecer estar às raias do delírio. Mas não consegue se segurar. Quanto mais pensa na história delas e nas coisas estranhas que viu, nas coisas que *sentiu*, mais propensa fica a acreditar em *tudo*.

Ainda assim. Se alguma parte é verdade ou não é, o que mais ela poderia fazer?

— Por falar em *vida* — tio Jimmy diz, entrando na estrada principal —, sabe quem acabou de ter um bebê? A filha do delegado Elroy, Samantha. Namorei ela por um mês no colégio… dá para acreditar? — Ele dá uma risadinha. — Acho que estou ficando velho. De repente eu tenho uma criança no ensino médio e meus amigos todos estão tendo filhos.

Rhi solta um barulho que é um meio-termo entre uma risada e um escárnio.

— Eu acho que não dá para você considerar que comigo você tem uma *criança*.

— Claro que dá, mocinha.

— Você é só doze anos mais velho que eu!

— Enquanto você tomar esses mochas de mercadinho horrorosos, eu posso te chamar de *minha criança*. Entendeu?

Os lábios de Rhi se esticam no formato ainda estranho de um sorriso.

— Entendi.

# 10

**Ao longo da semana seguinte,** Rhi volta ao hospital depois da escola para visitar as meninas sempre que pode. Para todas as perguntas que faz sobre a vida delas na natureza selvagem, elas fazem um milhão sobre ela: sobre sua vida, sua família e o mundo além dos muros do hospital.

Desta vez, quando Rhi aparece, as garotas estão esperando Rhi para pedir um favor.

— Precisamos da sua ajuda para sarar a perna da Sunder — Epiphanie explica. Ela está sentada ao lado de Sunder, cuja perna está esticada no chão, dentro da bota ortopédica preta. Oblivienne está acomodada atrás de Sunder e Verity está ajoelhada a seus pés.

Epiphanie indica com um gesto que Rhi se sente de frente para ela e complete o círculo.

— Eu... acho que não consigo ajudar nisso — Rhi diz, se sentando no lugar indicado.

— Consegue — afirma Sunder, balançando o pé com certa impaciência.

— A magia vai ser mais forte agora que somos cinco — Oblivienne explica, botando a mão na cabeça de Sunder. A menina se entrega, fechando os olhos. Uma expressão satisfeita se instala no rosto.

GAROTAS SELVAGENS **99**

— Magia — Rhi repete, meio sem fôlego.

— Para a cura — Verity explica, colocando as mãos no pé da bota de Sunder.

— Não é difícil — Epiphanie garante, segurando a mão de Sunder. — O mais importante é o nosso desejo de que a perna da Sunder fique boa. Basta se concentrar nisso que o resto vem.

— Ah — Rhi exclama enquanto Sunder dá sua outra mão a Rhi. É quente e seca, e é de uma firmeza surpreendente para o tamanho que tem, deixando Rhi centrada apesar da empolgação que faz a cabeça acelerar. Fica fascinada com as meninas, que fecham os olhos e fazem respirações longas, lentas.

Rhi pensa no que aconteceu na floresta, quando elas pareceram convocar uma tempestade com suas lamúrias; ou no que aconteceu naquela mesma sala, quando o canto que fizeram limpou o nome de batismo rejeitado. Haveria cantoria agora? Haveria feitiço?

Com a respiração contida, Rhi aguarda instruções, orientações, uma visualização guiada, quem sabe, como ela já viu bruxas e astrólogos modernos fazerem em suas lives de Instagram em dias de lua nova e lua cheia — até que ela se dá conta de que as palavras de Epiphanie *são* as instruções.

Ela fecha os olhos depressa e concentra suas intenções em Sunder enquanto o constrangimento queima seu rosto por alguns instantes, mas então outra coisa, uma coisa muito mais importante, invade Rhi. Ela sente o calor da palma da mão de Sunder avançar por seu corpo, esfriando ao chegar a seu âmago, cintilando um pouco ao envolvê-la de dentro para fora.

*Essa deve ser a sensação da magia*, Rhi entende, agora ciente de seu fluxo, percorrendo todas elas como uma carga estática, ou uma névoa, ou o toque ilusório do luar. Ela se deleita em um momento de loucura antes de se lembrar do objetivo da magia, e então volta seus pensamentos para o desejo de ver Sunder inteira e curada. Rhi não tentou muitas mentalizações na vida (já tinha tentado fazer algumas daquelas meditações guiadas, e os resultados foram desastrosos: sua psiquê não se presta a explorações), portanto, apesar de se esforçar para se concentrar, sua cabeça vaga por desejos adjacentes: ver aquelas garotas todas felizes e saudáveis; vê-las livres e selvagens; ver seus destinos cumpridos, seja como for. Sempre que percebe que sua mente divagou, ela a puxa de volta, um rabinho de autoflagelação se arrastando em seu encalço. Mas a magia, ou talvez a sensação da energia das outras meninas espiralando à sua volta, dissolve quaisquer sentimentos ruins antes que eles criem raízes.

Rhi percebe que o ritual terminou pela desaceleração de sua mente. Ela sente o afastamento da magia, sente as mãos segurando as mãos de Sunder, sente a bunda dormente no tapete duro do chão. Abre os olhos, piscando para tirar os brilhos do cantinho da vista e vê as outras meninas também abrindo os olhos. Sunder está sonolenta, a cabeça no colo de Oblivienne, assim como no dia em que Rhi as encontrou, só que em paz e não com dor.

Rhi dá uma olhada no relógio da parede e se espanta com o tempo que passou. Teve a impressão de que foram minutos, mas o relógio indica que elas manipularam a magia durante quase uma hora. (*Magia. Seria de fato magia? O que mais poderia ser?*)

— Conseguimos? — ela pergunta, a voz suave para não interromper o sossego.

— É uma ferida grave… a cura vai levar um tempo — Epiphanie diz com um sorriso cansado, tirando algumas mechas do rosto de Sunder, que pisca até conseguir despertar. — Mas a magia vai sarar a ferida mais rápido.

A ideia faz sentido para Rhi, ainda que ela fique meio decepcionada por não haver milagre instantâneo, a prova, preto no branco, que falta para poder declarar: "A magia é verdadeira!" Mas até sua decepção some na esteira do ritual, ou feitiço, ou seja lá qual nome se dê. O fluxo de energia fortíssimo acabou, mas está fresco e é genuíno em sua memória, e deixou marcas cintilantes em seu coração.

Mais tarde, na sala da dra. Ibanez, para seu "balanço", como a médica diz (com um riso meio nervoso), Rhi se pega escondendo detalhes do ritual. Só declara os fatos e nenhuma das emoções, nenhuma das sensações que ainda eletrizam sua mente quando relembra a magia.

— Foi basicamente uma meditação — Rhi declara. — Mas elas parecem confiar muito em seu poder. Sabe como é... tem quem encare orações desse jeito. — Ela aperta os olhos, fingindo uma indiferença a respeito da qual sente uma vontade louca de rir.

A dra. Ibanez batuca uma caneta roxa contra o lábio inferior enquanto olha para algo atrás de Rhi, a cabeça nitidamente se revirando ao absorver o que Rhi lhe conta.

— Sabe, é muito comum líderes de seitas usarem a respiração e uma meditação meio malfeita para que as vítimas entrem em um estado alterado de consciência. As primeiras respirações dão uma sensação boa, mas depois de um tempo elas mexem com o cérebro: é oxigênio demais ou oxigênio de menos. As pessoas relatam sensação de euforia, experiências extracorpóreas, uma ligação fortíssima com o divino, e é claro que acham que isso se deve ao líder escolhido de Deus ou coisa assim. — Ela para de batucar a caneta e fixa o olhar em Rhi. — Elas respiraram esquisito?

Rhi faz que não, seu ânimo minguando um pouco.

— Não que eu tenha percebido.

A dra. Ibanez solta um ruído pensativo.

Mais tarde, antes de soltar Rhi no mundo outra vez, a dra. Ibanez faz uma pausa.

— Rhi, eu espero não estar pedindo demais de você, fazendo você passar tanto tempo com as meninas.

— Não — Rhi garante. — Eu quero ajudar elas.

— Sim — a dra. Ibanez diz. — Mas já tem coisa demais acontecendo com você. E às vezes, quando as coisas parecem acachapantes, pode ser mais fácil a gente se concentrar na vida alheia.

O rosto de Rhi arde.

— É isso que você acha que eu estou fazendo? — ela pergunta baixinho. — Que eu estou usando as meninas como válvula de escape?

— Não, eu não acho isso. Mas sei que seria tentador. Para ser franca, Rhi, você enfrentou as coisas com uma calma que até terapeutas formados teriam dificuldade de manter. Assim como as meninas, aliás.

— Não entendo. Isso é ruim?

A dra. Ibanez olha para o forro esburacado do teto enquanto organiza os pensamentos.

— Quando uma pessoa passa muito tempo vivendo em uma situação perigosa, que nem as meninas, rodeadas de animais selvagens e sob um clima imprevisível, e vai saber que outros riscos, o corpo e a mente se adaptam para aumentar a possibilidade de sobrevivência, e em certa medida fazem isso tirando a ênfase na importância do bem-estar emocional. Na prática, isso pode se traduzir na manutenção da calma e da clareza de pensamento diante do perigo... digamos, por exemplo, o encontro com um lobo. Na vida normal, bem. Vemos esse tipo de *calma sob pressão* frequentemente em filhos de alcoólatras, ou...

— Não sou... — Rhi deixa escapar. Ela fica vermelha. — Meus pais não são alcoólatras.

— Está bem. — A dra. Ibanez faz que sim. — Eu acredito no que você está dizendo.

No sábado, depois que seu expediente matutino nas trilhas é interrompido por um punhado de jornalistas locais intrépidos que subiram a montanha para interceptá-la, Rhi toma um banho e se troca na sede da guarda-florestal, e depois tio Jimmy a deixa no hospital. As garotas finalmente foram autorizadas a interagir com os outros residentes, e portanto hoje a dra. Ibanez se encontra com Rhi na recepção e a leva à área comum.

Enquanto aguarda permissão para entrar, Rhi espia a sala das enfermeiras através de uma janela. Vê diversos pacientes que não reconhece antes de Sunder aparecer com suas muletas, capengando pelo ambiente. A perna está livre da bota, mas coberta por um gesso grosso, já tomado por rabiscos enfurecidos e símbolos angulosos, riscados no gesso e também na pele. Rhi fica meio decepcionada ao ver o gesso — isso quer dizer que o feitiço de cura não funcionou. Pelo menos por enquanto.

— Hoje eu quero fazer a visita junto com você — a dra. Ibanez diz, assinando algum papel na prancheta. — As garotas não entram mais em detalhes a respeito do tempo que passaram na mata, não falam mais do que já falaram para você, e eu estou sendo pressionada pela polícia. — Ela suspira, pontilhando o papel e o devolvendo à enfermeira.

— Então ninguém descobriu *nada* sobre quem são elas? — Rhi indaga, observando pela janela quando Sunder faz uma manobra para chegar à mesa de artesanato. Ela enfia a mão no fundo de uma caixa e pega um punhado de canetinhas antes de desmoronar no chão, entre duas cadeiras com estrutura de alumínio, deixando as muletas caírem com um baque a seu lado. Ali perto, outro paciente tampa os ouvidos antes de ir embora, zangado. Sunder arranca a tampa de uma canetinha e começa a desenhar no gesso.

— Não... exatamente — diz a dra. Ibanez. — É também por isso que eu preciso sondar mais para que as meninas me deem informações. Eu soube que o FBI vai mandar um agente para cá hoje, mas veremos. A lentidão deles é notória nos casos em que não existe indício claro do cometimento de crimes federais. Mas a polícia gostaria de tentar achar o lugar onde as meninas estavam vivendo, para ver se acham alguma pista sobre o tal Mãe. O agente também vai querer fazer perguntas às garotas. Eu estava pensando que talvez elas se sintam mais propensas a falar se você estiver presente.

— O que eu puder fazer para ajudar, eu faço — declara Rhi.

A dra. Ibanez toca no braço dela, chamando a atenção de Rhi para si.

— Eu só quero te avisar, Rhi, que é barra-pesada aguentar este lugar. Algumas das pessoas atrás dessa porta estão muito mal. Não são perigosas, mas... pode ser angustiante. Até os parentes dos pacientes acham um sufoco fazer visitas. — Ela olha bem nos olhos de Rhi, os olhos castanhos intensos cristalinos e gentis. — Se em algum momento isso for demais para você, me avise. Ninguém ficaria aborrecido contigo.

Rhi ergue as sobrancelhas e diz:

— Mas *eu* ficaria.

Afastar-se agora seria não só uma traição às meninas, mas uma traição a si mesma, principalmente à sua versão mais jovem, que ficava no quarto para se esconder dos olhares críticos da madrasta, da indiferença fria do pai, lamentando não ter nenhum aliado no mundo além do irmão postiço que passava nove meses por ano no colégio interno.

— Bom, você exige de si um padrão muito alto — a dra. Ibanez lhe diz com carinho. — Mas não se esqueça, se você precisar de alguém para conversar... sobre isso ou sobre qualquer coisa...

Rhi faz que sim.

— Não vou me esquecer. Obrigada.

— Os outros pacientes vão para a terapia em grupo daqui a pouquinho. Vamos lá dar um oi, hein?

A enfermeira abre a porta através do interfone. Quando a fechadura destranca, a porta se abre alguns centímetros, como se espantada com o próprio som.

Dentro da sala comunitária, Rhi procura as outras garotas e no mesmo instante percebe Verity sentada no chão, analisando uma revista, olhando com assombro e confusão os homens e mulheres luzidios, as propagandas inescrutáveis, os textos curiosos. Ao lado, Epiphanie está sentada no sofá com uma senhora de óculos, segurando um novelo enquanto a idosa tricota com agulhas de plástico pontudas. A mulher fala a Epiphanie sobre o finado marido; Epiphanie a escuta com muita atenção.

— Ah, Sunder — a dra. Ibanez exclama fazendo careta, chamando a atenção de Rhi para a garota.

Sunder continua sentada no chão com um punhado de canetinhas destampadas. Conseguiu quebrar várias e arrancar os tubinhos esponjosos, cheios de pigmento, transformando todos eles nas tintas mais atrapalhadas que Rhi já viu. Agora o gesso está tão manchado, com cores tão escuras, que está quase preto, mas além disso, Sunder pintou os braços, o pescoço, as feições angulosas das maçãs do rosto e do nariz, com traços vermelhos e laranjas, como a pelagem de um lince. Ela ainda está olhando para Rhi e para a dra. Ibanez quando aperta um tubo escuro entre os dedos e passa tinta preta em cima dos olhos, se pintando como um guaxinim.

Rhi cai na gargalhada quando tem um vislumbre de Sunder, ao mesmo tempo tão séria e ridícula.

— Ela gosta mesmo de inovar. — A dra. Ibanez suspira. — Vou alertar a auxiliar.

Agora sozinha, Rhi se aproxima de Sunder, ainda segurando o riso.

— Eu gostei — ela diz a Sunder como quem conta um segredo, se abaixando para recolher os invólucros descartados das canetinhas.

— Aqui nada é bom — Sunder fala de repente, com rispidez. — Nada é sagrado. Nada tem propósito.

O sorriso de Rhi se dissipa.

— O que você quer dizer com "propósito"? — Ela estende a mão para ajudar a menina a se levantar.

Sunder ergue os olhos para Rhi, mas continua sentada no chão, ignorando a mão estendida.

— Faz dias que estamos presas aqui. Por que a dra. Ibanez fica tentando separar a gente?

— A dra. Ibanez é uma pessoa boa — Rhi diz, inclinando a cabeça. — Está tentando ajudar vocês.

— Então por que ela nos prende aqui se queremos ir para casa? — Sunder questiona.

— Porque não podemos ir para casa — Oblivienne diz do outro lado da sala.

Rhi levanta a cabeça. Oblivienne está de pé no canto, espremida contra a janela: uma vidraça transparente sobre uma tela metálica, opaca devido a anos de outras mãos e rostos espremidos contra ela.

— Aquela casa *não existe mais*.

— Mas nossos parentes-lobos ainda estão lá — Sunder insiste. — A gente pode fazer uma casa nova...

— A gente só precisa esperar, Sunder. — Oblivienne olha para a irmã por cima do ombro. — Até a gente poder voltar... para a nossa casa *de verdade*. — Ela dá uma olhada desconfiada para a sala das enfermeiras antes de se voltar para a janela outra vez.

— Vamos. — Rhi estende a mão de novo. Sunder a segura, soltando um suspiro profundo enquanto aceita a ajuda de Rhi para se levantar.

Rhi pega as muletas e as entrega a Sunder.

— É por isso que vocês estavam na floresta quando as achei? — ela pergunta com delicadeza. — Aconteceu alguma coisa com o castelo?

O rosto de Sunder fica tenso. Ela ergue o queixo e se afasta apoiada nas muletas, indo até a janela da sala das enfermeiras. Ela se planta lá, olhando através do vidro com muita atenção. Uma das enfermeiras tira os olhos do monitor do computador e se sobressalta. Sunder mal parece notar.

— Ela gosta de ficar olhando os corredores à procura de caras novas — a dra. Ibanez explica baixinho, voltando para o lado de Rhi. — Mas acho que também gosta de deixar as enfermeiras incomodadas.

Rhi divide o olhar entre Sunder e Oblivienne, ambas espremidas contra janelas, almejando a liberdade do que existe além das paredes da sala comunitária.

— O que vai acontecer com elas se a gente não conseguir descobrir quem são? — Rhi indaga.

— A mesma coisa que vai acontecer se a gente *conseguir* descobrir quem são — a dra. Ibanez responde cochichando. — Reabilitação. Reintegração, se possível. Escola. Amigos. Empregos. Mais cedo ou mais tarde, se tudo der certo, elas vão ter uma vida normal.

Rhi faz que sim. Precisa acreditar no que a médica diz, ainda que a ideia de "vida normal" inexplicavelmente ainda a deixe de coração partido. Se Rhi já teve certeza de alguma coisa, é de que essas garotas não foram feitas para ter uma vida normal. No entanto, para que tipo de vida elas *foram* feitas?

Epiphanie põe o novelo no sofá, ao lado da velha, e se aproxima de Rhi. Suas tranças foram presas em um rabo baixo. Sob as luzes fluorescentes, seus olhos cinza-fantasma estão mais pálidos do que nunca.

— Você sabe tricotar? — ela pergunta.

— Pior é que sei — Rhi diz, como se isso também a surpreendesse.

Os olhos de Epiphanie brilham.

— Você me ensina?

— Claro. Da próxima vez que eu vier aqui, trago um novelo.

Epiphanie abre um sorriso — um sorriso de verdade, de rosto inteiro, com o rosto e os olhos radiantes de empolgação.

— Dra. Ibanez? — uma enfermeira chama, abrindo a janela entre a sala das enfermeiras e a área comunitária. Sunder está bem ali, encarando-a. A enfermeira finge não reparar, mas seu olhar fica voltando aos olhos descombinados de Sunder, à sua pintura de guerra, ao cabelo louro platinado agora com listras vermelhas e pretas por conta dos dedos sujos de tinta.

— Sim? — A dra. Ibanez levanta a cabeça.

— Um tal de agente Tyler está te chamando na recepção. — A enfermeira olha de soslaio para Sunder.

A dra. Ibanez fica surpresa.

— Nossa, que rápido. Obrigada, já estou indo. Rhi? — Ela se vira para a menina.

— Eu estou bem aqui — Rhi insiste. E é verdade. Ela percebe, assim como percebe quando pode chegar perto de um gato da vizinhança e quando é melhor deixá-lo em paz. Às vezes as garotas a tratam com frieza, se retraem ou apertam os olhos para ela, mas nenhuma delas quer que ela as deixe em paz.

Quando a dra. Ibanez já saiu e a janela da sala das enfermeiras se fecha, Epiphanie passa os braços em torno de Rhi e a puxa contra o peito, como uma mãe segurando um filho, quase estoica, quase tranquilizadora. Verity vem logo depois, tocando na cabeça de Rhi, acariciando seu cabelo ondulado comprido, encostando sua testa na dela, como se sempre tivessem sido uma da outra. Como se sempre tivesse sido assim.

A surpresa de Rhi é logo superada pela intimidade dos toques, a vulnerabilidade, a inclusão. Suas barreiras são derrubadas pela pressão aconchegante do corpo das garotas. Ela se sente uma terra árida sugando uma inundação. Rhi retribui os abraços. Mistura-se a elas. Tenta virar uma delas.

Mas não é igual a elas. Não é selvagem nem feroz. Não sabe como é ter uma alcateia. Rhi não é uma princesa. Rhi não tem um destino. É uma mera menina tentando fazer o que é certo, a figurante dos heróis de verdade, da história de verdade.

Mas talvez Mãe tivesse razão. Talvez *mera menina* não existisse. Não se a garota não quisesse sê-lo.

E talvez Rhi sinta tamanha afinidade com as garotas porque elas falam a essa parte secreta que ela tem, que implora para ser selvagem — para ser feroz, para ser livre.

Ou talvez, apenas talvez, ela realmente seja a quinta princesa, no final das contas.

A *filha de* lobos, Mãe disse às meninas. Rhi sem dúvida poderia chamar o pai e a madrasta de *animais perigosos*, mas *lobos* não se encaixava muito bem...

Um barulho alto perturba os pensamentos de Rhi.

Sunder bate na janela das enfermeiras com a palma das mãos, fazendo o vidro trepidar nos trilhos de metal, instigando vários pacientes que estão na sala a lhe gritar expletivos.

As outras garotas recuam — ainda estão amontoadas perto de Rhi, mas observam Sunder com muito interesse. A irmã está com uma carranca tão grande que os lábios se afastam dos dentes. Os olhos estão desvairados e muito brilhantes, contrastando com a máscara preta que pintou com as canetinhas.

— Sunder? — Rhi chama, alarmada, dando um passo em sua direção.

Epiphanie puxa Rhi para trás, faz que não.

Sunder rosna. Bate a palma das mãos na janela de novo, e desta vez Rhi vê a enfermeira se mexer do outro lado, se levantar, berrar para Sunder *fique longe dessa janela, mocinha*, mas Sunder não escuta, não liga se a pobre mulher está furiosa e assustada, apenas bate na janela inúmeras vezes, o rosnado se transformando em rugido, depois em um urro furioso, sem palavras.

— Sunder! — Rhi chama, esbaforida, mas as garotas ficam imóveis, se agarrando a Rhi, o rosto delas tenso, alarmado. Se dá conta de que elas entendem alguma coisa sobre esse momento que ela é incapaz de entender, pelo menos por enquanto, até que todos os fatos sejam dispostos à sua frente. Elas sabem que agora é impossível parar a violência de Sunder.

Sunder tropeça para trás nas muletas, joga uma delas no chão e pega a outra como se fosse um porrete. Mancando, mal se equilibrando na perna boa, ela balança a muleta com a força de um bicho muito maior do que ela, batendo-a contra a janela com um *uaaaa* e um estilhaçamento.

O som atinge Rhi como um raio, fazendo-a dar um pulo, e ela se assusta de novo quando a porta de segurança apita alto e se abre. A dra. Ibanez entra, as mãos para cima, a palma para a frente, dois ajudantes de branco atrás dela.

— Sunder, larga isso. Larga a muleta. Me escuta. Sunder, não!

Sunder dá outra pancada no vidro com a muleta, seu berro gigantesco como o rugido de um leão, o rosto contorcido com tinta e vincos de fúria. Raios irregulares aparecem no vidro temperado quando a vidraça se despedaça. A enfermeira do outro lado fugiu.

— O que está acontecendo? — Rhi berra, para Sunder, para a dra. Ibanez, para qualquer pessoa que possa ter uma resposta.

— Ela viu uma coisa que não era para ter visto ainda — a médica responde com a voz baixa, serena, muito mais serena do que sua linguagem corporal sugere.

Sunder, ofegante, de rosto vermelho, rosnando, dá saltos para trás, até uma das cadeiras em torno da mesa onde as canetinhas quebradas ainda estão amontoadas. Os outros pacientes adotaram posturas defensivas, cobrindo a cabeça em suas cadeiras ou se encolhendo no canto mais distante da garota enfurecida, observando com uma curiosidade ardorosa, embora alguns deles soltem gemidos e tampem os ouvidos.

Ignorando o sofrimento que está causando, Sunder arremessa a segunda muleta nos ajudantes que avançam nela e pega uma cadeira. O acabamento barato de cromo na estrutura de metal reluz quando ela a arrasta até a janela.

— Sunder — a dra. Ibanez tenta uma última vez. — Larga. Essa. Cadeira.

Sunder manca mais rápido, gritando de dor quando o peso do corpo recai sobre a perna machucada, gritando de agonia pelo que quer que tenha visto. Os choramingos viram um grito de guerra quando ela ergue a cadeira acima da cabeça e a lança contra a janela da sala das enfermeiras.

A cadeira fica encaixada na janela e no gesso que a emoldura. O vidro temperado se quebra em milhões de cubinhos verde azulados, se derramando dos trilhos da janela, se espalhando no chão. Um paciente nos fundos da sala grita.

Os ajudantes pegam Sunder pelos braços e pernas, colocando-a no chão em uma derrubada ligeira, experiente. Prendem seus braços às laterais do corpo e enfiam seu rosto no carpete enquanto seu grito de guerra vira um lamento.

Nem com a perna presa em uma armadilha para ursos Sunder tinha chorado. Mas isso — o que quer que tenha visto — faz com que se lamente no chão como se a alma tivesse sido arrancada do corpo.

Rhi enfim repara que as outras garotas a seguram com força, que elas todas se seguram. Até Oblivienne está com elas, o braço entrelaçado ao de Epiphanie, agarrada ao cotovelo de Rhi. Quando uma enfermeira entra correndo brandindo uma seringa, a porta se abre sobre os cacos de vidro, exibindo uma visão ampla do corredor.

Pela porta, Rhi e as garotas veem uma mulher alta de meia-idade e uma adolescente igualmente alta, ambas de cabelo cor de mel e olhos verdes penetrantes que transcendem a distância feito sinais de trânsito. Rhi não teria reparado na cor se não fosse pelo fato de estarem com os olhos tão arregalados de choque, e o fato de os olhos e o rosto das duas, e tudo que há nelas, ser de uma familiaridade terrível.

Assim como o rosto de Verity sempre foi de uma familiaridade terrível.

A mulher — a mãe — corre, arrastando a filha até a porta, mas não a atravessa. Não tem coragem de cruzar a fronteira para este mundo, como se pudessem ser contaminadas pelo que os pacientes têm. Mas ela fita as garotas e fica pálida como um papel quando acha o rosto que procura.

— Mathilda? — a mãe chama, da porta.

Todo mundo — inclusive Rhi — olha de volta.

— Sra. Erikson, por favor, esta não é a hora certa — a dra. Ibanez pede, correndo até a porta.

Mas já é tarde demais.

Verity se desvencilha do grupo de meninas e seu olhar se fixa na adolescente que está junto à porta.

Rhi a reconhece. Ela estuda na escola de Rhi. Já passou por ela nos corredores centenas de vezes.

— Mathilda! — a mãe berra. — Por favor, dra. Ibanez, por favor, deixa eu ver meu bebê...

— Não é uma boa ideia...

— Quem é *você*? — Verity interpela, chegando perto da médica, que tenta obstruir o caminho delas.

— Verity, por favor, vá ficar com as outras. — A dra. Ibanez mal contém a súplica desesperada na voz, e se vira para colocar a mão no ombro de Verity, para tentar afastá-la com delicadeza.

Verity aperta a mão da médica de um jeito combativo, mas não desvia os olhos da garota do outro lado da porta, que é quase da mesma altura que a mãe, que pode muito bem ter a mesma estatura incomum de Verity. Em outra vida — em que Verity vivesse com conforto, com acesso garantido a comida, sem a exposição constante às intempéries —, olhar para a menina seria como se olhar no espelho.

— *Quem são vocês?* — Verity pergunta de novo, a voz baixa, regular.

A garota do corredor engole em seco, olha para a mãe, depois volta a olhar para Verity. Sua mão atravessa o limiar da porta, e ela a oferece à mais alta das Garotas Selvagens de Happy Valley.

— Oi, Mat... Ve... Verity — ela gagueja. — Meu nome é Grace. Eu... eu sou sua irmã gêmea.

# CLICKMONSTER NOTÍCIAS

## Matérias em alta

---

A primeira família legítima se apresenta para reivindicar uma Garota Selvagem

---

Conheça a gêmea perdida de uma Garota Selvagem: mergulhamos no Instagram de Grace

---

O que terá acontecido com a bebê Mathilda? O que sabemos sobre o caso original da criança desaparecida, Mathilda Godefroy

---

Cadê a família das outras Garotas Selvagens? Nossos especialistas dão palpites sobre suas razões para ainda não terem se apresentado (e discutem as fraudes que se apresentaram)

---

Homem que se prepara para o apocalipse não acredita que as Garotas Selvagens moravam no Parque Florestal sem ajuda e explica o porquê

---

Gangue de garotas que se dizem "Garotas Mais Selvagens" é ameaçada de expulsão por se recusar a usar sutiã na escola

---

Rhiannon Chase não existe: um detetive de redes sociais tenta descobrir QUALQUER COISA sobre a menina que resgatou as Garotas Selvagens

# RASCUNHOS

DE: "Eden Chase" <e.r.c.2007@springmail.com>
PARA: "Kevin Hartwell" <hartwell.kevin@irving.edu>
DATA: 03 de abril
ASSUNTO: Reuniões

---

Verity tem família. Aqui. Em Happy Valley.

Eu nem imagino como deve ter sido para a mãe revê-la. Ou para a irmã gêmea. Depois de tanto tempo separadas...

Você se lembra daquele primeiro Natal depois que nossos pais se casaram? Eu estava tão feliz de você finalmente ter voltado do internato, de não ser só eu e eles, pelo menos por um tempinho. Mas então nós fizemos uma guerra de bolas de neve, você me derrubou e enfiou gelo na minha blusa e sem querer eu te dei um chute no saco... você ficou *tão bravo*. Mesmo depois de implorar perdão, você passou DIAS me ignorando.

Você não faz nem ideia do sofrimento que foi para mim. Do quanto eu dependia de você. Do quanto eu precisava ao menos da *ideia* de sua bondade só para sobreviver.

Ou vai ver que entendia. Vai ver que você fez de propósito.

Para eu precisar de você mil vezes mais do que você jamais precisaria de mim.

Não me lembro de como nos reconciliamos, mas lembro que na noite anterior à sua volta para o internato ficamos abraçados no sofá, assistindo a filmes de terror, depois que nossos pais foram para a cama.

Você sempre queria ver filme de terror. Eu nunca discuti.

Agora eu odeio filme de terror.

Nem sei se um dia gostei.

O que você acha disso?

# 11

**Sunder tenta se encolher** até virar uma bolinha na cama, no canto do quarto, mas o gesso desajeitado da perna a impede. Ela encosta a testa na parede branca e fria, fechando os olhos com força. Dormiu por horas a fio depois de ser contida pelos homens de branco e tomar uma injeção no braço; depois passou dois dias sem dormir. Ela sequer conseguia *falar*.

Como conseguir falar de qualquer coisa quando seu mundo foi rasgado?

— Sunder — Epiphanie chama, sentada aos pés da cama da irmã. — Por favor, fala com a gente.

Estão todas lá. Mesmo de olhos fechados, Sunder conhece a sensação de estar em um espaço apertado cheio de irmãs. Sente Verity sentada no chão perto da cama, Oblivienne a seu lado, aboletada na cadeira da escrivaninha minúscula. Agora sente até a energia de Rhi, pairando junto à porta fechada.

— A gente precisa discutir isso — Epiphanie diz. — Como irmãs. Antes que aquele homem volte para nos fazer perguntas outra vez.

Ela se refere ao agente Tyler, o que levou a Verity-delicada para o hospital e explodiu a vida delas. Ele tem levado todas elas para uma salinha, uma de cada vez, e feito perguntas sobre o período que passaram com Mãe, tentando fazê-las revelar o lugar, a linha do tempo, a identidade. Tentou fazer Sunder falar coisas horríveis sobre Mãe — que ele teria tocado em todas elas do jeito errado, que ele as teria roubado de famílias amorosas. Mas nada disso é verdade. Mãe era bom. Mãe era generoso. Mãe as *salvou*.

— Eu tenho uma irmã gêmea — Verity diz. — *Neste mundo*. Isso quer dizer… quer dizer que é impossível que eu seja de Leutéria.

Sunder aperta a testa contra a parede com mais força, a mente entoando *não não não não não*.

— Me falaram… — Verity prossegue, infeliz. — Me falaram que fui roubada da minha mãe quando mal tinha completado dois anos. Que alguém me roubou no meio da noite. E se… e se foi Mãe?

— Mas Mãe dizia que ele *salvou* a gente — Epiphanie insiste. — Da grande escuridão que consumia nossos reinos. Ele não mentiria sobre isso.

— O homem — Oblivienne diz, bem baixinho —, o agente Tyler. Quer que a gente leve ele até o castelo para eles poderem colher informações. Querem tentar descobrir quem é Mãe, quem éramos *nós*… antes de ele nos levar para lá.

O pensamento tácito entre elas é: *será que deveríamos ajudá-los?*

*Não não não não não*, Sunder pensa.

Como é possível que isso esteja acontecendo? Porque, não importa o que mais é verdade ou não é, Sunder sabe que a magia que Mãe as ensinou a usar é verdadeira. Embora a magia seja escassa neste lugar novo, ela se lembra da sensação na ponta dos dedos e nos ossos, de como fluía entre elas na natureza selvagem. Lembra de como ela voava de uma copa de árvore para outra; de como elas planavam sobre as chamas da fogueira sem se queimarem; de como chamavam aves de rapina para caçar quando estavam com fome; de como eram capazes de fazer cair uma tempestade com o coração. Era tudo *verdade*.

GAROTAS SELVAGENS **117**

E se a magia é real, então Leutéria também deve ser.

— Mal não faria — Rhi fala. — Voltar ao castelo. Não é?

— Mãe nunca quis nada com este mundo — Epiphanie diz. — Por que a gente deveria ajudar essa gente?

— Porque pode ser que Mãe estivesse mentindo para nós — Oblivienne sussurra.

A compreensão aperta o coração de Sunder. Uma ira acalorada se inflama na barriga e sobe até a boca.

— Você traiu a gente — ela diz, rolando para fazer cara feia para a irmã. — Você já concordou em ajudar o agente Tyler.

Durante uma fração de segundo, Oblivienne fica arrasada, mas ela ergue o queixo.

— Eu quero saber quem Mãe era de verdade. Se não era o vidente e profeta que dizia ser, por que ele nos levou embora? Por que a gente passou a infância na natureza selvagem, lutando para sobreviver?

— Não foi uma luta — Sunder rebate. — Nós éramos felizes lá.

— Éramos *crianças* — Oblivienne explode.

— E Mãe *amava a gente* — Epiphanie diz.

Elas todas se calam depois disso. De uma coisa elas podem ter certeza absoluta: Mãe *realmente* amava todas elas. Demonstrou milhões de vezes, de milhões de jeitos diferentes, pela maneira como falava com elas, como cuidava delas, como acreditava nelas.

— Que importância isso tem? — Oblivienne pergunta, a voz fraca. — Nossa vida de antes acabou. A gente nunca poderia voltar a ser como era, e já não sabemos mais o que o futuro guarda para nós.

— Mas a gente sabe, *sim*! — Sunder insiste. — Mãe *nos falou* que íamos voltar a Leutéria, e Mãe nunca mentia. — Ela afasta as dúvidas, tira todas do coração e da cabeça.

— Então me explica como é que a Verity tem uma irmã gêmea *neste* mundo — Oblivienne diz com rispidez.

Verity estremece.

Sunder busca a ajuda de Rhi, como se ela pudesse saber a resposta, mas Rhi aparenta estar tão chocada quanto Sunder.

— Verity — diz Rhi, e Sunder sente sua alma tentando alcançar Verity, alcançar todas elas. — Meninas... eu... eu lamento tanto.

Sunder demora um pouco para entender, mas quando entende, procura Rhi com o coração, puxando-a para o emaranhado de suas almas, a rede de suas vidas, o poder da irmandade: Rhi acha que elas estão sofrendo por sua culpa. Que, como foi ela quem as trouxe para este mundo, é a responsável pelas consequências.

Mas Sunder sabe que ela está enganada. Estica a mão para a nova irmã. Rhi dá um passo à frente e a aceita, deixando-se acomodar na cama entre Sunder e Epiphanie.

— Você não tinha alternativa, Irmã — Sunder sussurra. — A ideia sempre foi que a gente te encontrasse. Era para ser desse jeito. — Mãe tinha razão quanto a Rhi. Sem dúvida tinha razão quanto a todo o resto.

Oblivienne se vira, puxa os joelhos em direção ao peito, o olhar fixo em algo que ninguém mais vê.

*Que ela questione*, Sunder pondera, segurando a mão de Rhi com ainda mais força, como se sua mera presença pudesse ancorar as garotas ao caminho previsto por Mãe. *Que Oblivienne questione. O destino não vai deixar nenhuma escolha além de acreditar, no final.*

# Quando o céu encontrar a Terra

**Trecho de *Castelo Selvagem: memórias das garotas selvagens de Happy Valley***

**Mãe já tinha nos dito** inúmeras vezes, *quando o céu encontrar a Terra e sua quinta irmã chegar, o caminho de casa será revelado*, mas ele nunca conseguiu nos dizer nada mais. Por fim, uma noite, muitas luas antes de irmos embora do castelo, Mãe pediu que nos sentássemos nas rochas lisas à beira do riacho e apontou para o reflexo da lua cheia, gorda e cintilante na água preta. Sua forma distorcida balançava e tremia, dançando ao ritmo ligeiro da correnteza.

— Olhem aqui, minhas filhas. — Os dedos de Mãe estavam esticados, como se ele tentasse pegar o reflexo e tirá-lo da água. — Estão vendo que ela nos visita neste mundo? Estão vendo que ela desce para ficar conosco?

Fizemos que sim e analisamos a flor opalescente na água. Já tínhamos observado a Lua em visitas anteriores, tínhamos visto como pairava e deslizava entre estrelas vagalumes, percorrendo todo o rio até desaparecer do céu e o sol destruir todas as provas de sua visita. Gostávamos da Lua em suas diversas fases, e gostávamos ainda mais das suas visitas.

— Vocês já viram o eclipse da lua inúmeras vezes, não foi? Alguns parciais, alguns totais. — Mãe colocou sua bengala em um trecho sem grama de uma rocha próxima à água e se apoiou nela.

— Mas vocês sempre a viram se transformar no céu, de brilhante em vermelho-sangue, assim como o verão se transforma em outono. Vocês nunca a viram sumir aqui, na Terra. Mas um dia vão ver.

Ao ouvir isso, Sunder endireitou a coluna, alternando olhares para Mãe e para o reflexo da Lua.

— Meninas, vocês têm que me ouvir com muita atenção e guardar tudo o que vou dizer, pois talvez eu não esteja aqui para falar de novo antes do dia chegar. Tenho uma última visão da sua jornada rumo a Leutéria. Um dia, logo depois da chegada de sua quinta irmã, vocês verão a Lua em toda sua corpulência e ela vai começar a desaparecer diante dos seus olhos. E quando isso acontecer, vocês têm que ir para o riacho mais próximo e observar a imagem da Lua aqui na Terra. Porque quando seu corpo fantasmagórico for eclipsado, vocês verão um buraco preto e uma auréola vermelha cintilante dançando na água. Esse, minhas meninas queridas, é o portal para o outro mundo.

— Pela água? — Epiphanie perguntou.

— Pelo portal — Mãe respondeu.

— Mas e se a gente não conseguir alcançar? — Verity questionou. — E se ele estiver lá no fundo e a água nos arrastar?

— O portal será acessível — Mãe nos garantiu com um sorriso sofrido. — A Lua conhece vocês, minhas princesas, e está ávida para conduzi-las até suas casas. Ela quer brilhar sobre Leutéria de novo, livre das amarras da cobiça e do vício. Quer levá-las para casa para que vocês salvem o povo da sombra que se abateu sobre seus reinos. — Ele olhou para cada uma de nós, o braço tremendo ao segurar a bengala.

— Mas e se não estivermos preparadas? — Verity murmurou.

— Vocês estarão preparadas — Mãe nos garantiu. — Vocês passaram a vida inteira se preparando para seu destino. Vocês não vão encontrar nada em Leutéria que não sejam capazes de conquistar, que não consigam superar, contanto que não se separem. Contanto que continuem sendo irmãs.

Sunder agarrou a mão de Epiphanie, que agarrou a de Verity, que agarrou a de Oblivienne.

— Mas a nossa quinta irmã — Oblivienne sussurrou, uma das mãos vazia.

Mãe sorriu.

— Ela estará lá. Ela está chegando. Isso eu prometo.

Nos abraçamos com força, olhando para a água onde a Lua pairava. Ela parecia nos sussurrar, *vou levá-las para casa, minhas filhas. Vou levá-las até seu destino.*

E Mãe, escutando, assentiu para demonstrar que concordava com as estrelas.

# 12

— **Preciso levar mais alguma coisa?** — Verity pergunta a Rhi, olhando para a mochila novinha em folha que Mãe de Sangue levou ao hospital para que ela juntasse seus pertences.

Verity já despejou toda a comida que escondeu ao longo das semanas, o *pijama* extra que o hospital lhe deu, algumas artes que fez com as irmãs na mesa de artesanato. Não tem nada de sua vida anterior. Mal consegue acreditar que essa vida chegou ao fim.

Na última semana, Verity passou mais tempo do que nunca longe das irmãs, em conversas com policiais ou com a dra. Ibanez, ou durante as horas de visita da Mãe de Sangue e às vezes da Irmã de Sangue Grace. Enquanto estava ocupada, as irmãs estavam em reuniões com uma *terapeuta comportamental* para se preparar para a vida na *casa coletiva*. Verity está arrumando suas coisas, mas as irmãs já recolheram os poucos pertences que querem levar e estão assistindo a uma palestra que vai prepará-las para a transição de hoje.

Verity e as irmãs estão indo embora do hospital, se aventurando nesse novo mundo estranho, de regras e muros... mas não estão indo juntas. E embora ela *saiba* que não tem culpa, Verity acha impossível não *sentir* que sim.

— Você não precisa levar nada que não queira — Rhi diz. Ela olha o quartinho do hospital onde Verity tem dormido nas últimas semanas, mas Verity sabe que não há muito o que ver ali: a cama, a escrivaninha, a cadeira, uma pilha de gavetas chamada *cômoda*. — A sua família sempre vai ter tudo o que você precisar. E eu tenho certeza de que vão ficar felizes de arrumar qualquer outra coisa que você queira.

— Posso pegar minha faca de volta?

Rhi meio que franze a testa. Verity percebe que Rhi quer falar o que mais vai reconfortar Verity neste momento — ela é boa nisso quando precisa. Mas Rhi escolhe a sinceridade e Verity fica grata.

— Não. A polícia pegou para usar como prova, ou seja, ela provavelmente não volta nunca mais. — Ela se senta na cama, cutucando a unha do polegar por conta do nervosismo, e tenta sorrir. — Em geral, as pessoas ficam tensas perto de gente com faca.

Verity pisca ao ouvir isso.

— E se elas precisarem cortar alguma coisa?

— Bom… isso não acontece tanto quanto você imagina. A maior preocupação é: e se alguém ficar com raiva de você e essa pessoa *tiver* uma faca?

Dessa vez ela pisca duas vezes, desconcertada com a insinuação. Verity tinha passado a vida inteira com a faca, até chegar ali. Nunca tinha ficado tentada a usá-la em momentos de raiva — não contra alguém, pelo menos. E a raiva não é uma estranha para ela. Já brigou com as irmãs e com os parentes-lobos, e de vez em quando ficava com raiva dela mesma. (Não está com raiva de si agora — é outra coisa. Algo mais pesado, e mutante, como o derretimento lento de uma nevasca.) Mas raiva é só uma emoção qualquer. Não é mais importante do que todas as outras centenas de emoções que vivencia ao longo do dia. Sem dúvidas não é a mais forte.

— Isso é uma coisa a que precisamos ficar atentos? Lá fora? — ela pergunta a Rhi ao fechar o zíper da mochila. Testa o peso, repara na costura justa das alças, na textura quase encerada do tecido verde-folha-nova que lhe disseram que repele a água. Se tivesse uma mochila dessas na mata, as coisas teriam sido bem mais fáceis. — A gente tem que se prevenir de violência?

Ela entende que de novo Rhi está pensando se deve ser sincera, o que a leva a refletir com que frequência Rhi tem que mentir para sobreviver. (Será que Verity também precisa se preparar para isso?)

Fica aliviada quando Rhi mais uma vez opta pela sinceridade.

— Em termos gerais, a violência não é um problema *cotidiano* para a maioria das pessoas. — O canto da boca se mexe, meio sem jeito. — Mas as armas são um problema neste país. E a violência policial. E a violência contra as mulheres é todo um *outro* assunto. Mas no dia a dia, você não precisa se preocupar com isso. É só... se alguém tocar em você ou te deixar incomodada, e é claro que se alguém te machucar, você conta para alguém. Para mim, para a dra. Ibanez, ou... você sabe o número da emergência?

Verity já viu o número, mas não se lembra exatamente onde. Em placas, de modo geral, e nas máquinas pequenas em torno do hospital. Ela faz que não.

Rhi pega o retângulo fino do bolso — um *celular*, Verity já aprendeu que é esse o nome, e já lhe disseram que pode usá-lo para falar com praticamente qualquer pessoa do mundo que também tenha acesso a um telefone. (Verity não acha que estejam mentindo quando lhe dizem isso, mas é claro que acha difícil de acreditar.) Rhi para ao lado de Verity e lhe mostra a tela de vidro. Tem um amontoado de símbolos coloridos e ícones que Verity não sabe nem começar a decifrar. Rhi aponta para o canto inferior, onde há um quadradinho verde com uma figura branca que parece um C esticado, desajeitado.

— Esse é o ícone do *telefone*. Você toca nele — Rhi diz, tocando com delicadeza no quadradinho com o dedo indicador. A tela muda para uma lista de palavras; Verity se dá conta de que são nomes. — Então você abre o *teclado numérico*. — Ela

GAROTAS SELVAGENS **125**

toca de novo, e a tela muda outra vez, dessa vez exibindo números. — Se você precisar ligar para alguém, você digita o número e depois toca de novo no ícone do telefone. Este aqui. — Ela aponta para outro C esticado.

— Como é que eu vou saber *o número* de alguém? — Verity se preocupa.

— Aqui. — Ela pega um papelzinho na escrivaninha de Verity e anota alguns números, junto com seu nome, e o entrega a Verity. — Esse é *o meu* número de telefone. Espero que sua mãe te arrume um telefone, e aí os números podem ficar salvos. Mas é por isso que o número da emergência é especial: é fácil de lembrar em caso de necessidade. Mesmo que sua mãe não te dê um celular, é provável que sua família tenha um telefone fixo, e aí é mais fácil ainda. É só apertar os números, não precisa ficar mexendo nos ícones ou tocar em *ligar*. — Ela estremece, talvez entendendo que entrou em um terreno que ainda é turvo para Verity. — Mas se acontecer alguma coisa perigosa ou assustadora, você dá um jeito de ligar para a emergência, está bem?

Verity faz que sim.

— Obrigada — ela diz, colocando a mochila no ombro. — Por cuidar da gente.

— Imagina — Rhi diz, enfiando o telefone no bolso. — Tem mais alguma coisa que eu possa fazer?

Verity abre um sorriso afetado.

— Você pode convencer a Mãe de Sangue a adotar todas as minhas irmãs?

Rhi dá um sorriso triste.

— Eu gostaria muito de poder. — O sorriso se enfraquece ainda mais. — Você vai ficar legal? Longe delas?

— Tenho certeza de que sobrevivo — diz Verity. Ela sabe que Rhi vai entender. Está claro desde que a conheceram: Rhi sabe tudo sobre fazer o necessário para sobreviver. — Talvez um dia eu até passe a gostar da minha família nova. São parentes, afinal.

— Mas... não deixe que eles tentem substituir suas irmãs — Rhi sugere, um vinco de preocupação entre as sobrancelhas.

Verity sorri, embora esteja com o coração pesado e os olhos de repente ardam com as lágrimas.

— Eles podem até tentar, mas não vão conseguir.

# 13

**As garotas pediram a Rhi** que ela estivesse presente hoje, quando Sunder, Epiphanie e Oblivienne irão para a Casa Coletiva Happy Valley. Sabem que Verity não vai junto, mas não lutam contra esse fato. A vontade de lutar se esvaiu, ao que parece — até de Sunder.

Rhi se ofereceu para acompanhar Verity até a casa nova, para ser uma presença familiar em um lugar estranho, mesmo que só por algumas horas, mas Verity recusou. Rhi percebe que ela quer enfrentar a situação sozinha, que ela sente que esse é um fardo que *precisa* carregar sozinha, mas não diz isso em voz alta — não precisa dizer. Rhi lê nas entrelinhas das poucas palavras que ela fala, na linguagem de seu corpo, em suas expressões. E se Rhi é capaz de perceber, sem dúvida as irmãs também são: a descoberta da família de Verity neste mundo causou nela a sensação de que é vilã, como se fosse algo pelo que precisasse se expiar.

Rhi observa a alguns metros de distância quando as meninas estão na calçada do hospital psiquiátrico, formando um quadrado, muito próximas, mas sem se tocar. Epiphanie é a primeira a falar.

— Essa é a nossa primeira separação de verdade — ela diz em voz alta. Seu tom régio quase interrompe a verdade dessas palavras.

— Eu não quero ir — Verity confessa, esticando o braço para as garotas que estão mais perto: Sunder de um lado e Oblivienne do outro.

Seu toque faz o quadrado se romper, já que todas as meninas se amontoam, se aproximando até ficarem de braços entrelaçados, queixos nos ombros, peito nas costas. Sunder larga as muletas na calçada e abraça a irmã, sussurrando o nome de Verity como se pudesse continuar com ela caso conseguisse achar o feitiço certo. Elas não trocam mais nenhuma palavra, apenas abraços esmagadores e beijos desesperados, os lábios secos plantados em testas, bochechas, narizes.

A alguns metros delas, Rhi vê Grace Erikson chegar perto da mãe e sussurrar:

— A gente está fazendo a coisa certa?

— Claro que sim, meu amor — a sra. Erikson insiste. — A Mathi... — Ela para e se corrige. — A *Verity* precisa da família dela agora.

Grace faz beicinho e se vira para as garotas, enxugando os olhos e balbuciando:

— É exatamente isso *o que eu quero dizer*. — Ela olha para Rhi e lhe faz um breve aceno com a cabeça.

Rhi se vira para a dra. Ibanez, franzindo a testa de preocupação.

— É melhor assim — a dra. Ibanez diz baixinho antes que Rhi consiga fazer qualquer comentário. — Deixar que elas se separem um tempinho. Incentivá-las a virarem indivíduos em vez de parte de uma alcateia.

— Para algumas pessoas, seria uma sorte ter uma alcateia como a delas — Rhi diz.

— Você não está errada. Mas você melhor do que ninguém consegue perceber que elas se alimentam dos delírios umas das outras. Fizemos progresso desde que a sra. Erikson apareceu: elas estão começando a pôr em dúvida as histórias de Mãe. Se a ideia é que elas tenham uma vida normal, elas vão precisar viver o luto por essas identidades e reivindicar o que são *neste* mundo, e só neste mundo.

Rhi fica meio nauseada ao imaginar as garotas dali a dez anos, vestidas como mulheres de negócios com ar casual, sentadas em cubículos, batucando um teclado com diligência; ou como garçonetes de uma lanchonete, servindo velhos cujos olhos param antes de chegar nos delas quando fazem um pedido; ou se apaixonando por alguém e fazendo concessões eternas para evitar que a pessoa vá embora, até se tornarem uma sombra do que eram antes.

Por fim, Verity se desvencilha das irmãs e enxuga as lágrimas das bochechas com as mangas. Ela se vira, rosto petrificado, para Grace, para a mãe, e para o louro alto que está ficando calvo — o padrasto — atrás delas, esperando junto a um Volvo verde. Ela não vira o rosto nem desvia o olhar. Seu olhar é insondável. Inquietante.

A sra. Erikson corre para encontrar Verity no meio do caminho e a abraça.

— Ai, minha menina, minha menina, minha filhinha — ela murmura, os olhos fechados com força enquanto segura a filha perdida. Verity fica imóvel e não retribui o abraço, mas isso parece não fazer diferença. A sra. Erikson provavelmente nunca esteve tão feliz na vida.

Rhi pensa na própria mãe e deseja poder dizer a Verity que retribua o abraço. Até aquele momento, a descoberta da família de Verity parecera um golpe — na fantasia que as garotas selvagens tinham dividido com Rhi e na compreensão que as garotas tinham do mundo. Mas enquanto observa as lágrimas da sra. Erikson escorrerem no cabelo de Verity enquanto ela embala a filha em um abraço apertadíssimo, Rhi sente uma pontada de dor pela mulher — e também por Grace — pelos anos que passaram imaginando ter perdido Verity para sempre.

Enquanto a sra. Erikson conduz a filha até o carro, Epiphanie, Oblivienne e Sunder são guiadas até um ônibus pequeno estacionado no meio-fio. Rhi lhes lança olhares tranquilizadores e murmura palavras reconfortantes quando passam por ela e sobem no veículo que as levará a mais um edifício, ainda mais distante da floresta que costumavam chamar de casa.

No bolso, o celular de Rhi apita. Ela o pega e olha para a tela.

**Mensagem de: NÃO**
A sentença sai amanhã. Você vai?

Outra mensagem aparece nas notificações enquanto ela lê:

Edie, por favor me liga. Preciso saber se você está bem.

Rhi apaga as notificações e põe o telefone de volta no bolso, embora seja um sufoco evitar a contracorrente de lembranças que ameaçam arrastá-la para o mar.

*Você ainda é minha garota preferida, né, Edie?*

Rhi engole a náusea e força um sorriso ao acenar para as meninas quando o ônibus parte.

# 14

**Na escola, na segunda-feira seguinte,** os alunos voltam a ignorar Rhi. Preferem falar de Grace, uns perguntando aos outros "Você sabia que ela tinha uma irmã?" e "Você leu aquela matéria do ClickMonster sobre o sequestro?" e "Eu não fazia ideia de que a mãe da Grace era uma viciada em recuperação, e você?"

Rhi não quer ouvir as conversas alheias, mas isso serve de distração para não ficar remoendo sua decepção — e vergonha. Não tinha se dado conta de que havia começado a acreditar piamente na história das meninas até que ela lhe fosse arrancada — a história de Mãe, a bem da verdade. Agora se sente uma idiota de ter sequer acalentado a ideia de ser a quinta princesa, uma *filha de lobos*, fosse isso o que fosse.

Mas as garotas ainda são de verdade, por mais que o destino profetizado para elas não seja, e também é verdadeira a conexão que Rhi sente com elas. Agora, Rhi está ainda mais decidida a ajudar as meninas a se adaptarem à vida nova. A mãe de Verity tinha pedido algumas semanas sem visitas ou médicos ou policiais ou qualquer outra pessoa que se intrometesse na vida da família, mas Rhi conseguiu visitar as outras três meninas na casa coletiva pegando a bicicleta do tio depois da escola. Para Rhi, as garotas parecem uma cadeira de três pernas, bamba, sem Verity para equilibrá-las. Mas estão se adaptando à casa coletiva, às outras crianças de lá, aos funcionários que parecem estar sempre ou frustrados ou se divertindo com tudo o que fazem.

Na quinta-feira, Rhi, Epiphanie, Oblivienne e Sunder estão sentadas em círculo em uma das pontes de brinquedo do parquinho deserto da Casa Coletiva Happy Valley quando Oblivienne anuncia que a dra. Ibanez a declarou apta a guiar a equipe de busca do agente Tyler floresta adentro, rumo ao castelo.

— Sei que isso não deixa vocês felizes, Irmãs — Oblivienne diz, pegando a mão de Sunder. — Mas espero que vocês entendam por que eu preciso fazer isso.

— A gente entende — Epiphanie diz, pegando a outra mão de Oblivienne, olhando-a com tamanha atenção que Rhi quase sente necessidade de desviar o olhar.

— Faz como você quiser — Sunder diz, se recostando no corrimão de cordas de náilon para olhar a lua, visível no céu diurno. — Isso não muda a visão de Mãe.

Rhi não se surpreende ao ouvir que Sunder ainda acredita nas histórias de Mãe, mas sofre um pouco por isso. Só lhe resta imaginar o que as outras meninas estão sentindo.

— Rhi — Oblivienne diz, meio acanhada. — Você viria comigo?

— Sim — Rhi responde sem hesitação. — Claro. — Como guarda-florestal, o tio dela também faz parte da equipe de busca (ou "expedição", como tio Jimmy vem chamando a iniciativa, com um sorriso travesso), e no momento em que ela soube que a equipe finalmente estava sendo montada, Rhi se permitiu criar fantasias sobre o que pode ser que encontrem.

Agora vai ver com os próprios olhos.

No sábado, Oblivienne guia a equipe de busca do agente Tyler pela floresta, a caminho do castelo, o máximo que pode antes da noite começar a cair e os guardas-florestais pararem para montar acampamento, um círculo organizado de barracas desmontáveis e fogareiros portáteis. Os guardas-florestais debatem se devem acender uma fogueira — as roupas são suficientes para que ela seja desnecessária para aquecê-los, e ela causaria o risco geral de todas as fogueiras de acampamento, mas acaba que as outras pessoas presentes (policiais, a equipe de ciência forense, agente Tyler, dra. Ibanez) dizem tanto *"poxa vida"* que a decisão é tomada.

Rhi e Oblivienne ficam vendo tio Jimmy recolher gravetos para acender o fogo. Devido a um pedido murmurado pela dra. Ibanez no começo do trajeto, Rhi tem ficado de olho em Oblivienne. A dra. Ibanez está meio preocupada com a possibilidade de que ela resolva fugir, mas, com uma pontada de remorso, Rhi sabe que Oblivienne já não sente vontade nenhuma de escapar. Para Rhi, apesar da calça jeans de segunda mão, das botas de caminhada compradas em um brechó e do casaco cor--de-calêndula, Oblivienne olha para o mundo inteiro como um animal de zoológico em um cercado, uma paródia de liberdade. E assim como esses bichos desanimados, ela se conformou com o cativeiro.

Um dos guardas-florestais risca um fósforo para acender a fogueira e os olhos escuros de Oblivienne consomem o milagre chamejante com fome. Quando o guarda-florestal vai buscar mais gravetos, Oblivienne pega a caixinha de fósforos e sussurra:

— No castelo, a gente usava a magia para acender as fogueiras.

Rhi sente arrepios na pele toda, percorrendo seu corpo inteiro, mas tenta ignorá-los.

— Mas a magia nem sempre funciona. Quando estava chovendo, ou quando a gente não se concentrava direito. E mais para o fim, depois que Mãe... — O olhar de Oblivienne está distante, cheio de lembranças, mas ela balança a cabeça para afastá-las e devolve a caixa de fósforos à tora onde o guarda-florestal a havia deixado. — De qualquer forma. Ter uma dessas teria sido bom. — Ela se encolhe e observa o fogo arder.

Rhi se sente dividida entre a Rhi que quer muito acreditar que as garotas conjuravam o fogo com magia e a Rhi que sabe que é impossível que isso seja verdade. O assustador é que não tem certeza de qual delas é.

Quando a escuridão começa a se instalar, alguém distribui latinhas carimbadas com PPC escrito em um rótulo de cartolina ("pronto para consumo", ao que parece) e o grupo acha diversos lugares para se sentar e comer. Oblivienne, agachada diante do fogo, olha para a floresta enquanto a noite se acortina em volta do acampamento, metade do jantar oferecido pelo governo intacta a seus pés.

Tio Jimmy se aproxima, exibindo alguma coisa como se fosse um prêmio: uma maçã verde reluzente.

— Olha só o que eu arrumei. Oblivienne, você estaria interessada em uma comida que não vem na lata?

Ele lhe joga a maçã, Oblivienne a segura com uma só mão e a analisa com atenção antes de mordê-la.

Rhi sorri para o tio. Sente gratidão por ele ter sido a pessoa a acolhê-la depois da prisão do pai, não apenas porque é gentil, mas porque é genuinamente *bom*. No entanto, Rhi acha complicado ficar totalmente à vontade perto dele. Está sempre tentando prever o que quer dela, o que precisa que ela seja. E se um dia ela o decepcionar e ele concluir que a detesta? E se ela o chatear e ele a expulsar — ou algo pior?

Todas as pessoas em quem Rhi confiou a deixaram na mão. Não quer repetir os mesmos erros.


Depois do jantar, Rhi e Oblivienne se recolhem cedo e voltam para a barraca delas.

Entrando no saco de dormir, Rhi confessa:

— Estou feliz por você ter me pedido para te acompanhar.

— Ela deita a cabeça no travesseiro e se vira para a outra garota.

— Espero que minha presença aqui seja... útil.

Oblivienne se senta em cima do saco de dormir e examina os pés, vermelhos e irritados por causa das botas de caminhada.

— Não gosto de viajar sem minhas irmãs — Oblivienne admite, girando a perna com uma flexibilidade quase desumana para colocar o pé na frente do rosto e cutucar uma bolha no mindinho.

As solas são calejadas e escuras graças a uma vida inteira perambulando descalça pela floresta. Os dedos são curvos até quando estão relaxados, como se procurassem algo para agarrar, mas as unhas foram limpas e cortadas há pouco tempo, provavelmente por uma das auxiliares da casa coletiva.

— Você não é igual a elas — Oblivienne continua sem malícia, desdobrando as pernas e chegando um pouco para trás para entrar no saco de dormir. — Mas em alguns aspectos você é mais parecida comigo do que elas jamais foram.

— Como assim? — Rhi pergunta, enfiando a mão debaixo do travesseiro.

Oblivienne se deita de lado, de frente para a parede da barraca, de costas para Rhi.

— Você quer ser parte da alcateia, mas nunca vai conseguir se soltar por tempo suficiente para se tornar parte de outra coisa.

Rhi fita a silhueta da outra garota enquanto um peso explode em seu peito e tira o ar de seus pulmões. Ela vira de costas e olha para o teto da barraca, imerso em sombras.

Elas não falam mais nada até a manhã seguinte.

No meio da tarde do dia seguinte, Oblivienne para no início de uma trilha muito gasta. Fecha os olhos e respira fundo três vezes antes de levar o grupo adiante. Eles cruzam uma fronteira que Rhi tanto sente como vê: pedras brancas compridas na terra, projetando certa energia no ar que faz seus pelos se arrepiarem quando ela pisa na pequena clareira.

Oblivienne estanca, dá uma olhada de soslaio para Rhi e assente.

— É aqui — Rhi diz aos outros, absorvendo tudo enquanto os calafrios tomam sua pele.

A princípio, é igual a qualquer acampamento abandonado e ilegal: o chão seco, árido, gasto pelo tráfego de pés; um canto para a fogueira cheio de cinzas. Mas o canto da fogueira é cercado por ossos curvos de animais, e existe uma árvore colossal, desenraizada, morta há muito tempo, no canto leste da área, e um muro de pedras derrubado até a metade no lado norte, feito de xisto e barro do rio.

A primeira coisa que Rhi percebe são as marcas. Não são nada óbvias — aliás, parecem emergir aos poucos, através da textura do lugar, e entram no foco à medida que seus olhos percorrem o cenário, de árvore para rocha, passando pelos ossos. Tudo é entalhado, pintado ou marcado por um símbolo, pictograma ou marca de mão. Enquanto os olhos aprendem a notar as figuras, Rhi fica desnorteada com a extensão da área que *é* coberta por marcas em comparação com a que não é. Até o chão estéril foi marcado, revestido de mais pedras brancas ásperas que brilham sob o sol a pino e formam uma espiral multibraços em torno da fogueira.

Quando Rhi encontra as pedras no chão, é como se um véu fosse arrancado de seus olhos. O cenário todo se transforma em algo cintilante e encantado: ranúnculos silvestres e heras floridas brotam do mato e formam um círculo verde em torno do espaço sagrado; a árvore caída do outro lado do acampamento de repente adquire um tamanho magnífico, e o tronco oco, que colapsa sobre si mesmo, traz à mente de Rhi as ruínas de templos antigos ou castelos derrubados pelas guerras. Os enormes tentáculos das raízes quase petrificadas se esticam em direção ao céu, lançando sombras finas sobre o lugar onde antes se avultava. A terra não se agarra à sua parte inferior, não há nenhum bicho rastejante onde as raízes deveriam estar — só há madeira lisa.

Oblivienne faz um ruído suave ao lado de Rhi.

— Parece tão abandonado — murmura, um quê de sofrimento na voz. Ela vira o rosto, como se não suportasse olhar.

Mas Rhi avança, atraída pela árvore. Em certo momento, deve ter sido mais alta do que qualquer edifício que Rhi já tinha visto, e sem dúvida era tão ampla quanto uma casa. Agora está tombada, a abertura de seu interior cavernoso só parcialmente virada para o mundo, uma entrada pela metade, que ao mesmo tempo chama e repele. Rhi põe a mão na árvore e sente um reverberar estranho em seu tronco cinza liso, como a marcha distante de milhões de pés minúsculos — como se sentisse os insetos lá dentro, ou os fungos enfiando raízes e esporos no fundo dos restos da árvore, acelerando sua decomposição inevitável.

Rhi se abaixa e dá um passo para entrar na boca do castelo. Lá dentro, pode ficar de pé e tem espaço mais que suficiente acima de sua cabeça. O ambiente está cheio de escombros, folhas e arbustos soprados pelo vento ou carregados por animais, plumas e peles e ainda mais ossos. Mas mesmo com a entropia da natureza cobrando seu preço, as provas de uma longa ocupação humana resistem, tão óbvias para Rhi quanto um líquen fosforescente brilhando no escuro.

O ar ainda tem cheiro de madeira queimada e do carbono puro de cinzas. Há cestas de grama entrelaçada caídas, o conteúdo derramado: pilhas de couro curtido e peles, meadas de fios borrachudos feitos de substâncias que parecem carne seca, asas de borboleta e flores secas, animais de madeira feitos à mão, facas de pedra, contas de argila vermelha e bijuterias feitas das mesmas garrafas de vidro desgastadas pelo tempo, e *muitos* ossos, sobretudo crânios, de todas as espécies e tamanhos. Há entalhes nas paredes, rabiscos e garranchos em um panorama de observações da natureza, tentativas de contar histórias através de bonequinhos e corpos celestiais e borrões de cor.

Ela acompanha as artes levantando a cabeça, até o que agora é o teto e antigamente era parede, e enfim, lá, no alto, está a imagem de uma figura com uma espécie de manto, banhado em luz, o que é indicado pelas listras de tinta branca e pirita cintilante, irradiando-a para fora. Estrelas foram pintadas em torno dele — ou seriam faíscas? — e cinco figuras o rodeiam, dançando sob sua radiância.

— Ele era tudo para a gente.

Rhi leva um susto, dá meia-volta, a mão na garganta.

— Você me assustou.

Oblivienne não responde. Está parada na entrada do castelo, as mãos na parede, o olhar erguido para o desenho.

— Ele era o responsável por nós. Nosso professor. Nosso melhor amigo. — Ela dá um leve sorriso. — Ele dava sentido à nossa existência. Nos dava *magia*.

— Por causa... do seu destino? — Rhi pergunta.

— Não. Porque ele amava a gente.

O coração de Rhi dói pelas coisas que as garotas perderam; pelas coisas que *ela* perdeu, muito tempo atrás: um lar e alguém que a amasse sem impor condição nenhuma.

Oblivienne entra mais no castelo, tocando com os dedos dos pés o caos derramado, as plumas felpudas de ninhos antigos de pássaros farfalhando em volta dos pés.

— Ele nos largava aqui por muitas luas, mas quando voltava era sempre como se víssemos os primeiros botões de flores nas árvores durante a primavera. Todas as possibilidades, o poder, a vida, se derramando dele, sobre nós. Era... a completude.

— Então vocês nunca brigaram com ele? — Rhi pergunta.

Oblivienne faz que não.

— Você nunca o questionou, nem se ressentiu dele? — Rhi sente uma tensão se formar dentro dela, ao pensar na própria família. Ela a afasta.

Oblivienne de novo faz que não, se agachando para revirar uma cesta caída.

— Não era perfeito, se é isso o que você está querendo saber. Eu fazia perguntas e nem sempre ele me dava respostas satisfatórias.

Do meio do conteúdo da cesta, Oblivienne tira um livro praticamente destruído, do tamanho de um dicionário, sem capa, o objeto inchado e endurecido pelo dano causado pela água. Há mais dois livros nessa mesma condição terrível que Rhi vê ao espiar debaixo de um monte de peles. Um parece ser um exemplar de *Odisseia*; o outro deve ser uma edição em capa dura de *Contos de fadas dos Irmãos Grimm*.

— Sei que eu não era a única que desconfiava que ele estava escondendo alguma coisa — Oblivienne diz. — Mas a gente não falava disso. Se ele estava escondendo alguma coisa da gente por alguma razão, acreditávamos que fosse por uma *boa* razão.

Rhi inclina a cabeça.

— E agora?

Os olhos de Oblivienne brilham.

— Agora não sei no que acreditar. — Ela passa muito tempo olhando o livro em suas mãos e depois pergunta: — No que *você* acredita?

Rhi ergue as sobrancelhas.

— Eu? Eu… nem sei dizer. Eu não estava aqui, sabe? Não vivi a situação.

— Não, mas é isso o que te dá uma visão mais clara do que a nossa. Sua cabeça não está enevoada. Você não *precisa* acreditar que sua vida inteira até aqui foi algo além de… dos caprichos de um velho doente mental. — Sua voz falha ao falar do homem.

Rhi fica de estômago embrulhado. Sua cabeça *está* tão enevoada quanto a de Oblivienne, de certo modo. Apesar da lógica, está louca para acreditar na magia das garotas, em seu senso vital de pertencimento e propósito. Precisa acreditar que realmente existe um mundo lá fora a ser salvo por quatro princesas mágicas à espera da quinta irmã perdida.

*Se é para ser alguém, Grace seria a quinta,* Rhi pondera, se repreendendo. *Mas ela é a "filha de lobos" que Mãe descreveu?*

Rhi morde o interior da bochecha para se puxar de volta para a realidade.

— Eu não *sei* se Mãe estava mentindo para vocês ou não estava, Oblivienne. Mas se ele te amava... se você amava ele... isso tem importância?

Oblivienne reflete sobre a resposta antes de jogar o livro no chão. Solta um suspiro profundo.

— A gente tem que ir. Eles já devem ter achado os ossos.

— Os ossos? — Rhi indaga, mas Oblivienne já está abaixada, passando pela abertura.

Quando Rhi emerge do castelo, alguns passos atrás de Oblivienne, vê a equipe de ciência forense espalhada pela área, as ferramentas de investigação montadas feito os materiais de pintores em um parque: câmeras fotográficas, luzes LED e UV, sacos para guardar patogênicos, saquinhos para provas e centenas de outras ferramentas que Rhi nem imagina como se chamam. Tio Jimmy está conversando com alguém pelo rádio, enviando as coordenadas do GPS. Vão procurar um lugar ali perto para pousar um helicóptero, para acelerar a remoção de provas e substituir as pessoas da equipe à medida que a investigação continuar. Rhi e Oblivienne provavelmente vão embora com o primeiro helicóptero.

No momento, Oblivienne fica olhando o agente Tyler agachado, cavoucando uma das pedras brancas compridas na beiradinha da clareira, no lugar por onde entraram no cenário. As pedras de tamanhos diferentes parecem formar um círculo em torno da área, desaparecendo sob o tapete de ranúnculos silvestres e reaparecendo do outro lado. Quando a pedra sob os dedos com luva de nitrilo do agente Tyler se solta da terra, Oblivienne dá um pulo, segura o braço de Rhi.

— O que foi? — Rhi sussurra.

Oblivienne está séria ao balançar a cabeça, as ondas volumosas do cabelo escuro caindo nos olhos.

O agente Tyler põe a pedra de volta, pega uma escovinha do bolso do colete e tira parte da terra.

— Dra. Ibanez, você poderia dar uma olhada nisso aqui, por favor?

— Estou vendo. — A dra. Ibanez está com uma expressão desconfiada quando se aproxima do agente Tyler. — É humano. Tíbia.

O agente Tyler tira uma foto do osso antes de levantá-lo, examinando a superfície desfigurada nos lugares onde a lama e a chuva mancharam as reentrâncias da cor da terra. Ele ergue uma das sobrancelhas.

— Isso aqui te parece marca de dente?

A dra. Ibanez se agacha diante do agente Tyler, tirando os óculos de armação grossa do bolso do casaco de fleece.

— Sim — ela confirma. — E também é humano.

# Até os ossos

**Trecho de *Castelo Selvagem: memórias das garotas selvagens de Happy Valley***

**Mãe tinha nos avisado** que não viveria para sempre, mas ainda assim não estávamos preparadas quando a hora chegou.

Aconteceu quando estávamos fora, junto com nossos parentes-lobos, colhendo cogumelos e frutinhas e outras coisas que víamos que os ursos-negros gostavam e nós também gostávamos. Mãe, depois de criar o perímetro de magia em torno do nosso amado pedaço de terra, se sentou na raiz torta do lado esquerdo da porta do castelo, enrolado em seus suntuosos mantos vermelhos. Talvez estivesse pensando em Leutéria ao levantar o rosto para o sol e adormecer.

Ele não acordou mais.

Quando voltamos ao nosso castelo, sabíamos através de algo além da visão que Mãe já não estava ali, ainda que o víssemos. Na mata, éramos íntimas da Morte: era uma parceira sagrada e necessária na dança da sobrevivência. Nós a chamávamos todos os dias com pedras rombudas, lanças afiadas, dentes e mãos à mostra. Sabíamos muito bem como era a vida ser vibrante e plena em um instante e acabar no segundo seguinte. Mas nunca tínhamos refletido sobre como seria se um de nós partisse.

Ficamos de pé em semicírculo por bastante tempo. Estava claro que a vida de Mãe não havia sido *tirada* — não havia sinal de feridas ou luta. Ele tinha apenas deixado o corpo para trás, como se o tivesse tirado como um de seus mantos antes de se banhar.

Sabíamos que Mãe tinha morrido, mas o *significado* disso — a compreensão de nossa perda — desceu bem devagar de nossa cabeça até o coração. Quando enfim aconteceu, foi como se um órgão vital nos tivesse sido arrancado. Uma por uma, caímos de joelhos e pressionamos a palma da mão na terra quente, dura, a coluna se arqueando, absorvendo a estabilidade da terra para compensar pelo que foi roubado.

Mãe havia partido.

Mãe, tão nobre e poderoso em vida, agora era frágil e irrelevante na morte.

Não aguentávamos vê-lo daquele jeito, curvado sem cerimônia nenhuma nas raízes do castelo. Agindo como se fôssemos uma coisa só, nos aproximamos de Mãe e pegamos seus braços e pernas. Nós o carregamos até os braços espiralados da pedra branca fria que tínhamos enterrado na terra, muitos anos antes. Com cuidado, o colocamos, deitado e reto, com as costas na terra e o rosto virado para o céu. E então o rodeamos, apoiadas nas mãos e nos joelhos, meio agachadas, meio abatidas ao nos movimentarmos. Até nossos parentes-lobos nos cercaram, vigilantes, à espera.

— Mãe? — Epiphanie foi a primeira a dizer o nome, soluçando ao final, quando atinou para a primeira das muitas constatações: *Mãe não está aqui*. Ela foi a esticar a mão para ele, mas vacilou, os dedos a poucos centímetros do alvo.

Verity murmurou o nome:

— *Mãe, mãe*. — Era como se testasse se podia chamá-lo de volta.

Oblivienne balançava a cabeça e dava voltas no corpo, apoiada nos dedos dos pés e das mãos, mas não conseguia dizer o nome, não conseguia separar os lábios por medo do que poderia escapulir.

Por fim, Sunder, que estava sentada, se balançando sobre os calcanhares, puxando os joelhos contra o peito e mordendo a pele do braço, foi para a frente apoiada nos joelhos e jogou a cabeça para trás, berrando sua tristeza inexprimível. Os braços pendiam, frouxos, já que toda sua força estava na voz, rugindo para as árvores e montanhas e o céu, que tinham a audácia de continuar como sempre em vez de tombarem no chão, enlutados. Quando a garganta já estava doendo, ela se curvou para a frente, esfregando os nós dos dedos no chão, batendo na terra várias vezes enquanto soluçava:

— *Mãe! Mãe! Mãe!*

Irmã e Irmão lobos latiram e uivaram, se apoiando nas ancas para se esfregar no tronco de Sunder. Epiphanie rastejou até Sunder. Ela abraçou a mais nova por trás e a segurou com força, embalando-a.

Verity e Oblivienne continuaram andando apoiadas nas mãos e nos joelhos, sussurrando, botando as mãos no corpo inerte de Mãe, em seus mantos vermelho-sangue, a palma das mãos calejada, até nossos braços e pernas doerem e nossos corações doerem ainda mais.

Já entorpecidas pela perda, nos sentamos em vigília, observando, pensando, esperando, até o sol começar a se pôr, cobrindo nossa casa com a capa do crepúsculo. Irmã e Irmão lobos se deitaram no chão entre nós, os olhos arregalados e tristes. Fitando o corpo no meio do nosso círculo.

Verity acendeu um fogo no espaço cheio de cinzas e carvão rodeado por uma cerca de ossos. A fogueira chamejante tingiu tudo de vermelho e dourado bruxuleante. As sombras banhavam o peito de Mãe, era como se ainda subisse e descesse com a respiração; sombras se arrastavam em seu rosto, como se estivesse despertando do sono. Por um instante, quase acreditamos que Mãe tinha voltado para nós.

Mas sabíamos que ele havia partido, embora as brasas parecessem animar seu cadáver. E o buraco que essa informação criou dentro de nós parecia um abismo ecoante que jamais teríamos como tapar. Toda a sabedoria de Mãe, toda a magia de Mãe, todo o aconchego e amor e segurança que Mãe nos dava — *Mãe* como um todo havia partido, a não ser pela casca que antes habitava.

O que acontece quando uma pessoa tão proeminente na sua vida lhe é arrancada? Como preencher o vazio insuportável que fica para trás?

Epiphanie foi a primeira a pensar naquilo, mas as ideias são contagiosas na natureza selvagem. Como carrapichos que pulam de flanco em flanco, o pensamento correu de garota em garota enquanto olhávamos para as outras ao redor da fogueira, nosso rosto se erguendo devagarinho, e por fim para Mãe, coberto de vermelho. Mãe, que nos ensinou tudo o que sabíamos. Mãe, que havia sido uma fonte de sabedoria e encanto desde que nos entendíamos por gente. Mãe, que era feito de histórias, de magia e do amor que saciava a dor de nossas barrigas.

Sem dizer nada, Epiphanie pegou a lâmina de pedra da bainha do cinto da saia feita de couro de cervo. Ela se levantou, as lágrimas fazendo riscas douradas no rosto ao passar a lâmina no fogo, para limpá-la.

Verity se arrastou até o corpo de Mãe e puxou o cordão em torno da cintura. Os mantos dele estavam sempre limpos, eram sempre de cores vivas e intensas, mas esta noite haviam se transformado em algo menos. O tecido de repente estava puído, de repente estava opaco e desbotado como a cor nas faces de Mãe, de repente estava fino como papel, assim como sua pele antiga. Desamarramos o cordão — outrora dourado, agora nada mais que uma corda desbotada pelo sol. Nós o despimos, tirando os braços das mangas e o deitando na cama de tecido gasto pelo tempo. Passamos os olhos pelo corpo frágil, escurecido pelo sol, sem pelos e murcho, manchas pretas pintadas nos braços e pernas. O peito era estreito, côncavo, os ossos pontudos e rígidos sob a pele. As costelas formavam sombras profundas, como se fossem dedos surgindo do chão para segurar seu torso.

Tudo em Mãe era antigo e mirrado. Mas ainda havia carne nos ombros, nas pernas.

Nos espalhamos, rodeamos Mãe, segurando braços e pernas, levantando-os, lavando-os com cuspe e com o tecido dos mantos. Um murmúrio baixinho se avolumou entre nós, reverberando nos ossos em torno da fogueira, os ossos dentro de nossos corpos, os ossos de Mãe. Vibravam através de nosso peito, nossas mãos, faziam a terra compacta debaixo de nós se arrepiar.

À medida que o som aumentava, a magia subia da terra. Os sigilos entalhados nas rochas e nas árvores se iluminavam, quentes e acobreados na escuridão, irradiando sua força na noite. Os braços espiralados de pedras que se estendiam a partir da fogueira ficaram opalinos e radiantes, lançando seu brilho de estrela de volta para o céu. E quando Epiphanie se aproximou de Mãe com a lâmina de pedra na mão, os braços espiralados começaram a balançar, como se dançassem debaixo de nós.

Oblivienne apoiou o braço de Mãe no ombro. Epiphanie pôs o pé nas costelas de Mãe, segurou seu bíceps com a mão esquerda e enfiou a lâmina na pele frouxa sob o braço, no ponto em que encontrava o ombro. Ela fez força, enfiando a lâmina em cima, depois embaixo, quebrando a junta enquanto Oblivienne puxava. A cartilagem cedeu enquanto serrilhava. O braço de Mãe se separou do corpo, muito mais leve nas mãos de Oblivienne do que esperava que fosse.

Enquanto Epiphanie dava a volta até o outro lado, Oblivienne pegava a própria lâmina do cinto e cortava a pele do braço que agora estava em seu colo. Fez uma incisão comprida, depois arrancou a pele com delicadeza, atirando-a para o parente-lobo.

A esta altura, nosso murmúrio já tinha iluminado a floresta, chamando as criaturas ao perímetro de nosso espaço, seus olhos radiantes na escuridão. O brilho de nossos sigilos e pedras passou a ofuscar o da fogueira, deixando o mundo inteiro pálido e prateado feito a lua. Cortamos sem parar, honrando Mãe à medida que o carmesim intenso de seu sangue morto manchava o brilho branco da magia que nos rodeava.

Continuamos murmurando, cada vez mais alto, com mais força, até nossas gargantas chegarem ao nível do luto: uma nota aguda, de boca aberta, como um hino ou um grito de guerra. Todas pegaram suas lâminas e cortaram longas tiras de carne dos ombros e das coxas de Mãe. Erguemos a carne acima de nossa cabeça quando nosso canto atingiu um volume febril, enquanto uivávamos para as estrelas com nosso fôlego se esgotando.

E então o canto acabou.

A noite se precipitou e roubou a luz do mundo, nos deixando apenas fogo e sombras e quatro jovens mastigando os restos mortais vermelhos, crus, do homem que conhecíamos como Mãe.

— Mãe — murmuramos, entre um bocado e outro.

— Mãe — sussurramos quando cortamos mais uma parte do braço.

— Mãe — ofegamos ao engolir os últimos pedacinhos.

E quando os ossos estavam lisos e estávamos enjoadas do nosso banquete, nos deitamos ao lado do fogo, sujas de sangue e exaustas, deixando que o peso na barriga preenchesse o buraco que tínhamos no peito.

Mãe havia partido.

Mãe havia partido de verdade.

Mas agora, pelo menos, seria parte de nós para sempre.

# GAZETA DE HAPPY VALLEY

## FBI recua na investigação sobre "Garotas Selvagens"

(Continuação da página 1) apesar das fortes restrições da comunidade.

"Nosso objetivo é reunir as três outras garotas a suas famílias, se possível", disse Paul Rupstein, diretor da Casa Comunitária Happy Valley para Meninos e Meninas. "Caso o FBI não possa ajudar, é melhor deixar as pobres coitadas seguirem em frente."

Vimos o agente Robert Tyler, do FBI, saindo da Delegacia de Polícia de Happy Valley com os arquivos do caso hoje e perguntamos por que o FBI está interrompendo a investigação.

"A esta altura, o FBI não tem mais o que fazer", explicou o agente Tyler. Quando pressionado a falar sobre a movimentação no escritório do médico legista no final de semana, que se estendeu até tarde da noite, ele acrescentou, "Descobrimos restos humanos em um local que não será divulgado. Os restos são condizentes com a descrição que as meninas fizeram do suspeito, uma pessoa a quem chamam somente de 'Mãe'. Mas vamos precisar de mais tempo para colher uma amostra boa de DNA e não existe registro compatível da arcada dentária, e portanto o suspeito e as outras meninas ainda não foram identificados. Em todo caso, o suspeito é falecido. Para todos os efeitos, isso significa que o caso está encerrado enquanto concentramos nossa atenção em casos mais urgentes."

Mas ainda que o processo penal oficial fique inativo, as especulações sobre as Garotas Selvagens de Happy Valley e o misterioso "Mãe" continuam vivinhas da silva...

# 15

**Grace está apavorada** com a ideia de voltar para a escola hoje. Faz apenas duas semanas que o FBI contatou sua família e dinamitou suas vidas, mas nem todo tempo do mundo bastaria para ela se adaptar a algo assim.

A mãe faz alarde das roupas de Grace antes da escola, quer garantir que ela pareça jovem e despreocupada caso alguém decida tirar uma foto ou entrevistá-la, ou de alguma forma divulgue sua imagem para consumo mundial — uma imagem que no final das contas representaria a família Erikson, a mãe lembra a ela. Grace entende que parte dessa preocupação vem da vergonha que a mãe sente de um passado desenterrado para o mundo inteiro julgar. Mas Grace também está se preparando para os julgamentos, e está brava demais com a mãe para ter compaixão ou tentar compreender.

A mãe pergunta se Grace está de maquiagem. Grace responde:

— Não, você não gosta que eu vá para a escola maquiada.

— E então a mãe dá umas batidinhas de uma tinta vermelha nas bochechas e nos lábios de Grace e a espalha com o polegar até ficar quase natural.

— As câmeras sempre deixam as pessoas abatidas — ela justifica. — Não quero você com cara de doente, como se ninguém estivesse cuidando de você.

Mathilda — *Verity*, Grace lembra a si mesma — está do outro lado do corredor, no escritório/quarto de hóspedes (que agora é o quarto dela, Grace imagina), ouvindo a conversa. Grace não a vê, mas sente os olhos nelas, sente os ouvidos engolindo as palavras das duas.

— Sorria, Gracie — diz a mãe com seu próprio sorriso branco-giz. — Agora você tem uma irmã outra vez. As pessoas vão querer ouvir você falar da empolgação de tê-la de volta.

Grace franze a testa. Não consegue esconder a decepção tão bem quanto consegue esconder todo o resto.

A vida inteira pensou no dia em que Mathilda voltaria para ela. A vida inteira havia se agarrado às lembranças esparsas da irmã gêmea — o conforto de seu corpo ao lado de Grace, sua mão na mão de Grace, sua mente ligada à mente de Grace. Grace havia criado fantasias com a irmã forte, poderosa, protetora que um dia voltaria para ela — talvez então a mãe fosse feliz e o padrasto menos babaca.

Mas ali está ela, não *Mathilda*, mas *Verity*: uma aberração com mais necessidade de cuidados, educação e reabilitação do que Grace consegue sequer entender.

*Ela achava que era de um mundo paralelo?*

*Ela achava que era princesa?*

*Ela achava que um cara qualquer usava magia para protegê-la na natureza selvagem?*

Grace fica vermelha, fumegando de irritação.

Mais tarde, à mesa do café da manhã, Verity se aproxima de forma tão silenciosa que Grace se sobressalta quando ela puxa uma cadeira. Ela encara Grace; Grace a encara de volta.

É como olhar um espelho em um universo paralelo.

São gêmeas idênticas, mas saber quem é uma e quem é a outra é tão fácil quanto se fossem desconhecidas — o que também são. Grace percebe que sua vida, embora parecesse amaldiçoada em certos momentos, tinha sido repleta de *luxos* genuínos que a transformaram em uma jovem reluzente, pronta para postar no Instagram. Verity é esquelética, a pele envelhecida precocemente pela exposição ao clima, o cabelo descolorido e quebrado por causa do sol, os lábios carnudos, mas sempre ressecados e rachados (embora Grace tenha lhe dado uma centena de sabores diferentes de hidratante labial para provar). É cheia de cicatrizes no rosto e no corpo que criaram riscas pálidas na pele bronzeada do sol, o mapa de uma vida que Grace mal é capaz de conceber. Parece uma participante de *Survivor* no final da temporada, e Grace parece uma boneca American Girl. Não é nenhum espanto que nenhuma das amigas de Grace a tenham reconhecido pela foto de Verity nos jornais.

Mas Grace também vê uma força na irmã que ela nunca chegou nem perto de ter, e isso a deixa furiosa.

Ela despeja cereal em uma tigela e acrescenta leite de soja sem açúcar, só até os flocos começarem a boiar. A mãe põe uma mistureba de ovos com bacon no prato de Verity.

— Que nojo — Grace murmura.

— Grace — a mãe adverte.

— Que foi? Eu não como bicho morto.

— Verity, ignore ela, meu amor.

Verity olha de uma para a outra, a ruga prematura entre as sobrancelhas por causa do sol se aprofundando enquanto ela tenta decifrar o que precisa fazer.

*Eca.*

A raiva chega depressa, depois se dispersa. Grace se apieda dela. Ela também sabe como é atuar.

— Não tem problema, Verity — ela lhe garante. — Pode comer. Não é nojento.

Verity pega um pedacinho de bacon e mordisca, amuada.

Faz quase um mês que as garotas foram descobertas, mas os alunos da "HPV High" não têm muito com que se entreter, e nada os fascina mais do que as "Garotas Selvagens de Happy Valley".

— Ela está indo muito bem — Grace diz quando as amigas perguntam de sua irmã.

"Estamos nos dando muito bem."

"É ótimo tê-la em casa."

"A Verity é... ótima."

Todo mundo quer ouvir mais do que suas respostas evasivas, no entanto, por mais que Grace tente parecer feliz.

— Ela é tipo totalmente selvagem? — Aidan, o ex de Grace, pergunta, sentado à mesa dela na sala de chamada.

— Na verdade ela é muito quietinha.

— Ela sobe em árvore que nem macaco? — outra pessoa indaga.

— Não. — Ela ergue a sobrancelha.

— Ela anda pelada pela casa?

Grace revira os olhos. Não menciona que na verdade Verity deixou a porta do banheiro aberta ao tomar banho, e depois também deixou a porta do quarto aberta quando estava se vestindo, até que Grace explicou que portas existiam para ser fechadas, *principalmente* quando se estava nua, e principalmente quando se tinha um padrasto de merda perambulando pela casa. Pelo menos a despreocupação de Verity era um alívio — era provável que estivesse falando a verdade e o tal Mãe não tivesse molestado as meninas. Era apenas um louco comum e não um louco pervertido.

Grace fica contente, pelo menos, por ninguém ter trazido à tona o passado da mãe. As matérias sobre o caso arquivado do sequestro de Mathilda Godefroy adoravam destacar que "a mãe havia usado fentanil na noite em que a filha foi roubada". Como se a crise dos opioides não tivesse acometido quase todas as famílias do país de uma forma ou de outra.

No refeitório, Grace vê Rhiannon Chase encolhida no canto. Acha impossível não se perguntar *por que* Verity e as "irmãs" a adotaram. Não tem nenhuma similaridade com as garotas. Rhi é de uma família rica de Saratoga Springs — todo mundo sabe que o pai está na cadeia por crimes pelos quais só pessoas ricas são condenadas. Isso para não falar que ela tem a personalidade de um porco-espinho, mas sem a fofura. Talvez ninguém mais a incomode a respeito das "garotas selvagens" porque tentar conversar com ela é como tentar tirar sangue de uma castanha-da-índia: irritante, desagradável e inútil. Rhi simplesmente vai à aula e tira notas boas e faz de desaparecer completamente uma arte, apesar de sua ligação com a notícia mais maluca da década.

— Quando é que a gente vai conhecer a sua irmã? — Victoria pergunta ao se sentar à mesa, erguendo as duas sobrancelhas desenhadas com perfeição.

— Que tal a gente falar de outra coisa? — Grace enfim estoura. — Eu já estou de saco cheio, para ser sincera.

Brett solta um lamento teatral e desaba na mesa.

— Mas todas as outras coisas são uma chatice!

Grace se lembra de quando tinha a mesma sensação. Queria que a vida voltasse a ser uma chatice.

# 16

**Agora Verity conhece a etiqueta à mesa.**

Houve um tempo em que comia carnes vermelhas chamuscadas até o osso, ou arrancava escamas de peixe com a faca de pedra e comia a carne rosada crua assim como alguém enfiaria a cara em uma fatia de melancia. Ela brincava de lutar com Sunder, competindo pelo último osso quebrado para chupar o tutano. Adormecia com os lábios tingidos pelas frutinhas silvestres e com gordura de urso no queixo.

Mas agora Verity põe o guardanapo no colo e ignora sua vontade de pegar o frango assado do centro da mesa e despedaçá-lo com as mãos. Ignora até a fome que corrói a barriga. Desde que foi morar nessa casa, pela primeira vez na vida, Verity não tem muito apetite.

Verity recusa tudo, mas Mãe de Sangue a serve mesmo assim. Fatia o frango em tiras finas, respeitáveis. Serve uma bolota perfeita de purê de batata e depois um belo monte de ervilhas e rodelas onduladas de cenoura laranja.

— Pronto — incentiva Mãe de Sangue. — Pode comer.

Verity pega o garfo e revira a comida. Já viu todos eles fazendo isso, de vez em quando, para dar a impressão de que estão se ocupando da comida quando, na verdade, não estão comendo nada. Mãe de Sangue é a melhor nessa enganação. Verity já a viu passar dias inteiros sem comer. E no entanto, quando Grace tenta usar o mesmo truque, Mãe de Sangue a censura.

— Come sua comida, querida — diz ela a Grace agora.

Verity desloca o garfo do prato para a boca algumas vezes, mas teme que se enfiar a comida na boca, não conseguirá engolir. E sabe o quanto o vômito perturba Padrasto. Ela passou muito mal nos primeiros dias, enquanto a família de sangue se acostumava com suas restrições alimentares. Ele parece ainda se ressentir disso.

Mas faz três semanas que foi morar ali. E agora Verity conhece a etiqueta à mesa.

— Como foi na escola, Grace? — pergunta Mãe de Sangue.

Grace encolhe os ombros.

— A sra. Anderson me pediu para te dizer que é para você levar a Verity lá, para conversar sobre a possibilidade de ela estudar.

— De jeito nenhum — retruca Mãe de Sangue. — Vão botar ela junto com as crianças da educação especial. Eu não quero esse rótulo grudado nela pelo resto da vida.

Grace faz cara feia.

— E não o rótulo de *menina feroz*?

— Ou de uma das "Garotas Selvagens de Happy Valley" — o Padrasto bufa, olhando de soslaio para Verity.

Verity mistura o purê de batata com as ervilhas e cenouras como uma filha obediente, *civilizada*. Ainda não é hora de ser quem é de verdade. Ainda não decidiu se um dia a hora vai chegar. Uma parte dela sabe que este lugar — esta gente — agora é sua vida, mas outra parte, a parte maior, ainda é incapaz de imaginar um futuro que não a leve a Leutéria, com as irmãs a seu lado. Os rostos em volta dessa mesa lhe dizem que esse futuro é impossível, mas a fé que cultivou a vida inteira não pode ser apagada por uma única tempestade.

— A Verity *não* é feroz — afirma Mãe de Sangue, olhando para ela com carinho. — Ela passou por uma experiência traumática, angustiante. Precisa de amor, apoio e segurança, não de rótulos.

Todo mundo tem tantas ideias sobre suas necessidades, mas ninguém perguntou a Verity. Caso tivessem perguntado, ela diria: *preciso das minhas irmãs*. Mas ela sabe que responderiam apenas, *Sua irmã está bem aqui. Não é uma maravilha esse reencontro?* E Verity sentiria, mais uma vez, que deixou todo mundo na mão — as irmãs de verdade e a Irmã de Sangue. Na floresta, Verity já teria confessado esses sentimentos e desabafado com as irmãs. Mas na floresta, a vergonha que sente era quase inimaginável.

— Ela precisa socializar — Padrasto diz. — Verity, você gostaria de passar um tempo com gente da sua idade?

Verity encolhe os ombros, assim como já viu Grace fazer quando não quer responder de verdade.

— Grace, talvez seja uma boa você trazer umas amigas para conhecerem ela.

Grace fita o Padrasto, os olhos arregalados.

— Você está de brincadeira?

— Christopher, não — diz Mãe de Sangue. — É estímulo demais por enquanto.

— Mas eu tenho certeza de que as crianças da escola andam te enchendo a paciência para conhecer ela — Padrasto diz a Grace, ignorando Mãe de Sangue.

— Exatamente — Grace diz, calma mas ferina. — E eu ando tentando fazer com que elas esqueçam do assunto. Não *só* para proteger a Verity, mas porque, sendo muito franca, eu não aguento mais ser conhecida como a *irmã gêmea* de uma "Garota Selvagem de Happy Valley".

— Como você era conhecida antes? — Padrasto questiona. — Como a menina que foi pega fumando um baseado no banheiro da escola?

Verity não entende como alguém pode fumar um baseado, mas Grace fica corada e Verity compreende que a irmã ficou constrangida com as palavras do Padrasto.

— Christopher. — Mãe de Sangue o encara enfurecida.

O jantar vira e mexe é assim. É por isso que Verity geralmente não consegue comer.

Ultimamente, quando a família já foi dormir e Mãe de Sangue já fez seu ritual noturno (de parar no quarto de Verity para dizer que a ama e está feliz que ela esteja em casa, depois fitá-la com os olhos lacrimosos, ávida por algo que Verity não pode lhe dar), Verity desce às escondidas.

Ela abre a geladeira e pega os restos de comida. Com a barriga roncando, ela enfia punhados de frango na boca, mastigando e engolindo freneticamente até saciar a fome. Em seguida, limpa qualquer restinho de indício do que fez. Já se acostumou à ideia de *arrumar*. Não é tão horrível assim ser *arrumada*, mas tem saudades da terra entre os dedos dos pés.

Quando está tudo impecável, Verity vai até a porta corrediça de vidro da sala que dá para o deque de madeira e o quintal espaçoso. Ela se enfia atrás da cortina transparente e aperta os dedos contra o vidro gelado. A porta tem cadeado — tem cadeado em todas as portas da casa, aliás ("um precaução temporária", diz Mãe de Sangue) —, mas Verity não tenta fugir. Ainda que tentasse, para onde iria?

O quintal é uma impressão escura na noite ainda mais escura. A lua se esconde atrás das nuvens, mas a visão noturna de Verity é excepcional. Ela ainda vê o cervo bisbilhotando o jardim na beirada da floresta, onde as árvores encontram a grama cortada. Vê as orelhas do cervo se crisparem quando ouve o barulho distante do tráfego. Verity observa o animal devorar todas as tulipas e narcisos antes de ir embora saltitando, engolido pela floresta.

A audição de Verity também é bastante extraordinária. Enquanto olha o cervo, também ouve os barulhos furtivos da Irmã de Sangue Grace descendo a escada devagarinho e chegando à sala.

— O que você está fazendo? — Grace pergunta, a voz um pouco mais alta que um segredo.

Verity abre a cortina para falar com Grace, mas não emerge totalmente de trás do tecido.

— Observando — ela responde.

— O quê? — Grace indaga.

Verity pensa na pergunta. *Observar* é uma atividade que abrange diversas coisas. Além disso, Verity estava observando com o coração e com os olhos, e como poderia sequer começar a descrever isso em palavras para alguém como Grace?

Ao que parece, leva mais tempo que o aceitável para responder, pois Grace perde a paciência e vai em frente.

— Posso te perguntar uma coisa? — Ela entra na sala onde Verity está e desaba na otomana avantajada. — Você se lembra de mim? — ela questiona, levantando a voz só o suficiente para que deixe de ser um sussurro. — Tem qualquer lembrança que seja?

Verity não se lembra da Irmã de Sangue Grace. Lembra-se do medo; de sua mãozinha gorducha misturada à mãozinha gorducha de outra pessoa; de ficar ajoelhada em algo que balançava em um espaço apertado, escuro; uma jaula cheia de joelhos e cotovelos e respirações abafadas; e então, um vazio. Uma saudade. Não tem certeza se é uma lembrança verdadeira ou apenas um pesadelo que carrega consigo desde sempre.

— De certa forma — Verity responde. Ela se abaixa para se sentar no carpete, espremendo os dedos dos pés uns contra os outros, um depois do outro, num movimento tão sinistramente habilidoso que Grace desvia o olhar.

— De *qual* forma? — Grace questiona.

Verity olha para ela.

— Como olhar para o sol. Como um fulgor.

Grace franze a testa.

— O que é que você quer dizer com isso?

Verity também franze a testa. As irmãs teriam entendido. Sabia como conversar com elas. Com Mãe. Sabia quais palavras se encaixavam nos espaços à espera de suas mentes. Acha que Rhi também entende essa linguagem. Mas Grace parece não conseguir nem sequer ouvi-la.

— Não me lembro de você — Verity diz.

O olho de Grace treme.

— Mas acho que me lembro de sentir sua ausência.

Irmã de Sangue Grace olha para as próprias mãos.

— Por quanto tempo? — Sua voz é de novo um sussurro.

Verity revira a mente, mas a lembrança não está lá.

— Não sei.

Grace morde o interior da bochecha por um instante.

— Lembro de quando você foi levada. Fui a única que viu ele te levar.

— Você viu Mãe? — Verity pergunta, o coração acelerado.

— Ele *te sequestrou*, Verity. Você não *entendeu* isso? — Grace olha nos olhos da irmã. — Você não *entendeu*?

Verity apoia os pés em um movimento suave, ágil, as mãos viram punhos cerrados junto ao corpo. Aos poucos, abre os dedos, deixa que se afrouxem, dormentes.

— Está tarde — ela diz com a voz dura. — A gente devia ir dormir.

Grace parece magoada. Se Verity tivesse visto aquela mesma expressão no rosto das irmãs, teria a sensação de que uma lança de osso havia atravessado seu coração. Mas não sente nada além de um incômodo nas entranhas, uma coisa sinuosa, nauseante, que ainda não consegue encarar. Não por enquanto.

Talvez nunca.

— Foi um dos amigos da mamãe — Grace diz categoricamente. — Acho que você não se lembra, mas a mamãe usava um troço horrível. Ela está sóbria desde que você foi levada. Mas eu o reconheci. — Ela olha para o teto, evitando o olhar de Verity. — Uma vez teve uma festa e um dos amigos dela veio aqui e te levou. — Grace franze a testa. — Poderia muito bem ter sido eu, mas seu berço ficava mais perto da porta.

— Como ele era? — Verity pergunta, uma sensação azeda se retorcendo no estômago. — O homem que me levou?

Grace encolhe os ombros.

— Baixinho, pálido, cabelo castanho. Ele esteve no apartamento inúmeras vezes.

— Baixinho? — Verity pergunta. — Menor do que a gente?

— É. Ele era bem mais baixo que a mamãe, pelo menos.

Verity respira alto.

— Não era Mãe — ela diz, aliviada. — Mãe era mais alto que eu.

— *Ok*... então ele deve ter te entregado para outra pessoa. A questão é que *eu* me lembro da noite em que você foi levada. E *você* não se lembra de nada.

— Isso te deixa com raiva?

— Sim! — Grace diz, levantando a voz. — Passei esses anos todos preocupada com você, de luto, imaginando o pior. E você nem se lembra da gente. Você *sente falta* da pessoa que te levou embora.

— Não foi Mãe...

— Mas *ainda assim ele te levou embora* — Grace retruca, amarga. — E mesmo assim você preferiria estar com ele a estar com a gente.

Verity balança a cabeça em um gesto imperceptível. Está interpretando Filha de Sangue e Irmã de Sangue há tanto tempo que já não sabe mais *o que* ela quer deste mundo ou desta vida. Houve uma época em que seu propósito era claro. Seus desejos eram claros. Mas agora...

— Eu só quero ficar com as minhas irmãs — Verity diz baixinho.

— Mas *eu* não estou incluída aí, né? — Grace diz, os olhos reluzindo de lágrimas.

Verity não sabe como responder.

# iCloud de dra. Mariposa Ibanez > Anotações

## SIGILOSO: As garotas

Sunder chegou na sessão de hoje pisando forte com o gesso e reclamando que não precisa mais dele. Faz só dois meses que estabilizaram a fratura e os médicos disseram que demoraria 4-6 meses para ficar bom, NO MÍNIMO. Mas é claro, depois de examiná-la, eles disseram (com o mesmo choque que eu senti) que o gesso pode ser tirado antes. Eles o cortaram na mesma hora.

Já vi muitas coisas inesperadas neste hospital, mas isso... já é outra coisa. Ou talvez não seja nada. Talvez por ser jovem ela se recupere rápido. Talvez os médicos do pronto-socorro tenham errado no diagnóstico da fratura lá no começo. Mas é impossível não pensar em quando as meninas estavam comigo no hospital psiquiátrico, no fato de que toda noite elas se ajoelhavam em torno de Sunder e faziam um ritual de cura ou "meditação", como Rhi me explicou.

Não sei direito o que fazer com essas observações. Meus colegas ririam da minha cara e me jogariam no ostracismo, na melhor das hipóteses, e na pior delas cassariam minha habilitação.

Mas é impossível não pensar nas sessões de cura pela fé que minha avó frequentava, ou nos vídeos dos "milagres" do Qigong que minha mãe me manda de vez em quando. Sou uma mulher das ciências, mas isso não significa que não tenhamos mais nada para descobrir. Como é mesmo aquela máxima? "Qualquer ciência suficientemente avançada parece magia"? É mais ou menos isso. Talvez a magia seja uma ciência na qual ainda tenhamos que dar os primeiros passos.

Desconfio de que as meninas tenham mais a ensinar do que a gente imagina.

# 17

**Oblivienne é a primeira** a ser colocada em um lar temporário.

Muriel Lynch é uma enfermeira psiquiátrica semiaposentada, e a assistente social responsável pelo caso das meninas, Shelly Vance, acha que a sra. Lynch e o marido, dono de uma pequena agência de viagens no centro da cidade, cuidarão bem da menina que tem tendência ao isolamento, à insônia frequente e que às vezes passa dias se recusando a sair da cama.

Oblivienne não nutre nenhum sentimento pela sra. Lynch e seu marido desinteressado, o sr. Lynch. São as outras crianças que também estão lá temporariamente que ganham sua atenção.

Há dois meninos pequenos que ao mesmo tempo azucrinam e ignoram Oblivienne desde o momento em que ela pisa na casa. Uivam para ela, em uma imitação medíocre de lobos, para fazer causar gargalhadas um no outro. Além dos meninos, ela divide o quarto com uma menina mais velha chamada Allison, que tranca tudo em caixas e gavetas, chegando a passar a chave no guarda-roupas para Oblivienne não ficar tentada a "pegar nada emprestado".

— Não é nada pessoal — Allison explica. — É que já fui roubada por companheiras de quarto. E por tutores temporários. — Ela joga os cachos castanhos para o lado enquanto passa algo brilhoso nos lábios. Allison tem dezessete anos, tem uma altura que lembra Oblivienne de uma planta chamada taboa, usa óculos de armação grossa azul e volta e meia faz perguntas sobre a vida *de antes* de Oblivienne.

— Como era viver lá? — Allison perguntou na primeira noite, sentada na cama de pernas cruzadas, observando Oblivienne tirar da mala seus poucos pertences. — Você nunca sentia medo?

— Raramente. Mãe… — Oblivienne hesita. Mãe pode até ter mentido sobre algumas coisas, mas sempre cuidou delas. Não cuidou? — Mãe cuidava da nossa segurança. Ele garantia que nossa casa fosse segura contra predadores e…

— Espera aí. Você precisa me explicar uma coisa. Por que vocês chamam ele de *Mãe* se ele era homem? Não era para ele ser chamado de *Pai*? Assim, eu não sou da polícia de gênero nem nada, mas… é meio bizarro.

Oblivienne não entende por que é bizarro.

— Não chamávamos ele de *nossa* mãe — ela diz, na esperança de esclarecer a questão. — O *nome* dele era Mãe. Pelo menos… esse foi o único nome que ele falou para nós. É o nome que ele deu a si mesmo quando veio para este mundo. — Essas palavras, *quando veio para este mundo*, que antes lhe pareciam tão normais, agora parecem sem jeito na boca, carregadas da dúvida que infestou a cabeça de Oblivienne como uma putrefação.

— Entendiii — Allison diz. Ela se recosta, os braços atrás do corpo na cama, e faz que sim. — Acho que faz tanto sentido quanto qualquer outra coisa na vida. Então, agora você está tentando achar seus pais de verdade?

— O agente Tyler disse que não tem nenhum DNA compatível na base de dados — Oblivienne diz essas palavras que também só entendeu há pouco tempo —, então caberia à minha família se apresentar. Se ainda estiver viva.

Allison ri.

— Ah, mas *teve* família que se apresentou — ela diz, levantando os dedos curvados ao dizer *família*. — Um caso desses é prato cheio para tudo quanto é louco. As pessoas ficam *obcecadas*. Olha. — Ela dá batidinhas ritmadas na tela do celular antes de mostrá-la a Oblivienne.

# r/GarotasSelvagensdeHappyValley

**vale_dos_lobos • 24 dias atrás**

Leia antes: Regras de postagem e Tudo o que já sabemos

**Desej0s_blzarros • 1 dia atrás**

Teoria: Mãe era traficante de crianças e teve uma crise psicótica quando foi tomado pela culpa

**vale_dos_lobos • 1 dia atrás**

Ligações entre a área central do estado de NY e a "região incendiária", zona com grande presença de seitas

**laricadamadrugada • 1 dia atrás**

(IMG) Oblivienne é igualzinha à filha do meu vizinho, que fugiu 3 anos atrás

**aurtistamística • 2 dias atrás**

(IMG) Possível compatibilidade com Epiphanie?

**EspecialMandelaFX • 2 dias atrás**

(IMG) Fiz um retrato falado do "Mãe" na IA e ele parece um Taika Waititi idoso

**BoboSério • 2 dias atrás**

Teoria: as meninas são fugitivas e os ossos são de um coitado de um sem-teto

**Desej0s_blzarros • 2 dias atrás**

Que informações nós temos sobre os guardas-florestais do parque?

**aurtistamística • 3 dias atrás**

(IMG) Menina neste cartaz de desaparecidos é idêntica a Oblivienne, mas eu acho que ela é meio japonesa?

Oblivienne olha para Allison com ar de surpresa.

— O que é isso?

Allison ri.

— Você está falando do Reddit ou da internet?

— Quem está... escrevendo essas palavras?

— São postagens — Allison diz. — As pessoas têm um monte de teorias sobre como vocês foram parar lá. São fascinadas com você e as suas irmãs. Vocês são a JonBenet Ramsey da nossa geração, mas pode ser que desta vez as assassinas sejam as garotas.

Oblivienne semicerra os olhos.

— Você não entende mesmo a loucura que é a sua história? — Allison suspira e endireita as costas. Ela levanta a mão e começa a contar nos dedos. — Primeiro, vocês estavam na floresta fazia... sabe-se lá quantos anos, e só quem achou vocês foi a tal da Rhiannon. Segundo, vocês foram criadas por um homem que, segundo a matéria que eu li, disse para vocês que era um profeta, o que já grita "seita". Terceiro, à exceção da Verity, ainda não foi achado nenhum DNA compatível com o de vocês nas bases de dados, nada além de um DNA compartilhado com um primo de sétimo grau com três gerações de separação, o que não quer dizer quase nada. Ou seja, três de vocês não foram nem dadas como desaparecidas na época do sequestro. Qual é a probabilidade de uma coisa dessas acontecer? Tipo, ele chanteou seus pais? Eles *deram* vocês a ele?

*Sequestradas.* Essa palavra de novo. Foi isso o que Mãe fez com elas?

Oblivienne não gosta do que sente quando Allison lhe faz tantas perguntas, mas isso bota sua cabeça para funcionar. Ela tem as próprias perguntas — perguntas que precisa fazer a si mesma e às irmãs. Perguntas cujas respostas está desesperada para encontrar.

Oblivienne está aturdida e confusa, mas vislumbra uma luz de esperança para seguir, como a primeira estrela no céu ao anoitecer. Soube um pouquinho sobre a internet pelas crianças da casa coletiva, mas não sabe como entrar nela nem como usá-la.

— *Onde* as pessoas estão fazendo essas perguntas? — ela indaga enfaticamente, com senso de urgência. — O que é *Reddit*? Você me mostra?

O sorriso de Allison some um pouquinho com a intensidade irritada de Oblivienne. Oblivienne se curva para a frente, quase em cima da outra menina, e apesar de ser bem menor, sabe que Allison está começando a ficar tensa.

— Está bem, ok, ok — Allison diz, se afastando depressa e se levantando da cama. — Vamos pegar o laptop da mamãe emprestado. Eu te mostro como... *usar a internet*, imagino eu.


Uns dias depois, Oblivienne entra no quarto à procura de Allison, que está deitada de bruços na cama, olhando para o telefone, que emite uma musiquinha metálica vibrante. Não demonstra ter percebido sua presença, mas Oblivienne sabe que é apenas distração. Parece que os celulares deixam as pessoas muito distraídas.

Oblivienne se senta, de pernas cruzadas, na própria cama.

— Você sabe alguma coisa sobre... *podcasts*?

Allison bufa sem olhar para Oblivienne, deslizando o polegar pela tela do telefone.

— Você mergulhou de cabeça no Reddit, né? Esse pessoal *adora* podcast. — Ela balança no ar os pés imaculados e rosados, sem nenhuma cicatriz à vista, acompanhando o ritmo da musiquinha.

Oblivienne encolhe os ombros e olha os próprios pés, ainda manchados de marrom porque passou a vida inteira descalça, mas agora mais limpos e macios do que nunca. Ela flexiona os dedos, um de cada vez.

— Eca, odeio quando você faz isso — Allison diz.

Quando Oblivienne levanta a cabeça, Allison está olhando para ela, o telefone temporariamente esquecido.

— Tem alguma coisa bem... *esquisita* nisso. — Ela faz cara de nojo, depois ri ao perceber a mágoa no rosto de Oblivienne. — Ei, não leva para lado pessoal. Então você é meio bizarra. E daí? Assume isso e aproveita.

Oblivienne senta-se sobre os pés. De repente, sente a pele pinicar com a blusa preta de algodão que está usando, como se a gola estivesse colada demais ao pescoço.

Allison dá um suspiro teatral e larga o celular.

— Então, por que você quer saber de podcast? Quer escutar um? Minhas amigas de Camden têm um podcast incrível sobre filmes de terror. Aaah, a gente podia primeiro ver os filmes e depois eu usaria os episódios como, tipo, material de aula ou sei lá o quê. Você vai virar uma pessoa civilizada em dois segundos.

Oblivienne estremece ao ouvir a palavra *civilizada*.

— Eu... não. Bom, sim. Tem um podcast que eu gostaria de escutar. É sobre o que aconteceu comigo e com as minhas irmãs.

Allison faz que sim.

— Ah, entendi. Tem um milhão de podcasts sobre isso.

— Me chamaram para *participar* de um.

— É sério? — Allison indaga. Mas então a empolgação em seu rosto se transforma em preocupação. — Você tem *postado* no Reddit? Oblivienne, a mamãe disse que por enquanto você devia só *olhar* a internet, e apesar de ela ser meio careta com essas coisas, acho que nesse caso ela deve ter razão. Ainda tem muita gente obcecada, e estou falando no sentido literal, apavorante, com a história das Garotas Selvagens. Pode ter gente te perseguindo, ou gente que gostaria de te perseguir se descobrisse onde você mora. Você não faz nem ideia de quantas perguntas eu ainda ouço sobre você do pessoal da escola. Me irrita à beça.

— Eu *sei* sobre os nomes... eu jamais usaria o meu — Oblivienne diz com firmeza, conjurando a autoconfiança que sentia quando estava na mata. — Me escondi sob um *nome do usuário*. Disse ao pessoal do Reddit que eu estava em um lar temporário junto com uma das *Garotas Selvagens*. — Ela não gosta de usar esse título, mas começou a ficar indiferente a ele depois de horas a fio lendo matérias e postagens que resumem a complexidade de sua família nessas duas palavras.

Allison ergue a sobrancelha. Torce e joga as pernas para fora da cama, ficando de pé.

— É melhor você me mostrar o que postou. E *daí* a gente conversa sobre o podcast. Você *quer* ser entrevistada? Vocês todas não têm *evitado* a imprensa?

Oblivienne não sabe direito como responder. Assim como com o agente Tyler, ela quer ajudar as pessoas que ainda buscam respostas. Mas o agente Tyler — o FBI —, todas as autoridades que entrevistaram as meninas no começo não as procuram há semanas, e Oblivienne está à deriva em um mar de dúvidas. Se for para achar as respostas, vai precisar da ajuda de alguém que tenha um conhecimento infinitamente maior do funcionamento deste mundo, e talvez isso signifique se permitir ser entrevistada. Mas Oblivienne também sabe que sua história não é inteiramente sua. Caso a divida com o mundo, estará fazendo isso também pelas irmãs. Não é uma escolha qualquer.

— Quero descobrir quem era Mãe — Oblivienne declara, a voz bem mais baixa do que estava momentos antes. — E quem nós éramos antes da natureza selvagem. Quem poderíamos ter sido se nada daquilo tivesse acontecido.

A expressão no rosto de Allison fica mais suave.

— É. Aposto que quer — ela diz. Ela afaga o braço de Oblivienne. — Vamos lá. Me mostra as postagens que você fez como a menina muito normal que está em lar temporário junto com a Garota Selvagem de Happy Valley. Tenho certeza de que são bem convincentes.

# 18

**Sunder é a segunda garota** a ir para um lar temporário, para a enorme surpresa da equipe toda da casa coletiva. Sunder tem mais propensão à violência, tem a natureza mais teimosa de todas as irmãs. Mas essas coisas só a ajudaram a achar um lar, pois assim que foi cadastrada no sistema como um caso de "necessidades especiais", as opções de pais temporários ficaram mais restritas.

A assistente social, Shelly, acompanha Sunder até a entrada de uma casa de tijolinhos imensa no final de um longo acesso para carros, bem distante da rodovia principal, cercada de campos e pastos. Ela ainda não reparou que Sunder tirou os sapatos quando estava no carro.

— Então, ansiosa para conhecer sua família temporária? — Shelly pergunta antes de tocar a campainha.

Sunder fica muito ansiosa de conhecer mais estranhos, mas ao mesmo tempo também está muito tranquila, pois sabe que isso não tem importância — que um dia desses, embora não saiba exatamente quando, o portal para Leutéria vai se abrir e ela vai se reunir com as irmãs.

Mas não tem tempo de responder, ainda que tivesse a intenção de fazê-lo, porque uma mulher pálida e mais velha, com duas tranças grisalhas compridas, abre a porta e exclama:

— Olá!

— Ah! — Shelly se assusta. — Olá, sra. Quaker.

— Meu Deus, você deve ser nossa menina. Sunder, não é isso? Minha pronúncia está correta? — Ela leva as mãos ao peito largo, por cima do avental feito de quadrados de tecido azul antigo, coberto por uma fina camada de farinha.

Sunder faz que sim.

— Então seja bem-vinda! Sejam bem-vindas, vocês duas. Entrem, por favor.

O interior da casa é todo feito de madeira escura gasta pelo tempo, com uma camada grossa de verniz ou polida até adquirir um brilho fosco. Os ambientes são limpos, mas abarrotados, cheios de mesinhas e poltronas, armários e prateleiras, fotos emolduradas, obras de arte e pôsteres de festivais da colheita de vários anos passados. Nas prateleiras, há tudo quanto é tipo de coisa: brinquedos de metal antigos, vasos de plantas, flores secas, bonecos de sabonete esculpidos à mão, tigelas tortas de barro feitas em casa, vasos de cristal. E há *livros* — muitos livros. Uma parede inteira cheia de livros em um dos cômodos, com mais livros ainda empilhados em outros espaços usados como prateleiras, em todos os cantos para onde Sunder olha.

Quando Sunder entra na sala revestida de carpete, um senhor branco de macacão se levanta do sofá. Tem a pele bronzeada do sol e cabelo grisalho curtinho.

— Sunder, este é o Jack, ou sr. Quaker, como você preferir — a sra. Quaker apresenta.

O sr. Quaker estende a mão calejada e diz com um sorriso:

— Bem-vinda à nossa casa. É uma alegria receber você.

Sunder conhece esse ritual de saudação. Junta sua mão à dele e a aperta.

— E este é o Dallas — a sra. Quaker anuncia, indicando o rapaz de pé atrás do sofá, de pele bronzeada e cabelo preto cacheado.

— Prazer em conhecer — Dallas diz ao apertar a mão dela, os olhos castanhos sérios da mesma cor intensa da madeira reluzente que o rodeia.

— E esta aqui — diz a sra. Quaker — é Giovanna, nossa preciosidade.

Uma menina, de dez ou doze anos, corre até Sunder. Para a alguns centímetros de distância e sorri.

Sunder fica impressionada com a pele branco-osso e o belo cabelo ruivo de Giovanna, arrumado em um círculo trançado. Alguma coisa na distância entre os olhos, no perfil achatado, no pescoço curto, a diferencia do resto. Mas Sunder não teme essa diferença. Só fica curiosa.

Sunder estica a mão para apertar a mão da menina, mas fica confusa quando Giovanna olha para o chão, puxa as laterais do vestido e levanta um pouco a saia enquanto cruza os tornozelos e dobra os joelhos.

— Muito prazer em conhecê-la, Sunder — Giovanna diz. Sunder percebe que sua voz é singular, as palavras saem com suavidade e lentidão.

Sunder assente para Giovanna, depois olha para todo mundo que está na sala com um sorriso educado, como foi instruída a fazer. Rhi ensinou a importância dos bons modos: que embora seja um desperdício de palavras, é uma forma de estabelecer confiança entre desconhecidos. *Como oferecer a barriga a um filhote de puma para ele te deixar passar a mão no pelo dele quando se aproximar?* Sunder perguntou. *Exatamente*, Rhi respondera.

— Olá — diz Sunder. — É um prazer conhecer todos vocês.

Os olhos de Dallas se arregalam.

— Ela fala perfeitamente!

— Dallas, por favor — a sra. Quaker diz.

— Que foi? Eu ouvi falar que ela era feito bicho, não...

Giovanna o empurra com força.

— Cala a boca, Dallas. Você está passando vergonha.

Dallas dá uma risadinha e sorri para Giovanna, depois, mais encabulado, sorri para Sunder.

— Peço desculpas.

O rosto de Sunder se contrai de irritação. Já ouviu esse tipo de exclamação das crianças da casa coletiva. A princípio, achava que o choque era genuíno, mas aos poucos Sunder foi se dando conta de que estavam zombando dela e das irmãs. Encara Dallas até ele erguer as mãos em um gesto de submissão.

— É sério — ele diz. — Foi sem querer. Não vai se repetir, eu prometo.

Sunder olha dentro dos olhos dele, tanto consciente quanto despreocupada com a tensão que domina o ambiente, e resolve acreditar nele. Ela relaxa e se vira para se acomodar no tapete marrom felpudo. Sunder pega um punhado dos cookies dispostos na mesinha e dá uma mordida hesitante em um deles. Giovanna vai se sentar a seu lado, escolhendo uma poltrona amarela.

— Então, sr. e sra. Quaker — a assistente social diz quando todo mundo recupera o fôlego —, vocês leram a ficha dela?

— Sim — o sr. Quaker diz. — E discutimos alguns dos pontos mais delicados com o Dallas e a Giovanna.

— Então vocês já sabem que a Sunder foi quem teve mais dificuldade de adaptação na casa coletiva, mas como vocês acabaram de ver, ela se acalmou. Não existe nenhuma preocupação com tendências patológicas, só comportamentais. Ela teve uma vida sem inibições, que…

— Sim, nós lemos a ficha — a sra. Quaker repete. — Não temos nenhuma dúvida de que a Sunder vai ser feliz aqui. A gente acha que a ordem e a rotina da vida na nossa fazenda vão ajudá-la a se adaptar à vida nova ao mesmo tempo em que ela vai continuar perto do mundo natural. Não é, querido?

O sr. Quaker faz que sim, olhando para Sunder com carinho enquanto ela enfia o quarto cookie na boca.

— Aposto que a Sunder vai amar os pôneis — Giovanna diz, empolgada. — Posso mostrar para ela?

A sra. Quaker dá uma risadinha.

— Na hora certa, minha querida — ela diz.

GAROTAS SELVAGENS **173**

Sunder não sabe o que são pôneis, mas a alegria de Giovanna a deixa curiosa para ver se de fato vai amá-los.

— Quem sabe suas amigas não vêm aqui para ver os pôneis também — Giovanna diz. — Você deve morrer de saudades delas.

— Não são amigas — Sunder retruca, engolindo o último pedaço de cookie. — Irmãs.

— Bom — a sra. Quaker diz. — A gente sabe que você é muito próxima das suas irmãs, então vamos fazer questão de que você mantenha contato com elas. O Dallas sabe como usar todas as tecnologias modernas que a criançada usa para se comunicar.

— Eu te mostro como fazer chamada de vídeo — Dallas declara, nitidamente ávido para reparar o erro das palavras anteriores. — Aí você pode ver e conversar com as suas irmãs quando quiser.

— Seria ótimo — Sunder diz com ar cerimonioso. — Preciso lembrar às minhas irmãs que elas têm que observar a lua. Estamos esperando um eclipse.

— Bom — o sr. Quaker diz com uma risadinha. — Acho que vocês não vão ter que esperar muito. Acho que vai ter um eclipse lunar este verão, que vai dar para ver aqui de Happy Valley. Tenho um almanaque antigo que diz essas coisas. Eu te mostro depois, se você quiser.

Sunder fixa o olhar no sr. Quaker. *Este verão?*

— Sunder, quantos anos você tem? — Giovanna pergunta.

Como Sunder não responde, ávida para fazer mais perguntas ao sr. Quaker, Shelly responde por ela.

— Os médicos avaliam que ela deve ter entre doze e dezesseis anos.

Irritada, Sunder corrige a assistente social:

— Passei treze invernos na mata.

— Eu tenho *doze* anos — Giovanna anuncia com orgulho.

Então Sunder lembra que as pessoas deste mundo às vezes fazem perguntas como oferta de amizade e paz, e que gostam que também lhes façam perguntas: curiosidade significa apreço, o que Sunder entende, muito embora preferisse pedir para ver o almanaque do sr. Quaker. Vai ter tempo para isso depois, ela imagina.

— Você... mora aqui... há muito tempo? — Sunder tenta perguntar.

— Desde que eu tinha sete. A família Quaker me adotou oficialmente no ano passado.

A sra. Quaker faz que sim.

— A Giovanna é nossa filha em tudo, a não ser no sangue. Assim como suas irmãs são suas irmãs em tudo, menos no sangue. O laço que você tem com as outras meninas é extraordinário, Sunder. E tem que ser valorizado.

Sunder sente a compaixão das palavras da sra. Quaker e fica surpresa. À exceção de Rhi, ninguém fez nada que não tentar separar as irmãs desde que saíram da floresta.

Morar com essa alcateia talvez não seja das piores coisas, afinal, ela conclui.

Pelo menos até o portal para Leutéria se abrir.

# 19

**Pouco depois de Sunder** ir embora da casa coletiva, Epiphanie finalmente entra no sistema de lares temporários. Shelly, a assistente social, disse que era importante Epiphanie ser colocada em uma família temporária negra, se possível, assim Epiphanie poderia passar tempo com quem entende o que é ser negra nos Estados Unidos (o reino onde estão, ao que parece) e está mais apta a dar respaldo à inserção de Epiphanie na sociedade.

A dra. Ibanez explicou que Epiphanie compartilha com outros negros uma *etnia* diferente das irmãs. É claro que Epiphanie sabe que sua pele é bem mais escura do que a das irmãs, mas o que a surpreende é a descoberta de que ali ela tem uma cultura diferente e necessidades diferentes das irmãs só por causa da pele.

— Como sou de ascendência mexicana, eu meio que sei como é — a dra. Ibanez lhe disse. — Minha pele não é do mesmo tom que a sua, sou de uma cultura e etnia diferentes, com um histórico diferente neste país. Mas tive que trabalhar o dobro dos meus colegas brancos para chegar onde estou hoje. Nossas experiências foram diferentes, e vão ser diferentes, mas por causa da cor da nossa pele, compartilhamos uma coisa com que suas irmãs provavelmente nunca vão ter que lidar. — Ela deu um sorriso pensativo. — Mas não são só coisas difíceis. Ser negro ou marrom nos dá muito o que celebrar. Eu adoro minha cultura e minha comunidade, e minha esperança é de que sua família temporária também te ajude a abraçar sua identidade. Tenho certeza de que você tem muitas perguntas para fazer, e elas só vão aumentar com o tempo. Mas saiba que estou aqui para te ajudar a digerir tudo.

— Eu estou… confusa, mais do que tudo — Epiphanie lhe disse. Confusa, ambivalente, desnorteada: isso era verdade para muitas coisas atualmente.

Na mata, o tom marrom-enegrecido de sua pele sempre tinha sido óbvio para todos, mas não era mais digno de nota do que o cabelo preto lustroso de Oblivienne, a altura de Verity ou os olhos de cores diferentes de Sunder — algo único e belo em cada uma delas. A forma como Shelly e a dra. Ibanez falam de Epiphanie faz com que de repente ela se sinta *à parte* das irmãs, e isso, mais do que a distância física, lhe dá uma sensação de separação verdadeira.

O que essa nova cultura deveria significar para Epiphanie caso seu destino seja Leutéria? Só que Epiphanie nem sabe se ainda acredita em Leutéria, ainda que queira acreditar, mais do que nunca.

Ao que consta, Shelly não conseguiu encontrar uma família temporária negra em Happy Valley ou nas cidades vizinhas.

— Esta é uma região muito branca do estado — ela justificou, a voz com um toque de pedido de desculpas.

E portanto Epiphanie, mais temerosa e desnorteada do que teria ficado caso ninguém tivesse feito menção à sua raça, foi colocada na casa de Maggie, uma branca gentil mas estressada que cuida em horário integral de mais outras seis crianças em lar temporário. Epiphanie não é a única criança temporária negra na casa, e Shelly fica contente com esse fato.

Nesse primeiro dia, a casa é tomada pelo som de uma lamúria. Epiphanie segue os berros até chegar a um quartinho de bebê, onde se depara com Maggie tentando fazer dormir um bebê muito pequenino, muito infeliz.

— Ele vai ficar bem — Maggie insiste ao ver a preocupação de Epiphanie. — Os médicos acham que é só depressão. Ele tem seis meses. Dá para imaginar alguém ser tão pequeno assim e estar com depressão? — Ela parece exausta até quando sorri. — O nome dele é Romeo. Dá oi, Romeo! — Ela tenta acenar com a mãozinha do menino, mas seu rosto marrom-rosado já enrugado se contrai e ele ameaça soltar um berro desdentado.

O menino é menor e mais frágil do que qualquer ser humano que Epiphanie já tenha visto na vida, mais ainda do que Oblivienne ao chegar no castelo. Oblivienne já tinha idade para engatinhar, mas era tão agitada e magrela que mais parecia um filhote de passarinho, curvada sobre as mãos e os joelhos, agarrada aos mantos de Mãe.

— Posso ajudar de alguma forma? — Epiphanie pergunta.

—Ah, doçura de menina — Maggie diz quando se ouve um baque na sala que faz o bebê chorar ainda mais alto.

Epiphanie vai olhar o que foi aquele barulho e se depara com as três crianças mais novas em choque, paradas ao lado de uma estante de livros derrubada. Enquanto ajuda as crianças a recolocarem a estante e os livros no lugar, ela pensa: *Alita é negra como eu. Simon é negro como eu. Olivia é branca que nem minhas irmãs.* Ela dá uma olhada nos dois meninos mais velhos na cozinha e pondera, *Caleb é negro como eu. Bradley é branco que nem minhas irmãs.* De repente fica irritada porque os dois têm idade suficiente para cuidar daquelas crianças mais novas.

Caleb olha para ela, percebendo sua irritação. Ele ri, é uma risada curta, sem humor.

— Ei, nossa função não é ficar de babá deles. A função também não é *sua.* — Ele lhe lança um olhar expressivo que ela sabe que não entende totalmente.

Epiphanie sempre foi uma líder nata, com um olhar arguto para o que é necessário, portanto depois de duas semanas já cavou para si um lugar imprescindível, talvez até cômodo, na vida doméstica. Tem facilidade de assumir responsabilidades quando não está preenchendo os livros de exercícios determinados pela professora particular nem falando com as irmãs pelo telefone ou por chamada de vídeo.

Agora, Epiphanie está esperando Rhi passar para levá-la à casa da família temporária de Sunder, onde as irmãs se reunirão pela primeira vez desde o hospital. Todos os médicos e terapeutas e encarregados enfim decidiram que as meninas estão "adaptadas" a ponto de poderem se visitar. Epiphanie entreouviu Maggie discutindo a visita com a dra. Ibanez ao telefone, e elas concordaram que Rhi é "uma boa influência para elas". A pressão nauseante das inúmeras opiniões sobre quem elas podem ou não podem ver às vezes deixa Epiphanie brava, ela tem vontade de uivar. Mas sempre tem tanta coisa para fazer nessa casa nova, tantas crianças mais novas para desviar de acidentes e riscos, que Epiphanie mal tem tempo de sentir o que quer que seja.

Quando Maggie abre a porta para Rhi e se vira para chamar Epiphanie, o pequenino Romeo aninhado em seus braços, Epiphanie já espera no hall de entrada, não sem antes deixar as crianças mais novas na frente da televisão, a zombaria de Bradley acompanhando o pedido de que ficasse de olho nelas. Sem jeito, ela faz tudo o que precisa para se preparar para sair de casa: enfia os braços nas mangas de um casaco, se atrapalha ao botar uma sandália nos pés. O cabelo está com as trancinhas feitas no salão para onde Maggie mandou Alita e Epiphanie, porque "mulheres brancas não sabem mexer em cabelo de mulher negra". Epiphanie curtiu a experiência. A mulher do salão foi delicada, e se ela fechasse os olhos, quase conseguia fingir que eram as irmãs que trançavam seu cabelo, assim como faziam na floresta.

Maggie tenta convencer Epiphanie a calçar tênis, mas os ombros de Epiphanie se curvam quando ela olha para os sapatos desajeitados que a mãe temporária comprou para ela, dispostos em uma sapateira, ainda unidos por um aro de plástico.

Rhi percebe e diz a Maggie:

— Vai fazer calor esta tarde. Talvez seja melhor ela ir de sandália mesmo.

Maggie contrai os lábios, mas cede.

— Tenha um bom dia, querida — ela diz, aproximando-se para dar um abraço de lado em Epiphanie.

Epiphanie abre um sorriso grato e se entrega ao abraço. Não resiste aos contatos amáveis de Maggie como antes. Balança o dedo para se despedir de Romeo, que ri para ela antes que se vire para ir embora com Rhi.

Elas vão até uma picape azul desconhecida, pequena, surrada, que está no acesso da garagem.

— O tio Jimmy comprou de um amigo dele para eu poder andar sozinha durante o verão, enquanto ele estiver no trabalho — Rhi explica. — Não é nada de especial, mas é legal ter meu próprio meio de transporte. Sobe aí.

Epiphanie sobe na picape e aperta o cinto. Ela já se acostumou a andar em veículos motorizados, algo que lhe parecia inconcebível há apenas uma lua.

— Como você está, Epiphanie? — Rhi pergunta quando pegam a estrada. — A Maggie falou que você vem se adaptando bem.

Epiphanie olha para as mangas do casaco e as tiras de plástico das sandálias e fica espantada ao se dar conta de que *está* se adaptando, ainda que só para evitar conflitos. Já não come mais com a mão. Usa roupas para cobrir partes de corpo que nunca tinha sentido necessidade de cobrir. Participa de conversas educadas como meio de apaziguamento ritualístico, tal como tentar acalmar filhotes de urso lhes atirando pedacinhos de carne.

— Estou cansada — Epiphanie diz por fim. Acha exaustivo pensar constantemente em *como* interage com o mundo: para onde está olhando, o que seu rosto está fazendo, se pode se mexer ou se é esperado que fique imóvel. Acha exaustivo ser tão consciente de si.

Na mata, ela apenas *era*. As irmãs apenas *eram*. Viviam com o mínimo de esforço, somente instinto e compreensão.

Acendiam fogueiras quando sentiam frio e nadavam no riacho quando sentiam calor. Comiam quando tinham fome e bebiam quando tinham sede, dormiam quando estavam cansadas e despertavam quando acabavam de sonhar. Falavam quando havia alguma coisa que precisassem dizer, o que não era muito comum. Brincavam quando estavam com vontade de brincar, e ouviam o ritmo do corpo, da terra, do céu, e deixavam os ritmos instigarem nelas movimentos, ação, repouso.

Epiphanie tem a impressão de que o caminho deste mundo é se desconectar de tudo que é fácil e natural. Cobrir o corpo para que ele não possa sentir os raios de sol ou as sombras das nuvens ou o brilho das estrelas. Cobrir os pés para que não toquem no chão sagrado nem sintam a corrida dos cervos na mata ou os vermes na terra. Tirar os óleos do corpo para que todo o registro do dia se perca, para que se fique artificialmente limpo e desprotegido, e então buscar a proteção de coisas que vêm em tubos ou frascos de plástico. Comer segundo o que dita o relógio, dormir segundo o que dita o relógio, acordar segundo o que dita o relógio.

— Não me surpreende — Rhi diz em tom delicado. — Nem imagino o quanto deve ser sufocante, mesmo agora que você está em uma casa onde tem mais liberdade.

Epiphanie sente-se grata pela orientação de Rhi, que entende não só como este mundo funciona, mas também o quanto ele está destruído.

— Liberdade não é uma coisa para a qual tínhamos uma palavra antes — Epiphanie explica quando Rhi entra com a picape em um acesso de garagem longo, sinuoso, e começa a se aproximar da casa de tijolinhos, passando pelo gado que pasta no campo e balança o rabo. — Era simplesmente nossa forma de viver. Pode até ser que a gente não esteja mais enjaulada ou medicada, mas não somos livres. Tenho medo de que a gente nunca mais volte a ser livre.

Rhi fica em silêncio enquanto estaciona a picape ao lado de outra picape — esta grande e vermelha — e desliga o motor.

Fica olhando para a frente, para o nada, uma nuvem escura caindo sobre ela.

— Acho que nunca fui livre — ela sussurra.

— Eu também não acredito que você já tenha sido livre — Epiphanie concorda, triste.

Rhi olha para ela, os olhos brilhando.

— Você tem saudades de Mãe?

— O tempo todo.

— Ainda que — ela hesita — ele talvez tenha mentido para vocês?

Epiphanie inclina a cabeça para o lado.

— Eu não acredito que ele tenha mentido. Acredito que ele tenha falado sério, embora suas palavras já não pareçam mais verdadeiras. Acredito que a motivação dele tenha sido um amor verdadeiro por nós. — Ela não sabe direito como explicar como sua mente se reestruturou em torno da ideia de Leutéria. Se antes a realidade era muito bem definida pelas histórias de Mãe e sua própria falta de experiência, agora a realidade parece mais amena, mais nebulosa, como a cegueira cinza do lusco-fusco.

— Como você tem tanta certeza de que ele amava vocês? — Rhi pergunta, olhando para o outro lado.

— Pela forma como ele fazia a gente se sentir — Epiphanie responde. — Seguras. E poderosas.

Rhi enxuga algo dos olhos e Epiphanie se dá conta, não pela primeira vez, que Rhi cultiva uma ferida tão profunda que vai matá-la caso ela não puxe a atadura e a examine direito.

Quer perguntar a Rhi sobre isso, mas então Sunder aparece na porta de Epiphanie, gritando e dando um puxão para abri-la e arrancando Epiphanie da picape para poder abraçá-la com toda sua força. Verity também está lá, e como Sunder não a solta, Verity passa os braços em volta das duas e beija a bochecha da irmã com uma risada e um sorriso.

Atrás delas, uma mulher mais velha atravessa a porta da frente da casa, desce à varanda, enxugando as mãos no avental, sorrindo ao ver as garotas. Oblivienne está parada ao lado dela, desviando os olhos como um animal acossado. Ela parece quase... culpada.

Por cima da cabeça de Sunder, Epiphanie avalia Oblivienne, se entocando em seu coração.

O que foi que a irmã fez?

# 20

**A sra. Quaker serve às cinco garotas** um almoço feito de frango assado e legumes refogados, na sala de jantar, mas as meninas não falam muito enquanto comem. Ainda estão concentradas demais em relembrar o que aprenderam sobre etiqueta à mesa e talheres para pensar no que dizer. E no caso de Oblivienne, ela está distraída. Sabe que aquilo que está para lhes dizer vai ser difícil de ouvir.

É só depois, no estábulo, no meio do fedor doce dos animais, de feno e de esterco, quando Sunder está mostrando às irmãs como escovar os cavalos e começa a falar que adoraria levar os cavalos com elas para Leutéria quando o portal se abrir que Oblivienne entende que precisa falar.

— Resolvi participar de um podcast — ela anuncia.

Todas a encaram com apreensão. As irmãs sabem o que é um podcast — ela explicou, durante chamadas de vídeo empoladas, o que aprendeu na internet sobre *podcasts de crimes reais*, sobretudo os que acompanham o caso das "Garotas Selvagens de Happy Valley".

— Por quê? — Epiphanie indaga.

— Falei com um homem que está tentando descobrir de onde nós viemos e por que Mãe nos levou — Oblivienne explica. — Eu também queria saber.

— Oblivienne — Rhi diz, preocupada. — Qualquer um, literalmente, pode fazer um podcast. Você tem certeza de que quer confiar em um estranho na hora de apresentar sua história para o mundo?

— Ele não é um estranho. — Oblivienne escova um cavalo dourado à sua frente devagarinho. — Faz algumas semanas que estamos conversando. No Reddit.

Rhi fica assustada, mas antes que possa dizer qualquer coisa, Sunder interrompe, mais chocada do que zangada:

— Então você abandonou Mãe completamente?

Oblivienne contrai os lábios. Ela parou de escovar o cavalo, que agora focinha seu braço, tentando fazê-la retomar o trabalho.

— Não estou abandonando Mãe. Só quero saber quem ele era. Antes de ser Mãe.

— Que importância isso tem? — Sunder questiona, levantando a voz.

O cavalo dourado bufa alto e se empina sem sair do lugar, de repente nervoso.

— Se a gente descobrir que na verdade ele era só um homem *deste* mundo, então... bom. Vamos ter certeza. De que Mãe mentiu. E Leutéria é uma mentira. E a magia que ele nos ensinou era só um truque... e nossas vidas inteiras...

— Como você é capaz de falar assim? — Sunder explode, atirando a escova no chão do estábulo. — E como vocês são capazes de *ouvir*? — Ela olha com fúria para Oblivienne, Verity e Epiphanie, depois dá as costas para elas, atravessa as portas do estábulo rumo à torrente de luz solar vespertina.

Passa por um rapaz ao sair: pele bronzeada do sol e cabelo preto, vestido com jeans e blusa preta de algodão com as mangas cortadas. Ele olha para Sunder de testa enrugada.

— Devo me preocupar? — o garoto pergunta, olhando para Rhi.

As meninas estão caladas. Oblivienne se arrepende de ter causado dor à irmã, mas ao mesmo tempo se recusa a esconder a verdade. Os cavalos pisoteiam o chão e jogam a cabeça para trás, resfolegando de expectativa.

— Se acalmem, mocinhas — o menino murmura, esticando as mãos, as palmas para baixo. Quando Oblivienne lhe lança um olhar desnorteado, ele diz: — Ah, eu estava falando com os cavalos, não com vocês. Desculpa. Meu nome é Dallas. Sou o irmão temporário da Sunder.

Rhi toma a dianteira, enxuga as mãos no jeans.

— Claro. Desculpa. Dallas. Estas aqui são a Verity, a Oblivienne e a Epiphanie. — Ela aponta cada uma delas.

— Ah, as outras princesas — Dallas constata, sorridente.

— Talvez — retruca Verity.

— E talvez não — Oblivienne arremata.

Dallas chega mais perto da égua castanha que Rhi está escovando, pegando uma cenoura do bolso.

— Eu não sei se é sensato confiar nessa gente que faz podcast — Epiphanie diz baixinho, se aproximando de Oblivienne.

— A quem mais nós podemos recorrer? — Oblivienne indaga, afastando a urgência que quer inundar sua voz. — O agente Tyler desistiu. A dra. Ibanez vive repetindo que talvez a gente nunca descubra quem era Mãe.

— Você tem razão — Rhi declara com cautela. — Mas mesmo assim você tem que tomar cuidado, Oblivienne. As pessoas na internet podem ser... indignas de confiança. E esquisitas. A maioria só quer os detalhes excêntricos. A Elizabeth Smart foi resgatada há mais de vinte anos e as pessoas *ainda* fazem perguntas sobre isso para ela.

— Quem é Elizabeth Smart? — Verity indaga.

— Mãe não fez isso com a gente — Oblivienne diz logo, bem alto, levando as cerdas da escova de cavalo ao peito. Ela já leu a respeito de Elizabeth Smart e seus sequestradores e todos os "detalhes excêntricos" do caso. — Mãe nunca... *nunca*...

Epiphanie põe a mão nas costas de Oblivienne e Rhi dá um passo na direção dela, segurando-a pelos braços com delicadeza.

— Eu sei, Oblivienne — Rhi lhe garante. — Mas essas pessoas que fazem podcast... elas não vão querer só ouvir histórias de vocês fazendo amizade com os lobos.

— Não sei o porquê — Dallas diz, pegando outra cenoura do bolso de trás da calça para dá-la à égua dourada. — Eu acho que sua história é fascinante por si só, sem nenhum enfeite.

Rhi ergue a sobrancelha para ele.

— Mas ninguém tem direito a ela — ela declara com firmeza, antes de se voltar para Oblivienne. — E a história não é só sua, Oblivienne.

Oblivienne fita Epiphanie e Verity.

— Vocês vão ficar bravas comigo se eu contar a nossa história, Irmãs?

Verity olha para Epiphanie em busca de orientação, exatamente como todas elas sempre fizeram.

— Você tem que seguir seu coração, Irmã — Epiphanie diz, pegando a mão de Oblivienne. — Mas talvez você não goste do lugar aonde ele vai te levar.

# 21

**Faz quase vinte minutos** que Rhi e as outras estão procurando Sunder quando Dallas tem a ideia de olhar o quarto de Giovanna. Quando entram, Giovanna está deitada no chão acarpetado, olhando para o teto, falando alto sobre o livro de fadas que está lendo.

— Mais meninas! — ela exclama ao se sentar. — Dallas, você e o papai agora estão em desvantagem.

— Eu vou ter que dar um jeito de aguentar essa situação. — Dallas suspira com um sorriso no rosto. — A Sunder está aqui?

— Não — diz Giovanna, olhando para debaixo da cama.

— Então com quem você está falando? — Dallas indaga.

— Com as fadas. — Giovanna dá uma risadinha.

— Sunder — Rhi chama com doçura, ajoelhando-se ao pé da cama. — A gente vai ter que ir embora daqui a pouco. Você não queria passar um tempo com as suas irmãs?

Passado um instante, elas escutam um suspiro alto. Sunder rola para fora, quase indo parar no colo de Giovanna, arrastando consigo um enorme almanaque de capa dura. Ela se apoia nos cotovelos e olha para as irmãs com os olhos descombinados avermelhados.

— Você ainda está planejando trair Mãe? — pergunta a Oblivienne.

— Não vou trair ele — Oblivienne rebate, se ajoelhando ao lado de Rhi, diante de Sunder. Põe a mão na bochecha de Sunder, passa os dedos no cabelo louro repicado e ondulado da irmã.

— Você sonhava com Leutéria tanto quanto eu — Sunder diz, sem se dar ao trabalho de enxugar as lágrimas que caem dos olhos. — Até mais, na verdade. Você não acredita mais?

Rhi se pega prendendo o fôlego, esperando a resposta de Oblivienne.

— Agora é mais complicado, Irmã. Você sabe disso. A Irmã de Sangue da Verity, a Mãe de Sangue...

— Existe uma explicação — Sunder insiste. — Deve existir. Talvez exista uma versão de nós nos dois mundos. Talvez tudo não passe de um *engano*. A gente não precisa *saber* como tudo funciona, só precisa ter fé em Mãe e nas coisas que ele nos ensinou.

Rhi olha para as outras, vê a ruga entre as sobrancelhas de Verity, o conflito na expressão de Epiphanie, a dor no rosto de Oblivienne. Não sabe muito bem qual é a opinião das meninas sobre o destino delas hoje em dia, mas está claro que todas elas consideram o assunto sério.

— Mas *eu* preciso saber — Oblivienne diz, tão baixinho que é quase um murmúrio. Ela enxuga as lágrimas do rosto de Sunder com o polegar. — Eu preciso saber quem era Mãe antes de ele ser nosso.

Sunder fala com uma voz tão fraca que é quase inexistente:

— A gente já sabe tudo o que precisa saber sobre ele.

Rhi se vê partilhando do sofrimento de Sunder, desejando que Oblivienne suspenda suas pesquisas. Não só por questionar a motivação das pessoas que fazem podcasts, mas por querer continuar acreditando em Mãe.

*Porque se ele era mesmo um profeta, talvez eu seja a quinta princesa. Talvez eu tenha um destino em outro mundo.*

Rhi afasta o pensamento antes que ele possa se arraigar porque já aprendeu: a esperança pode ser tão perigosa quanto a raiva. Ela e Oblivienne ajudam Giovanna e Sunder a ficarem de pé. Quando as meninas estão saindo do quarto, Rhi aponta para o livrão que Sunder continua a apertar contra o peito.

— Uma leitura leve? — ela brinca, tentando fazer Sunder abrir um sorriso.

— É um almanaque — Sunder cochicha. — Diz quais são as fases da lua e quando e onde ela se alinha com o sol e a Terra. Vou descobrir quando o portal vai aparecer.

Com o coração na garganta, Rhi vê Sunder botar o almanaque na cama com carinho antes de descer a escada correndo e sair ao ar livre, para que as irmãs possam passar o resto do tempo que têm juntas de pés descalços na terra.

# Nossa solitária menina lobo

**Trecho de *Castelo Selvagem: memórias das garotas selvagens de Happy Valley***

**Sempre fomos uma** — uma alcateia que se movimentava e pensava e sentia como uma coisa só. Mas também tínhamos nossa individualidade.

Mãe costumava dizer:

— Assim como a alcateia não existe sem o lobo, o todo não pode ser atendido sem um indivíduo inteiro.

Só entendemos bem o que ele queria dizer muitos anos depois, quando já era tarde demais. Mas ele nos incentivou a ter vidas interiores distintas umas das outras, assim como nos incentivava a ter o laço da alcateia.

E, de modo geral, fomos bem-sucedidas. Todas ficávamos bem sozinhas, só com nossos pensamentos. Volta e meia passávamos horas a sós, nos embrenhando no mato, lutando para achar o rumo de casa, sem mais nada além da luz conjurada dos vagalumes para nos orientar. Sunder ia sozinha visitar os lobos e às vezes voltava com filhotes de animais feridos de que cuidava até que se recuperassem, cobrindo-os de lençóis quentinhos e feitiços; Epiphanie passava horas meditando ou fazendo esculturas com a argila recolhida do leito do riacho, às vezes criando objetos de uso prático, mas na maioria das vezes não; Verity passava dias boiando na água, elaborando longas histórias na cabeça que contaria para nós à noite, em volta da fogueira.

Oblivienne passava muito tempo sozinha, mas nunca nos contava aonde ia. Quando perguntávamos, dizia apenas que estava "caminhando" ou "explorando", mas nunca entrava em detalhes. Às vezes voltava com objetos extraordinários que encontrava em suas perambulações, como garrafas de vidro da cor das folhas na época de muda, ou círculos de metal reluzentes maiores que sua cabeça, que pareciam sóis prateados (mais tarde descobrimos que se chamavam *calotas*).

Um dia, algumas luas depois da morte de Mãe, quando a época do frio voltou, Oblivienne saiu na neve e só voltou depois do cair da noite. Não era um acontecimento anormal, mas no frio, ficamos preocupadas com ela. Quando veio o amanhecer, partimos com nossos parentes-lobos atrás de seu rastro na neve. Após percorrer alguns quilômetros de floresta, nós a encontramos no alto da montanha, em uma altitude até a qual não tínhamos nenhuma necessidade de subir.

Estava sentada no meio de cinco castelos esculpidos à mão — castelos iguais ao *nosso* castelo —, todos mais altos do que Oblivienne ao ficar de pé. Eram feitos de pedras, barro e lama, mas também das vértebras de animais grandes e pedaços redondos das garrafas coloridas que às vezes Oblivienne levava para o castelo. Chegavam a brilhar com o granulado roxo e os cristais brancos que às vezes achávamos dentro das pedras do rio. Cada castelo era envolto em um nevoeiro de cores diferentes, tingido pela culminação de suas diversas partes: preto, verde, roxo, azul, vermelho. E no alto de cada castelo havia um montinho de moedas, que às vezes achávamos no fundo dos córregos que surgiam do riacho.

No meio do círculo de castelos, Oblivienne havia criado um mosaico de seixos e ossos polidos, retratando a lua e o sol e os milhares de estrelas no céu. E entre a lua e o sol havia um enorme círculo vazio.

Oblivienne cavava fundo esse círculo quando a descobrimos. Ela entendeu no mesmo instante por que estávamos ali, mesmo sem termos falado nada.

— Eu estou bem, Irmãs. O frio não vai me fazer mal.

Ela mostrou o colete forrado de pele e a calça comprida feita da carcaça de um urso que achamos à beira do rio no verão anterior — uma pele sobre a qual Mãe havia lançado um feitiço para que nos aquecesse e nos mantivesse a salvo até a primavera. Ainda assim fomos abraçá-la.

— Que lugar é esse, Oblivienne? — Epiphanie perguntou. — Foi você quem criou tudo isso?

Ela fez que sim, abriu um sorriso orgulhoso e corou.

— São os cinco reinos. — Ela apontou os castelos enquanto os parentes-lobos farejavam as estruturas. — E isso aqui é o céu ao encontrar a Terra. E aqui. — Ela atirou um seixo no buraco entre o sol e a lua. — Fica o portal que vai nos levar de volta a Leutéria.

Não precisamos perguntar por que ela havia construído aquele lugar, pois sua presença era pura magia. Não tínhamos palavras para aquilo na época, mas de certo modo sabíamos o que era: um santuário. Um lugar sagrado. Sua presença por si só já justificava sua existência.

— É lindo — Sunder disse, passando a mão perto do castelo azul, sem saber se seu toque o profanaria.

— Comecei a construir isso anos atrás — Oblivienne nos contou. — Mas levei anos para achar os materiais certos... até pouco tempo atrás. — Ela morde o lábio, olha para cada uma de nós antes de confessar. — Desde que Mãe morreu, venho achando tesouros por todos os lados. Metais reluzentes e garrafas coloridas, ossos limpíssimos, e muitas moedas, que praticamente inundam as margens do rio quando vou atrás delas. — Ela sorri, os olhos escuros arregalados e radiantes. — Mãe me traz objetos mesmo após a morte. Eu quis contar a vocês, eu quis *mostrar* a vocês, mas precisava guardar este lugar para mim. Só mais um tempinho.

— Nós estragamos tudo para você, Irmã? — Epiphanie perguntou.

Oblivienne pegou a mão de Epiphanie e a apertou.

— Não. Vocês me ajudaram a terminar. A alma de Mãe guiou vocês até aqui hoje para me dizer que está pronto.

Olhamos ao redor, admiradas, cada uma atraída por um castelo, um canto diferente do mosaico, uma peça diferente da magia daquele lugar.

— O que acontece agora? — Verity perguntou.

— Eu acho — Oblivienne disse, meio sem fôlego. — Que agora não deve demorar muito tempo.

— Para o céu encontrar a Terra? — Sunder indagou.

Oblivienne fez que sim.

— Para voltarmos para casa.

# 22

**Quando Rhi e tio Jimmy** chegam em casa no domingo, depois de ir ao supermercado, há um recado na secretária eletrônica. Tio Jimmy aperta o play do aparelho arcaico, que emite um bipe horrendo antes de um som ainda mais horrendo sair pelo alto-falante.

— Eden, aqui é seu pai.

Rhi gela na entrada de casa, um dos pés já descalços. O rosto de tio Jimmy fica petrificado.

— Não sei o que está acontecendo com você aí em Happy Valley, já que você não me visita, mas eu não paro de ver sua cara nos jornais. — A voz do pai se cala e Rhi o imagina franzindo o cenho, a veia da testa saltando.

*Visitar? Do que ele está falando?* Não existe mundo em que Lawrence Chase queira que a filha o visite na prisão (e apesar de tudo o que ela passou, esse fato ainda alfineta as entranhas de Rhi).

— Como você não está atendendo os telefonemas do meu advogado nem respondendo nossos e-mails e mensagens de texto, pensei em te ligar pessoalmente. Ganhamos o direito de entrar com um recurso, mas desta vez preciso que você vá para o banco de testemunhas. É o mínimo que você pode fazer, levando em consideração que você nem deu as caras no dia de minha sentença. — Ele faz outra pausa, esta preenchida por um suspiro. — Olha, eu sei que não fui o melhor... sei que não lidei bem com a morte da sua mãe, e eu...

Rhi sente o rosto se contrair de raiva e se obriga a virar o rosto para o outro lado. Foi ficando mais à vontade com tio Jimmy ao longo dos últimos meses, mas não quer que ele a veja desse jeito.

— ...poderia ter sido melhor. — Outro suspiro. Em seguida, em tom mais bravo: — Você não foi a única que perdeu alguém, sabia? Talvez eu nem sempre tenha sido o melhor dos pais, mas trabalhei muito e dei muito duro para sustentar você, e acho que o mínimo que você podia fazer para demonstrar sua gratidão seria se sentar numa cadeira e explicar por que seu pai não devia ficar atrás das grades.

A respiração de Rhi fica acelerada, rasa, como se os pulmões já soubessem com que velocidade ela sairia correndo para escapar do som daquela voz.

A voz do pai continua falando, mas Rhi não escuta o resto enquanto arranca o outro pé de sapato e sai a passos largos rumo ao quarto de hóspedes. Ela fecha a porta e se ajoelha ao lado da cama, enfia a cara na manta azul-petróleo que tio Jimmy lhe deu assim que ela se mudou para lá e tenta não gritar.

Passado um instante, ouve uma batida à porta e um chamado preocupado do outro lado.

— Rhi? Posso entrar?

Tio Jimmy. Rhi se recorda da expressão tensa no rosto dele quando o recado começou. Ela se levanta e alisa a manta antes de se sentar na cama, de braços cruzados.

— Pode — ela diz, o coração martelando.

— Você está bem? — ele pergunta ao abrir a porta, entrando no quarto. Purrdita salta de trás de suas pernas, faz um barulhinho vibrante ao esfregar o rosto na perna da cama.

Rhi toma fôlego, tenta respirar apesar da raiva que ferve dentro dela. A raiva nunca a ajudou a chegar a lugar nenhum — só lhe trouxe dor. Além do mais, não está brava com tio Jimmy.

Não quer descontar nele. Ela faz que sim, em silêncio, incapaz de confiar na própria boca por enquanto.

— Me desculpa — diz tio Jimmy. — O advogado ligava quase todo dia logo depois que você chegou, mas você não estava em condições de participar do julgamento. Tinha que digerir seus próprios problemas, estava começando na escola nova e dava para perceber... quer dizer, eu pensei... tive a impressão... — Ele se cala, a expressão tensa.

Isso faz o coração de Rhi disparar ainda mais.

— Não tem problema — ela diz com delicadeza, pois a raiva se transmutou primeiro em ira e depois em um pânico trêmulo, e agora só consegue enxergar que o tio está chateado. Sabe que precisa fazer com que se sinta melhor. Ela amolece: põe as mãos no colo e arregala os olhos, relaxa a coluna, ergue os olhos ao fitá-lo em vez de simplesmente olhar para ele. Ela se faz de pequena, dócil, grata. Ela *é* grata. Precisa que ele saiba disso, principalmente depois do caos que trouxe para a vida dele. — É sério. Não tem problema.

— Não — tio Jimmy rebate, balançando a cabeça. — Não vou tentar me justificar. Foi errado esconder as coisas de você. Porque agora você descobriu e vai deixar de confiar em mim. E você tem razão, não conquistei sua confiança.

*Ah*. Rhi pisca. A preocupação que ele tem com seus sentimentos não deveria espantá-la, mas espanta.

— Tio Jimmy — Rhi diz, se permitindo respirar. — Não estou chateada *com você*.

O rosto dele passa da contrição à surpresa.

— Não?

Rhi tem vontade de fechar a cara quando imagina o pai tentando contatá-la naqueles primeiros dias, mas assume um rosto e uma voz neutros, falando em tom quase monocórdio.

— Não, estou chateada com o meu pai. Ele chegou a te perguntar como eu estava lidando com a prisão dele? Se eu tinha um teto sobre a minha cabeça? Se estava indo à escola?

Tio Jimmy se senta ao lado de Rhi na cama, esfregando a palma das mãos na calça jeans. Purrdita dá voltas no tornozelo dos dois, ronronando alto.

— Vou ser muito franco com você, Rhi-Rhi: eu não gosto de Lawrence. Não acho ele um cara legal, que dirá um pai legal para você.

Rhi não consegue se conter e faz um som de deboche.

— Mas isso não muda o fato de que ele é seu pai — tio Jimmy continua. — E é uma merda ter um pai assim.

Rhi se assusta e olha para ele. Nunca o viu falar palavrão.

— Tudo bem você ficar brava, sabe — ele diz. Rhi sabe que a forma como ele sacode o braço significa que seu instinto é passar o braço em torno dela, mas que está se segurando. Ela fica contente. Não quer ser tocada agora...

...só que quer *muito* ser abraçada, apertada com força pelos braços amorosos de alguém, acalentada feito uma criança, ganhar cafuné e ter sua cabeça apaziguada pela certeza fundamental de um corpo contra o seu. Ela se pergunta se Purrdita percebe isso quando a gata se esfrega com uma força violenta em sua canela, se apoiando nas patas traseiras para apertar o rosto contra os joelhos de Rhi. Ela revira o cérebro com desespero em busca da lembrança do abraço da mãe, mas quando a mãe estava viva, eles eram frequentes demais, não eram raros o bastante para que se apegasse a eles e os preservasse — até que um dia desapareceram para sempre.

— O que foi que minha mãe viu nele? — Rhi sussurra, se curvando para afagar Purrdita.

Tio Jimmy suspira.

— Eu não acho que ele sempre foi ruim desse jeito. Pelo menos ele era bom em fingir que não era. — Ele mexe a boca para os lados, tentando se lembrar. — Quando conheci ele, antes do casamento, eu devia ter uns dez, onze anos. Eles foram nos visitar na casa da sua avó no vale. Ele fez sua avó ficar louca por ele. Chegou a me levar no fliperama um dia: pagou fichas *ilimitadas*. Eu gostei dele na época. — Ele ridiculariza. — Que menino de dez anos não ficaria feliz com aquilo?

Rhi se lembra de quando tinha dez anos. Lembra de Kevin voltando do internato para casa nas férias de primavera e levando-a para tomar sorvete, para fazer compras com o cartão de crédito da mãe dele, levando-a ao zoológico de Adirondack e comprando incontáveis saquinhos de comida para ela dar aos animais. Era uma das *pouquíssimas* memórias em que de fato estava feliz — em que de fato se sentira segura.

— Ele faz isso com muita gente – Rhi declara, afastando a lembrança. — Com qualquer um que queira impressionar, ele enche a pessoa de dinheiro e põe um sorriso na cara pelo tempo que precisar para fazer a pessoa ficar do lado dele. Não leva muito tempo para conquistar as pessoas. O pessoal adora se sentir amado por homens ricos e bonitos.

— Bonitos? Hmm. — Tio Jimmy exprime sua discordância com um resmungo. — Não faz meu tipo. Mas não tiro a razão de Angie por ter se apaixonado por ele. Todos nós nos apaixonamos, cada um à sua maneira. Só quando ele trancafiou sua mãe é que ele mostrou quem era de verdade.

Rhi se empertiga, e deixa Purrdita dando patadas em sua perna.

— Como assim?

Tio Jimmy hesita.

— Por favor. Me fala.

Ele faz careta, mas prossegue mesmo assim:

— Bom, parte do motivo para eles terem se casado tão rápido é que sua mãe engravidou. Então, por volta dos quatro meses de casamento, a Angie ligava toda semana, preocupada com a possibilidade de ter cometido um erro. Nossa mãe disse que era para ela esquecer o Lawrence e voltar para casa, mas… ela ficou com medo. *E também* era orgulhosa. Tinha feito suas escolhas e tinha feito os votos, e estava decidida a cumprir esses votos.

*Não no final*, Rhi pensa, abafando a imagem que vem à tona em sua cabeça: a mãe acordando-a no meio da noite, o dedo nos lábios enquanto saíam escondidas de casa com sacos de lixo cheios de seus pertences.

— Depois que você nasceu, eles deixaram que sua avó e eu fôssemos te encontrar *uma vez* — tio Jimmy conta. — Eles nunca iam visitar a gente, nunca mais convidaram a gente. A Angie parou de ligar. A gente não parava de telefonar, mas ela só falava de bobagens, em geral contando de você ou perguntando de nós. Ela nos mandava um monte de vídeos seus. Acho que era o jeito dela de evitar que a gente fizesse perguntas.

Rhi deixa seu olhar se demorar no carpete puído e enfim compreende um pouco o vazio cavernoso que sente dentro de si e carregou a vida inteira: mesmo quando a mãe era viva, Rhi nunca tinha vivido em um lar feliz. Angie Abrams nunca tinha sido uma pessoa inteira ao lado de Lawrence Chase. Nunca tinha sido livre.

Durante todos aqueles anos desde a morte da mãe, Rhi sofria pela memória de um lar que nunca tinha existido.

*Tudo bem. Está tudo bem comigo*, Rhi pensa, subjugando os tremores das lágrimas que não quer derramar. Ela respira fundo, expira o ar devagarinho.

— Então… imagino que você não ache que devo prestar depoimento.

Tio Jimmy solta um ruído repentino de engasgo, refreando um berro.

— A decisão cabe a você — ele diz com a voz tensa, uniforme. — Mas acho que você não deve *coisa nenhuma* ao seu pai.

— Não — Rhi concorda, mas a dúvida persiste na língua. Nunca na vida desobedeceu ao pai. Será que consegue começar agora? — Mas e se… como ele falou… quem sabe ele não se arrepende… — *De ser um pai ruim? Um ser humano ruim? De si mesmo?* — Assim, ele meio que pediu desculpas. Quem sabe ele… — *Enxerga o erro de suas atitudes? Na verdade se importa*

*comigo? Realmente quer me compensar pelas milhares de decep-
ções que me causou?*

— Rhi-Rhi — tio Jimmy diz com delicadeza. — Tenho quase certeza de que ele só disse essas coisas para você ter as dúvidas que está tendo agora. *Eu* não acredito que ele se arrependa
de nada, de nada além do fato de não ter apagado os rastros dele
direitinho para não ir preso. Se ele está... bom. Deixe que ele se
arrependa a ponto de provar isso a você.

— Mas e se eu testemunhasse e isso bastasse para tirar ele
da cadeia?

Tio Jimmy inclina a cabeça, sem entender.

— Você não acha que, mesmo que ele não esteja arrepen-
dido de verdade agora, que se *eu* fosse a razão para ele ganhar
recurso, talvez ele enfim percebesse que eu... — Rhi se cala ao
ouvir as palavras que saem de sua boca.

*Se eu tomar as atitudes certas, disser as coisas certas, virar a
pessoa certa, talvez eu consiga fazer com que eles me amem.*

Ela já pensou assim milhões de vezes ou mais, a respeito
do pai, de Vera e de Kevin. Mas a tristeza profunda no olhar do
tio, que chega às raias do horror, basta para que ela se dê conta
do tamanho do erro que está cometendo — do tamanho do erro
que *vem cometendo* há tantos anos.

As bochechas de Rhi coram de vergonha e ela desvia o rosto, os lábios colados.

— Meu bem — tio Jimmy diz, a voz rouca. Timidamente,
ele passa o braço em volta seus ombros e a puxa para um abraço de lado e lhe dá um beijo desajeitado no alto da cabeça. É
um abraço amistoso: sincero e estabanado, e não merecido por
quem o recebe.

É tanto para Rhi que chega a ser quase insuportável.

— Você não precisa provar seu valor *para ninguém* — tio
Jimmy diz baixinho, a bochecha ainda encostada à cabeça dela.
—Ainda mais para *ele*. Se ele não enxerga a pessoa incrível que
você é, pior para ele.

— Mas… — ela começa. — Eu ainda vou ter que viver com ele mais cedo ou mais tarde.

— Não agora se você não for. Não nos próximos dois anos. E então você já vai ter completado dezoito anos e vai poder morar onde bem entender. E na minha casa sempre vai ter espaço para você.

Rhi percorre o quarto de hóspedes com o olhar, as paredes vazias, os amontoados de objetos seus nas mesas e cômodas e cadeiras, nada guardado, nada pendurado no armário, nenhum indício de que se apoderou do quarto. Porque não foi o que fez. Porque na cabeça dela, é apenas uma hóspede ali.

E ela entende que era exatamente assim que se sentia na casa do pai, com uma diferença: em vez de ficar apreensiva com o dia em que teria de ir embora, Rhi sempre sentira medo de jamais escapar.

Purrdita pula no colo de Rhi e no mesmo instante começa a dar cabeçadas em seu peito, ronronando tão alto que preenche o silêncio. Rhi faz cafuné na cabeça da gata, que fecha os olhos, extasiada.

Ela está meio entorpecida, lutando contra o medo que corrói suas entranhas e o anseio que ameaça destruir a segurança duvidosa de suas expectativas. Todos os movimentos são uma guerra dentro de Rhi, uma batalha entre os sentimentos instintivos e seus pensamentos a respeito desses sentimentos. Ela se pergunta se as meninas já se sentiram assim, mas acha impossível imaginar que sim. As meninas nunca foram ensinadas a ter medo de seus desejos, nem a julgar suas emoções. Aprenderam a sobreviver a invernos rigorosos e a ataques de coiote, mas nunca precisaram aprender a proteger seus sentimentos, assim como Rhi.

Será que Rhi conseguiria se sentir tão segura? Conseguiria se sentir tão livre?

Pelo menos por um instante, com a mão afável do tio no ombro e o peso vibrante da gata ronronante no colo, Rhi não acha o conceito de *segurança* tão inatingível assim.

# TRANSCRIÇÃO DO PODCAST

<u>Vale dos Lobos: o misterioso caso das Garotas Selvagens de Happy Valley</u>
<u>Episódio 7: O silêncio é rompido</u>

**Brian Cornwell [narração]:**

[música lo-fi surge gradualmente, 20 segundos]

Meu nome é Brian Cornwell. É dezessete de junho, e este é o VALE DOS LOBOS. No episódio especial de hoje, Oblivienne, que, dentre as garotas selvagens, é a autêntica filha do meio, concordou em conversar comigo por chamada de vídeo.

[farfalhos e cliques]

**Brian:** Como você está? Tudo pronto?

[voz abafada]

**Brian:** O que você disse? Eu acho que você precisa... É, é isso aí. Melhorou?

**Oblivienne:** Sim?

**Brian [narração]:** Oblivienne é a segunda mais nova das Garotas Selvagens de Happy Valley. É pequenina, branca, muito magra para seus cerca de quinze anos, tem cabelo castanho-escuro curto e olhos tão escuros que são quase pretos. Mas ao contrário do que seria de se esperar, esses olhos não perderam o brilho por conta do trauma. Na verdade, estão vivos, cheios de perguntas.

**Brian:** Então, deve ser esquisito para você morar em uma casa, com gente que você não conhece.

**Oblivienne:** Tão esquisito quanto qualquer outra coisa deste mundo.

[Brian dá uma risadinha]

**Brian:** Mas imagino que seja uma mudança radical. E a descoberta da família de Verity aqui, neste mundo, meio que joga um balde de água fria no que Mãe contou a vocês, né?

**Oblivienne:** Não sei o que significa jogar um balde de água fria.

**Brian:** É só uma forma de falar. Significa que a história deu com os burros n'água.

**Oblivienne:** Mas que água?

[Brian ri]

**Brian:** Não, desculpa. Com "dar com os burros n' água" eu quis dizer que a história não se sustenta, não dá em nada. Ela é uma surpresa desagradável, como levar um banho de água fria.

**Oblivienne:** Ah. Sim. E não. O que nós vivemos na floresta foi de verdade, ainda que nossos médicos digam que não.

**Brian:** E que tipo de coisas vocês viveram que ainda te fazem acreditar na história de Mãe?

**Oblivienne:** ...magia.

**Brian:** Magia? Que tipo de magia? Tipo, bruxaria?

**Oblivienne:** Bom... magia natural. A magia estava em tudo na floresta. Ela nos levava à comida quando estávamos com fome, à água quando estávamos com sede. Nos levava a um lugar seguro quando caíamos do alto das árvores ou das rochas e nos protegia quando as tempestades tentavam levar o castelo embora com o vento.

**Brian:** Uau. E vocês ainda têm essa magia?

**Brian [narração]:** Esta é a primeira vez durante a entrevista que Oblivienne desvia o olhar.

**Oblivienne:** De vez em quando. A magia exige fé, acima de tudo. E é difícil acreditar em alguma coisa quando quase todo mundo diz que ela não existe.

[música lo-fi surge gradualmente]

**Brian [narração]:** Algo no olhar dela me diz que ela ainda quer acreditar, que iria acreditar. Se não houvesse tantas provas contrárias.

Segundo o FBI, os restos humanos encontrados no antigo território das garotas era de um homem de cerca de 1,80 metro, com idade entre sessenta e setenta anos. Os restos tinham menos de um ano quando foram descobertos. Isto é, o óbito aconteceu entre agosto e setembro do ano passado. Mas uma fonte nos conta que a equipe de ciência forense teve dificuldade de obter uma boa amostra de DNA dos ossos, pois eles estavam contaminados demais pelo tempo que passaram na terra. E ainda que uma amostra viável seja obtida e analisada, a não ser que o DNA de Mãe já faça parte da base de dados federal como criminoso ou vítima, é bem possível que ele permaneça no anonimato.

A única esperança de identificação do homem que se apresentava como Mãe é por meio do retrato falado que Oblivienne ajudou a criar. O retrato mostra um homem idoso, etnicamente ambíguo, de pele bronzeada e castigada pelo sol, nariz de tamanho médio torto, que parece ter sido quebrado em algum momento, boca larga, olhos fundos e faces encovadas. A testa é larga, ele tem entradas e uma trança grisalha comprida que cai sobre o ombro e bate quase no cotovelo. Tem uma tatuagem vermelha no pescoço, ou talvez seja uma marca de nascença, que por acaso parece ser a imagem do sol e da lua colidindo.

A versão de Mãe feita pelo artista está sendo divulgada por veículos de imprensa e websites há algumas semanas, mas não existe nenhuma pista verdadeira. Um homem da Nova Escócia alega que quarenta anos atrás ele esteve em uma colônia de férias nas montanhas Adirondack e havia um menino com uma marca de nascença parecida, mas ele não se lembra do nome do menino e a colônia já não existe. Uma enfermeira aposentada que faz serviço voluntário na Missão da Cidade de Buffalo, Nova York, declara ter tratado um homem com insolação idêntico ao do retrato falado, mas não há ninguém mais para corroborar a informação. Um morador de Happy Valley disse ter visto o sujeito junto às estantes da biblioteca da cidade pouco antes da virada do ano — muito depois da morte de Mãe.

[música some gradualmente]

Essas aparições, se foram de fato aparições, sugerem que Mãe não estava sempre com as garotas na árvore imensa que eles chamavam de castelo. Isso é confirmado por Oblivienne.

**Oblivienne:** Ele ia e vinha conforme precisava para manter seus poderes espirituais intactos. Mais para o fim, ele ficava mais com a gente do que fora. Mas às vezes eu me perguntava… se ele estaria com outras pessoas.

**Brian:** Alguma das outras garotas compartilhava dessa dúvida?

**Oblivienne:** Acho que a Epiphanie se questionava. Ele nunca saía quando éramos pequenas — então por que precisava sair quando já estávamos mais velhas?

**Brian:** Mas você e suas irmãs nunca discutiram o assunto? Nunca falaram de suas teorias?

**Oblivienne:** Não. Parecia errado achar que Mãe pudesse estar guardando um segredo.

**Brian [narração]:** Os olhos de Oblivienne brilham por conta das lágrimas, mas ela não as enxuga. Ela continua:

**Oblivienne:** ainda tenho a sensação de que estou me traindo, traindo Mãe, minhas irmãs… só de estar falando disso com você.

**Brian:** Bom, o que teria acontecido se você tivesse abordado o assunto quando Mãe ainda era vivo? O que você acha que ele teria dito?

**Brian [narração]:** Oblivienne passa tanto tempo olhando para longe que eu tenho certeza de que sua tela congelou. Mas o brilho em seus olhos me desmente. Está tentando conjurar o fantasma do homem que a criou, ouvi-lo mais uma vez após tantos meses. Quando torna a falar, os olhos estão velados, quase como se de fato tivesse conseguido entrar em transe e evocar Mãe de trás do véu.

**Oblivienne:** Ele teria me elogiado pela curiosidade. Ficaria orgulhoso por eu questioná-lo. Mãe sempre nos dizia para seguirmos nossos instintos, confiar na nossa intuição, jamais confiar em uma autoridade só por ser autoridade. Eu falhei com ele ao não fazer minhas perguntas em voz alta.

[música lo-fi surge gradualmente]

**Brian [narração]:** Caso a suposição de Oblivienne esteja correta, esta definitivamente não é a reação esperada de um líder de seita. Aliás, nada em Mãe parece se encaixar no perfil padrão dos sequestradores. Talvez ele fosse delirante, mas seus delírios eram coerentes e, de modo geral, centrados em pessoas que não ele mesmo. Na verdade, Mãe parece ter empoderado as Garotas Selvagens de Happy Valley ao lhes ensinar técnicas de sobrevivência, autossuficiência e ao ter incentivado uma autoimagem positiva.

Mas vira e mexe eu penso nas outras famílias que perderam as filhas. Elas ainda estão por aí, à procura?

Se acha que uma das garotas pode ser sua filha ou irmã desaparecida, nós do vale dos lobos aconselhamos que você encomende um kit de testagem de DNA pela CromoFicha para que seu DNA seja analisado e inserido nas bases de dados públicas, onde boa parte das investigações independentes deste caso estão acontecendo. Nosso código de desconto está na descrição do episódio.

**Brian:** Então você não tem mesmo nenhuma lembrança da sua família? Nenhuma recordação de antes da floresta?

**Brian [narração]:** Oblivienne fecha os olhos por bastante tempo, durante o qual parece lívida de tanta frustração e, logo depois, conformada.

**Oblivienne:** Não existe nada antes da mata.

# TRANSCRIÇÃO DE LIVE DO TIKTOK

Um diálogo fora da tela entre @Desej0s_blzarros e @BrianDoutorCérebro, as vozes sobrepostas a um speedrun pré-gravado dos Subway Surfers.

**18 de junho, 20— 23:36**

**@Desej0s_blzarros [23:36]:** Tá, mas, tipo, esse não é o comportamento normal de um líder de seita. Não é o comportamento normal de membros de seita, até.

**@BrianDoutorCérebro:** Hmm só que a garota é claramente obcecada com o homem que sequestrou ela — que criou ela, desculpa. Espera, o quê? Cara, tem um monte de gente nos seus comentários defendendo o cara.

**@Desej0s_blzarros [abafando o riso]:** Liberdade de expressão, mano, vou falar o quê? A gente está aqui para falar dos fatos, não para dizer o que as pessoas devem pensar.

**@BrianDoutorCérebro:** É, porque nós não somos líderes de seita.

[risos]

**@BrianDoutorCérebro:** Mas, bom, em todo caso: Oblivienne? Claramente obcecada com Mãe. Confusa? Sim. Mas o cara ainda mexe com a cabeça dela do túmulo. Vai saber se ela não descreveu ele se baseando em como ele se descrevia? Tipo quando um narcisista te manipula e te convence de que ele é incrível e você é um imbecil, quando na verdade ele é um merda e você é a vítima.

**@Desej0s_blzarros:** Mas eu sei lá, porque os membros de seitas e tipo os filhos de narcisistas — eles não perdem a noção de quem são ou coisa assim? Se a gente acreditar no que ela disse na entrevista, o cara basicamente falou para as meninas que elas todas são princesas guerreiras tipo Xena. Empoderar suas vítimas...

**@BrianDoutorCérebro [gritando de mentirinha]:** Empoderar vítimas? Nesta economia?

[risos]

**@Desej0s_blzarros:** Não, mas, de certa forma? Exatamente isso.

**@BrianDoutorCérebro:** Tá mas, tipo, até que ponto elas são empoderadas se ainda se apegam às histórias dele? A garota parece que vai perder a cabeça se descobrir sobre o Papai Noel.

**@Desej0s_blzarros:** [risadinhas] Ok. Ok. Faz sentido. Então, Brian Doutor Cérebro, nos dê sua opinião profissional, dado tudo o que sabemos. Agora a sério.

**@BrianDoutorCérebro:** Sinceramente? O cara tinha uns parafusos a menos.

[risos]

**@BrianDoutorCérebro:** Não, mas sério. Sem brincadeira. Mãe parece que estava sofrendo, tipo, uma crise psicótica muito forte e prolongada. Não sei se nessas horas que deixava as meninas ele voltava para a realidade ou se ele se afundava ainda mais, mas estou propenso a imaginar que a psicose teve mais a ver com isso do que, entre aspas, "poderes espirituais".

**@Desej0s_blzarros:** Eu sei lá cara, minha tía lê tarô na botánica nas quartas-feiras e ela disse umas porras bem sinistras. Melhor não fazer piada com poderes espirituais, é só isso o que eu digo.

**@BrianDoutorCérebro:** Eu jamais faria piada com sua tía, DB.

**@Desej0s_blzarros:** Eu agradeço, mano.

# 23

**Como a escola entrou em férias de verão,** Rhi não tem nada melhor para fazer do que esperar o episódio do podcast ser lançado. Ela o escuta com tio Jimmy no instante em que a notificação aparece no celular — "Um novo episódio de *Vale dos Lobos* está disponível para download!" — e escuta de novo depois do jantar, com Purrdita no colo, no quarto de hóspedes de tio Jimmy; e ouve de novo todos os dias do resto da semana. Também passa os olhos nas matérias e em outros artigos de opinião que surgem na esteira da entrevista; o interesse renovado do público pelas "Garotas Selvagens de Happy Valley" é voraz, e os veículos de imprensa e redatores de conteúdo especialistas em atrair cliques ficam contentes em forçar quaisquer novas interpretações que consigam criar.

No fim de semana, quando ela se reúne com as meninas para ouvir a entrevista na casa temporária de Oblivienne, Rhi já praticamente decorou cada segundo da entrevista. Observa o rosto de Sunder em busca de sinais de ultraje ou consternação, mas ela parece ter aceitado o fato de que a entrevista iria acontecer — já aconteceu, inclusive.

Epiphanie olha para o telefone, encosta na tela plana com delicadeza, ainda surpresa com a tecnologia.

— Você não parecia feliz. — Esse é o único comentário que ela faz.

Oblivienne não responde.

— É um assunto difícil de discutir com um estranho, sem dúvida — a sra. Lynch diz, botando a mão no ombro de Oblivienne. — Mas foi bom botar para fora, não foi, Oblivienne? Talvez fazer com que o retrato falado de Mãe chegue a mais gente?

— Sim — Oblivienne diz sem emoção.

— As pessoas também têm pedido entrevistas a Grace e a mim — Verity diz com delicadeza.

Rhi se endireita. Não sabia disso.

— Mãe de Sangue não gosta da ideia, mas Padrasto acha que eu devo isso a eles. Tem gente nos oferecendo muito dinheiro.

— Você não deve nada a eles — Rhi rebate com veemência. — Você não precisa dar entrevista se não quiser.

— A Grace quer — Verity acrescenta. — Ela quer a grana. E alguma coisa a ver com "seguidores". Diz que já que vai ser sempre conhecida como a irmã de uma Garota Selvagem, pelo menos pode usar a fama para virar *influenciadora*. Sei lá o que isso quer dizer.

Rhi ergue a sobrancelha, mas antes que ela consiga responder, a sra. Lynch se pronuncia:

— Eu por acaso fiquei sabendo que o *Programa Jenny Ro* está oferecendo uma boa quantia para entrevistar vocês todas, inclusive a Grace. E inclusive você, Rhi. O que você acha? Pode ser uma grana para te ajudar na faculdade?

— *Não* — Rhi diz, um toque de espanto na voz, uma raiva nebulosa fervilhando no estômago.

—Ah, então tudo bem. Mas meninas, vocês vão pensar, não vão? Talvez vocês não tenham muita experiência com dinheiro, mas podem acreditar quando digo que vai ser útil para vocês ter algum guardado quando vocês todas forem moças independentes. — Ela abre um sorriso doce. — Oblivienne, por que você não leva suas amigas lá fora? Está fazendo um dia lindo.

— Está bem — Oblivienne diz, se levantando. As outras se levantam, uma por uma, e a seguem rumo à porta dos fundos, até o quintal espaçoso cheio de balanços, trepa-trepas e escorregadores de plástico coloridos desbotados pequenos demais para as garotas.

Rhi espera as outras saírem para se virar para a sra. Lynch, sua raiva protetora explodindo. Não pode deixar a mulher manipular as garotas desse jeito — como ela foi manipulada a vida inteira.

— Quanto eles vão pagar *a você* para convencer todas nós a irmos ao programa?

A sra. Lynch fica chocada.

— Senhorita Chase, você está sendo muito rude, espero que saiba disso. A Oblivienne tem procurado veículos para dar entrevista por conta própria. Eu só estou tentando apoiar os desejos dela. Você não acha que as meninas merecem assumir o controle da própria narrativa?

Rhi balança a cabeça, sua fúria aguçada agora inexprimível — imprestável. Quando a sra. Lynch explica dessa forma, a ideia parece boa, mas Rhi sabe que a mídia não se importa com ninguém além de si.

— A Oblivienne é um doce de menina — a sra. Lynch diz. — Mas é impetuosa à beça. Ninguém está forçando ela a fazer *nada* que ela já não queira fazer.

Rhi precisa admitir que, nisso, a sra. Lynch tem razão.

Rhi se junta às meninas em volta do balanço, as mãos enfiadas nos bolsos, a fúria transformada em uma vergonha de tirar o fôlego. Está pensando que vai passar um bom tempo sem conseguir olhar nos olhos da sra. Lynch, e então Sunder diz, de cima do balanço:

— A gente resolveu dar a entrevista que vai dar muito dinheiro.

O coração de Rhi aperta.

— Se é isso o que vocês todas querem, têm todo o meu apoio.

— Você não quer que a gente dê a entrevista — Verity diz. Está sentada no balanço ao lado de Oblivienne, arrastando os pés na areia.

— Vocês sabem que a Jenny Ro não faz um trabalho investigativo que nem o pessoal dos podcasts, né? — Rhi lhes diz.

— Eu… — Oblivienne começa. — Eu sei, mas muita gente vê o programa dela. Se eu conseguir fazer com que ela mostre o retrato de Mãe na televisão, mais gente vai ver. É mais gente que pode reconhecer ele.

— Oblivienne — Epiphanie diz, cautelosa, sentada na grama. — Essa entrevista é para ajudar a gente com o *futuro*, não o passado. Deixa a memória de Mãe descansar em paz.

— Eu não consigo — Oblivienne rebate, de repente se levantando e empurrando o balanço para longe. — Para você não tem nenhuma importância que Mãe tenha *mentido* para a gente?

— *Ele não mentiu!* — Sunder estoura. — Por que você insiste em transformar a pessoa que mais amou a gente no mundo em vilão?

Oblivienne lança um olhar incisivo para Verity, para a prova inegável de que pelo menos uma delas é deste mundo, e depois se volta para Sunder. Oblivienne vira as costas sem falar mais nada.

— Isso não significa… Oblivienne… espera! — Epiphanie chama.

Rhi vai atrás dela, mas Verity a segura pelo braço.

— Ela só precisa espairecer — ela garante. — A verdade é que Oblivienne era mais próxima de Mãe do que todas nós. Às vezes ela tinha a sensação de que o lugar dela não era com a gente, mas *sempre* sentia que era com Mãe. Acho que ela não consegue ter na cabeça uma imagem de Mãe que não seja dia ou noite. Não existe espaço para… complexidade.

Rhi analisa melhor a expressão das meninas.

— E para que tipo de complexidade *vocês* abriram espaço?

As meninas trocam olhares, depois viram o rosto. Ela entende que as meninas estão evitando tocar no assunto desde o hospital, e ele só foi abordado quando Oblivienne o trouxe à tona.

— Acho que a gente só quer seguir em frente com a vida — Verity diz, tirando um pedacinho de grama do jeans.

— Mas o portal ainda está para aparecer — Sunder declara, se inclinando para a frente em cima do balanço, os olhos brilhantes. — E vai ser logo. Eu cheguei a um punhado de datas de eclipses usando o almanaque, e acredito que pode ser já na próxima lua cheia.

Verity faz uma careta que Sunder não vê, mas não se manifesta verbalmente.

— Nós ainda temos um destino — Sunder insiste, segurando a corda do balanço com mais força. — Leutéria ainda precisa de nós.

Rhi alterna olhares entre Verity e Sunder, entre a "prova" de que Mãe mentiu e a fé quase cega de que suas histórias eram verdadeiras. Não sabe no que acreditar, mas sabe no que deseja acreditar.

— Talvez você tenha razão, Sunder — Epiphanie diz, olhando na direção para a qual Oblivienne foi pisando forte. — Mas, enquanto isso, acho que a Oblivienne precisa mais da gente.

Antes que as meninas partam, Rhi acha Oblivienne na cozinha, escrevendo em um caderno pautado de capa preta e branca. A dra. Ibanez deu a cada uma das garotas uma pilha desses cadernos para que fizessem um diário e digerissem suas vivências, mas a única que Rhi já viu usá-los é Oblivienne.

— Você quer me pedir para deixar o assunto para lá — Oblivienne diz, ainda escrevendo.

— Não — Rhi responde, se sentando no banquinho ao lado. — Eu quero ter certeza de que você está bem.

Oblivienne para de escrever. Fecha o diário e ergue os olhos para Rhi. Sua expressão está tensa, como se estivesse se agarrando à ira. Rhi não precisa se perguntar por que ela faz tanto esforço para se agarrar à raiva. Em geral, o contrário é muito mais doloroso.

— Se eu tiver razão... — Oblivienne diz. — E tudo o que Mãe nos falou era mentira, então quem há de dizer... — Sua voz vira um cochicho. — Quem há de dizer que o amor de Mãe por nós não era mentira também?

Rhi sente suas entranhas ocas diante dessa suposição. O eco de sua dor, enterrada bem fundo no passado, reage a essa linha de pensamento, tenta penetrar os muros que construiu em torno dela. Rhi tem muita experiência em se afastar dessa agonia específica, mas por algum motivo a pergunta de Oblivienne toca em um ponto sensível.

Rhi engole uma onda inesperada de bile na garganta, o vazio dentro dela se expandindo, afinando esses muros protetores, transformando-os em asas trêmulas de borboleta.

— Eu acho… que nunca dá para saber de verdade… com *certeza*… o que outra pessoa sente por você. Você só pode confiar no que percebe… na forma como ela falava com você. Cuidava de você. Fazia você se sentir.

*E como ele fazia você se sentir?,* uma voz pergunta de um lugar além dos muros, agora frágeis demais para conter o peso desse vazio.

Oblivienne olha para Rhi com curiosidade, depois preocupação, seu próprio sofrimento temporariamente diminuído.

— Às vezes eu olho para você e não vejo *Rhi*. Eu vejo… *Eden*. — Ela sussurra o nome. — O que é estranho, porque ela eu nunca conheci.

A pele de Rhi se eriça, tomada por arrepios. Sente-se fraca, como uma lâmpada que pisca. Não consegue encarar Oblivienne.

*Para,* ela se repreende. *Eu vim aqui para ter certeza de que Oblivienne está bem, não para desmoronar.*

— Me conta por que faz segredo dela? — Oblivienne indaga. — É para assegurar seu poder? Porque você sabe do poder que os nomes têm?

Rhi tenta engolir de novo, mas a boca está seca, a língua tão grossa que é como se a garganta fosse uma areia movediça.

— Eu não quero trazer a dor de Eden para a minha nova vida.

Oblivienne a analisa e aponta o dedo para o peito de Rhi.

— Mas ela continua aí. E ainda está sofrendo.

Rhi faz que não.

— Não. A Eden acabou. Agora eu sou a Rhi e nada disso importa.

Oblivienne franze a testa. Torna a olhar para o diário, abre em uma folha em branco, pega o lápis.

— Imagino que já não tenha importância. O poder dos nomes deve ter sido mais uma das mentiras que Mãe nos contou. — Ela fala com um conformismo tão amargo que Rhi quase não percebe como seu queixo treme.

# RASCUNHOS

DE: "Eden Chase" <e.r.c.2007@springmail.com>
PARA: "Kevin Hartwell" <hartwell.kevin@irving.edu>
DATA: 1º de julho de 2023
ASSUNTO: por que

---

Não sei por que não paro de escrever esses e-mails. Não quero que você os leia. Não quero mais você na minha vida de forma nenhuma.
Só que quero.
E não quero.
É muito confuso.
Oblivienne perguntou a mim/Rhi por que escondo meu eu/Eden.
Não sei o que dizer para ela. Não posso mentir para ela como minto para mim mesma. Eu vivo tentando me convencer de que sua festa de despedida no verão passado nunca aconteceu, que não saí do seu apartamento às 5 da manhã e fui para casa sem dar tchau.
Uma parte de mim acredita que você ainda vai voltar para casa, a mesma pessoa que tornou minha vida suportável durante tantos anos, quando eu era nova demais para me defender sozinha. O cara que me protegia e fazia que eu me sentisse — ainda que só por um instante — um pouquinho menos só.
Mas ele nunca existiu, não é?
A verdade é que eu estava desesperada.
A verdade é que eu ainda estou desesperada.
*A verdade é. A verdade é.*
A verdade é, se eu olhar para a verdade, pode ser que ela me mate.
Então não vou olhar. Prefiro ser feliz aqui. Talvez este outono eu tente entrar numa equipe de atletismo. Talvez eu vá ao baile de formatura, participe da semana de ir fantasiada para a escola, todas essas bobagens. Talvez eu me esqueça totalmente de você.
Eu te odeio.
Eu te amo.
Eu queria que você jamais tivesse existido.

# 24

**As últimas vinte e quatro horas** das meninas foram animadas. Ontem, depois de Epiphanie preparar suas coisas para passar uma noite fora com a ajuda de Maggie, um motorista em um carro preto compridíssimo chamado *limusine* a buscou em casa. Ela e as irmãs, Rhi, Grace, sra. Erikson e sra. Lynch, fizeram um percurso de horas no carro comprido, passando por colinas verdes ondulantes e um tapete de lavouras luxuriantes. Acabaram chegando à cidade, onde foram para um *hotel*, subiram dezenove andares de *elevador* e entraram em uma *suíte* quase tão grande quanto a casa de Maggie. Uma parede inteira da suíte era de janelas que iam do teto ao chão, com vista para o Reino de Manhattan, cheio de *arranha-céus* e torres feitos de tudo quanto é tipo de coisa reluzente. Quando o sol se pôs, ontem, o reino se iluminou feito a Via Láctea, pintando a noite com sinais radiantes e luzes piscantes em cores tão vibrantes que Epiphanie tem certeza de que nunca as tinha visto.

Agora é manhã de novo e as garotas estão no camarim do *Programa Jenny Ro*, sentadas em cadeiras e sofás rosa-claro, beliscando as comidas da bandeja belamente arrumada para elas que está na mesa de centro. Nos bastidores do programa, o camarim é chamado de sala verde, e Epiphanie não faz ideia do porquê, visto que o ambiente não tem nada verde além dos caules no vaso de flores recém-colhidas da mesinha lateral e o verde-musgo do vestido de Verity. Todas estão usando roupas esquisitas que não combinam com elas, escolhidas por uma *consultora de estilo*. Além de terem sido vestidas por estranhos, outras pessoas passaram boa parte da manhã botando pós e cremes e cores no rosto delas, esfregando coisas no cabelo e jogando ar quente em cima delas. Para Epiphanie, elas todas parecem fotografias de revista — nada a ver com a vida real.

Oblivienne, de vestido preto com gola branca, o cabelo brilhoso e liso preso com uma tiara de plástico branco, parece nervosa ao segurar a impressão do *retrato falado* que ajudou o agente Tyler a fazer séculos atrás. Está sentada em uma cadeira rosa-bebê, ignorando todas as perguntas que Sunder faz a Rhi ("Por que alisaram o seu cabelo?" "Porque se não ele é meio rebelde." "Como eles construíram um castelo tão grande?" "Com um bocado de engenheiros muito inteligentes e peões de obra." "Como as imagens vão das câmeras para a televisão?" "Hmm, acho que tem a ver com as informações atravessando os cabos."). Ela parece não ter a menor noção dos olhares esquisitos que Verity e Grace trocam, mais idênticas que nunca com o cabelo penteado do mesmo jeito e usando o mesmo vestido de cores diferentes.

— Oblivienne — Epiphanie chama, se aproximando dela. — Tem certeza de que você quer levar isso adiante? Você parece aflita.

— Não estou aflita — ela rebate com rispidez, amassando as bordas do papel com as mãos ao segurá-lo com mais força. — Estou impaciente.

— Já vão nos chamar. A mulher que nos trouxe até aqui disse...

— Não para a entrevista. — Oblivienne balança a cabeça, frustrada. — Ou talvez seja para a entrevista. Sei lá. — Ela endurece o maxilar. — Eu não tive mais notícias do pessoal do podcast... nenhuma informação nova sobre Mãe. A Allison falou que mostrar isso na televisão vai atingir mais gente. Milhões de pessoas. — Ela olha rápido para Epiphanie. — Este retrato... se alguém reconhecer... é a nossa última chance de descobrir a verdade sobre Mãe.

— Irmã — diz Verity, entrando na roda de conversa. Isso faz com que todo mundo se vire e preste atenção. — Já discutimos isso. Um monte de estranhos já se manifestou, mas só acham que talvez o tenham visto, ou encontrado com ele. Ainda que estejam certos, ninguém *conhecia* Mãe como a gente conhecia.

— Isso se a gente o conhecia — Oblivienne balbucia.

— Irmã! — Sunder berra, em choque.

Epiphanie também fica em choque. Sabe que Oblivienne é teimosa no que se propõe a fazer — é quase obsessiva. E tem sido consumida pela ideia de conectar Mãe a este mundo já faz um tempo, mas nunca a ouviu falar com um desdém tão escancarado do homem que as criou.

— Oblivienne — Epiphanie a chama com delicadeza, com cuidado. — Você já parou para refletir que talvez o que é *verdade* não seja exatamente... tão específico quanto você está imaginando?

— Como assim? — Oblivienne indaga, estreitando os olhos.

— É que... — Epiphanie hesita. — A minha preocupação é que se a gente definir *verdade* de uma forma muito rígida, vamos ficar arrasadas com qualquer coisa que a gente descubra ou não descubra sobre Mãe com o passar do tempo.

Oblivienne se curva para a frente, mirando os olhos de Epiphanie.

— O que você está escondendo de nós?

Nesse momento todas ficam em silêncio, todas observam, esperam, curiosas — até Rhi e Grace.

Epiphanie sempre foi quem cuidou das outras. Essa foi a única razão por que nunca disse nada — não queria causar sofrimento ou confusão. Ela tem certeza de que foi só por isso.

— Vou contar para vocês, Irmãs — ela anuncia em um tom que as leva a entender que o assunto nunca foi passível de dúvidas. — Não estava escondendo de vocês. É que... nunca achei uma hora boa para tocar no assunto. — Ela respira fundo e começa: — Uma vez, quando Mãe voltou de suas perambulações, achei uma caixinha de plástico entre os pertences dele. Ela caiu e quando bateu no chão, se abriu. Eu não sabia o que era aquilo na época. Nunca tinha visto aquilo até a gente ir para o hospital. Eu só vi que eram coloridos e delicados, e tinham umas letras e números minúsculos... iguais em todos os comprimidos. Achava que era alguma coisa que Mãe tinha criado com sua magia enquanto estava fora, ou que tinha achado durante suas viagens...

— Mãe tomava comprimido e você nunca contou para a gente? — Oblivienne questiona.

— Eu não sabia — Epiphanie insiste. — Eu achei, mas na época eu não sabia o que era aquilo, e nunca vi Mãe tomar nenhum deles...

— Mas já faz meses que você sabe o que é um comprimido! — berra Oblivienne.

— Oblivienne — Rhi intercede com delicadeza. — Muita coisa aconteceu desde que vocês foram para o hospital. Tenho certeza de que foi como a Epiphanie está dizendo... ela nunca achou uma hora boa para tocar no assunto.

— E ter comprimidos não *quer dizer* nada — Sunder insiste, embora seu semblante seja de preocupação, como se não acreditasse nas próprias palavras. — Mãe pode ter achado os remédios na floresta. Ou vai ver que ele *pegou* os comprimidos neste mundo... isso não *quer dizer* nada, só que ele *tinha* comprimidos.

— É *óbvio* que quer dizer alguma coisa — Oblivienne sibila. — Quer dizer que Mãe tinha acesso a todas as coisas boas deste mundo e nunca dividiu elas com a gente, nem quando a gente estava doente ou com dor e ele não estava lá para nos curar. — Ela balança a cabeça, as lágrimas cintilando no canto dos olhos. — Mãe mentiu sobre isso... ele mentiu sobre a Verity... sobre *o que mais* ele mentiu?

— Para... — Sunder começa.

— Será que ele se importava com a gente?

Sunder se levanta de supetão, as mãos fechadas em punhos junto ao corpo. Os olhos estão arregalados, cheios de lágrimas e fúria quando ela se pronuncia.

— *Não fala isso!* — Ela começa a se agachar, como que se preparando para avançar.

— Sunder — Epiphanie diz, estendendo tanto o coração como as mãos para a irmã. Ela força Sunder a se sentar e esfrega suas costas com movimentos circulares para acalmá-la.

— Oblivienne, era disso que eu estava falando. Existem muitos motivos para Mãe ter os comprimidos. A gente não tem como ter certeza de qual é a verdade.

Grace bufa.

— Só que, sei lá, vai ver que a verdade é exatamente o que a Oblivienne disse.

Todas se viram para ela com a expressão confusa. Com o olhar, Epiphanie manda a menina se calar, mas ela continua mesmo assim.

— A resposta mais óbvia *em geral* é a resposta certa — diz Grace.

— Mas *nem sempre* — Rhi complementa.

Uma batida à porta.

— Cinco minutos para a gravação! — alguém anuncia.

# TRANSCRIÇÃO DE VÍDEO:
## **<u>Programa Jenny Ro</u>**

Data de transmissão: 30 de junho de 20—


INTERIOR – DIA – PALCO DO TALK SHOW DE JENNY RO

[Jenny Ro está sentada em sua icônica poltrona branca, que parece um trono. Está atenta às garotas sentadas na área reservada aos entrevistados, à direita: Oblivienne está na cadeira ao lado de Jenny; Sunder, Epiphanie e Verity estão espremidas em um sofazinho ao lado de Oblivienne; Grace e Rhi estão em cadeiras na ponta.]

JENNY RO: E Rhi, o que passou pela sua cabeça quando você encontrou as meninas?

RHIANNON CHASE: Hmm. Acho que assim que as vi, eu senti medo. Não das meninas, e sim dos lobos.

EPIPHANIE [se virando para Rhi]: Os lobos nos disseram que a gente podia confiar em você, que você nos ajudaria e não nos machucaria. Eles tinham razão.

OBLIVIENNE: Será que tinham?

SUNDER [parecendo irritada]: Rhi salvou a minha vida.

OBLIVIENNE: Mas a que custo?

[Sunder se levanta do sofazinho, encarando Oblivienne com uma ira evidente. Epiphanie a puxa pelo punho para fazê-la se sentar, mas Sunder se recusa a ceder.]

SUNDER [ríspida]: Cala. A sua. Boca.

RHIANNON CHASE [com olhares nervosos de Sunder para Oblivienne]: Eu entendo, Oblivienne. Já pensei muito sobre aquele dia. Não me arrependo de ter ajudado vocês, mas vocês… vocês todas… vocês eram selvagens. Eram livres. E é impossível eu não sentir que é culpa minha o mundo amansar vocês.

VERITY: Não, Rhi. Você é uma de nós. Você luta por nós. Não te culpamos pelo fato de a nossa vida ter mudado.

EPIPHANIE: Nossa vida estava DESTINADA a mudar.

OBLIVIENNE: Não se sinta culpada, Rhi. Depois que Mãe morreu, era só uma questão de tempo para que descobríssemos as mentiras dele.

SUNDER [por entre os dentes]: CALA. A. BOCA!

[A plateia arfa coletivamente quando Sunder avança contra o colo de Oblivienne e pega sua cabeça com as mãos. No mesmo instante, Verity e Epiphanie se levantam;

Jenny põe as pernas para cima da
poltrona, abanando os braços para pedir
socorro; Grace arreda a cadeira para trás
e a derruba, desabando no chão.]

RHIANNON CHASE [levantando-se devagar da
cadeira]: Sunder, calma. Me escuta. Só…

[inaudível]

[Sunder dá golpes, derrubando a cadeira
enquanto Oblivienne grita. Jenny olha
para a câmera com expressão desesperada.]

[A emissora corta para os comerciais.]

INT. DIA — MANHÃ

[Em uma cozinha moderna, reluzente, duas
crianças estão sentadas diante de tigelas
de papinha. Parecem entediadas, misturam
o conteúdo da tigela com desinteresse.]

LOCUTORA [com voz adocicada]: Todo dia é uma
dificuldade fazer seus filhos tomarem o café
da manhã?

[Uma mulher bonita aparece atrás das
crianças, espia por cima da cabeça das
duas, põe as mãos na cintura e balança a
cabeça na negativa.]

# CLICKMONSTER NOTÍCIAS

## Testes e matérias em alta

---

É esquisito, mas sabemos qual Garota Selvagem de Happy Valley você seria de acordo com sua decoração dos sonhos para casa

---

10 retiros no mato que são uma experiência digna das Garotas Selvagens

---

5 penteados protetores que Epiphanie poderia ter usado na floresta e dispensam acessórios

---

10 vezes que as Garotas Selvagens de Happy Valley nos fizeram falar "é isso aí"

---

"Basta de civilização." Inspiradas pelas Garotas Selvagens de Happy Valley, essas influenciadoras estão deixando tudo para trás para viver em casas na árvore

---

15 produtos engenhosos que achamos que as Garotas Selvagens de Happy Valley gostariam de ter tido quando estavam na mata

---

Meu bem, meu mal: Uma entrevista com Grace Erikson — sobre a reunião inconcebível com a irmã gêmea desaparecida há muito tempo, seus sonhos para o futuro e o truque para os cachos ficarem sempre perfeitos sem usar o secador

# 25

**Imediatamente após a gravação,** as garotas são levadas de volta ao hotel. Assim que entram na suíte, Rhi luta para encontrar uma forma de apaziguar a situação, mas todo mundo se distrai: Sunder vai logo se trancando no banheiro; a sra. Lynch faz um auê em torno de Oblivienne, que não se feriu de verdade; a sra. Erikson cochicha alto ao telefone, falando com a dra. Ibanez, com um domínio firme sobre as filhas, que não quer longe de suas vistas. Da primeira vez que foi abordada, a dra. Ibanez as aconselhou a não dar a entrevista, mas no final das contas ela lhes disse que não devia opinar na decisão. Era uma decisão que as garotas precisavam tomar sozinhas. Rhi se pergunta se agora a dra. Ibanez se arrepende do que disse.

Rhi dá uma olhada para Epiphanie, a única outra pessoa que não ficou no olho do furacão, e ambas vão até a porta do banheiro.

— Sunder? — Rhi chama, batendo devagarinho. — Você está bem?

O único som que vem como resposta é o da água enchendo a banheira.

— Irmã — Epiphanie diz. — Estamos preocupadas com você.

— Preocupadas com *ela*? — a sra. Lynch exclama. — Olha só o que essa fera fez com a minha pobre menina!

Da porta do quarto, Verity mostra os dentes para a sra. Lynch, que parece não notar.

Rhi olha para Oblivienne e só vê o cabelo desgrenhado e as bochechas marcadas pelas lágrimas, a gola Peter Pan do vestido rasgada. A sra. Lynch arruma o cabelo de Oblivienne e esfrega a maquiagem borrada do rosto, com uma delicadeza tão superficial que irrita Rhi. Inesperadamente, a irritação desabrocha em raiva: raiva de Oblivienne por ter desistido de Mãe com tamanha facilidade, tamanha dramaticidade; por insistir em dar entrevistas apesar dos avisos de Rhi (e da dra. Ibanez, e da família Quaker, e até de tio Jimmy — de todo mundo *menos* a sra. Lynch, na verdade); por abandonar com tanta rapidez os dons que Mãe lhes deu só porque este mundo, absorto demais em escândalos e racionalidade, pôs sua fé à prova; e por fim, raiva de Oblivienne por tornar tão mais difícil para Rhi acreditar em tudo aquilo.

— Bom, talvez a Oblivienne devesse ter pensado nos sentimentos das irmãs antes de declarar na televisão, ao vivo, que tudo que achavam que sabiam sobre a própria vida era mentira! — Rhi explode e se arrepende no mesmo segundo. A vergonha percorre seu corpo quando a sra. Lynch a encara. Até a sra. Erikson parece estar em choque.

— Me… me desculpa, Oblivienne. Não é justo…

— Não — Oblivienne diz, seu olhar mirando Epiphanie. — Você tem razão. Eu mereci a raiva da minha irmã. Foi fruto da dor… uma dor que eu causei, pelo menos em certa medida.

Rhi abre a boca para negar, para apaziguar os sentimentos da menina, mas não consegue.

Epiphanie quer dizer alguma coisa, Rhi percebe, mas não vai dizer agora, na presença da sra. Lynch e das outras.

— Sunder — Epiphanie diz, virando-se para a porta do banheiro e batendo de novo. — Por favor.

Para a surpresa de Rhi, a porta estala e se abre.

As duas olham para as outras, chamam a atenção de Verity, mas ela indica que as outras vão adiante sem ela, já que a sra. Erikson a empurra para o quarto em que estão e fecha a porta.

Rhi e Epiphanie entram no banheiro mal iluminado e reparam que Sunder encheu a enorme banheira de hidromassagem e está sentada na água só de calcinha e regata.

Rhi olha para baixo. Não tem água no chão, mas a banheira está cristalina no canto oposto do cômodo.

*Como foi que a porta...?*

— Vem logo — Sunder sussurra, olhando para a água. Está escuro: o banheiro inteiro está escuro, ladrilhado de verde do fundo do mar, a banheira quase preta. Apenas duas luzes noturnas quadradas ao lado da bancada iluminam o ambiente, e a luz mal encosta nelas. Epiphanie tira o vestido e entra na banheira, puxando os joelhos contra o corpo ao olhar para o mesmo ponto da água no qual Sunder fixa o olhar.

— Você também, Rhi — Sunder diz, esguichando um pouco de água no lugar onde quer que Rhi se acomode.

Com vergonha, Rhi tira o vestido pela cabeça. Sabe que as meninas não estão olhando para ela, sabe que nunca julgariam seu corpo, mesmo se estivessem olhando, mas uma vida inteira sendo beliscada e cutucada e apertada para caber em um formato de corpo que jamais teria inspira nela o desejo de ser invisível — o desejo de jamais ser percebida. Ela entra na banheira mesmo assim, o abraço quente da água amenizando o incômodo.

As três formam um triângulo na banheira, os dedos dos pés tocando o centro, os joelhos acima da superfície. Rhi olha para Sunder. Está prestes a perguntar, mais uma vez, se Sunder está bem, mas algo a interrompe. Algo em seus olhos, à meia-luz do banheiro, o fato de que parecem quase refletir a luz, como escamas de peixe: o olho castanho transformado em um cobre reluzente, o olho azul transformado em labradorita. Olhos humanos não deveriam brilhar desse jeito, nunca, muito menos na escuridão.

E de repente *fica* escuro — não meio escuro, mas totalmente, como se o resto da suíte tivesse sumido do mundo, deixando o mais profundo breu em torno delas. Mas Rhi ainda enxerga Sunder, e Epiphanie, cujos olhos cinza-fantasma agora são um arco-íris prateado holográfico. E quando olha para o fundo da banheira, em vez de ver os pés, Rhi vê a lua.

— O quê... — Rhi começa.

— Só olha — diz Sunder, respirando fundo. — E respira.

— Ela expira o ar, os olhos fixos na orbe pálida que flutua logo abaixo da superfície da água. — Se chama cristalomancia. Mãe nos ensinou. Você olha para a água preta com uma pergunta no coração e ela conjura uma lembrança do futuro. Era assim que ele sabia... de tudo.

A lua emerge do fundo da banheira, de moeda se transformando em disco, os detalhes se elucidando à medida que ela chega à superfície da água.

— Você está vendo? — Sunder sussurra, a voz quase inaudível. — A lua iluminando um pasto de grãos prateados dando sementes. Os blocos de pedra logo depois da lavoura. As ruínas de um reino.

Rhi vê. Primeiro é vaga, como o rastro de uma imagem, e em seguida é claríssima.

— Mas como... — Rhi gagueja.

— Isso é... — Epiphanie pergunta.

— Leutéria — declara Sunder. — Nossa casa.

Rhi olha, sem piscar, ainda que os olhos comecem a arder, apavorada com a possibilidade de quebrar o feitiço. A escuridão inacreditável que as rodeia se fecha sobre ela até não haver nada além da imagem na água. Cai dentro dela, como se voasse pelo céu noturno. Além da luz ofuscante da lua, além das ruínas na lavoura de grãos ondulante, ela enxerga uma cidade — primeiro na escuridão, depois prateada, depois dourada por uma fogueira, todos os muros e todos os prédios adornados por guirlandas de flores frescas —, ela sente *o cheiro* das flores, gardênias e peônias e buquês de lavanda. O lugar foi preparado para uma celebração.

Mas para quem?

Está vazio. Nem uma brisa sopra nas ruas de paralelepípedos decorados. Não há nenhum movimento nas janelas e portas. Som nenhum ecoa pelo reino.

*Estão nos esperando.*

A voz de Sunder parece vir de dentro da cabeça de Rhi, nem alta nem baixa — sem nenhum volume, apenas palavras, inaudíveis um instante e entendidas no instante seguinte. Rhi não compreende como está ali, na cidade deserta, vendo tudo sem olhos, sem corpo...

E então fica cega.

As luzes fortes do banheiro se acendem quando alguém abre a porta. O mundo volta a se formar e Rhi de repente está pesada, jogada de volta a seu corpo e sua cabeça, a imagem que viu arrancada dela feito um sonho.

— O que é que está acontecendo aqui? — a sra. Lynch indaga, exasperada. — Ah, senhorita Chase, *sério*. Você deveria ser um exemplo melhor. Vocês são jovens moças, não crianças... não podem tomar banho juntas. — Ela pega várias toalhas de banho da prateleira. — Vamos, todas vocês. Saiam daí e se sequem. Sunder, você deve desculpas à sua irmã, e se soubesse o que é bom você pararia de fazer beicinho e iria lá dar um jeito nas coisas. — Ela dá as costas para sair do banheiro, balançando a cabeça.

Rhi olha de Sunder para Epiphanie.

— O que... foi isso que eu acabei de ver?

Sunder abre um sorriso.

— Nosso futuro.

— Nosso *possível* futuro — Epiphanie corrige. — Mãe... — Ela se contém, se questiona, decide seguir em frente. — Mãe sempre disse que a gente tem escolha.

Sunder ignora o comentário e sai da banheira, se enrolando em uma enorme toalha branca felpuda. Epiphanie e Rhi também saem, e enquanto elas se secam, Rhi olha ao redor, para cima, para as paredes, em busca de uma fonte de luz, uma explicação para as coisas que viu, as coisas que acabou de vivenciar — mas não existe nada. Há apenas o quadrado de luz no meio do teto do banheiro e as luzes noturnas acima das tomadas da pia.

Elas acham os robes luxuosos do hotel em um armário estreito de roupas de cama e banho e se enrolam neles antes de sair do banheiro. Na sala de estar, Verity e as Erikson estão no sofazinho, de frente para Oblivienne e a sra. Lynch. Rhi e Epiphanie param e Sunder marcha até Oblivienne de cabeça erguida. Sunder praticamente reluz de tanta confiança e convicção.

Rhi se prepara para outro bate-boca, mas percebe, ao mesmo tempo que Sunder, que a vontade de brigar abandonou Oblivienne.

— Me desculpe, Sunder — Oblivienne diz antes que qualquer outra pessoa tenha a chance de se manifestar, olhando para Sunder com os olhos enormes, as lágrimas escorrendo pelo rosto. — As coisas que eu falei... foram cruéis. Não é assim que eu quero ser. Este não é... não é o mundo que eu queria para nós... — Ela soluça, cabeça baixa, ombros sacudindo.

A sra. Lynch se aproxima para consolá-la, mas Sunder, depois que começa a se movimentar, é imparável. Ela engatinha até o colo de Oblivienne e se enrosca na irmã, apertando a cabeça dela contra seu coração. Oblivienne passa um bom tempo impassível, mas depois se derrete com a irmã, segurando os braços esqueléticos de Sunder como se eles pudessem arrastá-la para fora desse pesadelo.

O semblante de Sunder é sereno — régio — mesmo derramando suas lágrimas no cabelo de Oblivienne, mesmo Oblivienne balançando as duas com seus soluços. Uma inveja profunda e vergonhosa dilacera Rhi ao observá-las. Ter aquela intimidade, aquele aconchego, mesmo diante de tanta dor...

A sra. Lynch se levanta, visivelmente desconfortável, e vai até a sra. Erikson.

— Sinceramente, esse tipo de comportamento tem que acabar — ela diz, em tom de reprovação.

— Eu acho bom que elas ainda sejam tão afeiçoadas umas às outras — a sra. Erikson rebate mansamente. — Feito irmãs.

Verity e Grace trocam olhares por um instante e voltam a atenção para a cena que se desenrola na frente delas: Grace observa com um fascínio perturbado, Verity com saudades.

— Está tudo bem, Oblivienne — Sunder sussurra. — Eu vi nosso futuro na água, que nem Mãe nos ensinou. Não sei mais o que é verdade, mas sei do seguinte: o destino que Mãe nos prometeu é real. Só temos que decidir se vamos aceitar.

Rhi perde o fôlego quando as palavras de Sunder botam fogo em algo selvagem dentro dela. Oblivienne já disse que a magia exige fé — e o que é a fé se não a escolha que se faz com o coração, inúmeras vezes?

E se a realidade, assim como a magia, e como o próprio futuro, for questão de escolha?

Rhi escolheria o futuro que viu na banheira, aquele reino vasto, deserto, estranho, longe de todo mundo que já conheceu na vida?

Ou escolheria ficar?

# DIÁRIO DE OBLIVIENNE
## 28 de junho

A doutora Ibanez disse que é pra escrever nossos sentimentos quando eles ficarem demais para aguentar. Hoje eles estão me ~~destruindo~~ afogando. Cabeça cheia demais. Acelerada demais. Meu coração é uma ferida aberta. Talves morrendo com a traisão de Mãe – talves morrendo com esse ~~xxxxxxxx~~ vale cada ves maior entre mim e minhas irmãs.

Mãe traiu a gente. Passo mal quando penso nisso. As Irmãs são as raízes do meu coração mas Mãe era o céu. O lugar de sonhos. O amor dele era a magia que fazia do castelo um lar.

Se Mãe era mentiroso ~~xxxxxxxxxxxxxxxxxxxxx~~ como qualquer coisa boa deste mundo vai ser digna de confianssa?

Frustrada. Não consigo entender as coisas

Grace Erikson ~~aziste~~ existe

Por tanto Verity é deste mundo

Por tanto nós todas ~~provelmente~~ somos deste mundo

Mas a magia de Mãe – a nossa magia – <u>é real</u>.

Apesar do que esse mundo nos diz para acreditar. Lembrança demais para a gente acreditar que não.

Mas ~~a magia me abandonou~~ eu não consigo ver magia em nenhuma parte desse mundo. É porque eu não acredito? Ou porque as raízes do meu coração estão apodrecendo?

Com vergonha. Por duvidar de Mãe. Pela dor que causei nas minhas irmãs.

Mas elas parecem não ver a dor que eu sinto. Nunca me viram quando eu precisava ser vista. A culpa é minha – me escondo delas. Com vergonha da minha dor. Vergonha de sempre sentir que tem alguma coisa errada comigo. Como se meu lugar não fosse com elas.

Assustada.

Quem nós somos se não ~~as princesas selvagens~~ o que Mãe queria que a gente fosse?

E se eu não for irmã delas?

# 26

— **Você não está em apuros** — a dra. Ibanez diz, rindo um pouco. — Você está com cara de quem acha que vai ser suspensa da escola. — Ela está sentada à mesa, as mãos entrelaçadas diante do corpo. Parece cansada (e Rhi imagina o porquê: a sra. Erikson ligou para ela mais quatro vezes na véspera, do quarto de hotel, e mais duas vezes na viagem de volta da cidade).

— Você não está brava por...aquela coisa toda que rolou na entrevista? — Rhi pergunta, a coluna ereta enquanto está sentada na beirada da cadeira.

— *Isso* sim foi um belo de um desastre, né? Mas nós duas já sabíamos que seria. — A dra. Ibanez suspira. — Não estou brava, e mesmo que estivesse, como eu iria responsabilizar *você* pelo que aconteceu?

Rhi poderia citar as centenas de formas como alguém poderia responsabilizá-la por algo que não é sua culpa, mas ela entende o argumento da médica.

— Ok. Então... sem querer ofender, mas... por que você me pediu para vir aqui hoje?

— Eu só queria ver como você estava. A gente não tem mais nossos bate-papos agora que as meninas não estão mais no hospital. E me sinto bastante responsável pelo seu bem-estar psicológico, visto o incentivo que dou para que você mantenha uma relação com as meninas.

Rhi percebe o toque de culpa que faz o canto da boca da dra. Ibanez se crispar. Gostaria de apagá-la, de explicar à médica que ela fez um favor a Rhi, mas ela também sabe que parte da culpa não se deve à Rhi — é por sua própria ética, como médica e como pesquisadora.

— Eu estou *ótima* — Rhi diz com o máximo de confiança que consegue reunir. — Sério. Eu já tinha visto briga de irmãos. Não me abala.

A dra. Ibanez se inclina para a frente, apoiando seu peso nos antebraços.

— É verdade. É incrível a calma que você manteve no set. Já percebi que não tem muita coisa que te tire do sério. Não aconteceu quando a Sunder ficou violenta na primeira vez que as meninas viram a Grace. Nem mesmo quando achamos restos humanos no terreno delas.

Rhi fica vermelha, pronta para algum elogio imerecido, mas ele não vem.

— Rhi, lembra que a gente conversou sobre crianças que crescem em circunstâncias perigosas? — a dra. Ibanez pergunta.

O rubor de Rhi é revertido, pois sente o rosto esfriar. Não quer falar dos motivos que a levaram a aprender a ficar calma mesmo no meio do fogo cruzado. Não tem importância agora, de qualquer forma.

A dra. Ibanez continua, a voz mais baixa, mais macia:

— Isso não é motivo de vergonha, Rhi. É uma coisa incrível da qual você é capaz. É que… em geral essa é uma habilidade adquirida sob circunstâncias bem ruins, pelo menos na sua idade.

— É sempre? — Rhi indaga, forçando uma tranquilidade na voz que definitivamente não sente neste momento.

— Não — a dra. Ibanez admite. — Mas o seu pai está preso e sua madrasta te abandonou por uma casa compartilhada nos trópicos. Essa não me parece uma família feliz.

Rhi sorri, tenta rir embora a pulsação martele a garganta.

— É, bom, eles não vão ganhar nenhum prêmio de pais do ano, mas eu posso te garantir que minha infância foi *para lá de comum*. Eu estou bem. É sério.

A dra. Ibanez fita Rhi por um instante além do esperado, o que leva Rhi a pensar que a médica sabe de algo que ela não lhe contou. Mas quem teria como saber? Quem teria como contar?

Por fim, a dra. Ibanez faz que sim e se recosta na cadeira.

— Ok. Então tudo bem, fico feliz em saber. Mas se você sentir necessidade de falar com alguém, sobre *qualquer coisa...* — Ela abre um sorriso franco e torto para Rhi. — Bom, a esta altura você já sabe.

# 27

**Os Quaker convidaram todo mundo** para a casa da família para algo chamado *churrasco de Quatro de Julho*, e Epiphanie está louca para ir. Já se passaram alguns dias desde a viagem à cidade de Nova York, e Epiphanie quer ter certeza de que as irmãs realmente se perdoaram — e, mais que tudo, Epiphanie precisa de uma folga.

Romeo está gripado de novo, seu choro fazendo Maggie passar as noites e os dias em claro, e portanto Epiphanie está ajudando como pode. Não seria assim tão ruim, mas Bradley tem discutido com ela quanto à ajuda nas atividades domésticas. Até Caleb começou a dar uma mãozinha, colocando as coisas sujas na lava-louças, lavando as roupas e até mostrando aos pequenos (e a Epiphanie) como dobrá-las. Mas Bradley se recusa até a preparar sanduíches de creme de amendoim quando alguém pede que os faça.

— Eles não são *meus* filhos — ele declara, dando os toques finais em um sanduíche de presunto que fez para si. — E você não é minha mãe.

Epiphanie olha para ele do chão da sala, onde está ajoelhada, recolhendo as bolinhas de meias recém-lavadas que as outras crianças resolveram brincar de atirar umas nas outras.

— Esta casa é sua — ela destaca. — Você devia ajudar quando necessário.

— Que nada, eu não sou que nem você. Não tenho esse instinto materno natural.

— Cara — Caleb diz, arrastando outro cesto de roupa da área de serviço. — É só fazer uns sanduíches. Não é tão difícil assim.

Bradley fecha a cara.

— Está bem, mas eu não vou cortar a casca para o Simon.

O sobressalto de repente percorre o corpo de Epiphanie e ela se levanta.

— *Cadê* o Simon?

— Peguei ele — Rhi diz ao entrar pela porta da frente. Simon entra correndo na frente dela, dando risadinhas, as mãos sujas de pó de giz colorido. — Ele está ótimo, só estava desenhando no acesso da garagem. Está tudo bem?

Epiphanie suspira aliviada.

— De certo modo.

— Você está… está pronta para ir?

Epiphanie olha o caos ao redor e se pergunta se sair é uma boa ideia. Ouve uma porta se fechar em algum canto do corredor e os passos apressados de Maggie.

— Rhi? É você?

— Sou eu — Rhi responde no instante em que Maggie aparece atrás de Caleb na sala de estar.

— Ah, que bom. Aqui. — Ela corre até a geladeira e pega uma enorme melancia verde, que entrega nas mãos de Rhi. — Eu ia cortar e colocar bonitinho em uma travessa, mas não deu tempo. Mas não quero que a Epiphanie chegue na festa de mãos abanando.

— Maggie — Epiphanie diz. — Tem certeza de que você não precisa de mim aqui?

— Ah, você é um doce, um doce de menina. De jeito nenhum. Agradeço por tudo o que você faz para me ajudar, mas eu e os garotos damos conta. Não é, Bradley? — Ela fala a última parte com *ênfase*.

— É verdade, Maggie — ele resmunga, espalhando creme de amendoim em fatias de pão branco.

— Vai lá, divirta-se.

— É, Epiphanie — Bradley ecoa, animado demais. — *Divirta-se.*

Maggie leva Epiphanie e Rhi até a porta.

— Nós vamos ficar bem. Vou pedir para o Caleb e o Bradley botarem uns cachorros-quentes na grelha mais tarde, e você sabe como eles *adoram* brincar com fogo. — Ela revira os olhos.

— É, é preocupante — Epiphanie comenta.

Maggie ergue as sobrancelhas.

— É. Bom... não, não esquenta a cabeça, meu bem. Só trate de se divertir. Vocês duas.

— Como vão as coisas em casa? — Rhi pergunta quando já estão na picape, a melancia presa no banco de trás como se fosse uma criança pequena.

— Caóticas — Epiphanie admite, abaixando a janela para sentir o vento no rosto. — Mas de modo geral, boas.

— É?

— É. Não é que nem a vida no castelo, mas tudo bem. Mãe... — Ela hesita, sem querer depreciar Mãe, mesmo a esta altura. Ele lhes deu tanta coisa. O passado não merecia proteção?

Enfim ela diz:

— A Maggie anda muito ocupada. Mas está sempre à nossa disposição. E eu acho que é isso o que importa.

Grace não quer participar da porcaria do churrasco. Não quer fazer parte da terapia das meninas nem da reintegração delas à sociedade, ou *integração*, aliás, mas a mãe insistiu.

— Olá — uma menina com síndrome de Down cumprimenta Grace, fazendo uma mesura. — Meu nome é Giovanna. Seja bem-vinda à nossa fazenda.

— Valeu — diz Grace.

Verity surge ao lado de Grace, a nova mochila verde da North Face abarrotada de coisa e elegante em suas costas, duas garrafas reutilizáveis de água enfiadas nos bolsos de malha. A dra. Ibanez lhes disse que precisam dar um desconto para esse tipo de comportamento. *Mentalidade de escassez*, ela chama isso. Na mata, a água só vinha de algumas poucas fontes. Verity gosta de sempre ter água à mão, e também acumula garrafas fechadas no quarto. Quando recebe um copo d'água junto com a refeição, toma o copo inteiro, todas as vezes. Às vezes vai à pia e enche o copo, bebe tudo, e repete até a barriga inchar, dilatada de tanto líquido.

A mãe e Christopher passam por Grace e Verity para cumprimentar a dra. Ibanez, Christopher apertando a mão da médica com muito mais força do que Grace considera necessário. A nova namorada da dra. Ibanez se levanta e estende a mão, e Grace abre um sorriso afetado quando vê seus dedos apertarem os de Christopher, fazendo concorrência acirrada ao "aperto de mãos orgulhoso, firme" do padrasto.

— Querem ir ver os pôneis? — Giovanna pergunta a Grace e Verity. Ela aponta para o estábulo onde Sunder e Oblivienne já estão esticando o braço para tocar em um cavalo de tiro preto, junto ao clássico celeiro vermelho. Um rapaz segura as rédeas, e ele é alto, mais alto do que Grace, o que imediatamente torna a tarde muito mais interessante do que ela imaginava que seria.

— Claro, vamos — Grace diz enquanto Giovanna as conduz até lá. — Adoro pôneis.

Sunder percebe as gêmeas antes do rapaz. Ela corre até Verity e pula em seus braços, quase a derrubando no chão. Elas rodam e se abraçam. Agarram-se como se não tivessem se visto quase todos os dias da semana.

— Oi — o garoto diz a Grace, enquanto acaricia o focinho do cavalo com uma das mãos e segura as rédeas com a outra. — Sou o Dallas. Você deve ser a Grace, irmã da Verity.

— Eu mesma — Grace diz, tentando parecer casual. — A quase inigualável.

Ele enruga a testa.

— Perdão?

— Desculpa… é uma piada boba de gêmeos idênticos. Não funciona muito bem para gêmeas feito nós duas, criadas em situações totalmente diferentes e… portanto… super fáceis de identificar… — Grace se arrepende da explicação desastrada ainda mais do que se arrepende da piada.

Dallas dá uma risada solidária.

— Entendi. — Ele olha para Grace enquanto as outras vão olhar os cavalos do outro lado do estábulo.

— Então. Como é conviver com a violenta?

Ele ergue as sobrancelhas.

— É isso o que as pessoas acham da Sunder? Hmm.

— Você não viu a entrevista?

Dallas ri.

— É. A Sunder é intensa, mas depois que você conhece ela melhor, é um amorzinho.

A palha farfalha sob os pés e os dois se viram para ver quem chegou.

— Ei, Rhi! Epiphanie! — Dallas diz. Ele vai até o meio do caminho e cumprimenta as duas. — Como vai minha guarda-florestal predileta?

— Estou bem — Rhi responde com uma voz irritante de tão suave. — Como vai o meu agricultor predileto?

Por alguma razão, os apelidos enfurecem Grace. Por que Rhi está *sempre* por perto? Grace não tem direito a *nada*? Para piorar a situação, todas as meninas correm até Rhi e Epiphanie, até mesmo Giovanna, para abraçar as duas — como se Rhi fosse tão importante para elas quanto as irmãs.

Grace se vira e começa a ir em direção ao ar livre, a churrasqueira e os adultos que não vão ter nada além de coisas superficiais, inócuas para falar. O lugar de Rhiannon Chase não é ali, e ela pode ir direto para o inferno.

— Grace — Verity chama.

E embora Grace não saiba muito bem se isso a enraivece ou parte seu coração, num movimento vagaroso ela se vira de novo para a irmã e volta à rodinha.

Doloridas e imundas depois de andar a cavalo, mas entusiasmadas e famintas, as meninas e Dallas enfim se sentam para jantar com os outros convidados, justamente quando o sol começa a se pôr. Cordões com luzinhas pendentes e lampiões nas mesas compensam a luz minguante enquanto eles se refestelam com o cardápio tradicional do Quatro de Julho: cachorro-quente grelhado, hambúrguer de carne e vegetariano, feijão, salada de batata, espiga de milho grelhada na palha, melancia fatiada em triângulos vermelhos e vários outros pratos que as garotas provam com curiosidade.

Na "mesa dos adultos", tio Jimmy e Star têm uma conversa animada com a dra. Ibanez e a nova namorada, Chani, transferida para a Polícia de Happy Valley na última primavera. O sr. Erikson está orientando o sr. Quaker quanto à hora certa de virar a leva seguinte de hambúrgueres; a sra. Quaker e a sra. Erikson admiram uma rosa cor-de-poente em uma treliça de madeira ao lado do terraço enquanto trocam macetes de poda e irrigação.

Rhi se sente estranhamente à vontade observando as pessoas à sua volta. Feliz, até.

Ela já conseguiu transformar a voz da madrasta praticamente em um sussurro. Passou a usar roupas de um número maior agora que já não passa fome, e se sente saudável e cheia de energia como não sentia há anos. Também acha que está bem bonita, mas de modo geral tenta não pensar na aparência, pois esses pensamentos ainda podem ser um caminho para convidar vozes indesejadas a voltarem à sua cabeça.

Rhi enche o prato com o que lhe parece apetitoso, depois vê Grace mexendo no prato com desinteresse, e sente uma pontada automática de vergonha seguida por uma pontada de pena. Ela se pergunta o que mais as duas terão em comum.

À mesa, o telefone de Rhi vibra e uma notificação de mensagem se materializa na tela preta.

> **2 mensagens de: NÃO**
> Feliz Quatro de Julho, Edie. Tomara que você veja uns fogos de artifício esta noite...

> Estou com saudades.

Despreocupada, Rhi passa o dedo na tela para deletar a notificação, o apetite zerado. Quando levanta a cabeça, Grace está olhando para ela.

— Quem era? — Grace pergunta.

— Ninguém — Rhi diz.

Grace a analisa com a sobrancelha erguida, mas não fala nada.

Do outro lado da mesa, Epiphanie inclina a cabeça para Rhi, como que para indagar: *Tudo bem?*

Rhi faz que sim. *Eu vou ficar bem.* E quando está perto das meninas, realmente acha que vai.

Ao lado dela, Sunder dá uma mordida enorme em um cachorro-quente meio queimado.

— Por que é tão gostoso? — ela questiona, os olhos fechados, a boca cheia.

— Bem-vinda aos Estados Unidos. — Dallas ri.

— Cachorro-quente não é uma comida alemã? — Grace pergunta.

— Talvez tenha sido em algum momento, mas eu acredito que os alemães não reconheceriam o sanduíche neste formato.

— Dallas dá uma mordida grande no cachorro-quente, afogado em mostarda, ketchup e temperos.

Grace faz careta.

GAROTAS SELVAGENS **247**

— Eu não entendo como vocês conseguem comer esse troço. Cachorro-quente é tipo... a pior parte do animal.

— Isso se chama *comer do focinho ao rabo* — Dallas diz. — Na verdade gera *menos desperdício* do que comer só os cortes mais nobres.

— E também o sabor é bom — Giovanna declara, lambendo o ketchup do dedo.

— Tem horas que não entendo as garotas — Dallas diz, aos risos. — Vocês têm umas preocupações bizarras com comida.

— É porque somos condicionadas a acreditar que comer é um hábito basicamente ruim que a gente precisa quebrar, senão a gente engorda, e nós também somos condicionadas a pensar que isso é a pior coisa do mundo — Rhi explode.

Dallas ergue as sobrancelhas.

— Sério?

Grace e Rhi trocam olhares antes de confirmar.

— Uau. Então desculpa pelo que eu falei.

— Não precisa pedir desculpas — Rhi vai logo dizendo, arrependida da sinceridade, sem querer que ele se sinta mal ou fique chateado com ela. — Você só fez uma observação.

— É. Mas agora eu entendo que estava praticamente fazendo piada com o trauma que a sociedade causou em vocês.

Rhi observa Dallas e conclui que o remorso dele é genuíno.

— É. Tudo bem. Neste caso, desculpas aceitas. — Rhi enfia na boca uma garfada da salada de batata deliciosa, cremosa, cheia de amido, enquanto pensa: *Vai à merda, Vera. Vai à merda, patriarcado.*

A testa de Sunder se enruga.

— Quem está mandando vocês pararem de comer?

— Todo mundo — Grace e Rhi respondem ao mesmo tempo. Elas se olham de novo e compartilham um momento desconfortável de simpatia.

Giovanna olha para elas, o prato quase limpo.

— Ninguém me fala que comida é ruim.

Rhi abre um sorriso.

— É porque você tem pais muito legais.

— Mas a Verity e a Grace não? — Sunder pergunta.

Verity permanece em silêncio e Grace bufa.

— Repete essa pergunta para mim daqui a dez anos — Grace diz, mordendo um palito de cenoura.

Vagalumes começam a piscar à sombra no terreno além do pátio quando todos terminam de comer. Os adultos vão para dentro de casa, já Sunder acende uma fogueira atrás do celeiro. Passado um tempo, Dallas chega em um carrinho de golfe cheio de tambores de camurça e ingredientes para fazer sanduíches de biscoito com recheio de marshmallow.

— A Sunder achou isso aqui no sótão há algumas semanas e basicamente nos transformou numa versão hippie da Família Dó-Ré-Mi — Dallas conta, sorrindo do outro lado da fogueira para a irmã temporária enquanto distribui os instrumentos entre as garotas selvagens.

— A gente tinha instrumentos como esses no castelo — Oblivienne comenta baixinho, examinando a estrutura de um tambor largo e achatado que segura nas mãos. — Mãe nos ensinou como fazer…

— A gente fala disso depois — Sunder diz. Ela entrega a todo mundo um espetinho comprido e ensina as irmãs a assarem o marshmallow na fogueira.

Rhi aprecia o deleite na expressão das meninas quando provam a alegria pura do açúcar, quando examinam a textura dos marshmallows, de macios a crocantes e quase moles por dentro. Sunder abre um sorriso por poder apresentar esse negócio às irmãs. Ela reluz ao lado do fogo, o cabelo revolto iluminado feito uma auréola.

Dallas e Rhi se olham e dividem um instante de satisfação. Rhi gosta do fato de que Dallas se deleite com o deleite das meninas. Gosta que ele seja gentil e bondoso, talvez até confiável. Gosta de saber que ele está ao lado de Sunder quando as irmãs e Rhi não podem estar, como um irmão mais velho.

Mas Rhi não quer pensar em irmãos mais velhos, então tenta pensar em outra coisa.

Verity se senta ao lado de Grace e lhe oferece um sanduíche de biscoito com marshmallow, contente em dividir esse tesouro com a Irmã de Sangue. Mas Grace o pega e diz:

— Essas coisas fazem muito mal, sabia? Dão espinhas. — Ela se vira e o oferece a Rhi.

Rhi morde o lábio e olha para Verity.

—Vai, Grace — Dallas incentiva. — Não deixe o patriarcado te impedir de curtir o crème de la crème das guloseimas de verão.

Grace fica com as bochechas coradas. Ela mordisca o canto de um dos biscoitos sem glúten até Verity lhe abrir um sorriso. Então dá uma mordida — necessariamente grande, necessariamente melecada — e num gesto constrangido tampa a boca enquanto mastiga.

*Bmm.*

*Bmm.*

Enquanto conversavam, Sunder pegara um dos tambores feitos à mão. Entre os joelhos, segura um instrumento de tamanho médio, em forma de ampulheta, liso dos dois lados. Depois de limpar as migalhas da mão, Epiphanie pega o tambor que está a seu lado e bate nele duas vezes.

*Tmm, tmm,* ele ressoa em um tom mais agudo. Ela olha para Verity, que pega o instrumento dela com um sorriso, e todos fitam Oblivienne, que hesita. Oblivienne pega o tambor largo e achatado, mas parece insegura. Por fim, respira para se concentrar e batuca com a ponta dos dedos, entrando devagar na canção das irmãs. As garotas selvagens deixam que as mãos achem o ritmo com batucadas cadenciadas, leves ou fortes, acelerando o compasso, ricocheteando os batuques umas das outras até, milagrosamente, algo belo surgir do caos.

Dallas e Giovanna passam tambores a Rhi e Grace, mas só Rhi pega um deles com entusiasmo. Ela ainda está tensa, dividida entre a fantasia do relaxamento total e o medo das consequências de sua liberdade: está tremendo — só um pouquinho — quando fecha os olhos, quando a boca forma um sorriso, quando levanta as mãos; está rígida ao encostar com a carne da mão na pele dura do tambor e tirar dali a primeira música que faz no que parece ser um século.

Mas à medida que os batuques se amontoam — voltando, chamando, reagindo —, ela aquieta a cabeça e mergulha em seus ossos. Sente a pulsação na pele e as chamas arrítmicas do fogo no rosto, e ali ela acha seu ritmo — e seu relaxamento.

*Bmmbmmbmm brrack.*

*Bmmbmmbmm brrack.*

Rhi submerge na vibração da música, o mundo inteiro sumindo, como acontece tantas vezes quando está perto das garotas selvagens. Em algum lugar do círculo, Dallas batuca um ritmo simples com os olhos semicerrados; Giovanna está feliz ao estapear um pandeiro metálico. Juntos — as Garotas Selvagens de Happy Valley, a introvertida, o agricultor e a criança — criam uma tapeçaria de batimentos cardíacos e batidas de pés por meio dos batuques nos tambores.

Imersa no transe, Rhi sente uma conexão tão acachapante — uma *ausência* de divisão e autoconsciência — que mal percebe que está de pé, erguendo o tambor redondo acima da cabeça enquanto o batuca cada vez mais forte, mais rápido.

— Isso aí! — Dallas brada.

Agora os outros também estão de pé, os tambores nas mãos ou enfiados entre os joelhos ou debaixo do braço. Giovanna dança, rodopiando com o pandeiro, uma perna esticada para trás como se fosse bailarina. Sunder também começa a dançar, se mexendo como uma folha balança em um vendaval. Epiphanie berra em uma língua que ninguém conhece, mas todo mundo sente nos ossos.

Suas palavras viram uma melodia, a voz grave, um contralto potente que faz o peito de Rhi se abrir e deixa a noite repleta de estrelas. De repente, todos olham para o céu enquanto as mãos canalizam o ritmo da canção efêmera, eterna. A Via Láctea brilha, espalhada pelo céu de veludo em sua glória vertiginosa, incandescente.

Verity também começa a cantar, a voz um pouco mais aguda que a de Epiphanie, acompanhando com perfeição os passos da irmã, sempre em harmonia. O círculo de garotas e de Dallas começa a se movimentar em sentido horário em volta da fogueira e em volta de Grace, que está imóvel, fitando o céu como se nunca o tivesse visto na vida.

Rhi entende, embora não saiba como, que algumas delas não se sentiam tão vivas desde a selva.

Algumas delas nunca tinham se sentido tão vivas.

Em volta delas, vagalumes se aglomeram ao sabor da canção, iluminando o pasto com um brilho verde e azul ao cercá-los com um anel de luz. Talvez seja por isso que Grace se levanta, olha em volta de olhos arregalados. Ao ver os vagalumes, tampa a boca com as duas mãos.

Os batuques e a cantoria estão chegando ao ápice, um clímax que Rhi sente nos dedos das mãos e dos pés e no alto da cabeça. Quando Sunder cai de joelhos, joga a cabeça para trás e uiva feito um lobo, Epiphanie e Verity se juntam a ela — Rhi se junta a ela —, até Giovanna e Dallas se juntam a ela, os joelhos caindo na terra macia, gargantas abertas uivando para a lua crescente.

Só Oblivienne e Grace continuam de pé, ambas chocadas.

— Parem com isso!

Rhi se vira para o grito.

Oblivienne larga o tambor como se acabasse de perceber que estava segurando um objeto grotesco. Ela põe a mão nas laterais da cabeça, os dedos enterrados no cabelo preto, e berra.

— *Parem, parem, parem!*

Eles param. Todos se calam e perdem o ânimo. As irmãs olham para ela como se não a conhecessem.

Grace recua, sai do círculo, vai em direção ao campo tão cheio de vagalumes que nem ousa tentar passar por entre eles.

— Será que vocês não entendem? — Oblivienne grita. — A gente não pode mais *ser* desse jeito!

— Oblivienne — Rhi tenta, ainda vibrando por conta da conexão, sentindo o pânico de Oblivienne como se fosse seu. — Aqui você está segura. É livre.

— Não! — Oblivienne grita, balançando a cabeça, puxando o couro cabeludo. — Se alguém visse isso — Oblivienne meio que rosna com os dentes trincados —, iria trancafiar a gente de novo. Nos enjaular de novo feito os animais que Mãe queria que a gente fosse.

— Nós *somos* animais — Sunder rosna de volta. — E *eles também são!*

— Não — Oblivienne diz. — Não. Nós somos um show de aberrações.

Rhi se pergunta onde Oblivienne descobriu os *shows de aberrações.*

— Todo mundo é uma aberração à própria maneira — Grace declara, nervosa, surpreendendo os outros. — Todo mundo aqui é uma aberração, tendo crescido na mata ou não.

— *Você* não é uma aberração — Oblivienne explode. — O Dallas e a Giovanna não são aberrações. O casal Quaker não é uma aberração.

— Quem foi que falou? — Dallas pergunta, passando o braço em volta dos ombros de Giovanna para tranquilizar a menina assustada. — Você não sabe nem metade do que as pessoas falam dos Quaker, da Giovanna e de mim. Somos todos diferentes. E tem gente que tem medo de qualquer coisa que seja diferente do esperado. — Dallas encolhe os ombros e tenta dar um sorriso. — Todo mundo aqui é uma aberração, mas estamos todos bem.

— Não é a mesma coisa — Oblivienne retruca, balançando a cabeça com veemência. — Não é a mesma coisa de jeito nenhum, e você sabe. *Tantas mentiras...* tudo o que a gente achava que sabia... — Oblivienne se lamenta antes de cair de joelhos. — Foi ele quem fez isso com a gente. Ele fez a gente ser assim. Por quê? *Por que ele fez isso?*

É Sunder quem rasteja até Oblivienne e abraça a irmã por trás. *Vai dar tudo certo com a gente*, ela diz com as mãos, os braços, a bochecha no cabelo de Oblivienne. *Eu te amo*, ela diz com a força do abraço, a firmeza do maxilar.

Lágrimas escorrem dos olhos de Oblivienne enquanto ela treme. As irmãs se olham, silenciosas, envergonhadas, pela primeira vez na vida sem saber como reconfortar uma delas.

— O que a gente faz? — Dallas sussurra para Rhi.

Sua garganta ainda está dolorida por causa dos uivos quando ela responde:

— Não faço a menor ideia.

# DIÁRIO DE OBLIVIENNE

## 4 de julho de 20-

Não consigo para de pensar em quando Mãe levou pêssego para nós. Eles não crecem nas montanhas. Maçã, amora, uva, raízes doces e casca de árvore eram as coisas doces que a gente conhecia. Mãe voltou da floresta naquele dia – 4 verão atrás? 5? – com pedrinhas pequenas feupudas redondas. Rosa e amarelo e laranja. Eram 4, 1 para cada. Mãe falou que achou elas passiando – seus guias espirituais tinham mostrado um pomar escondido. Mas elas ainda não estavam maduras. A gente precisava ser ~~pasiente~~ paciente.

Sunder nunca foi boa de paciencia e mordeu a dela na hora. Estava dura feito raiz de dente de leão velho e tinha gosto de nada. As outras esperaram uns dias como Mãe disse. E quando o pêssego estava ficando macio a gente deu as primeiras mordidas – Epiphanie dividiu o dela com a Sunder – e foi a melior coisa que provamos na vida. Ainda não comi nada tão ~~maravilhoso~~ maravilhoso quanto aquele pêssego mesmo com tudo o que este mundo já deu para a gente. A casca macia. O sumo doce no nosso queixo. Um sabor inacreditáveu, vivo. Essa era minha lembrança preferida.

Agora a única coisa que eu penso quando me lembro desse dia é de onde os pêssegos vieram? Os guias espirituais de Mãe reaumente mostraram para ele um pomar escondido ou ele comprou no super mercado? Rhi poderia dizer que o que é relevante é que Mãe se importava com a gente a ponto de nos dar pêssegos. Epiphanie poderia dizer que a gente nunca saberia como eram bons se não ouvisse Mãe e esperasse os pêssegos amadurecerem. Sunder provavelmente perguntaria por que estou tentando reescrever nossas lembranças. Verity diria que não interessa o que aconteceu porque agora a gente pode comer quanto pêssego quiser. Mas acho impossíveu não imaginar Mãe vestido de JEANS e camiseta na fila do super mercado enquanto a gente estava na floresta sozinhas acreditando em todas as historias que ele contava. Odeio essa imagem com cada gota da minha alma mas acho impossíveu eu não ver ela. Me dá tanta raiva que eu queria trazer Mãe de volta para SACUDIR ele.

Mas é VERDADE? Deve ser. Mas por que essa imagem parece mais real que as lembranças REAIS que carrego da magia? Ou do amor de Mãe por nós? Essas LEMBRANÇAS SÃO REAIS então a magia delas também deve ser real – e se a magia é real então Mãe NÃO mentiu. Não é?

Eu não sei.

Só sei que não quero viver em um mundo onde essa imagem de Mãe no super mercado é real. Mesmo que seja um mundo cheio de pêssegos bem maduros.

# 28

**Às três horas da madrugada,** Oblivienne se senta, as roupas de cama de repente muito irritantes, muito pesadas no corpo. Já está de saco cheio dos pensamentos acelerados, do ritmo galopante do coração indomável. Do outro lado do quarto, Allison dorme profundamente, os cachos escuros feito um rio de céu noturno no travesseiro.

Oblivienne se levanta da cama e se arrasta até a janela aberta. Em silêncio, levanta a tela. Sente a brisa quente de verão quando atravessa a abertura da janela.

O telhado do segundo andar fica do outro lado do caixilho, é inclinado mas não muito íngreme. Oblivienne se afasta da janela para subir mais alto. Chega ao telhado do sótão e, alavancando o corpo entre os braços, sobe mais uma vez. Ela usa a lateral da parede externa como apoio para chegar ao alto da casa.

Já fez isso inúmeras vezes. O telhado é o único lugar onde pode ficar a sós, pois sabe que mesmo se as outras crianças a seguissem até ali fora, não conseguiriam subir tanto quanto ela. Mas não a seguem, pois ela sempre sobe ali de noite, quando o resto da casa está dormindo.

Oblivienne corre, feito uma aranha, até o ponto mais alto da casa. A textura arenosa das telhas finas de madeira dá tanta firmeza que ela acha fácil subir a parte íngreme até poder se sentar no topo do mundo.

Quando chega lá, Oblivienne percebe que está tremendo. Não pela brisa que balança seus cabelos livremente, nem por medo, nem porque a subida a cansou — para ela, fazer essas coisas é uma bobagem, assim como seria para as irmãs. (*Não, não irmãs. Companheiras? Elas não são minhas irmãs. Não posso continuar pensando nelas assim.*) Outra coisa a faz tremer nessa noite amena, de ventos fracos, algo em que vem tentando não pensar nos últimos quatro meses.

Ela se esforçou muito para não se deixar pensar em nada, mas o pensamento escapuliu para sua mente recentemente, durante a entrevista com Jenny Ro. Não consegue tirá-lo da cabeça desde então.

*Não quero viver em um mundo onde Mãe mentiu para nós.*

Mas a verdade indelével é: *Mãe mentiu para nós.*

A dor desse fato é como uma farpa passando sob a pele do corpo inteiro. Não consegue atenuá-la com distrações. Todos os movimentos a lembram de sua presença; cada tensionamento dos músculos, cada respiração, rasa ou profunda. Mãe sempre esteve no cerne de quem Oblivienne pensava ser: o amor de Mãe. A clareza de propósito de Mãe. A sabedoria de Mãe. As lições de Mãe. As histórias de Mãe.

A morte de Mãe já tinha sido bastante sofrida, mas ao menos a morte era natural — esperada. Mas perder não só Mãe do mundo físico, mas também o Mãe dentro de Oblivienne? Perder o cuidador que as formou — que *a* formou — como mulher forte, capaz, com um propósito definitivo, significativo nesta vida…?

É *insuportável.*

Oblivienne vem evitando essa dor até onde pode, mas agora a dor se recusa a ser ignorada. Está observando-a, de soslaio, já faz algumas semanas — escrevendo no diário, meditando, ruminando —, listando dentro de sua cabeça todos os fatos que parecem se contradizer, nenhum deles prevalecendo sobre os outros por mais que um instante.

Ela não sabe como reconciliar esses dois fatos:

*Mãe mentiu para nós.*

*Não quero viver em um mundo onde Mãe mentiu para nós.*

Olhando para as poucas estrelas e as nuvens que aparecem por trás das montanhas, Oblivienne ainda ouve a voz de Mãe no vento, lhes dizendo pela centésima vez, *Quando o céu encontrar a Terra e sua quinta irmã chegar, vocês vão voltar a Leutéria e salvar seus reinos.* Ela relembra o fervor com que outrora acreditavam nele. Que motivo tinham para duvidar? Ele era um homem bondoso, carinhoso — o único responsável que conheceram na vida —, dotado de magia e que fazia as meninas acreditarem que também eram dotadas de magia. Elas tinham *visto* sua magia, não era verdade? Tinham testemunhado suas conversas com animais, tinham-no visto curar feridas e doenças, observado seus feitiços para que o castelo os protegesse. E ele protegia *mesmo*. Até Mãe morrer.

Elas também tinham visto a própria magia: umas tinham visto as outras desafiarem a gravidade ao saltar de galhos de árvores, e criar fogo sem usar nada além da força de vontade, e conjurar presas para caçar com tamanha facilidade quanto se chama as pessoas da casa para jantar.

Mas Verity tem uma irmã gêmea *neste mundo.*

Então talvez elas *não sejam* de outro mundo. Talvez *sejam* deste mundo de telas e plástico e alimentos tão abundantes que as pessoas sentem necessidade de restringir o que se permitem comer. E se os "reinos" de onde Mãe roubou as meninas tivessem algo a ver com a casa que Brian Cornwell descreveu quando Verity foi roubada, Oblivienne deveria ficar contente de ter sido levada embora.

Mas elas jamais saberão a verdade. O único que sabia era Mãe.

Oblivienne afasta o cabelo dos olhos ao mirar a rua lá embaixo, um rio liso, preto, salpicado pelas luzes âmbar dos postes.

GAROTAS SELVAGENS **259**

Agora o vento sopra mais forte, balançando os arbustos ornamentais e sacudindo as bandeiras americanas nos mastros. Ela olha para as casas quase idênticas enfileiradas na rua, brancas e azul-claro e amarelas, cheias de famílias, talvez com filhos, talvez com pais amando os filhos assim como Mãe as amou, talvez lhes fazendo mal assim como Mãe lhes fez mal.

*Não quero viver em um mundo onde Mãe mentiu para nós.*

Mas a ideia lhe vem à cabeça, não indesejada, e não pela primeira vez: talvez Mãe não tivesse mentido, e *houvesse* uma maneira de provar isso, assim a dor que se alastrava debaixo da pele de Oblivienne não precisaria continuar.

Talvez a magia que Mãe lhes mostrara fosse real, *tivesse sido real*, o tempo inteiro.

Elas não estavam imaginando ao conjurar chuva ou sol, ou ao ouvir os pensamentos umas das outras em suas cabeças, ou ao prender a respiração por vários minutos debaixo d'água, sem nem um instante de desconforto.

E se isso era verdade, Oblivienne podia parar de sofrer.

Se a magia é real, ela pode saber quem é de verdade, de novo.

Uma sensação deliciosa de leveza brota dentro de Oblivienne, feito uma explosão de luz estelar no peito. Pela primeira vez em dias, Oblivienne respira tranquila. Profundamente. Balança as pernas na lateral do alto do telhado e vai até a calha, fica na ponta dos pés na beiradinha do telhado, olhando para os carros no acesso da garagem, tão distantes lá embaixo. Já pensou nisso antes, no diário, mas ali, agora, está a oportunidade de ela provar a verdade das coisas, de uma vez por todas.

*Se a magia é real, Mãe não estava mentindo.*

*Se a magia é real, a magia vai me proteger assim como protegia antes.*

*E se a magia não é real...*

Oblivienne inclina a cabeça para o céu. Conjura a falta de peso das nuvens para seu corpo, e mãos feitas de poeira das estrelas a seguram quando ela abre os braços como se fossem asas.

*Não quero viver em um mundo onde Mãe mentiu para nós.*

Oblivienne, tão sem peso quando um raio lunar, se entrega ao vento, ao céu e à magia, e se deixa *ascender*.

# Lobos na tempestade

**Trecho de *Castelo Selvagem: memórias das garotas selvagens de Happy Valley***

**Sete luas chegaram e foram** embora depois que Mãe morreu, e nesse tempo os feitiços que ele havia jogado no castelo começaram a perder a força. O lugar que passamos a vida chamando de casa aos poucos virava apenas um abrigo — e depois nada mais que uma árvore podre, oca. As beliches que tínhamos escavado nas paredes de repente pareceram desajeitadas e pequenas; os cantos onde armazenávamos tecidos e raízes comestíveis ficaram úmidos e mofados; o castelo, antes impenetrável, agora tinha goteiras quando chovia; insetos se entocavam em seu interior, roendo as paredes e mordendo nossos tornozelos enquanto dormíamos.

Essas coisas nunca tinham nos preocupado. Sempre soubemos que parte dessa proteção vinha da magia de Mãe, da forma como energizava o castelo sempre que vinha para casa e sempre que saía, essa energia se somando à magia que havia lançado ali tanto tempo antes, na época em que achou a árvore e a reconheceu como nossa casa. Mas embora Mãe tenha nos ensinado a usar a magia, nunca nos ensinou esse feitiço especial. Talvez porque soubesse que sua morte seria o começo do fim de nossa vida ali. Ou talvez simplesmente nunca tenha dedicado um tempo a isso.

As noites eram bastante horríveis nessa época, cientes de que Mãe tinha ido embora para sempre, que jamais voltaria. Quando o castelo começou a nos deixar na mão em todos esses detalhes pequenos, mas importantes, as noites viraram uma tortura — sempre úmidas, sempre nos causando coceiras, sempre irritando a pele, sempre um cheiro abafado e azedo à medida que os fungos criavam raízes e a madeira começava a apodrecer. Quando acendíamos uma fogueira, a fumaça já não saía pela chaminé, e sim enchia o castelo de fumaça preta e do som de nossas tossidas. Nas noites de neve precisávamos encontrar um equilíbrio entre morrer congeladas e respirar.

Quando a neve começou a derreter, o fim chegou.

Uma tempestade louca, feroz, soprava do lado de fora nessa noite: tínhamos passado o dia batendo boca por coisas sem importância — Sunder estava zangada com Verity porque ela havia matado as aranhas chamadas para comer as pulgas; Oblivienne estava chateada com Sunder porque ela tinha perdido sua melhor ponta-de-lança após matar um coelho para o nosso jantar; Verity estava triste porque Epiphanie não gostou do sabor do ensopado de coelho que ela fez para nós; Epiphanie estava cansada de tentar convencer todo mundo a fazer as pazes. A cortina de couro estava esticada sobre a porta para nos proteger da chuva, e o interior do castelo estava empoeirado por causa da fumaça das velas de banha.

De repente, uma luz lampejou sobre nossas cabeças e o castelo todo tremeu com o estrondo de um trovão.

Erguemos os olhos para as sombras do nosso castelo. Outro raio caiu, iluminando um buraco na parede do castelo acima de nós, onde a árvore tinha se espatifado. Um trovão ensurdecedor ecoou dentro dele, enquanto faíscas caíram de cima e nós nos dispersamos, cobrindo a cabeça. Não precisamos falar nada para saber o que aquilo queria dizer: o castelo estava sob ataque.

Outro lampejo-explosão de um raio iluminou o castelo por dentro, balançando as paredes e fazendo a árvore gemer enquanto a estrutura toda de repente·começava a tombar, levantando junto o chão sob os nossos pés. A terra se ergueu e nós caímos da entrada, todos os nossos pertences espalhados caindo conosco.

Parte da cortina se soltou, sacudindo com violência no vento, revelando um mundo azul elétrico lá fora, agitado em lampejos de relâmpagos. A chuva caía em gotas enormes e borrifos, imediatamente encharcando tudo.

Epiphanie fez um gesto sem dizer nada e lutamos para subir no chão agora erguido, agora debruçadas em um ângulo de quarenta e cinco graus. Uma a uma, deslizamos sobre a madeira úmida e a terra, cada vez mais escorregadiças, até descermos as raízes imensas da árvore, aterrissando em uma poça gigantesca, a água batendo na cintura. Verity, já pensando no futuro, pegou a cortina de couro e a arrancou dos prendedores ao sair.

Lutamos para sair do fosso e nos afastar do castelo enquanto os raios estalavam no céu. Encolhidas debaixo da cortina, ficamos olhando os relâmpagos atingindo o castelo incontáveis vezes, fazendo lascas chamejantes de madeira antiga chiarem na noite.

Observamos com horror o nosso castelo desabar com um suspiro estrondoso no chão da floresta. A terra tremeu sob nossos pés quando ele caiu, esmagando muitas outras árvores em seu caminho, com tanta facilidade quanto se fossem ossos de passarinhos. Trememos de frio, incapazes de entender essa nova perda, e espremos nossos corpos encharcados uns contra os outros em busca de aconchego.

Ficamos assim por bastante tempo, até que nossos parentes-lobos chegaram. Eles se esgueiravam nas sombras, pingando, o pelo prateado enegrecido. Quando chegaram perto de nós, apertaram seus flancos molhados e quentes contra nossas pernas nuas e geladas, como que para nos dizer, *Aqui, nós estamos aqui, vocês podem se apoiar em nós.*

Passamos a noite com os parentes-lobos na toca deles, corpos demais encolhidos perto demais, o ar quente de tanta respiração. De manhã, os lobos nos acordaram com o focinho gelado e nos exortaram a sair. O sol estava forte, uma névoa cintilante pairava acima de tudo porque a chuva começava a evaporar.

Com os lobos do lado, fizemos o caminho de volta ao castelo vestidas com nossas peles ainda úmidas. Quando chegamos, olhamos para ele, o admiramos com dor e horror — assim como já tínhamos olhado para o cadáver de Mãe.

Mas estávamos cansadas demais para o sofrimento que dedicamos a Mãe. Quando Mãe partiu, tínhamos casa — um lugar onde podíamos lamentar por ele em segurança. Agora, era pela nossa casa que lamentávamos.

Mas, uma por uma, nos viramos para olhar para os lobos e nos perguntamos a mesma coisa: o espírito de Mãe tinha mandado nossos parentes-lobos para nos guiar? O espírito de Mãe queria que abandonássemos aquele lugar, que começássemos nossa jornada? É por isso que Mãe nunca nos ensinou a magia usada para proteger nosso castelo?

Oblivienne atravessou o acampamento enlameado até parar ao lado do castelo. Pôs a mão no tronco liso e fechou os olhos, dizendo *obrigada* à arvore que tinha nos dado abrigo a vida inteira. Despedindo-se.

Nos juntamos a ela ao lado do castelo, apertando a palma da mão e a testa contra o tronco, a pele e o coração tomados pelo luto e a gratidão, até que chegou a hora de fazermos o que Mãe pretendia que fizéssemos.

Quando demos tudo o que nos restava dar, partimos pela mata em busca de uma nova casa, deixando os parentes-lobos nos mostrarem o caminho.

# 29

**O telefone de Rhi vibra** na mesa de cabeceira. Ela quase não escuta por causa da chuva que tamborila nas janelas, o trovão distante ribombando no vale, mas algo no tom artificial da vibração a acorda. O quarto escuro está iluminado apenas pela tela do telefone, cada vez mais próximo da beirada da mesinha. Rhi pega o celular antes que caia, olha quem está ligando.

## Casa de Epiphanie

Por que Epiphanie ligaria às…
*Quatro da madrugada?*
— Epiphanie?
— Rhi, por favor. A gente precisa da sua ajuda. Tem alguma coisa muito, muito errada… — Sua voz não é mais régia, não é mais o contralto firme, uniforme em que Rhi passou a confiar. Está trêmula, como se a qualquer momento fosse se quebrar.
Rhi acende o abajur ao lado da cama, se senta, pisca até os olhos se acostumarem à luz.
— O que foi? O que houve?
— Acho que aconteceu uma coisa *terrível* com a Oblivienne.
— O quê… como assim? Por que você acha isso?

Há um longo silêncio, durante o qual Rhi tem quase certeza de que ouve Epiphanie abafar soluços.

— Não posso falar. Se eu falar, vai ser verdade.

Um pânico eletriza Rhi, que pula da cama e começa a procurar uma roupa quente para vestir.

— Você ligou para a sra. Lynch? — ela pergunta, vestindo o moletom da Universidade de Syracuse que era da mãe.

— Ninguém atendeu.

— Ok. Vou pegar o carro e vou para lá. A Maggie está com você?

— Está. Ela não acredita em mim.

— Ok. Diz a ela que eu estou indo para a casa dos Lynch. Eu ligo quando… quando eu tiver mais informações.

A picape azul velha é mais barulhenta do que nunca no cinza chuvoso do início da manhã. O motor rosna, os pneus roncam ao passar por buracos, até o barulho da seta é como se alguém virasse uma lata vazia de lado. Tudo isso é encoberto pelo batuque insistente da chuva na estrutura de metal da picape, o silvo e o guincho repetitivos dos limpadores de para-brisa.

Rhi está vibrando de ansiedade. Sente-se uma idiota por pular da cama às quatro da madrugada para verificar o pressentimento desvairado de alguém; mas, ao mesmo tempo, sua intuição lhe diz que Epiphanie não está exagerando.

Então o que isso significa?

O que Rhi vai achar na casa dos Lynch?

Rhi vira no cruzamento que leva à casa. Reza, em silêncio, para qualquer força que exista no universo, pedindo que a noite não dê em nada, só em desgosto e em mais uma razão para a sra. Lynch detestar Rhi. Reza para que a angústia de Epiphanie se deva à tempestade, à desavença entre as meninas, à forma como passaram a guardar segredos e bater boca, e ao fato de nenhuma delas parecer capaz de digerir o que viveram.

Reza para que não a considerem responsável pela desavença — que o que for feito delas não acabe sendo culpa dela, por tê-las trazido para este mundo —, um mundo que poucas vezes foi generoso com Rhi, portanto como pôde imaginar que seria bom para elas?

Rhi aperta os olhos para enxergar em meio à chuva. À sua frente, há alguma coisa esparramada no meio da pista.

Ela desacelera ao se aproximar — não deveria estar dirigindo tão rápido em uma área residencial, de qualquer forma — e tenta entender o que é. É pequeno demais para ser um cervo, grande demais para ser um guaxinim. Há casas dos dois lados da rua: talvez um cachorro tenha fugido de uma delas, tenha sido atropelado.

Rhi para o carro quando chega mais perto da coisa no meio da rua, o coração latejando nos ouvidos. Ela desafivela o cinto, cobre a cabeça com o capuz do casaco, mas não consegue sair do carro.

— É um cachorro — Rhi diz a si mesma, como se, assim como afirmou Epiphanie, falar fosse fazer disso uma realidade. Ela abre a porta do motorista e desce, as gotas de chuva feito milhares de dedinhos cutucando sua cabeça e seus ombros, molhando seu rosto. Ela caminha em direção à forma no meio da pista. Sob a luz dos faróis do carro, Rhi vê algo no asfalto, a seus pés, pontinhos molhados de um vermelho escuro, brilhoso, espalhado por todos os lados, como o espirro da água de um balão ao ser furado, todos sendo lavados pela chuva.

É imediatamente perceptível que não foi atropelada por um carro.

O céu se parte como um tiro de arma, raios lampejando, pintando tudo de branco.

Rhi se atrapalha com o celular ao tirá-lo do bolso, liga para a emergência, enfia o telefone debaixo do capuz, contra a orelha, fora da chuva. Os lábios estão dormentes, a língua pesada, enquanto berra contando ao operador o que encontrou.

E então ela volta para dentro da picape. A porta continua aberta, a chuva encharcando o lado esquerdo. Não se lembra de como chegou ali, do que disse ao operador. (*"Tem um corpo no meio da pista"*? Sem dúvida, nunca na vida precisou dizer essas palavras.)

Rhi olha pelo para-brisa, em meio à chuva e os limpadores e o brilho amarelado dos faróis, para o corpo pequeno demais espremido e destruído no asfalto.

Ela se curva para fora da picape e vomita.

# VAQUINHA.COM

**Memorial oficial para a nossa doce menina, que partiu cedo demais.**

[Foto de imprensa de Oblivienne, tirada da entrevista no Programa Jenny Ro.]

Muriel Lynch é a organizadora desta vaquinha.

Em 5 de julho, nossa doce filha temporária, Oblivienne — uma das famosas "Garotas Selvagens de Happy Valley" — perdeu tragicamente sua batalha contra a doença mental e tirou a própria vida. Abrimos essa vaquinha para arrecadar dinheiro para cobrir os custos com o funeral de nossa adorada Oblivienne e dar a ela o memorial que ela merece. Estamos arrasados por precisarmos pedir ajuda, mas esperamos que quem conhece a história de Oblivienne se sinta motivado a contribuir, mesmo que com pouco. Esses fundos cobrirão os custos do funeral e também nos ajudarão a pagar a terapia necessária para nossos outros filhos temporários lidarem com o luto. Qualquer quantia que exceda a meta será destinado aos cuidados com nossos outros filhos temporários e o financiamento de seus estudos universitários.

US$ 1.002.755 arrecadados de meta de US$ 25.000
400,2 mil doadores
501,9 mil compartilhamentos
200,3 mil seguidores

# RASCUNHOS

DE: "Eden Chase" <e.r.c.2007@springmail.com>
PARA: "Kevin Hartwell" <hartwell.kevin@irving.edu>
DATA: 6 de julho
ASSUNTO:

---

Salvei a vida de uma menina só para acabar matando outra.

Parece que estou criando o hábito de matar pessoas. Também matei minha mãe, afinal.

Só porque não conseguia controlar meu mau humor.

Foi como assinar a sentença de morte dela.

Se eu não tivesse dado um piti (nem me lembro qual foi o motivo).

Se meu pai não tivesse dito para ela *controla sua filha*. Se ele não tivesse avançado em mim, de rosto vermelho e aos berros, já que me recusava a me acalmar. Se nada disso tivesse acontecido, ela não teria se colocado entre nós. Ele não acabaria batendo nela.

Ela não acabaria tentado ir embora.

Não estaríamos no carro às três da madrugada quando aquele bêbado imbecil resolveu furar o sinal vermelho.

Não sei por que estou te falando isso. (Na verdade não estou te falando nada, acho eu.) Mas Oblivienne morreu porque eu a tirei da floresta. Porque em vez de apoiá-la quando seu mundo desmoronou, gritei com ela por ter magoado as irmãs. E não sei como me perdoar.

# 30

**Tio Jimmy enfia a cabeça** pela porta do quarto de hóspedes.

— Acordada, Rhi-Rhi? — ele pergunta. — A Mari Ibanez está no telefone. Ela queria falar contigo. Só para ver como estão as coisas.

Passa do meio-dia. Faz cerca de trinta e três horas que Oblivienne morreu. Rhi passou as últimas dezesseis na cama.

*Suicídio é contagioso.*

Ela entreouviu alguém dizer isso ontem, cochichar, como se falar alto demais tornasse mais alta a probabilidade de a doença pegar. Não lembra quem foi. Foi mais de uma pessoa, parando para pensar agora. Não se lembra de nenhuma delas.

— Rhi? — tio Jimmy chama de novo da porta do quarto.

A voz dele é tão amável que uma nova enxurrada de lágrimas escorre pelas bochechas de Rhi.

Horas depois, quando enfim se levanta para fazer xixi pela primeira vez desde a véspera, uma tábua barulhenta do assoalho a caminho do banheiro já basta para que tio Jimmy apareça no corredor. Ele parece *tão aliviado* em ver Rhi de pé que ela quase volta a chorar, mas consegue, desta vez, conter as lágrimas.

— Você levantou — ele diz. — E aposto que está morrendo de fome. Vamos comer alguma coisa. — Ele a pega pelo cotovelo, a conduz à sala de estar, ao balcão que separa a sala da cozinha. Tio Jimmy a acomoda em uma das cadeiras e vai à geladeira, de onde começa a tirar uma quantidade absurda de comida.

Ela não pode lhe dizer que não merece essas gentilezas. Não merece comida boa feita com amor. Não merece a preocupação dele. Não pode lhe dizer isso, pois ele vai rebater, e ela não quer que ninguém tente convencê-la a esquecer a vergonha que sente.

— Bom... Imagino que a maioria dessas coisas seja gordurosa demais para quem está há um tempo sem comer nada — tio Jimmy diz, guardando quase tudo. — Sopa, no entanto. É isso. Nada cura os males como uma boa tigela de sopa. — Ele abre a tampa do pote de plástico que contém sopa com bolinhas de matzá e despeja tudo em uma caçarola, acendendo a boca do fogão com alguns cliques na ignição.

Purrdita esfrega os dentes nas pernas de Rhi, arranha a calça do pijama sem parar.

Tio Jimmy pega uma lata de água com gás com sabor de laranja na geladeira e se senta ao lado de Rhi. Com uma expressão decidida, abre a lata e a enfia nas mãos dela.

— Se hidrate — ele ordena.

— Falei para a Epiphanie que ligaria para ela. — Rhi se lembra de repente, largando a lata de água com gás no balcão e a segurando antes de derrubá-la. — Falei que ia ligar e não liguei mais. — Ela está com metade do corpo para fora da cadeira, a respiração penosa, curta, acelerada.

— Shhhh — tio Jimmy diz, botando a mão nos ombros dela e a incentivando a se sentar. Esfrega as costas dela enquanto ela tenta recuperar o fôlego. — Shhhh.

Rhi é tomada pelo asco e a bile lhe sobe à garganta. Antes que se dê conta do que está fazendo, ela desliza para fora da cadeira pelo lado oposto ao do tio e sai tropeçando, de costas, o olhar fixo nele como se *ele* tivesse matado Oblivienne.

Rhi tampa a boca com as mãos, olhos arregalados.

— Me desculpe — ela sussurra.

Ela balança a cabeça para se livrar do asco que não faz sentido ali, que não deveria fazer parte daquele momento.

A princípio, tio Jimmy fica assustado. Olha para a mão que estava nas costas de Rhi com uma expressão confusa, faz que não de forma quase imperceptível, depois volta a olhar para Rhi como se ele se desse conta de algo horrível.

— Rhi...

— Não é nada — Rhi declara. — Nada. Eu só estou... só estou... exausta. Delirando. — Ela passa as mãos no cabelo. — Preciso tomar um banho e colocar outra roupa. Eu... preciso ir ver as meninas. Elas estão precisando de mim.

Tio Jimmy parece muito angustiado ao abrir a boca para dizer algo mais, mas ele a fecha tão depressa quanto a abriu depois de pensar melhor.

— Você tem que tomar a sopa antes de fazer qualquer coisa — ele diz, se levantando e voltando para perto do fogão. Ele põe uma tigela em cima do balcão e olha com firmeza para a sobrinha ao fazê-lo. — Só vou deixar você sair por esta porta quando estiver de barriga cheia.


Quando Rhi enfim chega à casa da família Quaker — tio Jimmy a deixou lá porque não gostou da ideia de que ela dirigisse naquela condição —, se depara com um borrão de olhos brilhosos, rostos, mãos, braços, corpos. Ninguém pergunta nada. Ninguém a responsabiliza por ter destruído suas vidas. Elas simplesmente enrolam Rhi na malha de seu tecido, deixam que suas lágrimas caiam no cabelo e na pele dela, deixam que as lágrimas dela sujem suas blusas, até ninguém mais saber de quem são as lágrimas, de quem são os ombros, as bochechas, o braço ou o peito torturado por soluços.

A dor de Rhi é a mesma dor que percorre Epiphanie, a mesma dor que percorre Sunder, a mesma dor que percorre todas elas. Embora censure a si mesma, tente se convencer que fazia poucos meses que conhecia Oblivienne, essas garotas são suas *irmãs*, a dor do grupo inteiro se amalgama dentro dela como se lhe *pertencesse*.

E é por isso que sabe que elas também sentem sua dor com todas as peculiaridades que tem: a vergonha. A responsabilidade. A dúvida. Mas cada nova onda traz novas carícias, novos abraços que desgastam as arestas denteadas da vergonha no coração de Rhi até se tornarem lisas, frias e embotadas, feito um vidro no mar.

O luto costuma quebrar o tempo. Nos primeiros espasmos de sofrimento, a pessoa é um barco encalhado, imóvel, alojado na margem do rio, a dor pesada demais para a jornada. E no entanto os outros barcos continuam a passar. Durante minutos, horas, até mesmo dias. Talvez anos, se o luto for insuportável. O resto do mundo ainda passa correndo, levado pela correnteza que vai fazer seu barco virar pó caso você não volte à água em algum momento.

E você vai voltar à água em algum momento. Quando seu sofrimento ficar leve o bastante para que você consiga levá-lo com o resto de sua carga.

Ou, talvez, depois de ter construído um barco grande o suficiente para abrigá-lo.

Graças às explicações delicadas da dra. Ibanez e dos Quaker, as Garotas Selvagens de Happy Valley agora sabem o que são funerais. Sabem o que são túmulos, também chamados de sepulturas, e ninguém na sala sabe qual é a diferença entre os dois. Sabem da existência de cemitérios, de lápides, de elogios fúnebres. Aprenderam tudo sobre como esta sociedade marca um falecimento, mas este não é o estilo delas.

—A gente quer que vocês lamentem a morte de Oblivienne de um jeito que ajude *vocês* — a dra. Ibanez declara antes de ir embora. — Mas o corpo dela será enterrado no Cemitério de Happy Valley.

—A gente pode... — Epiphanie começa, mas é interrompida pela própria dor esbaforida. — A gente pode ficar com uma mecha do cabelo dela?

A dra. Ibanez inclina a cabeça, solidária.

— Vou ver o que posso fazer. — Ela faz contato visual com Rhi antes de partir, a mesma oferta de sempre estampada no rosto. *Se você precisar de alguém para conversar...*

Rhi apenas enxuga os olhos e vira o rosto para o outro lado.

Agora, sentadas no chão do quarto de Sunder, as garotas se olham com os olhos vermelhos de tanto chorar, a percepção aguçada da ausência de Oblivienne difundida como um réquiem silencioso. Elas foram chamadas a colaborar com a cerimônia fúnebre, mas não têm noção de como dizer adeus à adorada irmã.

Rhi observa sobretudo Sunder enquanto as meninas pensam. Sunder que acredita tão fervorosamente no futuro prometido por Mãe. O que aconteceria com *ela* caso parasse de acreditar? Será que ela ainda acredita, mesmo agora?

Será que *Rhi* acredita?

Ela não tem certeza. Ela nunca *teve* certeza — de quem ela é, ou no que acredita, ou de qual é seu lugar. Nunca se entregou totalmente ao desejo — e era um desejo, assim como qualquer vontade profunda e urgente — de acreditar em Leutéria e nas cinco princesas, mas não sabe se foi por saber que é impossível que isso seja verdade ou por ter sido condicionada a acreditar apenas nos fatos passíveis de comprovação —, apesar das coisas que experimentou com os próprios sentidos desde que as garotas entraram na sua vida.

A confusão escura do luto das últimas quarenta e oito horas não tornou as coisas mais claras para ela; só resta a pergunta: será que Mãe também sabia que aquilo iria acontecer?

— Rhi — Verity chama baixinho de seu lugar no tapete felpudo. — O que você fez no funeral da sua mãe?

Rhi se encolhe, as pernas puxadas contra o peito, os braços em volta dos joelhos.

— Não me deixaram ir ao funeral da minha mãe. Meu pai falou que eu era muito nova. — Ela pisca para espantar a lembrança, tornando a olhar para as meninas. — Mas no dia, quando meu pai não estava em casa e o pessoal do bufê estava organizando o velório, eu e minha babá fizemos um ritual. Primeiro, nós fizemos a receita de cookies de chocolate da minha mãe. Depois peguei o cabelo da minha mãe da escova dela e cortei uma mecha do meu cabelo, e aí amarrei os dois cabelos juntos com uma correntinha prateada que achei no chão na última vez que eu fui no parque com a minha mãe. Pus junto uma rosa do jardim dela e fomos a um riacho na floresta, e eu contei à babá minhas lembranças preferidas com ela e falei de todas as coisas de que eu teria saudades. — Os olhos de Rhi ardem. — Passado um tempo, quando me senti pronta, coloquei o cabelo e a rosa no riacho e deixei a água levar. Depois... nos sentamos e comemos os cookies até o velório começar. — Rhi dá um sorriso fraco.

As meninas ficam pensativas e imediatamente entendem o instinto do ritual.

Mas Sunder faz que não, as lágrimas marcando o rosto.

— A gente não tem nada da Oblivienne. Não deixaram a gente ficar nem com o diário. A gente não tem nada dela além do que está dentro da gente. Como deixar ela ir embora sem fazer um corte para abrir nosso corpo?

Epiphanie, passando o dedo em uma de suas tranças pretas e compridas, fita as irmãs com um olhar sábio.

— Tive uma ideia.

# 31

**As meninas pedem ajuda** a Rhi para poderem lamentar a morte de Oblivienne como querem.

Ela as leva à cidade, ao brechó, para comprar xales, que agora usam enrolados na cabeça e jogados sobre os ombros feito um capuz, quase lhes engolindo o rosto. Sunder escolheu uma pashmina azul-céu e dourada; a de Verity é de seda verde-escura, da cor das folhas no fim do verão; a de Epiphanie é um roxo-berinjela com pluminhas prateadas bordadas nas pontas. Rhi optou por um xale preto simples, pois apesar de sentir parte da alcateia, ainda prefere se misturar com o pano de fundo se possível.

O caixão está na frente da capela, um bloco de madeira luzidia que não diz nada sobre a garota cujo corpo está ali dentro. Há uma parede de flores de ambos os lados do caixão, os tradicionais copos-de-leite brancos, coroas de rosas brancas, guirlandas de hidrângeas brancas. São cuidadas demais, homogêneas demais — Rhi preferiria ver flores silvestres, ou pelo menos uma imitação de algo mais condizente com a natureza da jovem cuja morte estão lamentando. A foto ampliada em cima do caixão é do *Programa Jenny Ro*, uma foto de rosto posada que servia de material de marketing: o sorriso de Oblivienne é fraco, forçado, e não tem a ver com ela. Pelo menos os olhos são reais, e grandes, e curiosos.

Quando o sepultamento começa, o responsável pela cerimônia profere palavras seculares de filosofia e conforto, e faz uma leitura bem-ensaiada de "Não chore diante do meu túmulo", poema de Clare Harner. Em seguida, abre espaço a qualquer um que queira se manifestar.

Faz-se um intervalo longo, incômodo, de inércia, antes de as câmeras da imprensa começarem a espocar e lançar seus flashes. Para a surpresa de Rhi, a sra. Lynch se aproxima do atril.

— Olá — ela diz com a voz doce. — Meu nome é Muriel Lynch e eu era a mãe temporária de Oblivienne. Quem conheceu Oblivienne sabe que era impossível não se apaixonar por ela. Sabe que ela era sempre doce, delicada e agradável. Era uma bênção. E as outras crianças... *adoravam* ela. Ela lhes contava histórias de sua época na floresta e elas devoravam cada palavra que dizia. — Aqui, ela faz uma pausa para sorrir e enxugar os olhos com um lenço de pano. — Mas ela ainda era uma menina selvagem, né? Continuava subindo em árvores e correndo descalça, se esquecendo de pentear o cabelo ou virar as roupas antes de se vestir. E não sabíamos que ela subia no telhado à noite... a gente jamais imaginaria. A gente não sabia pensar que nem uma criança criada na selvageria. Mas eu sei... não importa de que forma o acidente aconteceu... que a Oblivienne estava *feliz* antes da queda. Ela estava *feliz* na nossa casa, com a família nova. — Ela prossegue, durante um tempo, pintando o retrato de uma vida que agora jamais se concretizaria. Por fim, ela olha para o caixão. — Oblivienne, nós estamos muito, muito tristes de dizer adeus a você... — Ela começa a soluçar, ou pelo menos faz os sons do luto, apertando o lenço contra a boca enquanto mais luzes piscam dos fundos do salão.

Por fim, o sr. Lynch a acompanha estrado abaixo. As garotas a observam. Sabem tão bem quanto Rhi que a sra. Lynch não estava falando da Oblivienne verdadeira, mas de uma versão de Oblivienne que ela deseja fazer com que o resto do mundo acredite que era verdadeira.

Antes que Rhi se dê conta do que está fazendo, ela sobe os degraus até o estrado. Está parada diante da plateia, se curvando com raiva em direção ao atril e declarando:

— A Oblivienne não era só uma *menina feliz.* A Oblivienne era impetuosa. Era curiosa, e atenciosa, e passional, e teimosa, e às vezes até violenta, quando necessário. Quando estava protegendo as pessoas que amava, a Oblivienne era simplesmente assustadora. — Rhi estremece ao tomar fôlego enquanto se aproxima do microfone. — E suas irmãs a amavam por isso. *Eu* a amava por isso.

Rhi olha em volta, não sabe o que pretende dizer ou o que está dizendo, mas as palavras continuam subindo pela garganta porque são verdadeiras, e porque *alguém* precisa dizê-las, e ela, mais do que ninguém, deve a Oblivienne garantir que ela seja lembrada corretamente. Ela vê tio Jimmy ao lado de Star, atrás dos Quaker, no meio da plateia. Tantas pessoas que não conheciam Oblivienne.

Tio Jimmy assente para ela.

A voz de Rhi treme quando ela prossegue.

— A Oblivienne era selvagem. Ela nasceu selvagem, foi criada como selvagem e sempre teria sido selvagem, por mais que o mundo tentasse transformá-la em uma criatura domesticada e... e *agradável.* Não era selvagem no sentido de *feroz,* mas selvagem no sentido de *indomável.* Por mais que o mundo tentasse lhe dizer quem ser e no que acreditar... a Oblivienne teria continuado ela mesma. Ela *de fato* continuou sendo ela mesma. Até o fim. Uma menina impetuosa, selvagem, que escolheu acreditar em um mundo bem melhor do que ele finge ser.

Rhi olha para as garotas na primeira fila ao se pronunciar de novo:

— Uma vez, a Oblivienne me falou que nós duas éramos parecidas. Disse que nós duas queríamos fazer parte de alguma coisa, mas nunca seríamos capazes de nos soltar por tempo suficiente para virarmos parte de algo. A princípio, eu confesso:

fiquei magoada. Não gostei da ideia de nunca me sentir parte. Mas agora entendo que a parte mais importante do que ela falou foi *nunca vamos nos soltar*. Somos muito conscientes de quem somos *de verdade*, do formato autêntico de nosso coração, que nos recusamos a deixar que o mundo nos tire fazendo a gente se envergonhar. E isso é uma *força*, não uma fraqueza. Uma força que a Oblivienne tinha, que as irmãs dela têm e que a Oblivienne me ajudou a enxergar em mim mesma. — Rhi olha para o caixão, os olhos embaçados pelas lágrimas. — Por isso, Oblivienne... eu sempre serei grata.

Rhi se afasta do púlpito, protegendo-se das câmeras tampando o rosto com o xale. Ela se senta ao lado de Epiphanie, que segura sua mão com força e não a solta mais.

Mais tarde, no cemitério, diante da cova aberta, o responsável pelo sepultamento diz algumas últimas palavras sobre a natureza da morte e o retorno do corpo à terra. O ar está quente e parado, enormes nuvens brancas pairam no céu, encobrindo o sol. Rhi e as garotas estão juntinhas apesar do calor, suando debaixo dos lenços e xales. Atrás delas, Rhi ouve a sra. Lynch soluçar alto enquanto o caixão é colocado nas profundezas da cova. Também escuta outras vozes, preces murmuradas, como se Oblivienne desse a mínima para seus deuses e salvadores.

Quando o caixão já foi abaixado, as pessoas esperam as garotas selvagens jogarem uma rosa sobre ele, ou um punhado de terra. Algo simbólico, para dizer a elas mesmas e ao mundo, *Estou deixando esta pessoa partir*.

Mas as Garotas Selvagens de Happy Valley não têm nenhuma intenção de deixar a irmã partir.

Rhi encosta no ombro de Epiphanie para avisar que está na hora.

Epiphanie assente e as irmãs se endireitam. Dão um passo adiante, uma de cada vez, e tiram alguma coisa do bolso do vestido. Sunder se agacha sobre o túmulo de Oblivienne e solta um punhado de cabelo platinado amarrado com uma fita vermelha.

Verity joga uma trança de cabelo louro iluminado pelo sol, Epiphanie uma trança de cabelo preto. Juntas, em cima do caixão, as mechas formam uma mistura simpática de cores, com fios soltos escorregando na curva lisa da madeira, caindo na terra.

Rhi é a última a dar um passo à frente e solta uma trança castanha na cova antes de recuar para ficar ao lado das outras. Cada menina dá a mão à menina ao lado. Elas abaixam a cabeça num gesto síncrono e imaginam uma parte de suas almas indo junto com Oblivienne, se unindo a ela depois da morte, e têm igual certeza de que Oblivienne deixou um pedaço de sua alma com cada uma delas.

Como se em reação, o vento sopra de repente, com força, rodopiando em torno das meninas ao lado da cova. Sopra em meio às árvores, embaralhando as nuvens no céu nublado até elas se romperem diante do sol e raios de luz quentes, dourados, iluminarem a cena sepulcral. Os xales das meninas, que já não ficam no lugar com a ajuda das mãos, são arrancados pela ventania e revelam os restolhos de quatro cabeças raspadas.

As pessoas murmuram e ficam boquiabertas, mas as garotas permanecem imóveis, olhando para o caixão de Oblivienne e os símbolos do tempo passado ao lado dela, que agora se acabou para sempre. Não podem levar Oblivienne com elas assim como fizeram com Mãe, mas podem se deixar com a irmã. E vão se lembrar, sempre que passarem a mão na cabeça raspada, de como se sentiram ao cortar cada mecha, ao sentir a cabeça ficando mais leve, mais livre, a cada punhado de cabelo que caía no chão. Vão se lembrar do zumbido da lâmina elétrica ceifando o resto de cabelo, limpando suas mentes à medida que os últimos milímetros eram cortados. Vão lembrar, sempre que virem o próprio reflexo, quem e o que perderam.

E à medida que o tempo passar e o cabelo for renascendo, os espaços destruídos do coração irão se curar. Ainda que agora exista um buraco dentro de todas elas, para sempre.

# 32

**Os Erikson insistem em levar** Verity ao velório na fazenda dos Quaker. Como a sra. Lynch alegou estar abatida demais para ser a anfitriã, naturalmente os Quaker ofereceram assistência.

— Quando foi que você raspou a cabeça? — Mãe de Sangue pergunta. — Como é que eu não sabia?

— É porque ela está sempre com esse capuz imundo — Padrasto diz.

— Verity, meu bem, você não pode continuar fazendo esse tipo de coisa sem minha permissão — Mãe de Sangue explica.

— Mãe, é só cabelo — Grace retruca. — Vai crescer.

— Você nem *pense* em raspar a cabeça — Padrasto avisa. — Uma coisa é ela raspar, mas você sabe que não pode. Ela não tem como evitar. São todas umas selvagens...

— Meu amor, não é normal uma menina raspar a cabeça — Mãe de Sangue diz, olhando Verity pelo espelho retrovisor. — E eu sei que na juventude a gente tem todo quanto é tipo de impulso e desejo, mas você não pode se entregar a todos eles.

Verity aperta os olhos.

— Eu preciso pedir permissão para tirar cabelo da minha cabeça?

— Sim, meu bem. O que as pessoas vão pensar? Vai levar anos para aquele seu cabelo lindo crescer todo de novo.

— *Meu Deus*, mãe. Vai ver que ela não liga para o que as pessoas pensam! — Grace berra, exasperada. — Ela acabou de perder a irmã! Deixa ela viver o luto dela como bem entender. É só *cabelo*.

Verity olha para Grace e inclina a cabeça em agradecimento. Por um instante, há entre elas a velha faísca, o entendimento compartilhado, tão fundamental que o conhecimento da outra é o conhecimento de si.

— Grace — Padrasto avisa com a voz baixa. — Você *não* levante a voz desse jeito quando estiver falando com a sua mãe. Deu para entender?

— Por que não? Por que ela nos empurrou para fora da vagina dela?

— Grace, que linguajar é esse! — Padrasto grita.

— Que linguajar? *Vagina?* Isso é *palavrão?*

A boca de Verity se contorce como se fosse sorrir, mas no mesmo instante ela percebe a transformação do Padrasto. Ele para o carro com tanta força que todo mundo é jogado para a frente, em seguida ele se vira no banco para segurar Grace pelo cabelo.

— Escuta aqui sua… *aaahhhh!*

O braço de Verity se estica e ela bate a palma da mão no cotovelo do Padrasto, forçando-o a soltar a cabeça de Grace. Depois, ainda agarrando o cotovelo dele, Verity segura o punho dele com a outra mão e puxa o antebraço para trás, torcendo-o para longe do corpo até ele dar um berro.

— Não encosta na minha irmã — Verity diz com firmeza. — Não estou nem aí se você acha que tem algum poder sobre a gente, você não pode tocar nela com raiva.

— Verity — Mãe de Sangue sussurra, os olhos arregalados, a mão meio que tampando a boca. — Verity, por favor, solta ele.

— Ele tem que me prometer que nunca mais vai tocar nela com raiva — Verity declara, a voz calma, a expressão calma, o corpo calmo. E ela está calma. Só os braços estão rígidos, segurando o Padrasto. Ela aplica um pouco mais de força no punho dele, torcendo o antebraço para trás, só um pouco mais.

— Está bem — Padrasto diz por entre os dentes trincados. — Eu prometo.

Verity o solta e ele se vira de frente para o volante, ainda esbaforido.

É nesse momento que Verity repara que Grace olha fixo para ela — não com admiração ou medo, mas com outro sentimento. Está com lágrimas nos olhos e espanto no rosto. Talvez este seja o instante em que a Irmã de Sangue Grace entende: Verity só tem interpretado obediência. Sempre teve a alternativa de ser outra coisa.

Ela estica o braço para Verity no banco de trás e segura sua mão. Uma aperta a mão da outra ao mesmo tempo.

Sem dizer nada, Padrasto dá partida no carro e volta à estrada, o rosto vermelho, o olhar fixo na linha amarela pontilhada da rodovia rural. Eles chegam à fazenda dos Quaker alguns minutos depois e assim que as mulheres descem do carro, Padrasto acelera.

Mãe de Sangue empalidece, mas dá um sorriso trêmulo.

— Ele só precisa esfriar a cabeça, com certeza — ela diz. — Verity...

Verity olha para ela. Grace aperta os olhos ao fitá-la.

— Grace — Mãe de Sangue continua. — Vamos atrás das outras, vamos?

Na casa dos Quaker, Rhi fica olhando para o telefone, para o e-mail rascunhado na véspera. Não o que fala da morte da mãe, mas um outro.

Um e-mail que na verdade tem a intenção de enviar. Talvez.

Na cozinha, atrás de Rhi, Dallas e Giovanna lavam a louça enquanto a dra. Ibanez diz aos pais temporários e à sra. Erikson que raspar a cabeça é uma forma muito saudável de exprimir o luto, ainda que não seja bem aceita na nossa sociedade — explica que cortar o cabelo é um costume ligado ao luto em muitas culturas.

— Não acredito que você também fez isso — Grace diz, se aproximando da mesa. Pega um palito de aipo em uma travessa de hortaliças recém-cortadas e o mergulha no humus, de olho em Rhi enquanto dá uma mordida.

Rhi apaga a tela do celular, toca na penugem da cabeça.

— Foi assim que elas quiseram lamentar a morte dela.

— Não vou mentir, está super legal — Grace diz. — Sua cabeça tem um formato bonito.

Rhi não sabe bem como responder. É a primeira coisa boa que Grace lhe diz.

— Obrigada?

— De nada. — Grace aponta para o celular de Rhi com outro palito de aipo, se aproximando. — Então… com quem você estava trocando mensagem?

— Eu não estava. Estava… em dúvida se devo ou não devo mandar e-mail para uma pessoa.

— Quem? Um *menino*? — Grace abre um sorriso afetado. — Uma *menina*?

Rhi sente a boca pesada, o rosto de repente dormente.

— Uma pessoa… que foi muito importante na minha vida.

— Então qual é o problema?

A dormência se espalha pelo couro cabeludo de Rhi, e ela passa a mão na cabeça novamente, a penugem macia do restolho escuro das últimas vinte e quatro horas já suficiente para passar as unhas.

— Ele não está mais *na* minha vida. Estou na dúvida… se vale ou não vale a pena eu procurar uma espécie de encerramento.

Grace endireita as costas, levanta o queixo, se faz de mais alta do que Rhi em diversos sentidos.

— Sem sombra de dúvida. Vai em frente. Diz o que você precisa dizer. O dia de amanhã não é garantido, entende?

Rhi inclina a cabeça para um lado e para o outro, ainda pensativa. Quer que ele saiba o quanto a magoou? Ou prefere que ele esqueça que ela existe?

Ela o quer em sua vida de alguma forma, ou quer que desapareça para sempre?

E quais seriam as consequências, em um caso ou no outro? Rhi enfia o telefone na bolsa.

— Quem sabe depois — ela murmura. A testa se enruga. — Por que de repente você está sendo boazinha comigo?

Grace se encolhe um pouco.

— Bom… porque também me dei conta há pouco tempo, ou me lembrei, para falar a verdade, de que a gente pode perder alguém de um segundo para o outro. — Os olhos dela se voltam para a porta dos fundos, através da qual elas veem a luz bruxuleante da fogueira em torno da qual Verity e as outras estão reunidas, atrás do celeiro. — E com isso eu percebi que minhas únicas razões para não gostar de você eram, A, porque me achava melhor do que você, e B… inveja de você.

— *De mim?* — Perplexidade é uma palavra fraca demais para a reação de Rhi.

— Da sua relação com a Verity. E do fato de elas te incluírem — Grace diz. — Elas acham que você é a quinta princesa. Eu sou a gêmea idêntica de verdade da Verity e elas me tratam como a *inimiga*.

Rhi olha para Grace e é a primeira vez que não enxerga a máscara do desdém ou um julgamento cruel, mas a dor genuína e desesperada de alguém que não sabe como fazer sua personalidade verdadeira ser vista. Rhi já viu essa expressão no espelho tantas vezes que é impossível confundi-la com qualquer outra.

— Você não é a inimiga — ela declara. — Você é só a prova que destruiu o mundo delas.

— E pago por isso todo santo dia. — Grace zomba. — Você faz ideia do que é passar a vida sentindo falta de alguém e então perceber que ela não quer nada com você?

— Não é verdade. A Verity quer ser sua irmã, só não sabe como fazer isso. Nenhuma delas sabe como *existir* neste mundo. Acho que é *por isso* que elas se apegaram a mim... não porque temos em comum uma selvageria interna que faz a gente se entender, mas porque nenhuma de nós *se encaixa* aqui. Queremos ser livres de um jeito que não sabemos descrever, e que não temos como ter a esperança de conseguir *ser* de verdade.

— Me parece *exatamente* que vocês têm em comum uma selvageria interna que faz vocês todas se entenderem. Não é essa a liberdade que você quer? A que você não sabe descrever?

A boca de Rhi se abre, se fecha.

— Pode ser. — Isso é tudo o que ela diz. Porque talvez tenha sido por isso que Oblivienne as deixou, porque tentou romper com a selvageria enraizada em seu coração para irritar o homem que a havia criado. Talvez por isso Rhi nunca tenha conseguido se sentir à vontade neste mundo, ou na sua família, ou na sua vida: porque seu coração estava enraizado em uma selva que não poderia ser confinada ao quinhão estreito que lhe foi oferecido.

Grace se aproxima, o corpo carregado de intensidade, os olhos brilhantes de lágrimas não derramadas. Ela sussurra enfaticamente:

— *Eu quero entrar nessa selva.* — Uma lágrima brota do olho esquerdo, fazendo um caminho cintilante na bochecha.

Se Rhi pudesse, faria o que sempre faz: deixaria os próprios sentimentos de lado e faria o que fosse preciso para apaziguar Grace. Mas por mais que queira, Rhi não sabe como dar a Grace o que ela deseja. Pega a mão de Grace e a aperta.

Elas ficam paradas durante muito tempo, uma segurando a mão da outra, pensando no que deve significar a liberdade.

# 33

**À noite, Epiphanie encontra Sunder** no alto de um castanheiro atrás do celeiro dos Quaker. Epiphanie vem rodeando as irmãs o dia inteiro, tentando protegê-las da dor que lhes rói o coração, as bordas do pedaço que agora lhes falta em carne viva. Sabe que não tem como impedi-las de sofrer, mas é sua obrigação como a mais velha conduzi-las através do luto. Ainda que não tenha ninguém para conduzi-la.

— Irmã — ela chama a caçula, e pula para segurar o galho mais baixo. Epiphanie sobe, galho a galho, e chega bem alto antes que pare de confiar que os galhos vão ampará-la. Não sabe como, mas Sunder ainda está alguns metros acima, porém já estão próximas o bastante para conseguir conversar.

— Você andou escondida — Epiphanie declara, a preocupação salpicando suas palavras.

— Tenho pensado em Mãe — Sunder corrige, mexendo nos galhos acima de sua cabeça. — Queria que ele estivesse aqui.

*Eu estou aqui*, Epiphanie tem vontade de dizer, mas sabe que a irmã não está falando dela. Passa os braços em volta do tronco da árvore, pensando em como lidar com a afirmativa.

— Irmã, você sabe por que Oblivienne morreu?

Sunder joga uma castanha verde pontuda no chão.

— Ela parou de acreditar em Mãe e por isso ficou de coração partido.

Epiphanie franze a testa.

— É mais complicado. Ela estava *muito triste*. Uma tristeza profunda que não para nunca. Você não sentiu, quando estávamos juntas? Não era por isso que você estava sempre brigando com ela?

Sunder baixa a cabeça.

— Não foi minha intenção — ela murmura. — Mas ela me deu medo.

— Ela deu medo em todas nós. Eu nunca senti uma escuridão tão profunda. E era mais que tristeza... ela estava assustada, confusa. Como nós todas estamos ultimamente. A Oblivienne estava com dificuldade de aceitar que o futuro prometido por Mãe talvez nunca chegue. Que talvez não estejamos destinadas a salvar *ninguém*. E... eu acho que ela queria muito que alguém salvasse *ela*, no final das contas.

— Foi isso o que eu disse — Sunder rebate, a voz embargada. — Se ela acreditasse em Mãe, nada disso teria sido um problema. A ideia de cumprir nosso destino bastaria para ela suportar os momentos mais sombrios. Mesmo que Mãe estivesse enganado sobre *algumas* coisas.

— Ela escreveu sobre isso no diário — Epiphanie relembra. — Durante semanas antes do fim. A dra. Ibanez nos mostrou...

— Eu sei.

— Então você sabe o que ela andava pensando.

*Se a magia é real, Mãe não estava mentindo.*

*Se a magia é real, a magia vai me salvar.*

*Se a magia não é real, estou preparada para morrer.*

— Eu sei — Sunder sussurra, a voz falhando.

— Sunder — Epiphanie diz. — Talvez a gente nunca entenda totalmente por que Oblivienne fez o que fez. Mas a alma dela é parte da nossa. Sabemos que ela nunca faria nada para nos magoar a menos que seu próprio sofrimento fosse insuportável.

— Mas *isso* é insuportável — Sunder soluça, batendo no peito.

— Eu sei — Epiphanie admite, lágrimas caindo dos olhos.

— *Eu sei que é*, porque eu também sinto. E no entanto... *estamos* suportando.

Sunder olha para Epiphanie no breu, uma das mãos segurando o galho, servindo para equilibrá-la.

— A dor da Oblivienne era pior do que essa?

— Pior, talvez. Diferente. Em todo caso, tornava impossível que ela visse como o futuro poderia ser melhor.

— Mas isso não é certo.

— Não. E não é justo. — Epiphanie muda de posição em cima do galho, se equilibrando nos calcanhares. A garota esfrega o rosto com a mão, respirando em meio a outra onda de tristeza antes que ela possa derrubá-la. — Irmã... nós já vimos tanta coisa juntas. Vivemos muitas coisas que somos incapazes de explicar. Talvez a magia *seja* real, à sua própria maneira, sob as condições certas, conforme Mãe nos ensinou. Mas sendo ou não sendo real, ela não salvou Oblivienne.

— Porque ela parou de acreditar — Sunder retruca, firme.

— Mas você ainda acredita? Acredita que se você pulasse desta árvore agora, poderia confiar que a magia iria segurá-la?

Sunder fica de pé. Está escuro demais para entender sua expressão facial, mas Epiphanie a imagina com um olhar furioso, encarando o mundo que lhe tirou tantas coisas, mas também lhe deu muito. Fica muito tempo em pé e volta a se agachar.

— A magia começou a nos abandonar quando Mãe morreu — ela diz. — Mas eu acredito, *sim*, que ela ainda faz parte de nós. E... — Ela olha para Epiphanie lá embaixo. — Irmã, preciso confessar uma coisa. Eu concluí que o portal para Leutéria vai aparecer.

Epiphanie hesita, surpresa com a velha empolgação que surge dentro dela.

— Tem certeza?

— Tenho.

— Mas… quando foi que você descobriu isso?

— Na noite em que a Oblivienne… — Seu rosto desaba. — Eu falei para vocês todas que eu descobriria logo. Depois do que aconteceu em volta da fogueira, passei a noite em claro comparando as tabelas do almanaque. Eu queria fazer uma surpresa para Oblivienne. Para dar esperança a ela. Alguma coisa… para ela ter esperança. — Ela balança a cabeça e fecha os olhos, segurando as lágrimas. — Eu finalmente descobri, mas era tarde demais.

— Não — Epiphanie é firme ao rebater. — Sunder, não. Não pensa assim. Me conta. O que foi que você descobriu?

Sunder funga.

— Daqui a duas noites vai haver um eclipse total da lua cheia que vai dar para a gente ver de Happy Valley. Bate com tudo o que Mãe nos disse sobre como vamos para casa. — Ela abre os olhos e olha para Epiphanie com tanta seriedade que dói. — O portal para Leutéria *vai* se abrir daqui a duas noites.

— Mas… por que isso aconteceria *agora*?

— Mãe disse que ele apareceria pouco depois que encontrássemos a quinta. *Cinco princesas de cinco reinos.*

— Mas agora somos só quatro — Epiphanie diz baixinho. Com dor. Esmagando a velha empolgação com o luto recente.

O punho de Sunder se contorce em volta do tronco áspero do galho. Passado um tempo, ela diz com a voz rouca:

— Passei o dia pensando nisso.

Epiphanie permanece calada.

— Faz um tempo que a gente acha que a Rhi deve ser a quinta princesa. Mesmo depois de conhecer a Grace, eu tinha certeza… a gente *se conecta* com a Rhi. Mas agora que a Oblivienne não está mais aqui, *ainda* somos cinco. Apesar de não sentir ligação nenhuma com a Grace, ela claramente tem com Verity a ligação que… bom, a ligação que *a gente* tem. Mas ainda assim somos cinco. Cinco princesas. Cinco reinos. Então…

isso significa que sempre foi para ser assim? A Oblivienne já ia nos deixar antes que nosso destino se cumprisse? — A voz dela se transforma em um sussurro. — Será que Mãe também mentiu sobre isso?

— Eu acho que nunca vamos saber.

— Mas ele *mentiu*, Irmã?

Epiphanie pisa com cuidado. Está ciente de que essa é a primeira vez que Sunder admite a possibilidade de Mãe ter mentido, mas não quer influenciar a cabeça da irmã nem para um lado nem para o outro. Faz meses que Epiphanie está na zona cinzenta da ignorância, tentando entender o que ela sabe e fazer as pazes com as respostas que talvez nunca obtenha. Mas agora, com a possibilidade do portal para Leutéria tão próximo, essa paz lhe parece totalmente inalcançável.

— Desculpa, Sunder — ela diz. — Mas eu não sei mesmo.

Sunder passa muito tempo pensando antes de responder.

— E se o portal aparecer daqui a duas noites... você vai para Leutéria?

— Se o portal realmente aparecer — Epiphanie diz, confusa com a esperança que surge no peito. — Eu vou estar bem do seu lado quando você for atravessá-lo.

# 34

**Rhi e tio Jimmy dão carona** a Verity, Grace e Mãe de Sangue porque Padrasto não voltou para buscá-las. Mãe de Sangue mente para Jimmy e Rhi, diz que Padrasto teve uma emergência no trabalho, mas Verity estava lá. Ela o viu ir embora — sair dirigindo — com raiva, feito uma criança.

Também sabe que causou boa parte dessa raiva, e isso a faz sorrir.

No entanto, Jimmy é observador, assim como a sobrinha. Quando param em frente à casa delas, ele pede o celular da Mãe de Sangue e ela lhe passa o aparelho.

— Caso um dia você esteja em algum lugar sem ter como ir embora, eu estou por perto — ele diz, digitando no telefone. — Happy Valley não é tão grande assim. E se eu não puder te buscar, com certeza consigo alguém que possa. Esse serviço de rádio vem muito a calhar. — Ele sorri, apontando com o queixo o monte de aparelhos eletrônicos presos ao painel do carro.

— Ah, obrigada — Mãe de Sangue diz em tom alegre. — Tenho certeza de que isso não vai se repetir, mas agradeço pela atenção. Graças a Deus bons vizinhos existem! — Ela abre um sorriso largo demais e olha para as filhas no banco de trás. — Digam boa-noite, meninas — ela instrui ao abrir a porta e descer da picape.

— Obrigada pela carona — Grace diz, saindo do carro. — Boa noite.

Verity também se aproxima da porta, mas para e se vira para Jimmy.

— Padrasto não é uma boa pessoa. Mas você é uma boa pessoa — ela diz. Então acena com a cabeça e vai embora.


Tio Jimmy se afasta do acesso da garagem da casa dos Erikson e pega a estrada. Está tarde e escuro, e é noite de domingo, portanto as ruas de Happy Valley estão desertas, mesmo quando se aproximam do que é considerado o centro da cidade. Passam pela cafeteria onde Star está trabalhando esta noite e pela delegacia de polícia onde Rhi já prestou dois depoimentos, depois pela escola onde Rhi espera se formar. Existe um silêncio carregado dentro do veículo, um tumulto de perguntas que não foram feitas, de explicações que não foram dadas, e Rhi não sabe como dissipá-lo.

*Você é uma boa pessoa.*

Verity disse essas palavras ao tio Jimmy em tom tão factual quanto *a Terra orbita o sol*. E Rhi acredita que seja verdade.

Então por que as coisas não são mais iguais entre ela e o tio desde o dia da cozinha? Desde que tio Jimmy tentou consolá-la e Rhi entrou em pânico ao sentir seu toque e o afastou? Ela queria poder fazer com que as coisas voltassem a ser como antes, uma falta de jeito do tipo normal entre pessoas que não se conhecem muito bem, mas estão se esforçando de verdade.

Mas por que *estão* se esforçando tanto?

*Porque somos a única família que nos resta. Porque nós dois amávamos a mesma pessoa, de formas diferentes.*

Mas isso basta?

Rhi sabe o que aconteceu na cozinha. Mas jamais se imagina explicando a uma homem, ainda que o homem seja tio Jimmy. Ainda que o homem seja a pessoa mais amável, mais *bondosa* do mundo.

Tio Jimmy pigarreia e Rhi dá uma olhada para ele, percebe pela primeira vez que além do climão entre os dois, ele parece decidido. Uma firmeza experiente. Este é um tio Jimmy com algo sério a discutir. O tio Jimmy normal apoiaria o cotovelo na janela e ligaria a música e deixaria o vento da noite de verão soprar dentro do carro.

— Como é que você está, Rhi-Rhi? — ele pergunta.

Algumas semanas antes, ele daria tapinhas no joelho dela para chamar sua atenção, para dar o tom de brincadeira. Mas tio Jimmy não encosta nela, nem sem querer, há dias.

— Estou bem — Rhi responde automaticamente. Mas no silêncio que se segue, ela se permite emendar a resposta, ser mais sincera com o tio, que fez *tudo* por ela desde o segundo em que recebeu o telefonema do Conselho Tutelar. — Estou preocupada com as meninas. Com a possibilidade de perderem umas às outras.

Ele olha para ela por um instante e depois volta a fitar a pista.

— Estou preocupada com a possibilidade de que elas *se percam* — Rhi confessa.

— Mas e *você*? — tio Jimmy questiona. — E a possibilidade de você *se perder* nessas meninas?

Ela faz uma careta e passa a mão na cabeça penugenta.

— Você está falando do cabelo?

Tio Jimmy ri.

— *Não.* Para falar a verdade, achei o cabelo bem bacana. Super punk rock, sabe? E a gente ainda pode passar a mão na sua cabeça para ter sorte. — Mas ele não passa a mão na cabeça dela. — Só estou perguntando. Tentando fazer o que um bom responsável faria. Ainda sou novo nisso.

Rhi olha seu reflexo escurecido no para-brisa, se transformando e desaparecendo a cada poste por qual eles passam.

— Eu estou bem. Na verdade, as meninas me ajudaram a ser *mais* eu mesma.

Tio Jimmy faz que sim.

— Percebi. Percebi mesmo. Sabe, você sempre teve uma centelha dentro de si, Rhi. Dava para perceber quando te conheci, e nos vídeos que sua mãe mandava para a gente. Mas vi você se apagar ao longo dos anos… das poucas vezes que te vi. E quando eu fui te buscar, tive medo de finalmente ter acontecido… de você ter abafado todas as partes radiantes e faiscantes da sua personalidade. Mas nesses últimos meses você enfim deixou que elas brilhassem.

Rhi está incomodada com o elogio, para nem mencionar a atenção. Mas sabe que os comentários são bem-intencionados, por isso aguenta o desconforto de ser vista por tempo suficiente para achar um tiquinho de alegria nesse momento.

— Escuta, Rhi. Sei que tem algumas coisas sobre as quais eu e você não falamos muito. Tipo o motivo de você estar morando comigo. Ou o tipo de gente com a qual você foi criada.

O corpo inteiro de Rhi se enrijece. Os ombros estão tensos, o pescoço curvado, a respiração curta e rasa. Os sentidos estão aguçados: sente o cheiro de café e bolo no bafo de tio Jimmy, o último rastro de sua única colônia, o aroma do feno recém-cortado dos vizinhos da família Quaker ainda presente no cabelo e nas roupas. Repara que o corpo dele virou pedra, como acontece quando um homem toma uma decisão definitiva e se recusa a ceder.

A pulsação dela é uma borboleta na garganta.

Sua boca é um deserto.

Tio Jimmy morde a parte interna da bochecha.

— Então, escuta. Eu tive notícias outro dia. O momento é péssimo mas… bom. Prometi que não esconderia mais nada de você e sou um homem de palavra. Parece que o recurso do seu pai deu um resultado melhor do que o esperado. O advogado conseguiu reduzir a pena dele ao tempo já cumprido, o que quer dizer que… ele vai sair daqui a duas semanas.

— *O quê?* — Rhi se inclina para frente no banco.

Tio Jimmy tira a mão do volante, só por um instante, como se fosse botar a mão no ombro dela para centrá-la, para tranquilizá-la. Mas não faz isso. Na verdade, segura o volante com mais força, e Rhi não entende se fica triste ou aliviada.

— Sua madrasta ligou para me avisar. Ela vai primeiro visitar uns amigos em Los Angeles, mas a ideia dela é já ter voltado quando ele for solto. Seu irmão postiço também está vindo da Alemanha e a Vera quer vocês dois em casa.

Rhi tem a sensação de que acabaram de passar por um elevador e seu estômago foi largado para trás.

— Não. Era para eu ter tempo. Era para eu ter tempo de sair, de terminar a escola, de ficar longe deles…

— Eu sei, eu sei — tio Jimmy diz. — Escuta, você vai ficar bem, está me entendendo? Eu não vou sair daqui. Vou cuidar de você, combinado?

— Eu não posso voltar para lá. — Rhi empalidece, sente as bordas de sua percepção ficarem indistintas e escuras. — Não posso ficar perto… *dele.*

— Eu conversei com a assistente social responsável pelo seu caso e estou pedindo direito de visita — tio Jimmy declara. — Vai levar um tempo, mas vou ter o direito oficial de te visitar. Para garantir que você esteja bem. E olha, você tem dezesseis anos… a gente pode entrar também com um pedido de emancipação. A gente pode pedir tudo junto, eu te ajudo com tudo. E quando tudo estiver decidido você vai poder sair por aquela porta que eu vou estar esperando para *levar você para casa.* — Ele se cala e em seguida acrescenta: — Se for isso o que você quer.

— É claro que é isso o que eu quero — Rhi diz, e sente parte do climão entre eles sair voando da picape. — Mas vai levar *meses.* — Ela está trêmula.

— Pode ser — tio Jimmy diz, insistindo em adotar um tom calmo para reconfortá-la. — Mas eu vou te ligar todo dia. Vou garantir que eles te tratem bem até o dia de você ir embora.

— Claro — Rhi diz, mas sua cabeça está confusa. Não consegue mais pensar em voltar para lá, para a vida e a garota que trancafiou, ainda aos berros, quando foi embora.

Ela está pensando em Sunder e em sua fé ávida em um mundo além deste. Está pensando na possibilidade de haver Leutéria. Na magia que viu com os próprios olhos e sentiu no próprio corpo.

Se todas as coisas horríveis que Rhi testemunhou eram reais, por que não a magia?

Rhi pensa em um mundo longe dali, um mundo que precisa do tipo de ajuda e cura que só cinco jovens selvagens são capazes de trazer, e se pergunta que tipo de mundo deve ser.

Quando chegam em casa, Rhi já decidiu.

De noite, deitada na cama, ela relê o e-mail escrito na véspera, se certificando de que seja verdadeiro, se certificando de que ele não possa acusá-la de mentir ou exagerar. Faz questão de dizer tudo o que precisa dizer para ele, de fazer todas as perguntas para as quais precisa de respostas, pois não tem como ter certeza de que terá outra chance — ou de que terá coragem outra vez.

Mas se existe uma versão da realidade em que ele vai voltar à vida de Rhi, ela tem que confrontá-lo. Pelo seu próprio bem.

*Pelo bem de Eden*, ela pensa.

Por um instante, ela se questiona se deve esquecer o e-mail, esquecer a dor da vida passada, e continuar fazendo como tem feito, ignorando os berros de Eden, que vêm de onde Rhi a trancafiou.

Mas ela vai voltar a Saratoga Springs em duas semanas. Vera e Kevin e Pai vão voltar — todos eles, na mesma casa, de novo uma família. Quando tenta imaginar, o corpo inteiro fica dormente.

Não pode voltar a viver desse jeito.

Não pode voltar.

Rhi olha para a tela, para o confronto que precisa levar a cabo, a verdade que não quer encarar. Mas talvez a verdade a liberte. Talvez a resposta seja a prova de que precisa para ficar longe daquela casa pelo resto da vida.

Rhi prende a respiração e aperta ENVIAR.

# 35

**Verity está em alerta máximo** quando elas chegam em casa, louca para ver como Padrasto lidou com o confronto que houve mais cedo. Elas o encontram na sala, sentado em sua poltrona. Bebeu muitas das garrafas marrons de gargalo comprido — um péssimo sinal — e está vendo homens engordurados, sem camisa, lutarem na televisão. Não fala nada quando a família chega em casa, ou quando Mãe de Sangue o cumprimenta com um beijo na bochecha e lhe diz coisas gentis, bajuladoras.

— Foi tão triste; que bom que você não teve que ficar lá para ver — ela diz, como se acreditasse na própria mentira de que ele tinha sido chamado para resolver uma emergência no trabalho.

Verity, ainda parada na entrada da sala de estar, olha para Grace e a vê de cara amarrada — não para Padrasto, mas para Mãe de Sangue. Pergunta à irmã o *porquê*, mas só dentro de sua cabeça.

— Os Quaker serviram um belo banquete — Mãe de Sangue continua, uma mãozinha de passarinho no ombro de Padrasto. — Me deram umas marmitas para eu trazer para você. Posso pôr pra esquentar, se você quiser. Christopher?

Grace faz um som de zombaria, e quando Mãe de Sangue dá um olhar de advertência para a filha, ela revira os olhos e corre para o quarto. Verity observa a irmã indo embora, ainda confusa quanto ao alvo de sua raiva.

— Bom, é isso — Mãe de Sangue diz ao Padrasto. — Vou botar as quentinhas na geladeira. Quer mais uma cerveja? Eu vou para a cama, então se você quiser alguma coisa, me avisa antes de eu apagar as luzes. Está bom?

Padrasto não responde, e não é porque seu vínculo com Mãe de Sangue é tão forte que eles nem precisam de palavras.

Verity continua parada na entrada da sala, os braços atrás do corpo, esfregando o restolho da cabeça contra a moldura de madeira, observando a interação com apreensão e fascínio — uma boa distração do sofrimento que está à espreita o dia inteiro. Quem é o homem que merece esse tipo de bajulação? Sobretudo depois do descontrole no carro, mais cedo. Quem é ele para tratar Mãe de Sangue com tamanho desrespeito?

— Verity, por que você não vai dormir? — Mãe de Sangue diz com doçura, voltando da cozinha.

Padrasto enfim reage, se virando para olhar para Verity. Ele a olha de cima a baixo com o olhar vidrado, a boca contraída.

Verity balança a cabeça.

— Ainda está cedo. Quero ficar mais um tempinho de pé.

A testa de Mãe de Sangue se enruga.

— Mas você teve um dia e tanto, meu amor. Que tal você subir e dar uma descansada? Eu levo um chazinho para você, e quem sabe você não toma um banho? Você tem usado o diário que a dra. Ibanez te deu? Com certeza o dia te deu muito o que pensar.

Verity faz que sim.

— Muito o que pensar. Sim. — Ela continua encarando Padrasto.

— Sobe, meu amor — Padrasto diz a Mãe de Sangue. — A Verity vai para a cama quando ela estiver pronta para ir.

O rosto de Mãe de Sangue fica flácido e pálido, porque embora a cabeça esteja em negação, o corpo sabe do perigo que o homem com quem vive representa. Verity também está começando a compreender.

— Ah. Ok. Então boa noite para vocês dois. — Ela encosta no ombro de Verity para avisar que vai lhe dar um abraço, um gesto que adotou quando Verity se mudou para lá e se assustava a cada barulho e toque novos. Ela a abraça, encosta os lábios na bochecha de Verity e cochicha: — Por favor, não faz ele ficar com raiva outra vez. — Então se afasta e sobe a escada.

De repente Verity entende a raiva de Grace contra Mãe de Sangue. Padrasto pode até ser um predador, mas Mãe de Sangue teima em ignorar esse fato e age como se ele fosse um guerreiro — pior, age como se fosse um *rei*. Como se nunca errasse. Como se todos os conflitos fossem resultado apenas de falta de obediência.

*Não faz ele ficar com raiva?* Não *faz* ele ficar com raiva? Como se Verity tivesse decidido explicitamente usá-lo como alvo, atormentá-lo, assim como ele fez *Verity* de alvo nos últimos seis meses?

A ira começa a diminuir quando Verity pensa em como Mãe de Sangue interage com o mundo, como assume a responsabilidade pelos sentimentos de todo mundo, como se culpa pelos defeitos e fracassos dos outros, por tudo o que não pode controlar. É claro que Mãe de Sangue jogaria essa mesma responsabilidade sobre as filhas. É claro que tentaria protegê-las munindo-as dos mesmos escudos que usou para se proteger. Escudos são as únicas armas que Mãe de Sangue aprendeu a empunhar.

Verity amolece em relação aos comentários de Mãe de Sangue, mas continua desconfiada de Padrasto. Mas não é exatamente uma desconfiança, e sim uma cautela ativa, do mesmo tipo que sente quando chega perto de um animal selvagem desconhecido ou quando há uma tempestade a favor do vento. A tempestade começou a se formar no instante em que Verity botou os pés nesta casa, e esta noite ela tem quase certeza de que vai desabar.

Por fim, depois que os barulhos do segundo andar cessam e presume-se que as outras pessoas da casa já estejam na cama, Padrasto torna a falar.

— Verity. — Ele olha para a garota.

Começa.

— Sabia que seu nome tem um significado? Não um distante, que nem certos nomes com sentido abstrato derivado do hebraico antigo, do celta ou sei lá de onde. *Verity* não é nem um nome de verdade, é só uma palavra. Quer dizer *verdade*. Sabia disso?

— Sim.

— Passei esta noite pensando nisso. Na verdade. Em você. — Padrasto volta a olhar para a televisão. — E a verdade é que desde que você apareceu eu não estou feliz.

Verity sabe que tem uma escolha a fazer: interpretar a filha obediente, submissa, ou não. Pensa nas palavras de Rhi no funeral, pensa no quanto ela precisa fingir, e pela segunda vez no dia Verity escolhe *não*.

— Eu sei. Todo mundo sabe.

Está claro que essa não é a reação que Padrasto esperava suscitar, e isso faz Verity sorrir. Talvez ele quisesse que ela levasse para o lado pessoal, ou se sentisse mal pelo papel que tem em sua infelicidade. Mas o nome de Verity realmente significa verdade, e a verdade é que Verity não é a responsável pela felicidade de Padrasto.

— Sua mãe estava um caco quando a conheci, sabia?

Esse é o tipo de pergunta que não é feita para ser respondida, Verity já aprendeu isso.

— Ela estava *um caquinho*. Mal conseguia pagar as contas. A Grace provavelmente era mais selvagem do que você jamais foi. Totalmente descontrolada, imunda, feroz. A polícia já tinha desistido de achar *você*, e sua mãe não sabia como criar uma filha ainda vivendo o luto pela outra. Ela mal conseguia permanecer sóbria, que dirá criar uma criança. Então eu cheguei e salvei as duas. *Eu* tirei as duas da miséria, *eu* deixei sua mãe largar o emprego para cuidar da Grace. Fui o único sustento delas nesses últimos cinco anos. Eu *salvei* elas. E agora você volta… e sabe-se lá como, eu virei o inimigo. Você acha isso justo?

Verity inclina a cabeça.

— Quem foi que disse que você é o inimigo?

— Você sabe o que eu estou querendo dizer. De repente não sou mais o chefe de família, sou só o otário que paga os boletos. Eu praticamente *criei* a Grace, e agora você está aqui, tem a mesma idade que ela, e é *você* quem tem todo o poder?

Verity quase ri. Nunca se sentiu tão impotente na vida, mas não vai demonstrar sua fraqueza ao Padrasto.

— O que ser parte de uma família tem a ver com ter *poder* sobre ela?

— Você sabe o que eu estou querendo dizer. A questão não é poder. É *respeito*. Elas deviam mostrar respeito por mim por tudo o que fiz por elas. Antes de *você* aparecer, as meninas me ouviam. Elas não *respondiam*.

Verity fica arrepiada. Tenta imaginar essa dinâmica entre as irmãs: se Epiphanie tivesse exigido respeito das outras por ser a mais velha, ou se Mãe tivesse exigido respeito delas, ou até obediência, porque as protegia com sua magia. Não. É incapaz de imaginar. Jamais teria conseguido amar ou respeitar uma pessoa que exigisse isso dela. Esse tipo de respeito lhe parece um escambo — até mesmo uma condicionalidade. Nada verdadeiro.

Ela fecha a cara.

— Christopher, você ama minha Mãe de Sangue?

— O que é essa porra de "Mãe de Sangue"? Ao contrário de quem? Do líder psicopata da sua seita?

Verity range os dentes e cogita virar as costas e ir embora. Mas prefere assumir uma postura tranquila, pronta para a batalha, que é difícil de detectar — as pernas mais afastadas, o peso equilibrado sobre a sola dos pés, os joelhos destravados, os braços frouxos junto ao tronco. Para qualquer um que olhe, está apenas de pé, ereta, relaxada.

Verity reformula a pergunta.

— *Você ama minha mãe?* E se não ama, então *por que está aqui?* — Ela não pergunta se ele ama Grace. Nem passa pela cabeça dela perguntar se ele ama Grace, a resposta já é muito óbvia.

— Você acha que casamento é isso? — Padrasto zomba.

— *Amor?*

— *Família* é amor.

— E *o que é* que você sabe sobre amor *ou* sobre família? Você era um bicho selvagem até poucos meses atrás. Vocês eram uma *alcateia*, não uma família.

Esse comentário não é a ofensa que Padrasto deve imaginar que é. Verity sempre soube que ela e as irmãs eram uma alcateia. Mas embora Verity seja bem consciente do fato de que ela, assim como todos os seres humanos, *é* um animal, ela também tem consciência de que muitos seres humanos se veem como uma espécie superior — e acham que ser um animal é sujo e vergonhoso. Deixando a ignorância de lado, a intenção do comentário é ser uma ofensa, mas Verity se recusa a deixar a vergonha entrar no coração. E acima de tudo, se recusa a deixar que *este* homem a humilhe.

— Se tivesse convivido com uma família de verdade que nem eu convivi, você veria com a mesma clareza que eu que não importa se você oferece coisas materiais a elas, porque você deixa *todo mundo* nesta casa infeliz. Inclusive você mesmo. Tenho pena de você.

Padrasto faz um som de escárnio, e o cuspe voa de seus lábios.

— *Pena* de mim? *Você* tem *pena* de *mim?* — Enquanto encara Verity, o choque dá lugar ao ultraje, em seguida o ultraje dá lugar à mais simples fúria. Sob a luz bruxuleante da televisão, uma veia salta e pulsa na testa de Padrasto, perto do olho esquerdo.

Ele se levanta da poltrona, o rosto amarrotado pela raiva, as sobrancelhas altas e vigorosas, o nariz enrugado, os lábios contraídos, o maxilar firme. Verity fica fascinada ao perceber o quanto se parece com os animais que insulta. Só falta arreganhar os dentes, mas ele está, afinal, pelo menos *tentando* se controlar.

Mas então o rosto dele se atenua e a raiva se esvai das feições. Ele passa a mão no cabelo louro ralo e dá uma risada sem humor.

— Ok — ele diz.

Verity sente um calafrio e sua pele se arrepia, fazendo-a curvar os ombros. Seus instintos lhe dizem para sair, para *fugir*, para escapar desse predador antes que ele ataque, mas também sabe que caso se mexa agora, ele *vai* atrás dela.

Por enquanto, ele pega a garrafa marrom vazia e começa a ir em direção à arcada que dá na cozinha, em cuja moldura Verity ainda está apoiada. Ele não *parece* estar indo na direção dela: parece estar indo à cozinha para pegar outra garrafa marrom. Seus olhos se concentram na porta da geladeira — se concentram demais para quem mira um destino casual.

O corpo inteiro de Verity está tomado pelo pavor.

No instante em que Padrasto vai pisar na cozinha, ele larga a garrafa no chão atapetado e parece cambalear, como se caísse de lado, em cima de Verity. Mas ele não está caindo — está martelando o antebraço contra o peito dela, a cabeça recém-raspada batendo na parede. Segura a garganta dela com as duas mãos e aperta — não com força suficiente para asfixiá-la totalmente, mas o bastante para fazê-la chiar e lutar para conseguir respirar.

— Escuta, sua selvagem — Padrasto rosna, empurrando-a. — Eu quero você fora daqui até amanhã de manhã. Pega suas coisas e dá o fora da minha casa. Não quero nem uma palavra com Grace ou com sua mãe. Você viveu muito bem na mata antes, com certeza consegue viver lá de novo. Tenho certeza de que é isso o que você *quis* este tempo todo, seu animal de merda. Então pronto. — Ele ri. — Estou te dando um presente. Estou te dando liberdade.

Mas enquanto ele fala, Verity já fechou os dedos em forma de uma bola de demolição. Ela da um soco entre os cotovelos dele e atinge o nariz de Padrasto, e continua o movimento para lançar seus braços entre os dele, forçando os braços dele a se afastarem e suas mãos a soltarem sua garganta. Depressa, aproveitando que ele ainda está com dor devido ao golpe, Verity lhe dá um chute na virilha. Quando ele se curva, ela dá uma joelhada no rosto que o faz desabar no chão, o sangue jorrando do nariz. Padrasto pega a garrafa marrom que havia soltado antes e a atira contra a cabeça de Verity, mas ela se esquiva com facilidade. O vidro se espatifa na parede.

— Vou te matar! — Padrasto ruge, os dentes rosados.

— Christopher! Verity! — Mãe de Sangue berra do alto da escada. — O que é que está acontecendo... ai! — Ela perde o fôlego, tampando a boca.

Grace está alguns passos à frente, os braços em volta de Verity, puxando-a para longe do monstro rastejante, gotejante no chão.

— Esse... *animal*! — Padrasto cuspe. — Ela me atacou! Sem motivo nenhum!

Verity está esfregando o pescoço quando seus olhos se arregalam.

Então ele vai *mentir* sobre a situação? É *assim* que ele pretende conseguir o que deseja?

Mãe de Sangue está fazendo que não, a parte branca dos olhos visível em volta do verde da íris. Está olhando fixo para os dois, sem saber quem é mais perigoso.

— Mãe! — Grace berra com ela, um braço protetor em volta dos ombros de Verity. — É *sério*?

— Clarissa! — Padrasto explode. — Eu juro por Deus, ela me atacou do nada! Que nem no carro. Ela *não é* estável. Não estamos *seguros* com ela dentro desta casa!

A mão de Mãe de Sangue ainda está tampando a boca, como se falar fosse a pior coisa imaginável no mundo. Como se as palavras erradas pudessem destruir tudo que construiu para si, tudo que está prestes a perder. Mas claramente todas as células do corpo lhe dizem para gritar.

— Mãe, não fica aí parada! — Grace avisa, levando Verity em direção à escada, como se *o segundo andar* pudesse protegê-las caso precisem de proteção. — Chama a polícia, porra!

Por fim, a mão se afasta da boca, se fecha contra o peito.

— Vão levar ela embora de novo! — Mãe de Sangue berra.

— Clarissa, ela *tem que* ser levada!

— Você cala a sua boca! — Grace grita. — Mãe, *ele* atacou ela, eu vi com os meus próprios olhos!

— O quê? — Padrasto zomba.

Verity sabe que é mentira, assim como sabe que o cerne da afirmativa também é verdade, mas imagina que Grace tenha a mesma sensação.

Em todo caso, isso tem alguma relevância?

— Mãe! — Grace berra de novo. — Vê se me escuta. Eu sou sua *filha*. Você está evitando tomar uma decisão em vez de proteger suas *filhas*. Você vai acabar perdendo *tudo* se não botar a cabeça no lugar e chamar a polícia *agora*!

Verity não entende todas as palavras do urro poderoso da irmã, mas percebe a revolta e o desafio que contém e fica cheia de orgulho.

— Grace! — Mãe de Sangue arfa.

— *Mãe!*

Mãe de Sangue se endurece, olha para Padrasto e corre para a cozinha.

Padrasto se levanta.

— Clarissa, *não* chama a polícia. Liga para o hospital! Ela tem que ser levada para o hospital psiquiátrico! Clarissa! — Ele avança em direção à Mãe de Sangue.

Verity pula da escada, escapa dos braços de Grace e entra no caminho de Padrasto. Ele para de repente, a um triz, e Verity fixa o olhar nele, os dentes à mostra feito o animal que se orgulha de ser.

GAROTAS SELVAGENS **309**

— *Para trás* — ela rosna por entre os dentes.

Padrasto recua e ergue o punho fechado como se fosse lhe dar um soco — mas um barulho de estilhaços vem antes. Um chuvisco de porcelana branca cai em volta dele, que revira os olhos e desaba no chão, desmaiado.

Grace está atrás dele, com os restos do abajur nas mãos, o quebra-luz de papel de arroz agora deformado. Seus olhos estão arregalados devido ao choque pelo que fez.

Na cozinha, Mãe de Sangue encara as filhas boquiaberta, segurando o telefone da cozinha nas mãos como se não soubesse como usá-lo.

— Acho que o número que você quer ligar é um, nove, zero — Verity sugere.

# CLICKMONSTER

**NOTÍCIAS URGENTES:**
*Garota Selvagem "retoma o comportamento violento"*
*em caso bárbaro de violência doméstica — e não é o*
*que você está pensando*

Polícia e serviço de emergência foram chamados à casa da família Erikson ontem, tarde da noite, depois que uma altercação física deixou duas pessoas feridas. Verity, antiga Mathilda Godefroy, sofreu ferimentos leves, mas o padrasto, Christopher Erikson, foi hospitalizado após sofrer uma concussão e outras lesões.

"Jamais esperaríamos uma coisa dessas da Verity", uma fonte que deseja manter o anonimato disse no local. "Ela tem sido uma ótima menina. Nem um pio desde que voltou para casa. Se fosse para fazer uma previsão de qual delas explodiria desse jeito, sem dúvida seria a menorzinha [Sunder]."

Mas foi Verity quem puxou a briga? Na madrugada de ontem, por volta das quatro horas, Grace Erikson fez uma postagem pública no Instagram, de uma foto de hematomas no pescoço que supostamente é de Verity, com a legenda: "ELE ATACOU ELA. #CADEIAPARAELE." O ClickMonster Notícias não conseguiu averiguar se a fotografia é verdadeira ou editada.

"É claro que ela não quer que a irmã leve a culpa", a fonte anônima declarou. "Provavelmente vão querer internar ela de novo depois dessa. Mas a verdade é que Chris é um cara legal e um membro respeitável da comunidade. É difícil imaginá-lo agredindo uma adolescente logo depois do funeral da amiga dela. Me parece bem mais provável que ela tenha explodido por conta do luto e tenha retomado o comportamento violento que usava para sobreviver na selva."

No entanto, a equipe do Pronto-Socorro parece discordar dos comentários da fonte.

"Só estou dizendo", um paramédico anônimo nos disse, "que é revigorante ver um homem feito alegar que a filha o agrediu. Em geral, é a mulher que precisa da nossa ajuda por causa de, entre aspas, cidadãos de bem, corretos, em geral homens, normalmente sujeitos muito parecidos com esse. Pais, maridos, namorados. Os 'suspeitos de sempre', como gosto de chamá-los."

A família Erikson não quis comentar.

# 36

**Rhi tem a impressão** de que mal dormiu na noite anterior, mas, na manhã seguinte ao funeral, ela acorda e se depara com uma série de mensagens não lidas — de Grace, logo ela. Todas foram enviadas de madrugada, mas Rhi tinha deixado o celular no NÃO PERTURBE.

Ela esfrega os olhos para despertar e passa o dedo para desbloquear o telefone.

> **GRACE**
>
> 🔲🔲🔲 Chris/nosso padrasto atacou a Verity
>
> Ela está basicamente bem, só com alguns machucados
>
> Ele está no hospital. Está dizendo que ela atacou ele sem motivo nenhum
>
> NÃO ACREDITE EM PORRA NENHUMA QUE ELE DIZ
>
> A merda foi federal. Dou mais notícias quando souber de alguma coisa

Rhi se senta na cama e no mesmo instante digita uma resposta.

**RHI**
Caramba
Me dá notícias.
Me avisa caso vocês precisem de alguma coisa

Rhi tenta seguir com seu dia normalmente, mas o dia jamais seria normal — o dia seguinte ao funeral de Oblivienne e o dia seguinte à descoberta de que o pai sairia da cadeia dali a duas semanas.

Quando sai do banho, vê que Grace respondeu.

**GRACE**
Valeu.
O filho da puta resolveu dar queixa. 😑

**RHI**
O que isso significa para a Verity?

**GRACE**
Ainda não sei. Mas a Dra. I anda ligando
bastante para a mamãe

**RHI**
As outras meninas já sabem o que aconteceu?

**GRACE**
A Verity acabou de falar com elas.
Eu e a Verity vamos ter que ir na delegacia para
interrogatório. Que porra é essa?!?!
A polícia quer uma avaliação psi da V,
talvez de todas as meninas 🙄
Será que de mim eles não querem!?!

**GRACE**
Eu quero um ótimo advogado

**RHI**
O que eu posso fazer? Como te ajudar?

Grace leva horas para responder — horas que Rhi ocupa fazendo faxina na casa de tio Jimmy, limpando a caixa de Purrdita, olhando as redes sociais e lutando contra o ímpeto de atualizar a caixa de entrada a cada cinco minutos. Vai receber uma notificação caso chegue um e-mail. Não faz sentido ficar verificando.

**GRACE**
Você pode buscar a gente na delegacia?

**RHI**
Posso. Agora?

**GRACE**
É. Você pode levar a gente pra casa da Sunder?
E avisar para as outras meninas que a gente está indo

**RHI**
Chego aí em cinco min

Rhi manda mensagem para tio Jimmy antes de sair de casa — Vou na casa dos Quaker, volto tarde — e depois sobe na picape. No trajeto curto, se pergunta onde está a sra. Erikson, se pergunta por que elas querem ir para a casa de Sunder e não a delas.

Quando para o carro em frente à delegacia, vê uma multidão na calçada, imprensada contra o corrimão que leva da rua à porta. Rhi manda mensagem para Grace.

> **RHI**
> Jornalistas na frente. Te encontro nos fundos?

> **GRACE**
> Ugh

Rhi dá a volta e acha uma entrada estreita atrás do centro comercial, que a empresa de limpeza urbana usa para recolher os sacos de lixo. Ela para atrás do que imagina ser a delegacia — o escudo recém-pintado do estado de Nova York no muro dos fundos entrega: as figuras alegóricas da Liberdade, com a tocha, e da Justiça, com a venda nos olhos e a balança.

Segundos depois, Grace e Verity emergem da porta grossa de metal, um policial atrás delas. Ele fica parado junto à porta com os polegares enfiados no cinto enquanto as meninas sobem na picape de Rhi, mas Rhi não consegue ler sua expressão de longe. Grace se acomoda no banco da frente; Rhi se vira para Verity no banco de trás e imediatamente sente um nó na garganta.

— Você... você está bem, Verity? — ela consegue perguntar enquanto as mãos apertam o volante.

Verity faz que sim, mas não parece estar bem. Parece estar brava, decepcionada e triste, e a garganta está coberta de hematomas pequenos, escuros, que lembram nitidamente duas mãos em volta do pescoço.

Rhi tenta não imaginar, tenta manter a cabeça no momento, dentro da picape, junto com Grace e Verity, e não na lembrança que a arranha tentando chegar à superfície: uma manhã de agosto na cidade de Nova York. A janela de um ônibus. Olhos irreconhecíveis a encarando de seu reflexo.

Grace xinga alto, puxando Rhi de volta ao presente. Ela bate os pés no chão do carro e ruge de frustração, mostrando o dedo do meio para o escudo do estado.

— Quero saber o que aconteceu — Rhi pede. — Mas comecem pelo começo.

— Verity? — Grace estimula a irmã.

Verity conta tudo a Rhi com uma voz cansada enquanto se distanciam da delegacia e pegam a estrada rural do vale. Quando chegam à rodovia em que fica a fazenda dos Quaker, as duas meninas já contaram seus lados da história, e Rhi não entende como a polícia pode ser tão atrasada.

— A polícia sabe que ele te atacou primeiro, né? — Rhi pergunta, entrando no longo acesso para carros que leva à casa da fazenda.

— Eles estão tentando desabonar nossos depoimentos — Grace bufa. — Então se a avaliação piscológica provar que a Verity é instável, vão alegar que ela é má influência para mim, o que me levou não só a atacar meu padrasto como a mentir que vi ele partindo para cima dela. — Ela faz careta, põe a cabeça entre as mãos. — O que é mentira mesmo. Que merda.

Rhi desacelera a picape ao se aproximar da casa dos Quaker. Está aliviada porque não tem nenhum repórter ali, mas fica de olho ainda assim.

— Mas *eu precisei* — Grace continua. — A mamãe não estava ouvindo! Ela estava agindo como se tivesse uma *escolha* a fazer. — Grace chora. Não está soluçando, mas as lágrimas caem dos olhos e o rosto se franze com a dor da traição da mãe. — *Ninguém* dá ouvidos a meninas adolescentes.

A verdade das palavras de Grace abre algo dentro de Rhi, uma ferida que está ali há mais tempo do que ela imagina.

— A dra. Ibanez acredita na gente — Verity diz.

— Não é a dra. Ibanez que está fazendo as avaliações — Grace diz.

— Quem é? — Rhi indaga.

— Um babaca apontado pelo estado. Ele falou que queriam alguém imparcial, que a dra. Ibanez tinha formado um laço forte demais com as meninas para ser imparcial. Mas esse cara sem dúvida é *parcial*. — Ela ridiculariza. — Ele disse que a missão da Verity é *apaziguar os medos e corresponder às expectativas da comunidade.*

Rhi se arrepia, a raiva surgindo por um instante, antes de a proecupação voltar para abafá-la.

— Então, o que acontece se a avaliação dele for negativa? Grace olha para a irmã.

— Eles falaram várias vezes a palavra "instituição".

Antes que Rhi possa responder, há uma batida leve na janela do carro que quase a mata do coração.

É Dallas, e ele parece preocupado.

— Desculpa, não quis te assustar — Dallas diz quando Rhi baixa o vidro. — Minha mãe foi buscar a Epiphanie, mas acho que houve um incidente na casa temporária dela hoje de manhã. Maggie está surtando.

— Incidente? — Rhi diz. — Como assim?

Os olhos de Dallas passam de Rhi para Grace e se arregalam quando ele vê Verity.

— Não sei direito. Mas não me pareceu... muito bom.

# 37

**Quando uma mulher é declarada perigosa,** há sempre um homem ávido por subjugá-la. Se é por achar insuportável a ideia de uma mulher ter poder ou por achar insuportável a ideia de uma mulher ter mais poder *do que ele,* Rhi não sabe dizer. Mas conhece a história que Epiphanie conta como se a tivesse vivido.

— Foi meu irmão temporário Bradley — conta Epiphanie, acariciando um machucado roxo no braço. Está sentada no chão da sala de estar da casa dos Quaker, com Verity a seu lado. Todo mundo está na beirada do assento, esperando a explicação de Epiphanie, menos Sunder, que anda de um lado para o outro feito uma tigresa enjaulada enquanto escuta.

— Ele ouviu falar do que aconteceu com a Verity antes da gente — Epiphanie continua. — Entrou correndo no meu quarto de manhã e me mostrou as manchetes no celular dele, mas não me deixou ler as matérias. Ele falou que a Verity tinha sido presa, que iam prender todas nós, que nos botariam em jaulas e não nos deixariam sair nunca mais. — Ela estremece. — Ficou me atormentando. Agora eu entendo isso, mas na hora não entendi. Estava com muito medo. A ideia deste mundo virar as costas para nós, de que nos colocar em jaulas, era fácil demais de acreditar. Entrei em pânico. Não sabia o que fazer. Para onde ir. Só sabia que precisava achar um jeito de proteger vocês, Irmãs, mas também que isso era impossível. Não tinha como proteger nem a mim mesma.

Ela fica com lágrimas nos olhos ao lembrar, e bate no peito.

Verity passa o braço em volta dos ombros da irmã, puxando-a para perto.

Rhi tenta engolir o nó que surge na garganta, sem nenhuma dificuldade de imaginar o medo que Epiphanie deve ter sentido. Odeia a ideia de alguém ter sido tão cruel com ela.

— Eu fiquei tão petrificada pelo medo que o próprio medo se tornou aterrorizante — Epiphanie continuou. — Meus pensamentos ficaram muito acelerados, e o Bradley não parava de falar... não sei dizer o que eu estava pensando ou o que ele estava falando. E então... então ele riu. — Ela ergue os olhos para todo mundo, fechando a cara. — Ele disse, "Meu Deus, você está chorando?" e aí riu mais ainda. Ele disse, "Foi só uma piada, se acalma". E então... quando me dei conta de que não era verdade, de que ninguém viria atrás da gente... de que meu *terror* tinha sido em vão... eu fiz uma coisa de que não me orgulho. — Ela olha para as mãos. — Eu segurei o punho dele. *Com força.*

— Só isso? — Dallas deixa escapar. — Ele merecia muito mais.

— Pode ser — Epiphanie diz. — Mas eu agi por raiva, e naquele momento percebi que ele tinha medo de mim. É claro que ele revidou. E eu venci, porque luto melhor que ele. Eu sabia que iria vencer, mesmo ele sendo maior do que eu. É por isso que eu não devia ter feito o que fiz.

— E ele botou a culpa toda em você? — Grace questiona, amarga.

Epiphanie levanta a cabeça, olha ao redor, como se saísse de um transe. Os olhos pálidos fantasmagóricos recaem em Rhi, em busca de alguma coisa.

— A culpa não foi minha?

— *Não* — Rhi diz esbaforida, toda a tensão do corpo se transmutando em uma vontade feroz de protegê-la. — Você foi provocada. Foi... foi *tortura* piscológica. — Mas ela hesita, compreendendo por que isso é ruim para as garotas. — Talvez segurar ele não tenha sido *a melhor* das ideias, mas ninguém pode botar a culpa em você por ter feito isso. Pode? — Ela olha para a sra. Quaker.

— O pessoal pode botar a culpa em alguém por qualquer coisa imaginável, hoje em dia — ela responde. — Com certeza não vai cair bem para Maggie ou para o Conselho Tutelar o fato de a situação ter acabado em uma luta física, mas vocês não são os primeiros irmãos temporários a brigar.

— Estou com vergonha de ter me deixado levar pela raiva — Epiphanie diz, abaixando a cabeça. — Mas estou com mais vergonha ainda de como reagi quando acreditei no que ele estava falando. Eu *não fiz nada*. Eu gelei. Se o Bradley estivesse falando a verdade, eu ainda estaria paralisada quando viessem me pegar para me enjaular. — Ela olha para Verity a seu lado. — Eu *nunca* fiquei paralisada na floresta... nunca tive dúvidas sobre meu próximo passo, mesmo quando estava cara a cara com um puma.

— Querida — a sra. Quaker diz com delicadeza. — Você não precisa ter vergonha disso. Você ficou desnorteada pelo medo, e sua reação é compreensível. — Ela olha para todas elas com uma expressão pensativa. — A dra. Ibanez já discutiu com vocês o mecanismo de luta ou fuga?

Epiphanie faz que não, as irmãs seguindo seu exemplo logo depois.

— É tipo uma reação hormonal ao estresse, né? — Rhi diz. — O corpo se enche de adrenalina para você lutar ou fugir.

— Mais ou menos. — A sra. Quaker assente. — É um instinto animal que todo mundo tem, que ajudou nossa espécie a sobreviver. Epiphanie, se o próprio Bradley estivesse ameaçando te enjaular, meu palpite é de que seu instinto de lutar contra ele teria entrado em cena num piscar de olhos. E Verity, me parece que seu instinto de lutar estava em plena forma ontem à noite.

Verity olha para Grace no sofá, que parece orgulhosa ao lhe retribuir um sorriso.

— Mas tem mais dois instintos sobre os quais não ouvimos falar muito, mas se vocês querem saber minha opinião, eu acho muito mais comuns hoje em dia — a sra. Quaker prossegue. — *Congelar* ou *bajular*.

Rhi se endireita. Nunca ouviu falar nisso.

— É exatamente o que o nome diz — a sra. Quaker declara. — Congelar e bajular. Elas aparecem em situações mais complicadas do que o enfrentamento de um puma... geralmente quando o perigo não chega a ser um risco de vida.

— Tipo tortura psicológica? — Rhi indaga, ainda furiosa com Bradley.

— Exatamente — diz a sra. Quaker. — Epiphanie, quando você congelou, seu instinto animal estava tentando te proteger. Seu corpo disse, naquele momento, que era melhor ficar parado do que fugir ou lutar. E eu acho que vocês, meninas, sabem da importância de confiar nos instintos.

— Foi por isso que nossa mãe demorou tanto para ligar para a polícia ontem à noite? — Grace questiona em voz alta. — Ela ficou... *parada*. Eu achei que ela estava pesando as opções que tinha, mas... quer dizer... — Ela olha para Verity e sua voz some. — Foi bem assustador ver vocês dois daquele jeito. Vai ver que ela congelou.

Rhi imagina a cena vividamente. A sra. Erikson é tão protetora com as filhas, a visão de uma delas em perigo — um perigo no qual ela mesma colocou a filha — teria feito ela perder o juízo. Mas ela conhece mães assustadas e pais cruéis. Ela sabe como é difícil para a mãe saber quando lutar ou fugir. Talvez a sra. Erikson tivesse de fato congelado. Depois de anos a fio de bajulação, que outras reações ela conhecia?

— Verity — Epiphanie diz, virando-se para ela, passando a ponta dos dedos no pescoço machucado de Verity. — Irmã querida. Me conta *o que foi* que te aconteceu?

— Padrasto me mostrou sua verdadeira essência, só isso — Verity declara, o braço ainda em volta dos ombros de Epiphanie. — Agora eu estou bem. Minha irmã me protegeu. — Ela torna a olhar para Grace.

— Não foi nada de mais. — Grace abana a mão. — Sempre quis uma desculpa para tacar alguma coisa na cabeça dele.

— É algo demais para o estado, infelizmente — a sra. Quaker diz. — A assistência social vai querer fazer uma avaliação da sua família. E de você também, infelizmente, Epiphanie.

— É — Grace diz, de cara feia. — A polícia deixou bem claro que está do lado do Christopher.

— Então, o que nós vamos fazer? — Sunder indaga, interrompendo seus passos animalescos atrás do sofá para encarar as pessoas na sala. — Eles estão *procurando* motivo para nos trancafiar. O que a gente pode fazer para as pessoas pararem de ter medo da gente? O que elas *querem* de nós?

— Querem que a gente abaixe a cabeça e vire boas meninas — Grace diz. — Querem obediência, silêncio, toda aquela merda de sermos uns docinhos. Desculpa, sra. Quaker.

A sra. Quaker balança a cabeça.

— Imagina. Mas preciso dizer que, apesar de entender seu ceticismo, eu acho que fazer o jogo deles também tem seu lugar. Com estratégia, é claro.

Rhi tenta não franzir a testa.

— Você quer que elas finjam ser uma coisa que não são?

— Eu quero que elas sejam *livres* — a sra. Quaker explica. — E às vezes isso significa jogar o jogo, pelo menos até as pessoas olharem para o outro lado.

— O que exatamente isso quer dizer? — Epiphanie pergunta.

— Deixem os médicos fazerem as avaliações. Digam a eles que vocês estão se sentindo mal por terem causado problemas, mas que foram levadas pelo medo. Eles vão respeitar isso mais do que respeitam uma jovem se defendendo. — O lábio se contorce antes de ela prosseguir. — O mais importante é falar para eles que vocês querem muito se adaptar a este mundo, que estão loucas para ir à escola e fazer amizades.

— Em outras palavras — Dallas diz. — Digam o que eles querem ouvir.

— É para mentir para eles — Verity esclarece.

— Não exatamente — Grace diz, quase abrindo um sorriso afetado. — Pense nisso como *apaziguar os medos deles*.

A boca de Rhi forma um sorriso enquanto o telefone vibra. Ela dá uma olhada na tela, mas não tem nenhuma mensagem nova. Suas notificações mostram um pequeno ícone de envelope.

Recebeu um e-mail.

— A gente não devia ter que jogar o jogo deles — Sunder resmunga, descendo para o chão para se sentar ao lado das irmãs. Ela se aninha a Epiphanie, debaixo de seu braço. Verity, o braço ainda em torno dos ombros de Epiphanie, passa a mão na penugem macia da cabeça de Sunder.

— Por mais que pareça injusto, vocês vão precisar fazer uma escolha — a sra. Quaker diz. — Ou vocês defendem a opinião de vocês, o que talvez as leve de volta para o hospício, ou fingem, por uma tarde, ser as meninas que eles querem que vocês sejam. A escolha cabe a vocês.

— Não é certo — Dallas murmura. Seu joelho está bambo.

— Ninguém disse que é — a sra. Quaker retruca. — Mas até as coisas mudarem, ou alguém fazer com que mudem, é assim que as coisas vão ser. — Ela olha ao redor, para as garotas, e junta as mãos. — Pois bem, imagino que vocês todas estejam morrendo de fome?

# CAIXA DE ENTRADA

DE: "Kevin Hartwell" <hartwell.kevin@irving.edu>
PARA: "Eden Chase" <e.r.c.2007@springmail.com>
DATA: 16 de julho

---

Edie,

Uau.

Não sei de onde surgiram essas coisas, mas lamento muito que você se sinta assim.

Posso perguntar como passei de seu melhor amigo a esse autêntico monstro que você descreveu no último e-mail? Qual foi o momento exato em que parei de te proteger dos nossos pais e passei a te manipular para fazer coisas que você não queria fazer? O que foi que eu te "forcei" a fazer? Sair para fazer compras com o dinheiro do meu fundo fiduciário? Passar dias no parque aquático, no zoológico, no fliperama? Ou só passar tempo comigo já era terrível?

Para ser sincero, Edie, seu e-mail todo é tão desvariado que eu quase não respondi, mas estou preocupado contigo. Sei que a gente não se fala há séculos, mas te vi nos jornais. (Sim, até na Alemanha.) Tenho acompanhado o que está acontecendo com você e com as garotas que você resgatou. Lamentei muito ao saber de Oblivienne, aliás — nem imagino como deve ter sido encontrar o corpo dela. VOCÊ está bem? É um bocado para uma pessoa só, além de tudo o que está acontecendo com o seu pai. E pelo seu e-mail, você não parece estar lidando bem.

Por favor me responda. Ou responda minhas mensagens. Estou com saudades, Edie. Me preocupo com você o tempo todo. Me preocupo com você desde que eu tinha treze anos. Você não devia ter que enfrentar tudo isso sozinha.

Bom, ainda que você não me responda, acho que te vejo daqui a algumas semanas. Vai ser uma puta reunião de família.

Por favor se cuide. Preciso saber que tem alguém cuidando de você quando não estou aí.

GAROTAS SELVAGENS **325**

Não importa o que aconteça, você continua sendo minha garota preferida, né, Edie?

Com amor,

Kev

PS: A gente pode conversar sobre o que aconteceu no verão passado da próxima vez que a gente se encontrar. Acho que o e-mail não é o meio certo para isso.

# 38

**Rhi está parada na entrada** da casa dos Quaker com o celular na mão. Olha fixo para a tela, relendo a resposta de Kevin várias vezes.

Por que é tão difícil de entender? Ela reconhece as palavras. Entende o sentido delas. Por que não consegue absorvê-las? Por que sua cabeça — seu *corpo* — as rejeita?

O coração acelera e insiste em subir pela garganta. Ela acha que vai vomitar. Talvez esteja com cólica. Talvez esteja de TPM. Talvez alguma comida do almoço não tenha caído bem. Ela almoçou? Não se lembra.

*Você ainda é minha garota preferida, né, Edie?*

Foi uma pergunta que fez tantas vezes que a resposta de Eden havia se tornado automática. Nunca deixá-lo duvidar. Nunca deixá-lo na mão.

*Você ainda é minha garota preferida, né, Edie?*

*Sou.*

*Claro.*

Ou uma simples confirmação silenciosa com a cabeça quando não conseguia enunciar as palavras.

A porta de tela se abre atrás dela e a agulha do coração de Rhi salta do velocímetro do peito, enviando sangue demais aos nervos e músculos e não o suficiente para a cabeça. Ela fica tonta, enjoada: está suando, está paralisada, quer estar em outro lugar, mas onde? Não existe lugar nenhum aonde possa *ir* para fugir dessa sensação.

*Kevin, precisamos conversar sobre o que aconteceu quando te visitei no verão passado. Mas também precisamos conversar sobre o que aconteceu antes disso. Em casa. Desde que eu era pequena.*

— Você está aí — Grace diz da porta. Ela chega perto de Rhi. — Opa, você está com cara de que precisa se deitar. Está tudo bem? — Ela põe a mão no ombro de Rhi.

Rhi pensa em Oblivienne.

*Às vezes eu olho para você e não vejo Rhi. Eu vejo... Eden.*

Ela olha para Grace. As garotas fizeram Rhi ganhar vida nos últimos meses: sempre conseguiram ver a verdade dela, mesmo quando acreditava estar dando tudo de si para se esconder. Mas talvez Grace seja a única com a possibilidade de entender o conflito que ela vive — o tipo que vem com o fato de ser uma menina crescendo nos Estados Unidos, rodeada de meninos e homens podres, tóxicos, e mulheres tão dominadas pelo auto-desprezo que não sabem como proteger as próprias filhas.

O conflito é grande demais — pesado demais —, duro demais.

— Rhi? — Grace pergunta. — O que está acontecendo? Você está me assustando.

Os olhos de Rhi se desviam.

— Eu só precisava tomar um ar — ela diz, sorridente, se afastando, indo para a casa.

*Você ainda é minha garota preferida, né, Edie?*

Rhi tropeça, a garganta dá um nó. Sente Eden tentando sair do armário de sua mente, mas Rhi é mais forte. É mais forte que a dor — não precisa senti-la. Esse é só um problema a ser solucionado, só isso. Não precisa ficar emotiva.

*Você não precisa ser tão dramática.*

De quem é essa voz? Do pai? De Kevin?

Rhi não se lembra.

— Você tem certeza... — Grace começa.

— Aposto que a sra. Quaker está precisando de ajuda com a janta — Rhi interrompe. Ela se atrapalha com a porta ao fugir das perguntas de Grace casa adentro.

Mais tarde, quando Sunder acende uma fogueira e os jovens se reúnem em volta dela, Grace encontra Rhi lavando a louça.

— Aqui — Grace diz, abrindo a lava-louças. — É só colocar aqui dentro. Vem com a gente ficar em volta da fogueira.

Rhi fica tensa, dá um leve passo para trás.

— Ou não — Grace diz. — Se é assim, deixa eu ir secando a louça.

Elas colaboram em silêncio: Rhi lava as coisas, Grace seca e guarda tudo. A cabeça de Rhi gira enquanto ela trabalha, acelera de um pensamento a outro, dando voltas na verdade a que não pode se agarrar totalmente.

Ela tinha algumas lembranças… mas ouviu que não são verdadeiras.

Mas são mais que momentos fugazes — são acontecimentos que mudam uma vida.

Mas a pessoa que já foi a que mais amava e na qual mais confiava no mundo declara que ela está lembrando errado.

Então o que dizer de Nova York? Ela está se lembrando direito?

E caso não esteja, o que há de errado com ela para imaginar tal coisa?

O telefone de Rhi faz um barulho no bolso de trás da calça.

Ela solta o prato que estava lavando e ele se despedaça na pia de cerâmica. Ela xinga alto, põe as mãos molhadas na cabeça raspada.

— Não tem problema — Grace diz, parando o que está fazendo para arrastar a lixeira da cozinha.

Rhi tenta se acalmar, estica a mão para pegar os cacos da pia, e xinga de novo ao se cortar.

— Ok, você... senta aqui — Grace diz, pegando Rhi pelos ombros e a acomodando em uma das cadeiras da sala de jantar. — Eu arrumo as coisas.

Rhi segura o dedo machucado à frente do corpo, como se ele fosse ofensivo. Fica observando o sangue brotar da fenda, só um centímetro de comprimento, na ponta do dedo. Ele persiste, criando uma gota vermelho-enegrecida até a massa e a gravidade ditarem o que tem que acontecer e os elos se romperem, deixando o sangue escorrer até o vinco do dedo, pingar no chão.

Grace aparece com um papel-toalha e um kit de primeiros-socorros. Começa a limpar e fazer curativo no dedo.

Rhi observa seus gestos. Grace não precisava estar ali agora. Poderia estar lá fora, em volta do fogo, com a irmã, com Dallas, de quem Rhi tem quase certeza de que Grace é a fim, pelo quanto um atazana o outro. Mas escolhe estar ali. Talvez isso queira dizer alguma coisa a respeito de Grace. Talvez isso queira dizer alguma coisa a respeito de Rhi.

Grace ergue os olhos enquanto Rhi a analisa. Fazem contato visual, e algo elétrico se passa entre as duas nesse instante, lançando-as de impressões turvas à alta-definição. De repente, Rhi entende totalmente que Grace não é apenas *a irmã gêmea de Verity* ou *a menina normal, perfeita*, e ela percebe que Grace se dá conta de que Rhi não é apenas *a menina quieta que é nova na escola* ou *a menina adotada por um bando de adolescentes selvagens*. As duas são seres humanos complexos que estão vivendo vidas complexas e ao mesmo tempo tentam lidar com as *infinitas* complexidades de serem mulheres no mundo, e além do mais adolescentes.

E Rhi entende, com mais clareza do que nunca, que existe algo selvagem dentro dela que está enjaulado há tempo demais.

Nesse momento, tem certeza de que também existe algo selvagem dentro de Grace.

Grace se levanta e termina de limpar os cacos do prato quebrado. Ela se vira e olha para Rhi, cruzando os braços. Repensa e põe as mãos na cintura.

— Então… você quer falar do assunto? — ela pergunta.

Rhi se levanta, passa os braços em volta do corpo. Vai até a porta corrediça de vidro e olha para a noite verde azulada, radiante devido à fogueira. Seu corpo inteiro diz *não*.

— Você não é obrigada — Grace declara, seguindo Rhi até a sala de jantar. — Mas, sabe como é, às vezes ajuda falar as coisas em voz alta. Alguém escutar o que você passou.

Rhi se pergunta se Grace, uma estranha, pode lhe dar as respostas que parece incapaz de achar dentro de si. Sabe-se lá como, ela sente que Grace deseja ajudá-la. Mas para que possa ajudar, Grace precisaria entender *tudo*. Rhi teria que contar a alguém do monstro que vem mantendo trancado no armário há anos, desde muito antes de enfiar Eden lá e tentar se reinventar — e Rhi não tem certeza de que consegue.

Será que consegue?

— É complicado — ela enfim diz, uma careta repuxando os lábios. — Não é uma coisa só… é minha vida inteira.

Grace assente.

— Ok. Mas posso te perguntar uma coisa?

Rhi encolhe os ombros.

— Tem a ver com a pessoa com quem você queria um encerramento?

A pele inteira de Rhi vibra enquanto as palavras voltam correndo — as palavras dela, dele, uma vida inteira de palavras aprisionadas e chacoalhando no cérebro impregnado de pânico.

— Tem.

— Ok — Grace fala delicadamente, como se as palavras erradas pudessem fazer Rhi se despedaçar tão fácil quanto o prato. — Posso te fazer outra pergunta? Já vi você receber mensagens que deleta sem nem ler. Elas todas parecem ser de alguém que na sua agenda está com o nome "NÃO". *Isso* tem alguma coisa a ver com o que está acontecendo?

O cérebro de Rhi agora é um furacão de adrenalina, trechos de lembranças balançando com as ondas.

São cinco horas da madrugada e ela está no elevador.

*Não.*

São seis e meia e finalmente a farmácia está aberta.

*Não.*

São seis e trinta e quatro e a farmacêutica olha com um excesso de empatia para uma garota que na verdade, se for bastante sincera, só pode culpar a si mesma.

*Não.*

São sete horas da manhã e o ônibus está saindo da Penn Station.

*Não.*

São sete e dois e Eden acabou de deletar a primeira das inúmeras mensagens que não vai responder.

*Não.*

> Por que você saiu correndo tão cedo, Edie?

Como se nada estivesse diferente. Como se nada tivesse acontecido.

*Não.*

Aconteceu, não aconteceu?

*Sim.*

Rhi se vira, fica de frente para a mesa de jantar. Se apoia sobre ela com força, as mãos espalmadas na madeira escura e rústica.

— O nome dele é Kevin — ela diz, tentando não chorar.

— O que foi que ele te fez? — Grace pergunta com rispidez.

Mas Rhi sabe que a rispidez não é dirigida a ela — a rispidez é dirigida a Kevin. Percebe que as palavras de Grace são uma faca que brande na direção do inimigo que não vê, que nunca encontrou, que não conhece — mas já sabe, no fundo do coração, que é ele quem tem a culpa.

E essa rispidez — essa compreensão — basta para que Rhi se arrisque a se livrar, finalmente, desse fardo terrível.

— Ele é meu irmão postiço — Rhi cochicha. Sua voz treme e a boca não quer funcionar porque ainda existe *muito* medo dentro dela. Mas existe também a raiva, que fervilha logo abaixo. — Ele é sete anos mais velho que eu. E eu amava ele, porque era a única pessoa que era legal comigo.

Rhi dá outra olhada para Grace para ver o que ela acha disso. Teme o julgamento — imagine o nível de ridículo de uma pessoa para dizer essas palavras? —, mas no rosto de Grace só existe uma compaixão furiosa.

Isso basta.

*Isso basta.*

Ela continua:

— Minha madrasta é horrível. E meu pai é pior ainda. Depois que minha mãe morreu, ninguém na minha vida me tratava com uma migalha sequer de gentileza. A não ser o Kevin.

Algo no rosto de Grace diz a Rhi que ela sabe para onde a história está caminhando, porque é para onde esse tipo de história sempre vai. É por isso que as pessoas tinham tanta certeza de que Mãe abusava das garotas, por que até hoje as pessoas insistem que as garotas apenas abafaram os abusos: é mais chocante um homem sozinho na selva com quatro meninas *não ser* um predador sexual do que ser.

— Estava tão desesperada por um pouco de afeto — Rhi continua, estremecendo, explicando, justificando. — Quando ele fazia coisas que me deixavam desconfortável, eu simplesmente... presumia que eu estivesse errada. Me convencia de que era só porque ele ficava à vontade comigo. Que coisas sexuais nem passavam pela cabeça dele. Achava que *eu* era maluca, que *eu* era repulsiva por sequer *cogitar* que ele pudesse ter alguma motivação que não fosse puríssima. — Ela se cala, morde o lábio, aturdida pelo amontoado de lembranças: a forma como ela se dissolvia em um estado semiconsciente, se dissociando do próprio corpo, louca para preservar a imagem que tinha da única pessoa que a tratava com algo remotamente parecido com amor.

— Havia sempre muito mais momentos bons do que ruins quando ele estava em casa. Eu repetia para mim mesma que era *isso* o que interessava. — Neste momento, Rhi se vê: a jovem Eden no quarto, contando os dias para Kevin voltar do internato para casa; esperando avidamente sua chegada no primeiro dia das férias de inverno; correndo para recebê-lo no acesso da garagem assim que descia do carro, acenando com um cartão de cartolina que tinha feito para ele na escola.

Ela o amava *tanto*.

O soluço que sobe ao peito de Rhi a surpreende. Sacode sua jaula de compostura, solta as lágrimas enquanto uma agulha de dor alfineta a parte de trás dos olhos.

— Eu era *uma criança* — ela ofega. — Ele era *adolescente* quando a gente se conheceu. — Ela treme, os olhos se arregalando enquanto as palavras saem, pintando um retrato dez mil vezes mais claro do que o retrato que vem carregando na cabeça, totalmente sozinha.

Grace põe a mão no ombro dela, mas não diz nada. Talvez saiba que se algo interromper Rhi, ela jamais chegará ao fim da história. Ou talvez esteja apenas sem saber o que dizer.

Rhi enxuga o rosto, tenta tomar fôlego.

— No começo, era muito de vez em quando. E eram só... toques. *"São só toques, Edie. Nada errado." Um peso a seu lado no colchão, se enroscando em seu corpo pequeno. As mãos passeando na pele feito ondas de náusea.*

Ela desmorona em uma cadeira e apoia os cotovelos na mesa, mal conseguindo erguer a cabeça.

— Fora isso, ele *era* muito legal — Rhi sussurra. — Ele me protegia. Batia boca com meus pais quando eram rígidos demais comigo, contrabandeava comida quando minha madrasta me obrigava a fazer dieta de fome e sempre me mandava cartas quando estava no colégio interno. — Ela balança a cabeça, tenta arrancar as lembranças do crânio. — Mas eu *sabia*. Uma parte de mim *sabia* que era... — Rhi olha fixo para o nada, para o passado, furiosa consigo mesma. Furiosa com Eden, aquela menina burra, desesperada.

Por que ela não o parou?

Por que só o confrontou quando já era tarde demais?

— Rhi — Grace diz baixinho depois de uma longa pausa, trazendo Rhi de volta à sala de jantar dos Quaker. — Você não pode se culpar pelo que ele fez.

Mas a repulsa que Rhi tem de si ainda está alta demais, ruidosa demais em sua mente.

Ela se sente frágil, exposta, cheia de arrependimentos.

Não devia ter contado a Grace.

Não devia ter contado a ninguém.

*Alguma* parte dela devia considerar aceitável tudo o que aconteceu, caso contrário, como era possível que tivesse permitido que continuasse acontecendo?

— Não importa o que você entendia ou não entendia — Grace diz com firmeza. — Você era *criança*. Mesmo que nunca tenha tentado impedir… mesmo que nunca tenha dito não… *ele* é quem devia sentir vergonha. E eu espero que ele esteja se afogando nela.

Rhi gela. Sente o ardor distante de uma raiva tão fraca que mais parece uma lembrança, e tira o celular do bolso. Ela o põe em cima da mesa, a tela para cima, refletindo seu rosto assombrado no vidro preto, feito um fantasma.

Não.

Não.

Não.

A raiva arde um pouco mais luminosa.

O peso dentro do peito de Rhi parece dobrar de tamanho quando uma névoa incolor entra no cérebro, arrastando-a para trás no tempo: antes do suicídio de Oblivienne; antes de encontrar as Garotas Selvagens de Happy Valley; antes da prisão do pai; antes que os fios tênues que uniam seu universo se desenredassem à força.

— Mas eu disse *não* — Rhi sussurra. — Depois de um tempo.

# NOVA YORK

**É agosto.** Kevin foi aceito em um programa de estudos na Alemanha durante seu último ano de MBA. Vai embora em duas semanas.

Está combinado que Eden vai passar o fim de semana no apartamento dele em Nova York. Ele considera importante que ela esteja em sua festa de despedida. *É claro* que Eden comparece, pois acha insuportável a ideia de Kevin passar um ano inteiro sem voltar para casa — um ano inteiro sem Kevin para protegê-la da crueldade gratuita dos pais de ambos. Apesar de tudo em que ela tenta não pensar, Eden ainda enxerga em Kevin seu protetor. Seu único amigo. A única pessoa que já a amou por ser quem é.

Então ela vai a Nova York, de ônibus, sozinha. Ela nunca pensa em quem Kevin se torna à noite — só se permite pensar em quem ele é durante o dia, quando é amável e generoso e de uma bondade infinita.

Mas não é essa a pessoa que a busca na rodoviária. Desde o começo, Kevin é frio e distante, desatento e brusco. Arrasta Eden de um lado para o outro para resolver coisas e mal fala com ela. Ele a ignora e fala ao telefone com gente que Eden não conhece. No apartamento apertado, um quarto-e-sala no Harlem, eles não assistem filmes à noite como faziam quando estavam em casa. Kevin vai dormir cedo e Eden dorme no sofá-cama. Está confusa, com medo de ter feito alguma coisa que o irritou ou ofendeu, mas com medo também de perguntar o que fez.

Na manhã seguinte, enquanto comem bagels dormidos e tomam café preto, Kevin avisa a Eden que ela deve agir com maturidade na festa de despedida que vai acontecer à noite, para não fazê-lo passar vexame na frente dos amigos.

Eden está decidida a obedecer.

Kevin a leva para resolver mais perrengues de última hora, resolve comprar um lindo vestidinho verde-pálido que é alguns tons mais claro que a pele de Eden, bronzeada do sol de verão, e a faz parecer uma mulher cinco anos mais velha do que é. Não é um estilo ou uma cor de que goste, mas como já está acostumada a usar o que Vera compra para ela, ser igualmente obediente a Kevin não a aborrece.

A festa começa às nove. Do nada, Kevin volta a ser legal. É gentil e solícito, fazendo questão de que Eden coma alguma coisa antes de tomar qualquer bebida alcóolica, fazendo questão de apresentá-la a todos os amigos, um por um. Exibe Eden aos amigos como se tivesse orgulho dela.

Ele bebe, e Eden bebe — e ela sabe que não deve, que acabou de completar dezesseis anos, embora o vestido a faça parecer mais velha, mas está tão feliz porque Kevin voltou a ser legal, e quer *agir com maturidade* por Kevin, quer que os amigos a vejam como a jovem madura que ele acha que ela é.

Mas Eden nunca bebeu nada além de uma taça de vinho durante o jantar, e os drinques são feitos com bebidas fortes. Sempre que olha para a mão, um novo drinque de cores vivas está olhando para ela, o copo meio vazio. Em pouco tempo, Eden está conversando com um garoto bonito, que faz faculdade na NYU. Tem a pele pálida, cabelo castanho e belos olhos azuis que acompanham os lábios de Eden quando ela fala. Estão em um cantinho do apartamento, batendo papo durante o que parecem ser séculos, e Eden se sente madura, e experiente, e corajosa, e estranhamente viva, portanto se inclina para a frente em um momento de calmaria na conversa e o beija. Os lábios dele estão ávidos ao retribuir o beijo.

De repente, o homem some. Há o barulho de algo rachando e o baque de coisas caindo no tapete. Kevin está lá, e está socando a cara do garoto, derrubando uma mesa de canto enquanto se engalfinham no chão. Eden tampa a boca para não gritar.

Existe algo apavorante nos olhos de Kevin, algo que ela nunca viu antes.

As pessoas avançam e se aglomeram, engolindo o nó emaranhado de Kevin e do aluno da NYU, que os cospe como duas entidades separadas. O rapaz é empurrado porta afora e vai embora, olhando para Kevin com ódio. Ele nem sequer dá uma olhada na direção de Eden.

A festa se esvazia em poucos minutos.

Kevin e Eden discutem.

Eden está embriagada e enfurecida e tolamente destemida. Chama Kevin de babaca. *Ele é cinco anos mais velho que você, Eden!* Kevin berra. Eden tenta se defender, defender o rapaz, bradando sobre maturidade e fazer as próprias escolhas, ressaltando que a conduta de Kevin não é melhor que a de Pai. Mas Kevin fica repetindo: *ele é cinco anos mais velho que você!* Até que por fim Eden revida aos berros: *bom, você é* sete *anos mais velho que eu e isso nunca te impediu!*

Os dois gelam.

É a primeira vez que Eden fala alguma coisa sobre quem Kevin se torna nas noites que ela gostaria de esquecer.

O rosto de Kevin fica vermelho. Ele urra, enfurecido, ao pegar um copo e atirá-lo na parede, despedaçando-o em milhares de caquinhos. Então ele dá meia-volta e segura Eden pelo pescoço, empurrando-a contra as estantes de livros, o mesmo brilho apavorante nos olhos que ela viu mais cedo. Kevin aperta só por um instante — interrompe a respiração de Eden só por um instante.

Mas basta um instante para tudo entre eles mudar.

Kevin a solta e recua. Ele começa a chorar imediatamente, cobrindo o rosto com as mãos, os ombros largos balançando. Eden só o viu chorar uma vez, aos dezessete anos, depois de ser brutalmente ridicularizado e humilhado por Pai — por tê-lo enfrentado em defesa de Eden, é claro.

Ela é dominada pela culpa, o medo do temperamento de Kevin sendo logo substituído pelo medo de perdê-lo. Ela se desculpa profusamente, tenta acalmá-lo, apaziguar as emoções frenéticas. Calcula o que precisa fazer para tranquilizá-lo assim como calculou como tranquilizar as pessoas a vida inteira. Eles se sentam no sofá. Eden o abraça, sem jeito, enquanto ele chora em seu colo.

Passado um tempinho, Kevin para de chorar. Ele se senta e enxuga o sal do rosto, olha para Eden com olhos vidrados e inchados, tanto devido às lágrimas quanto ao álcool.

— Sinto muito — ele diz.

— Eu sei — Eden responde, a garganta ainda dolorida do apertão.

— Você ainda é minha garota preferida, né, Edie? — ele pergunta, como sempre.

— É claro — ela responde, como sempre.

Kevin dá um leve sorriso, depois se aproxima e lhe dá um beijo na boca.

Eden fica paralisada.

Todas as outras coisas que ele já fez, ela conseguiu explicar com muita ginástica mental, mas não consegue explicar um beijo como esse. Quando ele enfia a língua na sua boca, ela sabe que não tem como explicar o gesto como outra coisa que não sexual. Mas não consegue tomar nenhuma atitude.

Ela está com tanta vergonha.

E confusa.

A vida inteira, a madrasta de Eden a ensinou que o maior valor que tem como menina é o valor que os homens atribuem a seu corpo — que ser desejada sexualmente é o auge do empoderamento feminino, a melhor coisa que pode almejar —, a meta definitiva do sexo feminino. E Eden deseja afeto, deseja mais do que seria capaz de explicar.

Por um instante, acha que deveria curtir. Está conseguindo a atenção que tanto almeja.

Mas não é isso o que ela *quer*. *Nunca* foi isso o que ela quis. E esta noite, com a pouca coragem que lhe restou da bebedeira, ela enfim vai dizer *não*.

Eden empurra Kevin.

— Kevin, *para*! Eu não quero.

Kevin olha para ela, perplexo. Em seguida ele ri.

Eden o encara, confusa, e então ele a puxa de novo, beijando-a de novo.

Ela fica atônita. Sempre presumiu, em certa medida, que se o mandasse parar, ele pararia. Poderia ficar bravo, e talvez passasse a odiá-la, e ela se sentiria péssima por isso, mas sempre tinha imaginado que *ele pararia*.

Que estúpida tinha sido.

Eden não faz ideia do que Kevin é capaz.

Não lhe resta nada a fazer além de aguentar firme. Ela lança mão da fuga habitual e o álcool no sangue torna isso mais fácil do que nunca: ela se distancia do corpo, deixa a consciência se afastar do que está acontecendo. É lógico que um beijo não é pior do que tudo que ele fez antes. Eden vai sobreviver a isso. É só isso que ela precisa fazer: sobreviver aos próximos dez minutos, mais ou menos, até tudo voltar ao normal.

Ela fica repetindo que isso não é nada — é igual ao que tem sido há anos —, é até mesmo conhecido.

Até ele abrir o zíper da calça.

Eden volta a seu corpo de repente. Há algo decisivo nesse som que a faz se dar conta de que ele não pretende que essa seja uma noite igual às outras.

Eden recua.

— *Não* — ela diz, ou talvez grite, pois a sílaba é um estrondo nos ouvidos. Ela o empurra para tirá-lo de cima de si, e quando percebe, eles estão caindo do sofá para o chão.

Antes que o ambiente pare de girar, Kevin pega as mãos dela e as segura acima da cabeça. Chega perto do ouvido dela e sussurra:

— Está tudo bem, Edie. Shh. Está tudo bem.

Eden vira o rosto para o outro lado. Ela se concentra no carpete azul-petróleo que vai de parede a parede, áspero e desbotado, salpicado de manchas. Está imundo por causa da festa e da briga, repleto de migalhas da comida derrubada e de pedregulhos dos sapatos sujos. Tem um cheiro poeirento, feito concreto. Pedaços afiados de detritos mordiscam seus braços à mostra, os ombros nus, as costas expostas, machucados infinitesimais, numerosos demais para se contar. O corpo se entorpece, imune às agulhadas.

Ela se entorpece a tudo.

Não está ali.

Isso não está acontecendo.

# 39

— **Meu Deus** — Grace sussurra.

É a primeira vez que Grace fala depois de muito tempo calada, e quebra o feitiço sob o qual Rhi está. Ela emerge da bruma escura, quase ofegante, como se contar a história lhe custasse o dobro de oxigênio das outras palavras. Sente a mesa sob as mãos, a superfície encerada, irregular, da madeira, o latejar silencioso, porém altíssimo, da pulsação dentro da cabeça. Se pudesse se ver agora, imagina que veria os olhos arregalados, as pupilas dilatadas e os lábios pálidos.

— **É** — **Rhi diz,** subitamente ciente da fraqueza trêmula na voz enquanto tenta escapar da vergonha enrolada nela feito um lençol frio, molhado, bolorento. — Quando acabou… eu ainda achei que a culpa era minha.

— *Não era* — Grace diz logo, com raiva, se levantando com a força de sua insistência. — Cem por cento, a culpa *não* foi sua, a culpa também *nunca* foi sua antes dessa noite. Não existe nada neste mundo que você poderia ter feito para *tornar* sua essa culpa. Você nunca consentiu… você *não poderia* ter dado nenhuma forma de consentimento que tivesse *relevância*. Você mandou ele parar, você disse *não*… e mesmo se *não tivesse*… — Ela jura. — Rhi. A culpa *nunca foi sua.*

Rhi olha para as unhas, recém-ensanguentadas por ter arrancado as cutículas de nervosismo, o corpo inteiro trêmulo.

— Agora eu sei disso. Mas isso não faz a vergonha sumir.

Com esse comentário, uma parte dela desaba por dentro, como uma criança doente que finalmente vai se arrastando para a cama. Ela disse o que precisava dizer. Dividiu a coisa que mais temia dividir.

E continua viva.

Rhi se sente em carne viva. O coração continua a bater, como se fosse um dos tambores de camurça dos Quaker e não um órgão vital. Está exausta.

Dá um abraço nela mesma, sem querer ocupar espaço, sem querer mais ser notada, mas com um desejo desesperado de que Grace se repita:

*A culpa nunca foi sua.*

*A culpa nunca foi sua.*

*A culpa nunca foi sua.*

— O que foi que você fez… depois? — Grace pergunta, a voz anormalmente baixa e cautelosa.

Rhi levanta a cabeça, tenta mantê-la erguida ao retomar as lembranças daquele fim de semana. Essas cenas são mais familiares para ela do que as outras. Permitiu-se rebobinar essas memórias inúmeras vezes, em busca de absolvição.

— Eu saí de fininho de manhã com as minhas coisas e fui à farmácia para comprar uma pílula do dia seguinte. A farmacêutica me obrigou a passar por uma consulta e perguntou se eu tinha sido violentada. Ela foi muito gentil. Acho que queria ajudar de verdade. Mas eu ainda estava tentando me convencer de que não era nada. Além do mais, eu estava… — Rhi perde o fôlego por um instante, e o recupera num sussurro. — *Envergonhada.* Por aquela noite e por todas as noites… por todas as vezes que ele já tinha me tocado… Eu estava *morta de vergonha.*

Rhi se vê balançando a cabeça, pensando como já pensou centenas de vezes: *mas se a culpa foi minha, não preciso responsabilizar o Kevin.*

*Se a culpa foi* minha, *não preciso perdê-lo.*

*Se eu* fiz *aquilo acontecer, nunca perdi o controle da situação.*

*Se fui* cúmplice, *não foi tão ruim assim.*

*Seria* melhor *se a culpa fosse minha.*

As lágrimas tornam a pinicar os olhos de Rhi, mas ela não tenta segurá-las. Desta vez, não estão cheios de pânico e terror. Só estão tristes — verdadeira, inteiramente tristes — por ela mesma e pela menina que era onze meses antes, e pela menina que foi todos esses anos. A menina com a qual não quer mais nada.

— Falei para a farmacêutica que eu estava bem. Só tinha tomado umas decisões ruins. — Rhi hesita, mesmo a esta altura pensando: *talvez tenha sido isso mesmo, talvez não tenha sido tão ruim quanto nas minhas lembranças, talvez eu só tenha feito uma merda e agora esteja arrependida e esteja mentindo para me proteger porque acho insuportável estar enganada, igualzinha ao meu pai.*

Mas então ela olha para o vidro preto da tela do telefone e se força a lembrar.

*Não.*

*Eu disse NÃO.*

— A farmacêutica me passou um monte de informações sobre o Planned Parenthood — Rhi continua. — E sobre a RAINN, uma ONG que cuida de vítimas de abuso, estupro e incesto. E, o mais estranho, me deu um cartão-presente da Starbucks que estava na carteira dela. Falou que só tinha mais onze dólares no cartão e que eu devia comer alguma coisa bem calórica porque a pílula do dia seguinte era um horror para o organismo. Mas eu vi… eu vi que ela não acreditou em mim. Quer dizer… — Rhi toca no pescoço e cochicha: — Eu só percebi depois, mas estava com marcas no pescoço. Não tão feias quanto as da Verity hoje, mas estava claro que alguma coisa tinha acontecido. — Ela pigarreia como se ainda sentisse a mão dele no pescoço. — Acho que ainda tenho o cartão-presente. Tomei a pílula, fui para a rodoviária e comprei uma passagem para casa. — Ela zomba. — Meus pais nem perguntaram sobre os machucados quando eu cheguei.

Grace fecha a cara.

— E o Kevin?

Rhi examina o telefone em cima da mesa, a capa protetora toda preta nas bordas, insípida e discreta e fácil de ignorar, uma capa que não diz nada sobre a personalidade da pessoa que a escolheu — ou talvez diga tudo, no final das contas.

— Ele me mandou uma mensagem quando eu estava no ônibus perguntando por que fui embora sem me despedir. E eu fiquei morrendo de raiva... por ele ter sido capaz de me *perguntar* isso, de agir como se *nada* tivesse acontecido... ele estava agindo de uma forma tão normal que comecei a ter dúvidas de que aquilo tinha acontecido. — Rhi fita Grace. — Mas no momento em que eu estava duvidando de mim mesma, vi meu reflexo no vidro. Vi os machucados. Eu *sabia* que não estava inventando. Mas estava com tanta raiva, tão confusa e... de coração partido. — Ela balança a cabeça e volta a olhar para a tela preta do celular. — Não respondi. Mas troquei o nome dele nos meus contatos para "NÃO", porque não interessa o que realmente aconteceu naquela noite, *eu me lembro de ter dito não*. E não podia me permitir esquecer. — Rhi desmorona um pouquinho na cadeira. — Não falo com ele desde então. Até o e-mail que mandei ontem à noite. Em que o confrontei a respeito de... tudo.

— Ah — Grace diz baixinho. Entendendo tudo. — E ele respondeu esta tarde.

Rhi faz que sim, de cara feia para o celular, pois agora que falou tudo em voz alta, agora que Grace a escutou e afirmou sua inocência, Rhi enxerga sua infância com nitidez. Apesar da dúvida irritante e da vergonha e do horror que perduram dentro dela, enxerga as atitudes de Kevin pelo que são. E agora sabe que a resposta dele a seu e-mail foi só mais uma tentativa de manipulá-la.

— Ele está fingindo que não sabe do que eu estou falando — Rhi diz sem firmeza.

— O *filho da puta* — Grace sibila.

— Não sei o que eu esperava. Remorso? Alguma justificativa? Uma confissão de culpa? — Rhi faz que não. — Sinceramente, qualquer uma dessas reações teria criado um novo inferno para eu atravessar. Talvez até me levasse a perdoá-lo, ou a me odiar mais do que já odeio. Me tirando de louca desse jeito... fingindo que eu inventei tudo... esse provavelmente seria o único jeito de ele me responder que iria *me quebrar* de verdade. Que me forçaria a contar para alguém, só para eu constatar que não estou ficando louca. — Rhi ainda não tem certeza se é verdade, mas sabe que isso a faz parecer mais forte, mais segura do que é.

Após um longo silêncio, Grace respira fundo.

— Rhi. Posso te dar um abraço?

Rhi encolhe os ombros e Grace passa os braços em volta dela com tanta força que dá a impressão de que está tentando transformá-las em uma só garota.

— Eu lamento muito — ela sussurra. — Lamento muito que você tenha tido que passar por isso tudo sozinha. Lamento que seus pais sejam pessoas tão horríveis a ponto de *Kevin* ter sido o único ponto de luz da sua infância. Lamento muitíssimo que você tenha se sentido responsável pelo sofrimento que ele te causou. Lamento muito que você ainda sinta vergonha do que aconteceu. — Ela solta um ruído raivoso no ouvido de Rhi e sua voz vira um cochicho. — Você era *uma criança*. Estava só tentando sobreviver. Ninguém pode te culpar por isso.

Rhi respira fundo, tentando inspirar a verdade das palavras de Grace e fazê-las grudar a seus ossos. Mas como fazer a verdade grudar quando se é tão acostumada a evitá-la?

— Mas Rhi — Grace diz, distanciando-se dela. — Você *precisa* trocar de número. Ou bloquear o número dele. Alguma coisa que impeça ele de te contatar.

Rhi quase dá uma risada, a ideia é muito absurda em sua cabeça, mas ela começa a chorar, muito rápido, muito de repente.

— Não posso. Sei que é ridículo, mas ainda tenho medo de ficar sem ele na minha vida. Ele foi a única pessoa que eu amei durante bastante tempo... como é que eu posso simplesmente... *perder* ele?

— Você *já* perdeu ele — Grace retruca, o tom delicado mas os olhos lívidos. — Na primeira vez que ele te tocou assim. No momento em que ele cruzou a linha, ele deixou de merecer seu amor. Você *precisa* abandonar a versão boa dele. Ela desapareceu faz muito, muito tempo... se é que um dia existiu.

Rhi se abraça de novo, as lágrimas escorrendo embora nenhum soluço movimente seu corpo. É como se estivesse exausta demais para isso.

— Bom, isso não importa. Vamos voltar a morar na mesma casa daqui a duas semanas.

— *O quê?*

— Meu pai ganhou o recurso. O Kevin terminou a pós-graduação. Minha madrasta já está voltando para casa. — Rhi encolhe os ombros, embora a boca cada vez mais se curve em uma carranca. — Enquanto o Kevin negar tudo, ninguém vai acreditar em mim.

— Talvez não os seus pais — Grace concorda. — Mas você precisa contar o que ele fez para a polícia.

— Quê? — Rhi dá um pulo para trás como se Grace acabasse de estapeá-la. — Não posso. Minha família vai literalmente me matar. Não existe indício, não existe prova. Vai ser só um escândalo.

— Mas existe testemunha — Grace diz, os olhos brilhantes. — Se você achasse a farmacêutica, eu aposto que ela se lembraria de você.

— Não. De jeito nenhum. Meus pais acabariam com a minha vida. Eles iriam preferir me ver morta a ver o Kevin metido em encrenca... e arranharia a imagem *deles* ter deixado tudo acontecer debaixo do teto deles. E se não me matassem, eles achariam um jeito de transformar minha vida em um *inferno*.

— Mas você não está mais *sozinha* — Grace lembra. — Para começar, agora você é uma figura pública, então tudo que te acontecesse viraria manchete nos jornais nacionais, e então *eu* faria um auê em torno da história. E também tenho certeza de que a dra. Ibanez te ajudaria. E o seu tio. Eles não deixariam você voltar quando soubessem...

— Grace — Rhi a interrompe, fazendo que não, apavorada com a ideia de ter que recontar a história de Eden, de ter que se rasgar e se derramar assim para mais alguém. — Não. Não posso.

Grace abre a boca para falar de novo, mas é interrompida. Em algum lugar lá fora, uma garota berra.

# 40

**Tudo começa quando Grace deixa** a fogueira de lado para entrar e ver como Rhi está. Sunder, que não confia completamente em Grace, sente uma pontada de inveja da menina que se afasta: inveja porque ela entende a nova irmã como elas jamais conseguiriam. E também raiva, pois Grace já foi cruel em relação a Rhi — embora algo tenha mudado nela após a morte de Oblivienne.

Imaginar Grace sendo a pessoa a consolar Rhi faz Sunder se sentir impotente. Nunca foi boa em falar dos sentimentos, apesar de saber exprimi-los. Mas seus sentimentos são como nuvens, visíveis e óbvias, sempre em movimento. Os sentimentos de Rhi parecem ser poços escondidos e fontes subterrâneas agitadas: invisíveis, mas mesmo assim em erosão, até um cataclismo romper a terra.

Por quanto tempo uma pessoa é capaz de carregar dentro de si um ecossistema desses até desmoronar ou explodir?

Talvez quando Rhi estiver em Leutéria, consiga deixar esse fardo para trás. Talvez cumprir seu destino a cure de todos os males.

— Irmãs — Sunder cochicha, embora não estejam sozinhas em volta da fogueira. Sabe que Dallas e Giovanna podem ouvi-la, mas não tem tempo a perder. — A gente devia conversar sobre o portal. Amanhã à noite…

— Agora não — Verity diz, quebrando um graveto ao meio. — Estamos preocupadas com a Rhi.

— Ela está se sentindo como a Oblivienne se sentiu — Epiphanie sussurra. — Antes do fim.

— Parecido… mas diferente — Verity concorda.

Sunder não gosta de admitir que sentiu a mesma coisa. Mas dessa vez, não vai chegar tarde demais. Vai dar esperança à irmã mais recente, ainda que não possa lhe trazer alívio.

— É por isso que a gente precisa falar do portal — ela torna a sussurrar para Verity, em tom baixo demais para que Dallas e Giovanna a entendam, mas Verity fica olhando para o fogo como se tampouco a ouvisse.

— Vocês fazem alguma ideia do que está acontecendo com a Rhi? — Dallas pergunta, olhando para a casa. — Ela me parecia distraída ontem, durante o funeral. Muito atenta ao celular. Não é normal ela fazer isso.

— Aquele troço sempre a deixou sensível — Sunder declara, agitada. — Ele bipa e vibra, e ela vira uma casca de ovo.

— Uma casca de ovo? — Dallas se espanta.

— Frágil — Epiphanie explica. — Afiada quando se quebra.

Ele franze a testa.

Giovanna joga a metade de um graveto no fogo, fica observando ele pegar fogo e se curvar.

— Fico me perguntando se não tem a ver com a família dela — a menina pondera.

— Seria bom se ela nos dissesse como a gente pode ajudar — diz Dallas. — Eu e a Gia entendemos muito bem famílias de merda.

— Ela não fala do sofrimento dela — explica Verity

— Mas ela sempre o carregou, desde que a conhecemos — Epiphanie acrescenta.

— É um sofrimento antigo. Sempre se renovando.

— Como vocês sabem? — Dallas pergunta.

— É porque estamos conectadas a ela — Sunder diz, atirando um punhado de grama seca na fogueira. Ela chameja e chia em poucos segundos. — Assim como nós somos conectadas umas às outras. — Ela torna a dar uma olhada expressiva para Verity, que não retribui. Quando ela se vira para Epiphanie, o rosto está sério, observando o fogo.

— Mas vocês cresceram juntas — Dallas diz. — Vocês precisaram de anos para formar esse tipo de vínculo.

— Não é *o tempo* que forma um vínculo como o nosso — Sunder rebate. — É algo mais.

— É? — Verity questiona.

Sunder se espanta.

— Nós sempre tivemos uma conexão com a Rhi — ela diz. — Assim como sempre tivemos conexão umas com as outras. E você sempre esteve conectada com a Grace. Nosso destino é o que nos une.

— Destino? — Giovanna indaga.

Um silêncio pesado se abate sobre as meninas. Sunder tem a teimosia de ficar esperando, na ânsia de que uma das irmãs reconheça o destino que as aguarda na noite do dia seguinte.

— Vocês desistiram completamente de tudo o que Mãe nos ensinou? — Sunder pergunta um instante depois, a voz trêmula.

Mas seu coração já sabe que a fé das irmãs na profecia de Mãe se enfraqueceu, assim como seu coração sabe que o portal *vai* aparecer na noite seguinte.

— Sunder... — Epiphanie tenta.

— Eu não menti quando falei com vocês ontem à noite — Sunder diz, agora aos berros. — O portal vai se abrir amanhã e precisamos estar prontas.

— *Não existe portal nenhum* — Verity afirma. — E Mãe *não* era um homem bom.

Sunder encara a irmã, o coração apertado.

— Ele *roubou a nossa infância* — Verity insiste. — E ele tentou roubar também o nosso *futuro*. Ele nos atribuiu um destino tão cedo que nenhuma de nós teve a chance de imaginar outra alternativa. Nenhuma de nós imaginou um futuro... a gente só imaginava o que Mãe descrevia. — Ela faz que não com a cabeça. — Não é nenhum espanto que Oblivienne se sentisse tão desesperançosa. Ela não conseguia acreditar no futuro que Mãe nos prometeu, mas também não conseguia imaginar um futuro diferente. Ela só conseguia conceber mais do mesmo... decepção, manipulação, mentiras...

— Mãe *não mentiu!* — Sunder grita, partindo para cima de Verity. Verity a segura como se Sunder fosse lhe dar um abraço, mas no mesmo instante cai em uma cambalhota, as duas rolando no chão, trocando surras feito lobos.

Giovanna berra implorando que elas parem, mas o som mal chega à consciência de Sunder. É tomada pela raiva e sensação de ter sido traída e por uma lealdade feroz. Verity não faz nada para diminuir esse turbilhão. Só faz com que Sunder se sinta mais selvagem, mais terrível, substituindo a raiva por uma dor que não consegue descrever: profunda e larga e mutável, como o momento em que o castelo desmoronou, e não o momento em que a perna foi mordida pela mandíbula de metal.

Quando Verity revida, segurando a bochecha de Sunder com as unhas, a intensidade da dor se transforma em uma tristeza veemente, em vergonha. Pensa nos hematomas no pescoço de Verity, nos hematomas no braço de Epiphanie, todos invisíveis no escuro.

Violência, violência, violência. É isso o que este mundo quer dela? Não é a primeira vez que briga com uma das irmãs, mas não quer ser como os homens que fizeram essas coisas.

Ela distensiona o corpo e Verity se afasta, a prende contra o chão duro, seco, olha dentro dos olhos dela com uma preocupação e uma mágoa tão furiosas que Sunder quase quer perdoá-la pela traição.

— O que é que está acontecendo? — A voz de Grace rompe o zumbido na cabeça de Sunder.

# 41

**Quando chegam à fogueira,** Rhi se surpreende ao ver Giovanna agarrada a Dallas, o rosto enfiado no ombro do irmão. Mais surpreendente ainda é Verity, com o joelho na barriga de Sunder, prendendo-a ao chão, os dentes à mostra como um lobo.

Grace chega correndo e tira Verity de cima de Sunder. Epiphanie ajuda Sunder a se sentar. A bochecha está sangrando.

— Dallas — Rhi diz, a voz baixa e tranquila. — É melhor você levar a Giovanna para dentro.

Dallas tem vontade de protestar, ela percebe, mas passado um instante ele faz que sim.

— Vamos, Gia — ele diz. — Está tarde. Está todo mundo cansado e irritado. Vamos para a cama. — Ele se levanta, levando junto Giovanna, que está aos soluços, e a conduz até a casa.

Rhi analisa as Garotas Selvagens de Happy Valley que ainda restam. Não está chocada com a violência, só triste pelo que isso significa: a alcateia está se dividindo. O vínculo indelével, antes tão forte e inabalável, foi desgastado pelo tempo delas neste mundo.

— O que foi que aconteceu? — Rhi indaga. Ela empurrou para o lado todos os vestígios do pânico causado pela conversa com Grace, uma habilidade que ela entende que desenvolveu graças à família, porque as garotas precisam dela. Precisam ainda mais umas das outras, mas talvez consiga ajudá-las.

GAROTAS SELVAGENS **353**

— Amanhã à noite — Sunder diz, o tom soturno. — O eclipse. O portal. A gente devia estar se preparando, traçando um plano.

— O portal — Rhi repete, e algo nela se enche de esperança com essa ideia.

— Você pode traçar todos os planos que quiser — Verity diz, fria. — Não vai ter portal nenhum. E aí você vai ver o monstro que Mãe era.

— Verity — Epiphanie chama sua atenção.

Mas Sunder não explode. Ela dá as costas, fecha os olhos. À luz da fogueira, Rhi vê as lágrimas caindo dos cantos dos olhos e de certo modo isso é bem pior que seu mau humor.

— Então eu vou sozinha — ela anuncia no mesmo tom régio que usou da primeira vez que Rhi ouviu sua voz.

— Sunder… — Epiphanie tenta falar, sem sucesso, e então recomeça. — Irmãs, *eu acredito* em Leutéria. — Ela leva os punhos fechados à barriga, desesperada para que as irmãs entendam. — Venho tentando achar uma forma de dizer isso para que vocês me entendam. Eu acredito em Mãe e em Leutéria. Mas não como antes. Quem sabe as histórias dele não sejam como a gente imaginava? Talvez seja como os contos de fadas que a gente leu. Não mentirosas, e também não totalmente verdadeiras. Uma simbologia. De algo real.

— Um conto de fadas, exatamente — Verity bufa. — Só mais uma mentira qualquer.

— Não, não é isso… — Epiphanie solta um ruído de frustração, sem conseguir achar as palavras certas. E mais do que isso, Rhi percebe, ela não consegue *fazer* com que as irmãs entendam, como costumavam entender, antes de as palavras ganharem tanta importância.

Rhi percebe a divisão com uma clareza cristalina: Grace e Verity juntas de um lado do fogo, Sunder e Epiphanie afastadas do outro lado. Assim que encontrou as meninas, estavam tão aglomeradas que mal dava para saber de quem eram as pernas e os braços; suas mentes eram tão conectadas que não precisavam trocar nem uma palavra para se entenderem ou até para conjurarem uma tempestade. Olhando para as garotas, de repente Rhi sente uma dor tão imensa que ela não pode ser só de uma pessoa. Rodopia à sua volta, dentro dela, assim como a magia naquele dia do hospital em que as meninas pediram sua ajuda para curar a perna de Sunder — só que desta vez é pesada, fria e asfixiante, como ser jogada nas ondas escuras de um mar brutal.

Está vindo delas?, ela se pergunta. Será que o mundo para o qual Rhi as trouxe enfim as separou? É isso o que acontece quando um laço tão forte se rompe?

— Rhi? — Sunder chama. Seus olhos estão abertos, o contraste habitual entre eles perdido para a dança das chamas que refletem. Seu conjunto de feições nunca foi tão estoico, tão silenciosamente resoluto. — Você me acompanha até o portal amanhã?

Por um instante, Rhi quase sente o gosto da esperança que vaza de Sunder, um raio de sol cítrico que atravessa as nuvens. Se agarra a ele como se fosse um salva-vidas, arrastando-a para fora do oceano de sofrimento, e começa a imaginar uma vida em que o passado não esteja pendurado em volta do pescoço feito um nó corrediço. Uma vida em que não se encolha quando o telefone toca ou quando alguém encosta nela. Uma vida em que não desconfie de todas as gentilezas, de todos os momentos de felicidade. Quer essa vida com tanta força que o corpo inteiro dói com a ideia.

E se pergunta pela segunda vez: se todos os pesadelos que viveu foram reais, por que a magia não pode ser real também?

Rhi se aproxima de Sunder, fazendo sua escolha.

— Você não pode estar falando sério — Grace diz. — Rhi...

— Não sei se Mãe mentia ou não mentia — Rhi é enfática ao declarar, interrompendo-a. — Mas se amanhã à noite um portal para outra dimensão aparecer em algum lugar de Happy

Valley, eu quero estar lá. Quero atravessá-lo. Ficaria feliz de lutar contra os monstros de Leutéria em vez de continuar aqui. Pelo menos em Leutéria existe a possibilidade que os monstros tenham um coração que possa ser parado.

— E se não houver portal nenhum — Verity indaga —, vocês duas vão ceder? Vão enfim admitir que *este* é o único mundo que nós vamos ter a chance de salvar? Ou vão olhar para toda lua cheia e todo eclipse em busca de outro jeito de fugir da verdade?

Sunder olha para Rhi, depois para Verity e Grace.

— Sim. Se não houver portal... a gente vai aceitar. E se *houver* portal, *vocês* vão aceitar que Mãe não mentiu para nós?

Verity balança a cabeça, frustrada, a voz inesperadamente trêmula.

— Não. Lamento, Sunder. Mesmo se houver portal, não posso atravessá-lo. E não posso assistir a *você* atravessando. — Ela franze a testa, o brilho das lágrimas transformando os olhos em brasas cintilantes quando pega a mão de Grace e a aperta com força. — A gente não vai.

— O quê? — Sunder murmura, perplexa com a traição. — Nem para ver se o portal *existe*?

— Não quero mais viver a minha vida por Mãe! — Verity brada. — Lamento que você não enxergue isso, mas Mãe *não era nosso salvador*. Não quero um *destino*. Não quero nada com portais nem com outros mundos... nem com Mãe! — Ela faz uma careta enquanto as lágrimas começam a escorrer pelo rosto. Leva a mão ao coração. — Isso também me dói, Irmã... perder Mãe uma segunda vez. Mas é essa... é essa a verdade de como me sinto.

Leva alguns instantes, mas Sunder assente — uma única vez — para a irmã. Rhi percebe que está desolada, mas não está disposta a implorar, não está disposta a ceder.

— Epiphanie? — Sunder chama. — Você vem? — E então, em tom mais brando: — Diz que vem. Você falou que viria.

De repente, Epiphanie parece exausta.

— Você sabe como me sinto, Sunder. Sabe o que penso. E me dói demais continuar fingindo que ainda acredito em uma coisa na qual não acredito mais. *Todas* nós precisamos fazer as pazes com este mundo. Começar a viver *integralmente* neste mundo. — Seus lábios se curvam para baixo enquanto fala. — Me desculpem, minhas irmãs, mas também não posso ir com vocês.

Sunder sibila, como se tivesse levado um soco. Ela segura a mão de Rhi com força.

— Então vocês decidiram — ela diz, o tom de voz subindo. — Eu e a Rhi vamos sozinhas. Vamos tentar salvar Leutéria, só nós duas. — O rosto se enruga, lágrimas furiosas caindo dos olhos. — E quando as pessoas de Leutéria perguntarem pelas outras princesas, vou falar que vocês escolheram ficar em um mundo que nem *quer* vocês!

Sunder vira as costas batendo os pés e volta para a casa dos Quaker, sua figura pequenina engolida pelas sombras além da luz da fogueira.

Passado um instante, Rhi solta uma respiração longa, vagarosa, e vai atrás dela.

— Rhi! — Grace berra para ela. — Olha, eu sei que as coisas estão uma merda, mas você não tem como fugir dos seus problemas. Não é assim…

— Obrigada, Grace — Rhi a interrompe, o coração batendo, grave e regular. — Por ter me escutado mais cedo. Mas tem coisas que você nunca vai entender… e espero que nunca precise.

# A natureza selvagem

**Trecho de *Castelo Selvagem: memórias das garotas selvagens de Happy Valley***

**A perna de Sunder** estava quente de dor. O parente-lobo mantinha a ferida limpa, impedia o sangue de deixar rastro enquanto a carregávamos pela selva rumo a um futuro desconhecido. Todos os bate-bocas e irritações das semanas anteriores sumiram da nossa alcateia. Viramos uma coisa só, mais uma vez, nos movendo em simbiose, rezando pelo alívio de Sunder, por um destino que nos acolhesse.

O choque de nossa perda ainda pesava em nossas cabeças, obscurecendo nosso sofrimento, nosso medo. Só sabíamos que precisávamos continuar em movimento, que nosso destino estava além da selva que por tanto tempo chamamos de casa. Nossa única alterativa era seguir em frente.

Na terceira noite, embora a lua estivesse cheia e a floresta iluminada, Sunder já não conseguia se mexer. Se alternava entre calor e frio, a febre ameaçando consumi-la à medida que a infecção se instalava. Nos amontoamos em torno dela debaixo das camadas grossas dos galhos baixos de uma cicuta, os parentes-lobos espremidos contra nossos troncos enquanto conjurávamos nosso poder para curar nossa irmã. Cada uma de nós pôs as mãos na pele grudenta de Sunder e a cobrimos de toda a magia de cura que conseguimos reunir dos poços profundos de nosso coração. Passado um tempo, a temperatura de Sunder caiu. Ela cochilava e despertava, a cabeça no colo de Epiphanie, enquanto a noite encobria a montanha.

— Quanto tempo a gente ainda vai aguentar desse jeito? — Oblivienne sussurrou na escuridão, e embora fosse apenas um murmúrio, suas palavras eram repletas de medo.

— A gente pode seguir em frente até não conseguir ir além — Epiphanie respondeu, tirando o cabelo enlameado da careta de Sunder. Epiphanie se virou para olhar para Oblivienne e entendeu a verdadeira questão, escrita nas sombras de seu rosto.

*A gente tem certeza de que era esse o plano que Mãe tinha para nós?*

Sem nenhuma palavra, Epiphanie respondeu: *o caminho que percorrermos é o caminho em que Mãe nos colocou.*

*Tem certeza?*

*Nem Mãe nem eu as levaríamos por um mau caminho.*

Oblivienne relaxou, encontrando a paz na garantia da irmã enquanto se escorava nos parentes-lobos e acompanhava as irmãs no sono. De manhã, a potência brutal do dia fez o céu ganhar um tom rosa nebuloso, conjurando uma cerração densa tão pálida quanto um osso. Algo se mexeu na floresta à nossa frente, nos arrancando do sono superficial para saudarmos a manhã com olhos desvairados.

*Tem alguma coisa se aproximando*, nós percebemos.

As orelhas dos nossos parentes-lobos se crisparam enquanto eles se levantavam, abaixando a cabeça para espiar através do muro de neblina. Nos aproximamos ainda mais, cercando Sunder com o nosso corpo, transportando-a com todo o cuidado possível para escondê-la atrás dos nossos parentes-lobos. A neblina à nossa frente era impenetrável, mesmo com nossos olhos afiados. Até onde enxergávamos, poderíamos estar sentadas a céu aberto. Poderia ser um urso bravo, farejando nosso cheiro, seguindo o rastro do sangue febril de Sunder.

Mas aquele era o caminho em que Mãe nos colocara. Era o único caminho adiante. Os pés ou patas de quem quer que fosse pisavam alto em galhos e chapinhavam na lama que fazia parte do percurso. Parte do nosso destino.

Outro galho se quebrou.

Os parentes-lobos deram um passo adiante, os rabos abaixados, balançando rentes ao chão.

Os passos pararam de repente.

Perturbada pela movimentação dos lobos, a névoa começou a se dissipar, revelando a silhueta de uma menina. Uma jovem.

*É ela.*

Não sabemos o que imaginamos a princípio, mas a ideia correu entre nós feito a neblina, nos inebriando de esperança. Porém, era preciso ter cautela. Mãe nos avisara que as pessoas deste mundo raramente eram confiáveis.

Mas quando a neblina se dissipou e a menina passou ao primeiro plano, a verdade tornou-se óbvia. A fome nua em seus olhos. A forma como ela andava, com o peso de um objeto fora de lugar. O fato de não ter vacilado ao nos ver, apesar do medo que emanava dela feito ondas de calor.

Sentimos nos ossos antes de aceitarmos na nossa cabeça: era nossa quinta irmã.

Finalmente estávamos a caminho de casa.

# 42

**Seja o portal realidade ou não,** Rhi não faz ideia do que colocar na mala de sua viagem para um mundo paralelo. Tenta imaginar o futuro vislumbrado na noite anterior ao enfiar pares de meias enroladas e roupas íntimas na mochila: um mundo em que não só fique livre da família desgraçada, mas em que seja livre para ser tão selvagem e poderosa quanto as meninas já tinham sido, antes deste mundo tentar destruí-las. Esse pensamento, no entanto, causa tristeza — imaginar Epiphanie e Verity deixadas para trás e Oblivienne morta. Mas Epiphanie e Verity já estão decididas e, ao contrário da maioria das pessoas, Rhi sabe que não tem como forçá-las a fazer ou acreditar em nada que não queiram.

Então sua mente volta a Leutéria. Mãe dissera que o destino delas era derrotar a grande escuridão que havia se abatido sobre o mundo. Se Rhi de fato é a quinta princesa, a *filha dos lobos* de que Mãe falou, será que vai descobrir algum poder depois de atravessar o portal? Que tipo de força ela tem que as outras meninas não têm e a obrigou a ser criada longe delas?

A dra. Ibanez poderia dizer que é sua capacidade de ficar calma em circunstâncias terríveis — sua habilidade de afastar todas as coisas dolorosas que a oprimem e nunca mais olhar para elas. A dra. Ibanez provavelmente não aprovaria essa última parte, mas Rhi ainda não achou solução melhor. Além do mais, o que ganharia remoendo o passado agora? Se o portal for de verdade, Rhi está prestes a ficar livre de tudo de que tentou fugir na vida. Tudo que bloqueou quando não podia fugir. Tudo o que ignorou a fim de sobreviver.

Se o portal aparecer esta noite, Rhi nunca mais vai ter que encarar os parentes nem a dor que vem junto com eles, nunca mais.

Ela vê o moletom da Universidade de Syracuse da mãe nas costas da cadeira da escrivaninha e sente um aperto de amor tão repentino que perde o fôlego. Rhi se senta no chão, no meio do quarto de hóspedes, e pega o casaco ao se agachar. Segurando o tecido azul-marinho e a estampa laranja desbotada nas mãos, tem dificuldade de respirar. Enquanto puxa o ar para os pulmões, sente que está tirando alguma coisa do fundo de um poço enorme, preto, coberto de lodo e escombros e um número infinito de objetos perdidos.

Em muitos sentidos, a verdade é que Rhi tem sido livre há bastante tempo. Talvez estivesse presa em uma casa mal-assombrada cheia de monstros, mas nunca foi de ninguém — não depois da morte da mãe. Nunca foi coagida pelas obrigações tácitas que vêm junto com o amor — e até a responsabilidade perversa que sentia para com o irmão postiço tinha sido destroçada no momento em que ela disse *não*.

Sua obrigação, agora, é apenas consigo mesma — com Eden ou Rhi, ela ainda não sabe direito. Não vai deixar a fraca e indefesa Eden ficar trancada na casa mal-assombrada de novo. Não vai deixar que o sonho de Rhi e esta vida que criou em Happy Valley tenham a morte silenciosa, não pranteada, de uma adolescente impotente, apavorada. Preferiria que as duas meninas morressem lutando.

Mas ela tem, sim, uma outra responsabilidade: para com as garotas. Ou o que restou delas.

— Toc toc — tio Jimmy diz baixinho, batendo com delicadeza na porta entreaberta com os nós dos dedos. A porta se abre quando Purrdita abre caminho entre seus pés e corre para esfregar o rosto nos joelhos de Rhi no instante em que a gata a vê. — Tudo dentro dos conformes por aqui?

Rhi dobra o moletom no colo e faz que sim, esticando a mão para Purrdita esfregar o rosto nos dedos de Rhi.

— Tudo, estava só... guardando umas coisas.

Tio Jimmy ergue as sobrancelhas. Ao longo de sete meses, Rhi vem deixando suas roupas em pilhas organizadas espalhadas no quarto de hóspedes, em cima da cômoda, no chão do guarda-roupas — como se arrumar um espaço para elas significasse que ali era seu lugar, que merecia se instalar ali.

— O jantar está quase pronto — ele anuncia. A expressão no rosto aos poucos muda da desconfiança para a preocupação. — Tem certeza de que está tudo bem? Você está com uma cara meio... Sei lá. Assustada?

Rhi força uma risada.

— Estou bem. É a cabeça raspada... fiquei com mais cara de filhote de passarinho gigante do que de punk.

— Hmm. — Tio Jimmy a observa por alguns instantes e fica claro que não se convenceu. — Esse troço velho não era da sua mãe? — Com o queixo, ele aponta o moletom no colo dela.

— Ah — Rhi diz. — É. De Syracuse.

— Escuta, eu ainda tenho umas coisas dela, se um dia você quiser dar uma olhada. Depois que sua avó morreu, tudo o que tinha naquela casa antiga veio para mim. A bem da verdade... — Ele dá um tapa na testa. — Nem acredito que eu não pensei nisso antes, mas tenho o casaco com o monograma que ela usava no colegial. Você devia ficar com ele.

Rhi abre um sorriso, o coração doendo um pouco com a ideia de deixar tio Jimmy para trás.

— É, eu iria gostar.

— Vou ver se acho. Bom... o jantar vai estar na mesa daqui a dez minutos — ele diz, e está prestes a sair quando Rhi torna a falar.

GAROTAS SELVAGENS **363**

— Vou para a casa dos Quaker de novo esta noite. Depois do jantar. Para dormir.

— Eu achava que a dra. Ibanez queria que as meninas fossem com calma depois do que aconteceu com o sr. Erikson. Os jornais não estão tratando as meninas com muita gentileza hoje em dia. Seria mais seguro todo mundo ficar em casa hoje.

— Elas não querem ficar sozinhas depois… de tudo. A gente vai só acender uma fogueira e, hmm, diversão de meninas.

— A mentira parece lama na sua língua.

Tio Jimmy ergue a sobrancelha.

— Vão se maquiar e fazer briga de travesseiros?

Outro riso forçado.

— Está de brincadeira? Eu tenho certeza de que elas seriam letais mesmo se fosse só com travesseiros.

— Hmm — tio Jimmy resmunga de novo, pensativo. — Ei. Que tal amanhã a gente fazer uma viagenzinha a Syracuse? A gente pode ir ver o campus, se você quiser, ou ir ao shopping, ao museu… o que você quiser. Só eu e você.

Rhi demora muito a responder, portanto tio Jimmy começa a dar respostas a perguntas que ela não fez.

— É que eu acho, sabe, que é ótimo que você queira ajudar suas amigas. Sério. Mas o que você está passando também é dureza. Não quero que você se sinta responsável por todas as meninas quando a única pessoa por quem você é responsável é você mesma. E… talvez seja egoísmo, mas eu queria passar um tempo com você. Antes…

— Que eu tenha que voltar — Rhi sussurra.

Tio Jimmy toma o cuidado de manter uma expressão neutra.

— É.

Purrdita enfia os dentes no dedo de Rhi com delicadeza, ronronando alto ao esfregar o rosto em sua mão com certa agressividade. Rhi não hesita desta vez. Do chão, sorri para tio Jimmy e diz que tudo bem antes que a mentira acabe por asfixiá-la.

***

Mais tarde, depois de ajudar a arrumar as coisas após o jantar, enquanto tio Jimmy revira as caixas de um dos armários, Rhi dá uns últimos afagos e coçadinhas no queixo de Purrdita. Olha para a cabana apertada que passou a amar, as costas do sofá cobertas de pelos de gato, a bancada onde comeu com o tio, que nunca olhou duas vezes para o que ela punha no prato, a não ser para ver se estava comendo o suficiente. Acha que tio Jimmy vai entender caso ela nunca volte. Não vai levar para o lado pessoal. Ele sabe de parte do que ela está enfrentando. Isso ameniza um pouco sua culpa.

— Tio Jimmy! — ela chama ao jogar a mochila nos ombros. — Estou indo!

— Espera aí! Eu achei! — ele grita. Há um barulho suave, que soa como as tampas de várias caixas organizadoras de plástico caindo no chão. Tio Jimmy sai correndo do quarto segurando um casaco largo preto e dourado com um enorme *W* dourado na parte da frente, embaixo de um *Abrams* bordado também em dourado. — Sua mãe fazia parte da equipe principal de atletismo quando estava no colégio. Conseguiu bolsa de estudos na faculdade e tudo... eu acho que deve ter sido assim que ela conheceu o seu pai, em uma competição de atletismo... em todo caso. Olha só isso. — Ele vira o casaco com um floreio para ela ver as costas. — O que você acha? — Tio Jimmy sorri.

Rhi perde o fôlego.

— O que... é isso? — Rhi pergunta, forçando um sorriso, enquanto o coração entala na garganta. Ela dá o máximo de si para não demonstrar suas emoções no rosto.

— Tecnicamente, deveria ser uma mulher lobisomem por causa da equipe de atletismo feminina, mas elas acabavam se chamando de Lobas de Happy Valley, então... é uma *loba*, imagino eu. Mas o que você acha? Fodástico? Cafona? — Ele vira e revira o casaco enquanto espera a resposta. — Talvez seja *ironicamente* maneiro?

— É incrível. — Rhi passa os dedos no bordado grosso da enorme cabeça cinza da loba, os olhos amarelos-gema, os caninos afiados das mandíbulas abertas.

— Bom, então pode pegar. — Tio Jimmy entrega o casaco a ela. — Agora ele é seu.

Rhi pega o casaco da mãe e o segura contra o peito.

— Obrigada, tio Jimmy. — Como fala baixo demais, ela tenta de novo: — Muito obrigada. — E antes que se dê conta do que está fazendo, ela lhe dá um abraço, não só para esconder as lágrimas que querem brotar dos olhos, mas também para esconder a empolgação louca que tem certeza de estar irradiando no rosto.

*Uma filha dos lobos*, Rhi pensa.

*Cacete. Sou eu* mesmo.

O sr. e a sra. Quaker estão no quarto deles, no segundo andar da casa, à toa como ficam todas as noites, lendo seus livros e escrevendo em seus diários. Esse é o ritual noturno deles, depois de arrumarem tudo após o jantar e verem um pouco de tevê e se certificarem de que Giovanna está pronta para ir dormir: eles sobem para o quarto, botam seus pijamas e permanecem no quarto por um tempo que vai de quinze minutos a uma hora antes de um deles descer de novo, dar boa-noite a quem ainda estiver acordado, trancar as portas da casa e os dois irem dormir.

É por isso que Sunder sabe que tem pelo menos quinze minutos para sair de fininho de casa antes de os Quaker a alcançarem e tentarem detê-la. Não acredita que seriam capazes de freá-la, mas essa é uma briga que preferiria evitar, se possível.

Está parada junto à porta de vidro corrediça da cozinha, a mochila nos ombros. Giovanna está lendo outro livro de contos de fadas na cama. Sunder lhe deu um beijo na testa e lhe desejou bons sonhos, e a dor que sentiu ao deixá-la foi mais cortante do que esperava. Dallas está no celeiro, cuidando de sua moto. Sunder ainda não achou uma maneira de se despedir dele —

tem muito medo de que ele tente pará-la. Preferiu escrever uma carta e deixar em cima do travesseiro dele.

Sunder sabe que vai ter saudades de Giovanna e Dallas quando estiver em Leutéria. Acostumou-se à natureza afável e ávida de Giovanna, ao fato de ela amar tão abertamente, sem reservas. Passou a gostar de Dallas e de sua obsessão por motos e motores, sua capacidade destemida de subir em bestas mecânicas e se elevar sobre o asfalto. E amoleceu totalmente com os Quaker e a gentileza protetora do casal. Em muitos aspectos, eles lembram Mãe: parecem poços infinitos de sabedoria, paciência e conforto.

Mãe amava tanto ela como suas irmãs — não interessa que outras dúvidas entraram em sua cabeça, disso ela sempre teve certeza. Porém, Mãe se foi, e os Quaker e Dallas e Giovanna estão ali, e sabe que eles também a amam. Sunder acha que também os ama — e não é incrível isso, como o conceito de família pode crescer e mudar? Não é incrível que o amor possa surgir onde antes não havia amor nenhum?

Sunder se dá conta de que vai sentir muito mais saudades deles do que esperava quando estiver em Leutéria. E se preocupa. Este mundo é tão cheio de monstros que eles adquiriram a aparência de seres humanos. O que vai acontecer com Giovanna e Dallas à medida que forem ficando mais velhos neste mundo?

Mas Sunder tem uma promessa a cumprir com a terra da qual veio e o povo que tem que proteger. Não pode abandoná-los, assim como não pode abandonar os ensinamentos de Mãe.

*Quando o céu encontrar a Terra e sua quinta irmã chegar, o caminho de casa será revelado. Vocês vão voltar a Leutéria e salvar seus reinos.*

Sunder está decidida. Vai achar o portal. Vai atravessá-lo e enfrentar seu destino.

Ainda que tenha que fazer isso sozinha.

Pela porta de vidro, Sunder olha o céu escurecendo. Já vê a lua lá em cima, cheia e gloriosa em todo seu esplendor radiante.

Uma levíssima pluma de sombra se avizinha das bordas da lua quando o eclipse começa. Esperando para revelar o portal para Leutéria. O portal de casa.

Ela se apoia na outra perna e pensa nessa palavra, *casa*.

O relógio digital do micro-ondas pisca, marcando 20h15.

Sunder abre a porta dos fundos e sai.

— Então você vai mesmo. — A voz de Dallas vem da escuridão cinzenta.

Os olhos de Sunder demoram um instante para se acostumarem à meia-luz, mas ela o vê ali, sentado no banco de uma das mesas de piquenique do terraço no quintal. Os cotovelos estão apoiados nos joelhos, as mãos entrelaçadas. Parece que ele a aguardava.

Sunder se fortalece contra a pressão do remorso.

— Tenho um destino a cumprir — ela diz sem rodeios.

— Mamãe e papai vão ficar de coração partido, sabia? — ele diz. — E a Gia também.

— Eles são fortes. Minha ausência não vai acabar com eles.

— *Eu* vou ficar com saudades de você.

Sunder franze a testa.

— Eu sei. Porque eu também vou ficar com saudades de você.

— Então... fica.

Ela faz que não, mas por um brevíssimo instante, não consegue lembrar por que é tão importante ir embora.

E então Mãe preenche sua mente: ela apoiada no quadril de Mãe quando era pequena e estava cansada demais para voltar andando para o riacho; Mãe colocando uma pele em seus ombros enquanto lhe contava a história de que ele a havia salvado dos monstros de Leutéria que roubavam bebês para vendê-los por montes de moedas de ouro; Mãe a ensinando a usar a magia para ninar abelhas, fazê-las dormir para poder provar seu mel; Mãe a abraçando quando ela soluçava depois de uma briga com as irmãs; Mãe lhes contando, inúmeras vezes, do destino em outro mundo — da quinta princesa que se juntaria a elas —, de um portal que se abriria quando a hora certa chegasse.

O corpo de Mãe, esvaziado, indefeso no chão.

O corpo de Oblivienne, sozinho no caixão, a seis palmos da terra.

— Preciso ir — ela diz, engolindo a dor. — Leutéria precisa de mim.

Dallas faz que sim.

— Ok. Mas... e se este mundo também precisar de você?

Sunder curva os dedos dos pés para protegê-los da madeira do deque, ainda quente de sol

— Então ele deveria ter sido mais acolhedor.

Na mata que passa ao lado da fazenda dos Quaker, Sunder volta a se sentir ela mesma: selvagem, livre e inocente. A grama sob os pés e as árvores ao redor voltam a se conectar a ela por filamentos invisíveis que mantêm seu coração pulsando, que fazem o sol nascer e as estrelas aparecerem no céu. Ela se sente pura, como a água gelada de uma nascente, e tão ágil e poderosa quando uma mãe loba — a não ser quando se lembra. Imaginou esta noite fatídica milhares de vezes, de milhares de formas diferentes. Mas nunca imaginou que faria esse caminho sozinha.

Não demora muito para ouvir ramos e galhos se quebrando às suas costas. Sabe que deve ser Rhi — as outras irmãs jamais fariam tanto barulho. Como esperado, Rhi surge a seu lado, o rosto pálido mas os olhos brilhantes, uma mochila nos ombros.

— Você veio — Sunder constata, não sorridente, mas sentindo alegria. Ela pega as mãos de Rhi.

— Eu não tinha certeza se ia conseguir te achar — diz Rhi, um pouco ofegante.

— Claro que você ia me achar, Irmã — Sunder diz, apertando a mão de Rhi com força. — Este é o nosso destino.

— Sim — Rhi diz, enfiando a mão na mochila. — E Sunder, preciso te mostrar uma coisa. Isso aqui era da minha mãe... *olha.* — Ela levanta uma peça de roupa, um casaco ou jaqueta qualquer, com a imagem da cabeça de um lobo costurada às costas, quase tão realista quanto uma fotografia.

— Era da minha mãe. Ela fazia parte de uma equipe quando era nova, as Lobas de Happy Valley...

— Você *é* filha de lobos. — Sunder percebe. É claro, sabia que Rhi era uma delas, sempre tinha acreditado nisso, desde o instante em que Rhi arrancou as mandíbulas da perna de Sunder. Mas isso era *uma prova* de que a profecia de Mãe não era mentira. Mãe *tinha* falado a verdade. Mãe *era bom.*

— Vamos, Irmã querida — diz Sunder, sorridente, pegando Rhi pelo cotovelo. "Já está chegando a hora."

As duas correm pela floresta, Sunder na frente, guiando-as até a mata onde ninguém traçou nenhuma trilha para que sigam. Parece saber aonde está indo, embora Rhi não entenda como. Talvez esteja sendo conduzida por um resquício da magia que Mãe incutiu nelas — ou talvez a própria Leutéria a esteja chamando.

Durante o dia todo, Rhi foi amolecida por uma calma persistente, envolvente. Em certos momentos, sentiu uma paz absoluta, aliviada pela possibilidade de deixar este mundo para trás. Descobrir o casaco da mãe dinamitou essa paz interior, substituindo-a por uma empolgação inebriante que Rhi não sentia desde — bom, que nunca tinha sentido. Não tinha nada com que comparar a sensação, a euforia estonteante de ter conhecimento, de ter um propósito, de estar em movimento. Será que as meninas se sentiram assim a vida inteira, antes de virem para este mundo e se verem obrigadas a questionar a própria realidade? Se sim, lamentava por elas mais do que nunca, ciente de que foi *esta* a sensação que perderam.

Agora, sua animação havia se transmutado em uma concentração fascinada, as entranhas estremecendo com as pisadas dos pés e o murmúrio do seu sangue. Ela encosta em tudo ao redor com os sentidos, tentando sentir alguma coisa, *qualquer coisa*, empurrando ou puxando-a na direção que seja. Está atenta ao chamado de outro mundo, um sussurro ou assobio ou lamúria, qualquer coisa que seja um sinal a mais de que é a pessoa certa, no caminho certo. Mas talvez não precise ouvir ou sentir o chamado — ela tem Sunder, afinal. Talvez só precise continuar confiando. Continuar tendo fé.

À distância, ouve o *uuuooo* abafado da sirene de uma viatura sendo ligada e depois cortada. Está muito distante, mas é distinta em seus ouvidos, a chama trêmula auditiva da encrenca iminente. A sirene está ali por elas ou é mera coincidência?

Sunder parece ouvir os pensamentos de Rhi, pois elas aceleram o passo. Passam por cima das raízes das árvores, sobem uma inclinação quase imperceptível, mas Rhi não se abala. Seus anos de experiência em corrida a prepararam para uma corrida como essa, graças ao vício de Vera em esteira. Ela se pergunta se *isso* é um sinal de que era para estar ali.

— Irmãs! — uma voz chama atrás delas, mas elas não desaceleram, não param.

De repente, Epiphanie está ali, do lado direito de Sunder, correndo a seu lado.

— Eu posso até não acreditar que nem vocês — ela diz, olhando primeiro para a irmã e depois para Rhi. — Mas não vou deixar vocês enfrentarem isso sozinhas.

Sunder enfim olha para Epiphanie, os olhos arregalados de ternura. Ela sorri, se virando para encarar o caminho invisível que tem pela frente.

— No entanto, a polícia mandou os cachorros atrás de nós — Epiphanie declara, a voz tremendo a cada passo firme. — Escapuli da casa da Maggie… mas acho que o Bradley me viu sair.

Sunder assente, os olhos brilhando.

— A gente vai chegar lá muito antes de eles nos acharem. Já vamos chegar.

*Sim*, Rhi pensa, mais animada com a chegada de Epiphanie. *O vínculo entre essas irmãs é forte demais para ser rompido. A verdade da profecia de Mãe mantém elas — nós todas — unidas.*

As três continuam floresta adentro, a respiração virando sopros uniformes quando a corrida começa a cobrar seu preço. Em meio às árvores, Rhi vislumbra vagalumes subindo como uma névoa sobre o chão da floresta, elétricos e bruxuleantes. Enquanto a lua cheia escurece, ela vê um lampejo prateado à direita, depois à esquerda — *lobos*, ela pensa, mas são radiantes, brilham sob o luar na escuridão. À frente, as árvores parecem se afastar para que as garotas passem, enfiando as raízes abaixo do solo para que não tropecem, puxando troncos finos para os lados para lhes abrir caminho. A floresta inteira as guia, instigando-as a seguir adiante, a chegar a um destino que as aguardou a vida inteira.

Por fim, elas rompem os limites da floresta e se veem no alto de uma colina de onde se vê o rio dos Salmões, alguns metros abaixo.

Para a surpresa de Rhi (mas, também, surpresa nenhuma), Verity e Grace já estão lá, paradas no alto do morro, na noite que agora está um breu, Grace esbaforida e apertando as costelas, uma nuvem de vagalumes formando um manto estrelado em volta delas. As garotas continuam a correr até chegar quase ao topo.

Rhi não precisa se perguntar como Sunder sabia que era para levá-las a *este* lugar, como Verity e Grace também sabiam onde encontrá-las. Porque a resposta é muito clara, muito óbvia.

*Nosso destino é verdadeiro. E está chamando todas nós.*

# 43

**As luzes mutantes dos vagalumes** lançam uma incandescência lúgubre sobre elas, mas o amor no rosto de Verity é inconfundível. Ela passa os braços compridos em torno do máximo de irmãs que consegue, as puxa contra o peito e diz:

— Somos uma alcateia.

É como se essa fosse a única coisa que precisassem saber.

Grace concorda com a cabeça, embora sua dúvida esteja clara em sua expressão.

Mas ela está ali. Elas estão *todas* ali — *as cinco princesas dos cinco reinos*, e o pedacinho de lua pairando no céu, sumindo devagar, segundo a segundo, enquanto a Terra se coloca entre o sol e a lua.

— Está quase eclipsada — Epiphanie diz.

Em algum canto da floresta, os cães da polícia latem, se aproximando mais a cada instante.

— Vamos lá — Sunder diz, conclamando as meninas a seguirem em frente.

Todo mundo vai atrás quando ela corre com sofreguidão morro abaixo, em direção à superfície lisa do rio, onde o reflexo da lua oscila na água, diminuindo rapidamente. A colina é íngreme, no entanto, repleta de buracos e pedras, e as meninas precisam diminuir o passo apesar do perigo que as persegue pela floresta.

GAROTAS SELVAGENS **373**

E a perna ruim de Sunder, apesar de ter melhorado muito antes do que os médicos previam, nunca voltou a ser a mesma.

Portanto, quando ela dá um passo em falso, pisa em um buraco, o calcanhar pisando cedo demais e a parte da frente da sola pisando tarde demais, ela força o músculo prejudicado da canela. A dor percorre a perna e Sunder se desequilibra.

— Sunder! — Verity berra, estendendo o braço, mas não a tempo de segurá-la.

Sunder tomba colina abaixo de ponta-cabeça, aterrissando com um gemido na margem gramada do rio. As meninas correm o mais depressa possível até o pé do morro para ajudá-la.

— Você se machucou? — Rhi pergunta ao escorregar e se ajoelhar diante dela, examinando a perna.

A resposta é óbvia: o tornozelo de Sunder já está inchado.

— Nossa — exclama Grace. — Isso não é bom.

— Você vai ficar bem — Epiphanie diz quando os olhos de Sunder ficam selvagens. — Sunder, vai dar tudo certo. Foi só uma torção. Você já passou por coisa bem pior…

— Não é esse o problema! — Sunder grita, as lágrimas caindo. Ela aponta para a água quando a luz da lua cheia some completamente adiante. — Eu não vou conseguir! Não tenho como chegar ao portal desse jeito!

Em silêncio, as cinco meninas olham para a água.

Rhi prende a respiração.

Pairando no ar, acima da superfície ondulada da água, a poucos metros da margem do rio, está a forma mundana do eclipse lunar — um círculo vermelho de luz pulsante em volta de um centro turvo, sombreado.

O portal. Está ali.

*É real.*

Tudo em que Rhi não se permitiu acreditar totalmente, todas as esperanças que teve desde que o pai foi preso — um futuro livre dos monstros e fantasmas que assombraram seu coração —, está tudo ali, *bem ali*, dentro da coroa vermelha: sua chance de deixar toda a dor para trás e se tornar algo maior do que a menina assustada, com medo do escuro.

Mas a seu lado, Sunder soluça.

— Eu não consigo — Sunder chora. — Não consigo chegar lá! Leutéria...

— Sunder — suplica Verity, colocando as mãos nos braços de Sunder, os olhos ricocheteando entre a irmã caçula e o círculo vermelho radiante que paira sobre a água. — Se fosse para a gente atravessar o portal, por que você estaria incapacitada? Por que estaria machucada? — Ela fecha a cara e segura as mãos de Sunder. — Alguma coisa não está *certa*...

— E se esse nem for o portal? — Epiphanie diz, em um quase sussurro. As sobrancelhas se aproximam. — E se for apenas uma ilusão? Um truque de luz?

— É real! — Sunder chora. — Está *bem ali*! Você não está vendo?

— Irmã — Verity diz, encostando sua testa na de Sunder. — Todas nós vimos *muita coisa*. Não é porque a gente vê que é bom. Não significa que a gente precise abraçar.

A careta de Sunder se estica em um arco angustiado de dentes entreabertos, meio rosnado, meio uivo silencioso.

— Mas Mãe *disse*...

— Mãe disse que a gente *saberia* — Verity rebate. — Mãe disse que seria *nítido*. Não foi *assim* que Mãe disse que seria.

Epiphanie afaga o cabelo curto de Sunder.

— Sunder — ela diz com uma ternura tão sofrida que Rhi fica de coração apertado. — Não tem problema Mãe ter se enganado. Não seria um sinal de menos amor da parte dele.

Lágrimas escorrem pelo rosto de Sunder, veios de mercúrio à luz fraca das estrelas. Ela se escora nos braços das irmãs, recriando a imagem do dia em que Rhi as descobriu na floresta. Só que desta vez, Grace está ali em vez de Oblivienne.

Oblivienne, que foi levada ao desespero pela disparidade entre o que acreditava ser verdade e o que não era capaz de aceitar.

GAROTAS SELVAGENS **375**

Oblivienne, que estava preparada para morrer em vez de viver em um mundo onde a pessoa em quem mais confiava acabou se mostrando uma vilã.

Oblivienne, que entendia que certos tipos de dor são simplesmente insuportáveis.

Rhi se vira para o portal, um desespero intenso sensibilizando sua mente. Ela agora sente: a atração que procurava mais cedo, o puxão dos fios de seu destino, arrastando-a para Leutéria. Também sente o peso do passado em volta do pescoço, o peso de um futuro que não aguenta imaginar como uma corda opressiva descendo por sua coluna, voltando pela mata, atravessando Happy Valley, indo até a menina que trancou no armário de Saratoga Springs.

É uma escolha muito fácil, tirar o nó do pescoço, deixá-lo na margem gramada do rio, para ser levado embora com a próxima tempestade. Na verdade, é a única opção que faz algum sentido.

— E se eles estiverem nos esperando? — Sunder choraminga com as irmãs, a voz trêmula com a fúria da própria impotência. — E se eles precisarem de nós e não chegarmos nunca? *E se deixarmos todo mundo na mão?*

— Mas Sunder — Epiphanie implora. — E se precisarem da gente *aqui*?

— Não — Rhi retruca, pois agora entende. Entende por que, se é a quinta princesa, ela teve que ser criada longe das outras. A ideia nunca foi que elas a acompanhassem até Leutéria. A ideia era apenas de que a guiassem até lá. Esta noite.

Porque Rhi é a única com uma vida que vale a pena abandonar.

— Sunder — ela diz. — Você não deixou ninguém na mão. Você me trouxe até aqui. E eu não vou deixar Leutéria na mão.

Ela se levanta e corre em direção ao rio. É natural, como uma queda livre horizontal, como se uma outra força a puxasse para a frente. O portal zumbe e oscila, se escancarando para ela, uma boca profunda, insondável, esperando por ela, *clamando* por ela...

(— Rhi! — alguém berra, mas ela não sabe quem.)

Sim, *finalmente*, Rhi ouve o chamado. Ela vê o que a espera do outro lado tão nitidamente em sua imaginação — os campos ondulantes de grãos prateados, as ruas de paralelepípedos esperando para recebê-la. O breu ainda terá que ser derrotado, e os reinos vão ter que ser reconstruídos, mas Leutéria tem a magia, e agora que Rhi tem certeza de que é a quinta princesa, sabe que vai poder usar essa magia e cumprir seu destino. É seu destino que a chama, que a puxa, a arrasta, prometendo um futuro: um lugar onde é poderosa, e querida, e sabe o lugar que lhe cabe. Ele lhe promete uma vida — promete levá-la para *casa*.

Talvez seja *por isso* que Rhi sempre se sentiu sem raízes e deslocada, como uma alienígena no próprio mundo: porque sempre foi de outro lugar. Não era da mãe ou do pai, muito menos da madrasta ou de Kevin.

Ela nunca foi nada deles.

Talvez Rhi nunca tenha feito parte deste mundo.

Talvez sempre tenha sido parte de Leutéria.

(— Rhi, não! — Grace berra às suas costas.)

E agora ela vai voltar a Leutéria. Vai usar toda a força que ganhou com seu sofrimento para ajudar o povo a derrotar a enorme escuridão que consumiu os reinos.

*Sim.*

Agora tudo faz sentido.

(— Rhi, para! — Epiphanie berra atrás dela.)

Todos aqueles longos anos de isolamento e confusão e dor… estavam preparando-a para isso. E agora, vão acabar em breve.

O portal está a poucos metros da margem, mas Rhi consegue chegar lá facilmente. Eden Chase bateu o recorde escolar de salto em distância feminino aos catorze anos — Rhi consegue sem problema.

Ela corre, e enquanto corre, sente o peso em volta do pescoço se dissolver, não conseguir mais detê-la quando a promessa de um futuro — *uma casa de verdade* — está bem à sua frente.

Da beirada do rio, Rhi salta de uma rocha saliente, ganha o ar e se pergunta quem vai ser ao aterrissar. Por um longo instante, está voando, animada pela energia mística que a rodeia, que talvez sempre a tenha rodeado. Está desafiando a gravidade, desafiando a física, desafiando tudo o que pensava saber que era verdade.

Rhiannon Chase entra na bocarra preta e quente do portal para Leutéria, deixando esta vida para trás.

# 44

**Ela está boiando.**

Ou pode ser que o tempo tenha parado.

Ou pode ser que esteja morta.

Não.

O ruído branco enche sua cabeça, o afluxo de sangue e água. O breu impenetrável se dissolve feito a poeira soprada de uma fotografia, revelando uma planície vasta de grama silvestre sussurrando na brisa; as ruínas decadentes de um reino espalhado pelo horizonte; uma figura solitária vindo em sua direção no campo; tudo feito da cor de hematomas, prateado pelo luar.

O ruído branco vira silêncio à medida que a figura se aproxima, substituído por um chiado cortante, agudo. A figura é pequena. Nota o cabelo escuro desgrenhado, os olhos escuros afundados. Por um instante, pensa que é Oblivienne — no outro instante, pensa que é Eden, uma versão mais nova, antes de ter sofrido um estrago irreparável. Em todo caso, ela entende: é uma assombração.

A figura para, ainda distante demais para que possa distinguir suas feições. Levanta um braço, apontando: *para trás*. Ela não precisa se virar para ver o que a figura quer que ela veja: Epiphanie e Grace correndo em direção ao rio, berrando um nome que não é o dela; Verity e Sunder observando horrorizadas

GAROTAS SELVAGENS **379**

quando desaparece sem elas. E em algum outro lugar, tio Jimmy está sentado no sofá com Purrdita, mandando mensagem a Star pedindo recomendação de lojas legais em Syracuse aonde levar a sobrinha.

Mas em outro lugar, a madrasta está contratando empregados para a casa de Saratoga Springs. O pai está cumprindo as últimas semanas da pena. O irmão postiço está desmontando o apartamento na Alemanha, se preparando para voltar para casa. Para encará-la. Para lhe dizer que suas lembranças não são verídicas.

Um berro na escuridão puxa sua visão de volta a Sunder, mas agora como memória: Sunder, anêmica, enlameada e carrancuda, deitada no colo da irmã, a armadilha ainda mordendo sua panturrilha. Oblivienne está segurando sua cabeça, olhando para cima com seus olhos de carvão, suplicando — não, exigindo — a salvação da irmã. Que ela não as abandonasse. Que não cometesse o mesmo erro de Oblivienne.

Ela retoma a visão de Leutéria, mas a figura desapareceu. Está sozinha no breu, no espaço entre dois mundos. O único som em seus ouvidos é o sussurro do campo de grãos prateados. A imitação de um mar que nunca viu. Ruído branco. O afluxo de sangue e água.

Ela tem mais uma escolha a fazer.

# 45

**— Rhi! — alguém berra.**

Há mãos em seus punhos — agora braços debaixo de seus braços — puxando-a para trás, para cima, para fora do rio. Para longe do portal.

Ela tosse, treme, encharcada. Vomita água terrosa pela boca, pelo nariz. Não se lembra de ter estado no rio.

— Rhi — Epiphanie diz com firmeza quando eles param, escorando Rhi contra o peito. — Você não pode fazer isso. *Não pode deixar a gente.* — A voz dela treme. — *A gente não pode perder outra irmã.*

Um nó surge na garganta, mas ela continua fitando o portal, que cintila e lhe acena, prometendo uma *casa*, um lugar onde pode existir sem medo, sem dor, sem vergonha — prometendo a única liberdade verdadeira que vai conhecer na vida.

Mas agora ela sabe: ainda que Leutéria seja real, ela é mais uma falsa promessa.

Como poderia derrotar os monstros de outro mundo se não consegue enfrentar seus demônios aqui?

— Não existe saída — ela declara, lágrimas quentes escorrendo pelas bochechas geladas.

Grace aperta mais a mão em torno do braço de Rhi e se curva para sussurrar em seu ouvido:

— Me escuta. Você não precisa abandonar este mundo para ficar segura. Não precisa abandonar esta *vida* para ser livre.

Rhi desmorona contra as outras meninas, tremendo por causa do frio e de um sofrimento tão colossal que poderia muito bem ser o rio para fora do qual acabou de ser arrastada. Diante de seus olhos, a visão do portal se dissolve em um nada fora o céu da noite e os vagalumes.

O portal para Leutéria sumiu.

Rhi continua ali.

Elas *todas* continuam ali, à sombra do eclipse: Rhi chorando. Grace e Epiphanie segurando Rhi como se a qualquer instante ela fosse sair correndo. Verity e Sunder caem no chão, à direita de Rhi, os braços ainda entrelaçados como apoio. A mão livre de Verity segura a de Rhi, apertando-a como se tentasse verificar a veracidade de sua existência. Sunder segura a cabeça de Rhi. Olha no fundo dos olhos dela por um instante interminável antes de encostar sua testa na dela. Sunder não diz nada, mas Rhi entende tudo.

Soluçando, Rhi segura com força o braço que a aperta contra o peito — não sabe de quem é, mas isso não importa. De repente está desesperada para se agarrar ao mundo que estava disposta a jogar fora momentos antes.

Em algum lugar atrás delas, cães latem. Homens gritam.

— A gente precisa se esconder — Grace sibila perto de Rhi.

— Espera… olha — Verity sussurra.

Elas todas se viram para olhar. No alto da colina, Rhi distingue dois cães pálidos enormes que observam as meninas na margem do rio.

Não, não cães.

Lobos.

Eles se viram quando o som dos latidos dos cachorros se aproxima na noite, os rabos balançando rentes ao chão.

E então saem correndo.

As meninas não veem o que está acontecendo, mas sabem que os cães e a polícia nunca chegam. Os latidos e as vozes esmorecem, como se seguissem em outra direção, seguindo algum rastro invisível e o barulho dos lobos uivando para a lua encoberta.

Enquanto os lobos desviam a polícia, as meninas se amontoam à beira do rio. Verity acha roupas em uma das mochilas, usa tiras de tecido rasgado para fazer uma atadura para o tornozelo de Sunder. Epiphanie se agarra a Sunder e Rhi, derramando lágrimas silenciosas, furiosas. Grace, com os braços ainda em volta de Rhi, lhe cochicha todos os pequenos atos de caos e rebeldia que podem levar a cabo para manter Rhi segura e livre, todas as formas que ela tem de fugir da jaula de sua vida e ter uma vida plena neste mundo.

— Vamos contar tudo à dra. Ibanez — ela diz. — E vamos achar a farmacêutica do Harlem. E vamos garantir que seus pais e o merda do seu irmão postiço nunca mais vejam você na vida. E um dia você vai usar essa experiência toda na sua redação de candidatura às faculdades... se você quiser fazer uma faculdade. E se não quiser, bom, a gente vai descobrir como vai ser. Mas você vai continuar viva, Rhi. Você vai continuar viva *para se vingar* desses filhos da puta. Você vai viver selvagem e livre e nunca mais vai ser enjaulada, a não ser que seja presa durante uma manifestação pelos direitos das mulheres ou coisa assim. Porque este mundo *precisa* de você, Rhi. *A gente* precisa de você. Vivinha da silva, gritando a plenos pulmões. Entendeu?

— Isso — Epiphanie confirma, embora seja impossível que tenha compreendido tudo o que Grace disse. — *A gente precisa de você*, Rhi. E não vamos abandonar você nos momentos de necessidade.

Rhi não diz nada, as lágrimas caindo no rosto enquanto imagina a vida descrita por Grace. Não consegue imaginá-la, nem para si mesma. Tem facilidade de imaginá-la para Grace. Consegue imaginá-la até para as garotas selvagens à sua volta, realmente enjauladas e domadas nos últimos quatro meses.

Mas Rhi? Selvagem e livre? Impossível.

Teria que se livrar de toda a dor turbulenta nos ossos antes de ser livre. E quem é ela, então, se não estiver vivendo com um medo constante de fazer mais escolhas erradas? Quem é ela, se não for uma menina reduzida apenas ao instinto de sobrevivência: congelando e bajulando e fugindo?

Essa vida é possível?

Rhi não consegue imaginar — não neste mundo.

Mas Grace consegue. E Epiphanie também.

Então talvez — apenas talvez — *seja* uma possibilidade, existente em algum lugar lá fora, entre todos os desdobramentos possíveis para sua vida.

E se essa possibilidade não existe, então talvez — apenas talvez — possa criá-la.

Mas ela se dá conta, ao olhar para o rio, para o lugar onde quase desapareceu para sempre: jamais vai conseguir criar um futuro se usar todas as suas forças para fugir do passado.

— Eden — Rhi deixa escapulir, e sente o desejo infantil de se lamuriar crescendo no peito.

— Ahn? — Grace indaga.

Epiphanie põe a mão no coração de Rhi, os olhos pálidos-fantasmagóricos como uma imagem atrasada no breu. Ela fixa o olhar em Rhi quando se pronuncia, *colocando* sua força em Rhi.

— Meu nome verdadeiro. É Eden.

Mas ele tampouco lhe soa correto.

# O longo caminho até nossa casa

**Trecho de *Castelo Selvagem: memórias das garotas selvagens de Happy Valley***

**À sombra do eclipse,** à margem do rio do Salmão, no reino conhecido como Happy Valley, cuidamos de nossas feridas, as visíveis e as invisíveis. Todas as mãos eram nossas mãos quando enrolamos cortes em tecidos rasgados, quando enxugamos as lágrimas dos olhos. Cada coração era *nosso* coração, arrebatado ou partido, ou algo entre uma coisa e outra. Um enorme peso tinha sido tirado de nossas costas: a salvação de um mundo no qual nunca tínhamos botado os olhos; a liderança de reinos dos quais não tínhamos nenhuma lembrança. Mas esse peso deixou uma impressão profunda no lugar onde antes existia. Para muitas de nós, ele chegaria a deixar uma cicatriz.

Carregamos Sunder durante nosso retorno à floresta, ao caminho não marcado que nos levaria, mais uma vez, para longe da mata. Nossos parentes-lobos uivavam ao longe, desviando os cães de caça, mas também se lamentando conosco por tudo o que havíamos perdido — ou talvez celebrando tudo de que finalmente abríamos mão. A foice da lua nos seguia no céu, um olho tampado se abrindo — muito devagar — enquanto a promessa de Leutéria se acomodava em nosso coração, não mais uma questão avultante ou uma resposta impossível. Agora, era apenas a lembrança de um sonho.

A memória nos doía, e sofreríamos por ela durante bastante tempo. Mas também havia o alívio. E a estabilidade. E o aconchego de nossas irmãs, que sabíamos que estariam ao nosso lado, neste mundo, independentemente do futuro.

Não sabíamos na época, mas começávamos a entender o que Epiphanie tinha entendido muito antes — o que tinha tentado nos explicar na noite em que quase rompemos, mas ainda nos faltavam palavras para exprimir.

Uma verdade nem sempre renega a outra. Talvez nunca tenhamos respostas para todas as perguntas, mas existe espaço para a incerteza neste mundo — a bem da verdade, ela é seu alicerce. Existe espaço para o desconhecido, o indefinido. Existe espaço para a magia e para a selvageria. Existe espaço para muito mais do que qualquer uma de nós ousava imaginar.

E que lindo este mundo deve ser, para conter tantas possibilidades.

# 46

**Podem ter levado horas** ou dias para chegar na fazenda dos Quaker, emergindo da floresta com frio, molhadas e exaustas. Dallas as recebe com o carrinho de golfe da família: será que passou a noite esperando? Será que as viu sair cambaleando da mata e foi correndo? Rhi/Eden não sabe dizer. Intervalos de tempo escapam de suas mãos: em um minuto Rhi está arrastando os pés na grama alta do pasto, no minuto seguinte Eden está no celeiro, ajoelhada na palha, espremida entre Verity e Grace, que trocam cochichos sobre um assunto que ela não consegue acompanhar.

Rhi/Eden não tem nem certeza de quem é ela neste momento. Não tem certeza se é capaz de encarar essa questão, por enquanto.

Estão todas escondidas agora. O casal Quaker conversa com a polícia, nega saber de alguma coisa, insiste que a filha temporária está na cama, dormindo, e não vai ser acordada sem um mandado de busca. As meninas estão amontoadas no celeiro enquanto Epiphanie enfaixa o tornozelo de Sunder em uma atadura de verdade e, em silêncio, Dallas lhe enfia água e ibuprofeno goela abaixo.

Então eles voltam a se movimentar, e Rhi/Eden está encharcada e congelando um instante, nua e se enfiando debaixo

GAROTAS SELVAGENS **387**

de um chuveiro quente no instante seguinte. Apoia a testa na parede desconhecida de azulejos brancos enquanto a água escaldante golpeia o pescoço, os ombros, as costas. Em algum lugar da perna tem um arranhão que não se lembra de ter feito, que arde quando a água lava o sangue encrustado. Fecha os olhos e se concentra na dor até ela se dissolver, entorpecida e vazia, como todas as outras partes do corpo.

Mas Eden vem tentando lhe dizer: *não é assim que as coisas funcionam.*

Pouco depois, saiu do chuveiro, está enrolada em uma toalha roxa felpuda e fita uma pilha de roupas que não são suas. Mas estão secas e têm o aroma das barras pálidas de sabão de lavanda que a mãe de Eden botava nas gavetas da cômoda. Rhi/Eden tem a noção curiosa de que se vestir as roupas, pode virar outra pessoa — de novo. De que, de certo modo, quando estava dentro do portal — ou quando estava imersa no rio do Salmão, talvez — ela se desfez de sua pele, do corpo, de sua identidade, e se tornou... não *nova*, mas liminar. Intermediária. Não mais Rhi, mas tampouco Eden.

Ou talvez nunca tenha sido nenhuma das duas.

E se puser essas roupas, agora — o caimento desconhecido do jeans gasto de outra pessoa; a blusa preta simples de outra pessoa; a roupa íntima branca limpa de outra pessoa — ela tem a sensação de que pode se tornar uma pessoa totalmente nova: nem Rhi, que abandonou Eden, nem Eden, que para começo de conversa só tomou decisões erradas...

Não. Essa sensação — essa ideia. Parte seu coração.

Rhi/Eden se olha no espelho acima da pia do banheiro. Vera perderia a cabeça se a visse agora: vestindo roupas dois números maiores e completamente despida do "cabelo de judia da mãe". Está quase irreconhecível.

Mas ainda que isso lhe traga uma faísca de prazer, um lamento se forma dentro do peito — um lamento de criança, profundo e desavergonhado como só o lamento de uma criança pode ser. Mas ela não o solta — ainda não. Escuta a criança se lamentando dentro dela, a que *sabe* que ela merecia ser amada incondicionalmente; a que *sabe* que sua confiança foi quebrada, inúmeras vezes, não só pelos pais ou o irmão postiço, mas por *ela mesma*.

Rhi nunca foi a chance de Eden renascer.

Rhi abandonou Eden na noite em que se mudou para Happy Valley.

Abandonou *ela mesma*.

— Me desculpa — Rhi diz para o reflexo de Eden, enquanto lágrimas se acumulam nos olhos. — Me desculpa mesmo por ter tentado deixar você para trás. Só porque a gente estava sofrendo. Só porque nossa dor era grande demais. Me desculpa.

As palavras dilaceram seu coração — o coração de Eden. De repente ela volta a ser uma criança que chora pela mãe. Que chora de solidão. Que chora pela injustiça de sua existência. Ela põe as mãos na pia quando as pernas ficam bambas, quando ela se dobra em três, o corpo devastado pelos soluços ofegantes. Durante bastante tempo, é só isso o que ela é: a palpitação profunda de uma dor antiga, a agonia amarga de uma tristeza inexprimível e a mudança tectônica que causou ao reconhecer que elas existem.

Quando se exaure, ela se levanta, escora seu peso na bancada e olha, mais uma vez, para o espelho. Através da visão embaçada pelas lágrimas, acredita enxergar seu eu verdadeiro pela primeira vez, tanto a menina que era como a jovem que se tornou: cheia de medo e raiva e ânsia, e tantas emoções enormes, selvagens, que tem vontade de fugir de novo.

Mas deseja mais que uma vida de fugas e dormências. Deseja contentamento e calma, curiosidade e clareza. Deseja afeto, e segurança, e liberdade, e uma alegria simples, fácil.

Rhi/Eden sabe que a única forma de chegar a esse ponto é sentindo tudo que trancafiou por muito tempo e libertando a parte de si que tentou abandonar. Sabe que vai ser difícil — devastador, até. Sente o lamento de seu eu-criança aguardando dentro do peito, percorrendo os limites de sua alma feito cerdas de uma escova dura na pele à mostra, pressagiando o que a aguarda.

Mas *sentir* — digerir todas as coisas selvagens que escondeu sob o exterior sossegado, conciliador — deve ser melhor do que viver com isso enterrado dentro de si, infeccionando e entrando em metástase, em uma ameaça constante de consumi-la. Tem que ser melhor. *Tem que ser*.

Porque não pode mais viver assim. Nem neste mundo nem em nenhum outro.

Rhi/Eden está acanhada ao descer à sala de jantar, as roupas emprestadas largas no corpo. Não são as roupas que a deixam acanhada, mas sim a transformação pela qual passou — uma transformação que não sabe se conseguiria explicar.

As meninas, à exceção de Sunder, estão sentadas em silêncio à mesa da sala de jantar com o casal Quaker e com Dallas. Uma chaleira ainda solta vapor no fogão e há várias canecas de chá dispostas, o leite e o açúcar no centro da mesa.

— A Sunder está bem? — Rhi/Eden pergunta.

— Ela vai ficar bem — o sr. Quaker lhe garante, a voz tão macia quanto as roupas gastas que a esposa emprestou a Rhi/Eden. — Foi só uma torção. Nada que gelo, repouso e tempo não curem.

Epiphanie faz uma careta. Rhi/Eden cruza os olhos com o dela, compreensiva. Não é só o tornozelo que os preocupa. Mas ela sabe, no fundo do coração, que por mais sentida que Sunder esteja por ter perdido a chance de ir para Leutéria, ela se consolou com o fato de que, no final das contas, as irmãs apareceram para ajudá-la. Foram uma alcateia até o fim.

Foi só Rhi quem tentou se desgarrar.

— *Você* está bem? — Dallas pergunta, empurrando uma caneca para ela.

Rhi/Eden encolhe os ombros e senta no banco entre Verity e Dallas, botando as duas mãos em volta da caneca quente.

— Meninas — a sra. Quaker diz um instante depois. — Não quero fingir que entendi o que aconteceu lá... e desconfio de que aconteceu o que *tinha* que ter acontecido para algumas de vocês deixarem o passado para trás. Mas preciso dizer: que isso não se repita. — Ela franze a testa. — Mentir para a polícia... para os outros pais temporários... eu não pretendo fazer nada disso outra vez.

O olhar de Epiphanie está aguçado ao se concentrar na sra. Quaker.

— Não vai ser necessário — ela declara. — Eu e minhas irmãs sabemos que chegamos bem perto de perder umas às outras esta noite. Seja para Leutéria, para a polícia, para a institucionalização... — Ela balança a cabeça, olha para a mulher mais velha com um ar decidido. — Nós concordamos: vamos fazer o que for necessário para nos adaptarmos a este mundo. Para não assustar as pessoas. Para não correr riscos.

Rhi/Eden franze a testa.

Percebendo sua reprovação, Verity a encara.

— Ainda vamos ser autênticas... só que agora temos a oportunidade de descobrir quem somos de verdade, sem uma profecia nos moldando. — Ela se volta para Grace. — Não podemos voltar para a natureza selvagem sabendo o que sabemos agora. E não podemos escapar para outro mundo.

— O único caminho é adiante, e o único caminho adiante é uma travessia — Epiphanie diz. — Ou seja, achar um jeito de nos conectarmos a este mundo e às pessoas que vivem nele. — Ela dá um sorriso fraco para as pessoas em torno da mesa. — E já nos conectamos a todos vocês, então não deve ser tão ruim assim.

*O único caminho adiante é uma travessia*, Rhi/Eden repete para si mesma, e engole o nó na garganta.

— É difícil — Verity diz, se recostando na cadeira, cansada. — Equilibrar quem você é de verdade com o que o mundo espera que você seja. Às vezes o mundo está certo, às vezes não. Tenho a sensação de que a pessoa poderia passar a vida inteira aprendendo a diferenciar.

— E quando o mundo está enganado — Epiphanie pondera —, talvez caiba a você mudar o mundo. Uma expectativa de cada vez.

Rhi/Eden se assusta quando o relógio acima da lareira marca um horário tão absurdo.

— A gente tem que te levar para casa, Epiphanie... no caminho a gente inventa uma desculpa.

— Você está bem para dirigir? — Grace pergunta.

— Estou — Rhi/Eden diz. — Vamos para casa.

Do lado de fora da casa dos Quaker, as quatro entram na picape que tio Jimmy comprou para Rhi, escondida entre a minivan da sra. Quaker e um trator pequeno. Elas se espremem dentro do carro, Epiphanie no meio, Grace no colo de Verity. Por um instante, Rhi/Eden olha para as chaves na mão, a cabeça grossa de plástico da chave de sua picape, a chave fina dourada da casa de tio Jimmy, o chaveiro verde e preto que Sunder fez para ela quando as meninas ainda estavam no hospital psiquiátrico.

Baixinho, Grace pergunta:

— Então, como a gente te chama agora? De Rhi ou de Eden?

Rhi/Eden aperta o cinto e enfia a chave na ignição. Porém, não liga o carro. Ela desaba no couro gasto e rasgado do banco do motorista e olha pelo para-brisa, vê o céu onde a lua paira como a impressão digital prateada de um polegar na noite, disforme por causa do resquício de eclipse.

— Depende. Mudar o nome é só uma fuga do passado ou é a criação de um *presente* melhor?

Epiphanie começa a falar, mas hesita até Rhi/Eden olhar para ela.

— Uma vez, Mãe nos disse — ela declara — que ele escondeu nossos nomes antigos para sempre sermos livres de senhores e reis.

Rhi dá um sorriso afetado.

— Gostei da ideia.

— Ele também dizia que quando um nome é *verdadeiro*, ele tem muito poder — Verity acrescenta. — Quando encontrei minha família de sangue, me contaram que meu nome verdadeiro era Mathilda. Esse nome não me diz nada. Não tem poder sobre mim, mas tem muito poder sobre a minha família. — Ela olha para Grace, pensativa. —Mathilda é a verdade *deles*. Mas o poder que tem sobre eles não é um poder benigno. *Mathilda* lembra à Mãe de Sangue da filha que ela *perdeu*, não da filha que voltou para ela. Então ela honra meu novo nome… o nome que é *a minha* verdade. Acho que isso a ajudou a aceitar as coisas como são, não como poderiam ter sido. E essas duas coisas nos aproximam pouco a pouco.

— Acho que ela está querendo dizer — Grace explica, se inclinando para a frente para olhar para Rhi/Eden — que tudo bem você se poupar de sofrimentos desnecessários. Isso não é fugir. É como… se mudar de uma casa feita de vidro quebrado para uma cabana de madeira aconchegante.

— Mas, Verity… Epiphanie — Rhi/Eden diz. —Assim que a gente se conheceu, vocês todas disseram que *Rhi* não era meu nome verdadeiro. Que era *Eden*.

— Porque era… na época — Epiphanie justifica. — Você usava o nome *Rhi* como se fosse uma armadura, não como parte de si. O nome *Eden* estava entrelaçado a você.

— E agora?

— Agora… — Epiphanie parece reflexiva. — Agora cabe a você. A vida que você teve como Eden sempre vai ser parte de você, não importa que nome escolha.

— Assim como Mãe e a natureza selvagem vão ser sempre parte de nós — Verity diz com delicadeza, pegando a mão de Epiphanie.

— Mas o nome *Rhi* é meu? Ou ainda é só… uma armadura?

Epiphanie põe a mão na cabeça de Rhi/Eden e se aproxima, como se fosse contar um segredo.

— Você está fazendo essas perguntas como se só existisse uma resposta... como se nossa resposta fosse mais importante do que o seu desejo. Mas não existe resposta certa, Irmã. Existe só a escolha que *você* precisa fazer: você *quer* ser Rhi? Ou só *não quer* ser Eden?

# 47

— **Obrigada, Rhi** — diz a dra. Ibanez. — Por confiar em mim para falar desse assunto. — Seu tom é muito suave, muito delicado, como se qualquer sinal de aspereza pudesse fazer a menina se esfarelar feito cinzas ao vento.

Rhi está sentada na cadeira que agora lhe é familiar, de frente para a dra. Ibanez, torcendo as mãos porque os dedos já doem por ter cutucado demais as cutículas. Ela abaixa a cabeça, louca para esconder a vergonha que faz as bochechas arderem. É uma vergonha que sabe que não deveria carregar, mas que vive dentro dela mesmo assim.

— Quer ser bem clara — a médica continua. — Antes de dizer qualquer outra coisa. *Você não tem culpa por nada do que te aconteceu.* — Ela fixa o olhar em Rhi por um instante, e outro, até Rhi não mais vê-la em meio às lágrimas que toldam sua visão e de repente ameaçam se derramar no rosto. — Principalmente pelo que seu irmão postiço te fez. Preciso que você saiba que nem um instante sequer dos abusos deles foram culpa sua. — Ela se debruça um pouco, apoiando os antebraços na mesa. — Você não tem *nada* de que se envergonhar, Rhi.

— Você diz isso. E a Grace diz isso. Mas por que eu ainda me sinto tão… repulsiva? — ela indaga, o corpo todo quente de ódio.

Dra. Ibanez respira fundo.

GAROTAS SELVAGENS **395**

— A resposta é bem complicada. Mas sentimentos não são fatos. Temos que nos permitir senti-los, mas também podemos questioná-los. A sensação de vergonha geralmente está arraigada em *crenças*. Quais são suas crenças sobre essa situação que te fazem sentir vergonha?

Rhi não precisa cavar fundo. Suas crenças passam pela cabeça em looping, por mais que viva tentando contradizê-las, mas todas se resumem à mesma coisa.

— Eu devia ter feito mais para impedi-lo.

Dra. Ibanez assente.

— Isso é verdade? Ou só é verdade com base no que você sabe *agora*?

Rhi olha para as unhas pintadas da médica, pondera.

— Não sei — ela conclui.

A dra. Ibanez reflete por um instante.

— Esse é só o começo das nossas conversas, mas quero explicar algumas coisas a você agora, para você entender melhor o que te aconteceu. A necessidade de ser amada e sentir que você se encaixa em algum lugar é um *imperativo biológico*. É por isso que tantas pessoas permanecem por muito tempo em situações abusivas: elas se convencem de que a coisa não é tão ruim assim porque a alternativa, ficar sozinhas, lhes parece uma ameaça tão verdadeira quanto a morte. Para uma criança, essa ameaça parece ainda mais verdadeira. Mas seus pais nunca tentaram saciar suas necessidades emocionais. E o Kevin tirou vantagem disso, sabendo ele ou não. — A dra. Ibanez oferece a Rhi a caixa de lencinhos que está em cima da mesa.

Rhi pega um e enxuga o rosto.

— Você ainda sente pânico quanto pensa nele não fazendo parte da sua vida?

Ela faz que sim, morta de vergonha.

— Nada mais normal. Vai passar com o tempo. Você provavelmente vai passar por uma gama de emoções acachapantes, do sofrimento à raiva, até chegar na felicidade.

— Felicidade? — Rhi se espanta, confusa.

A dra. Ibanez torna a suavizar sua expressão.

— Claro. A felicidade é tão inevitável quanto o sofrimento. E tem dias que você vai sentir culpa por estar feliz. E em outros dias vai se sentir bem por isso. Tudo é um processo. Mas você vai aguentar firme… contanto que *você acredite* que merece felicidade e cura. E você merece. Todos nós merecemos.

— Até meus pais? Até o Kevin?

Dra. Ibanez inclina a cabeça.

— Bom, essa pergunta está mais no âmbito da filosofia moral do que da psicologia… mas não é um assunto com o qual você deve se preocupar. A felicidade deles *nunca* foi uma responsabilidade sua. Neste momento, você precisa se concentrar *em você mesma*. Em se satisfazer, em *ser* quem você é, em entender quem é quando seus pais e seu irmão postiço não estão te dizendo quem ser. Talvez as meninas possam te ajudar com isso.

Rhi enxuga o rosto de novo e dá um leve sorriso.

— É. Acho que elas já ajudaram.

— Vou falar com a assistente social responsável pelo seu caso no Conselho Tutelar esta noite para garantir que você fique com o seu tio quando seu pai for solto, pelo menos até a investigação ser concluída. Não temos como garantir o resultado, é claro… se seu pai lutar pela custódia, a coisa pode ficar feia. Quando você vai à polícia?

Rhi morde o lábio.

— Daqui a alguns dias. Eu e a Grace vamos ao Harlem amanhã para ver se a gente acha a farmacêutica. Se não acharmos, ou se ela não se lembrar de mim… talvez não valha a pena dar queixa.

A dra. Ibanez assente.

— Bom, eu e seu tio vamos te apoiar, não importa de que forma você resolva agir. — Ela pega um cartão de visita da gaveta e escreve alguma coisa. — Venha à minha casa às quartas-

-feiras, às sete da noite. Tenho um consultório particular. — Ela entrega o cartão a Rhi e aproveita o gesto para segurar sua mão.

— Talvez o caminho seja longo, mas a gente vai te ajudar a enfrentar isso, Rhi. Prometo. Você não está mais sozinha. — Ela sorri. —E você vai ficar bem.

A farmacêutica se lembra muito bem de Rhi, no final das contas. Pensou em Rhi quase todos os dias desde que lhe deu o cartão-presente do Starbucks, se perguntando se ela estaria em segurança. Ficaria felicíssima em prestar depoimento como testemunha, também, e declarar que ao ver Rhi na farmácia naquela manhã de agosto, estava nítido que tinha sido violentada — dos hematomas no pescoço de Rhi ao vazio de seus olhos, que infelizmente já tinha visto em muitas jovens atrás de remédios após uma agressão que não conseguiam denunciar.

O gabinete do promotor público lhe disse que não havia evidências suficientes para uma condenação, mas que elas bastavam para Rhi obter uma medida protetiva nesse meio-tempo.

E Rhi tinha razão: o pai e a madrasta não acreditam em suas acusações. Mas em uma feliz reviravolta, disseram à assistente social que não queriam mais nada com ela (apesar de a assistente ter enfatizado que eles teriam que pagar pensão alimentícia para o tio dela até ela completar vinte e um anos). E embora o caráter definitivo do abandono tenha doído feito o ato de engolir um punhado de vidro, Rhi disse à assistente social que estava muito bem.

Antes, Rhi tinha pavor do abandono. Ficava completamente paralisada de medo ao pensar em ser excluída pela única família que conhecia. Mas acabou se dando conta de que a família a havia abandonado séculos antes.

— Você tem certeza dessa cor, Rhi-Rhi? — tio Jimmy pergunta, o rolinho de pintura na mão, erguendo a sobrancelha para a marca turquesa na parede à sua frente.

Estão no quarto de Rhi — o antigo quarto de hóspedes do tio — todos os seus pertences mundanos no meio do cômodo, debaixo de um pano esticado.

— Para essa parede aí, sim. — Rhi sorri, enfiando o pincel em uma bandeja de roxo intenso. — Turquesa aí, roxo aqui, laranja ali.

— E a parede onde fica a porta?

— Comprei tinta lousa preta para ela.

— Que chique você, hein? — tio Jimmy ri.

— Espera só para ver a tinta spray que escolhi para a escrivaninha que a gente comprou de segunda mão.

— Se não tiver a palavra "glitter" escrita na lata, não tenho interesse.

Rhi sorri. Ela se agacha e arrasta a parte achatada do pincel pela parede, logo acima do rodapé, fazendo questão de pintar todas as bordas antes de começarem a pintar o resto, assim como fez com a parede turquesa.

— Então, pronta para voltar à escola semana que vem? — tio Jimmy pergunta, subindo e descendo o rolinho na parede que lhe cabe.

—Acho que sim — Rhi diz, embora a ansiedade invada seu peito com a ideia de voltar. Mas ela respira e lembra: não *precisa* ter medo se não quiser. Isso não faz com que as sensações físicas da ansiedade sumam, mas impede que a cabeça acelere. — Decidi fazer uma coisa meio doida este ano.

—Ah?

A voz de tio Jimmy tem um quê de preocupação, escondida sob uma camada de humor, e Rhi o percebe mesmo em uma única sílaba.

— Pois é — diz Rhi. —Acho que talvez eu tente *participar* de algumas coisas.

—Ah. — O alívio é nítido. — No que você está pensando? Produção teatral? O clube de teatro? Sabe, eu era *muito* o garoto do teatro, se é que dá para acreditar.

— Ah, dá para acreditar, sim. — Rhi se pega sorrindo ao deslizar o pincel pelo cantinho da parede. — Mas eu ainda não tenho certeza. A treinadora de atletismo queria que eu entrasse para a equipe feminina no semestre passado. Eu poderia ser uma *loba* que nem minha mãe. — Ela dá um sorrisinho, ciente de que o tio Jimmy vai apreciar sua precisão zoológica.

— Ótimo. E o estágio com a Mari, que vocês estavam discutindo na primavera passada?

— Hmm, por enquanto está fora de cogitação. É muito conflito de interesses.

Mesmo de costas um para o outro, o silêncio que se segue parece carregado.

Tio Jimmy sabe, é claro, o que Rhi contou à dra. Ibanez, à polícia e à assistente jurídica que trabalha no gabinete do promotor público do estado. Não de todos os detalhes, mas da essência. Ele passou por suas fases de luto quando descobriu — negação de que algo tão horrível pudesse acontecer à sobrinha (um sentimento que felizmente não dirigiu a Rhi), raiva por ter acontecido, culpa por não ter tido como evitar, depressão por Rhi ter vivido com aquele segredo por tanto tempo, totalmente sozinha. Ele chegou a exibir certa masculinidade tóxica, à qual não parece ser completamente imune — um dia desapareceu, e quando voltou, à noite, explicou que tinha começado a dirigir rumo a Saratoga Springs para achar Kevin e "encher a cara dele de porrada", mas se deu conta de que espancar Kevin faria o rapaz parecer uma vítima. Para não falar que, se tio Jimmy arrumasse uma ficha policial, seria bem mais complicado ele continuar como o guardião oficial de Rhi.

Rhi ficou comovida pelas duas coisas: por ele ter ficado furioso por causa dela e por ter decidido que seus sentimentos não eram tão relevantes quanto a segurança da sobrinha.

Mas não quer que ele fique incomodado agora, portanto tenta apaziguar sua mente (apesar de estar trabalhando com a dra. Ibanez para entender que não é sua função deixar as pessoas mais confortáveis em relação às suas experiências. Mas ninguém aprende como ficar bem com o incômodo dos outros do dia para a noite).

— Mas isso é bom — diz Rhi. — Significa que vou ter tempo para trabalhar com a guarda-florestal em meio período outra vez. Se vocês ainda precisarem de alguém.

— Talvez, talvez — tio Jimmy diz. — Mas fiquei sabendo que Star está planejando abrir uma cafeteria. Deve pagar melhor *e* você ficaria com as gorjetas. Além do mais, sabe como é… é menos provável que você encontre lobos ou meninas selvagens trabalhando.

—Ah, não tenho problema com lobos e meninas selvagens.

— Hmm. Percebi. Por falar nisso, tem certeza de que você quer que as meninas te ajudem com a pintura?

Rhi sorri.

— Certeza absoluta — ela diz, passando o pincel no canto onde as paredes se encontram.

As meninas e Grace estão para chegar para ajudar com os toques finais que Rhi imaginou para o quarto: uma profusão de videiras floridas irrompendo das frestas, uma noite estrelada no teto sob a qual dormir. Rhi sente uma onda de carinho ao imaginar as amigas enchendo o quarto apertado de conversas animadas, o encanto e a curiosidade irrestrita das garotas selvagens ao ajudá-la a ver tudo por uma nova perspectiva. Pensa na bagunça divertida que vão fazer, juntas, Grace revirando os olhos para todas elas, mas sorrindo mesmo assim.

Elas teriam chegado mais cedo, mas estão com Verity, que hoje vai ao tribunal: está entrando com contra-acusações contra o padrasto (e Rhi já passou tempo o suficiente no tribunal este verão). Apesar da péssima atitude do psicólogo da polícia durante a avaliação, ele corroborou a conclusão da dra. Ibanez, de que Verity está em seu perfeito juízo, não exibindo nenhuma tendência extraordinária à violência, e é extremamente capaz da autorregulação cabível. O depoimento da dra. Ibanez, o depoimento de Grace e o depoimento da sra. Erikson — *contra* o marido, no final das contas —, além das fotografias e das provas forenses dos machucados que o sr. Erikson infligiu a Verity, bastariam, o advogado garantiu, para limpar o nome de Verity. O que a família vai fazer depois que o processo terminar, Rhi não sabe. Mas sabe que a situação vai ficar difícil para Grace e Verity, havendo ou não havendo uma separação definitiva entre o sr. e a sra. Erikson. Rhi está decidida a estar ao lado delas, aconteça o que acontecer.

Ela pega a escada que está ao lado da porta e a coloca junto à parede que em breve será roxa, pronta para começar a pintar as bordas do teto. Ela põe a lata de tinta na bandeja e começa a subir, o pincel na mão.

— Rhi? — tio Jimmy chama um tempinho depois.

Algo na voz faz Rhi parar e se virar para ele.

Tio Jimmy está com um sorrisinho nostálgico que faz com que Rhi veja a mãe em seu rosto pela primeira vez. É um pouco triste, mas de modo geral é uma felicidade.

— Só quero que você saiba: acho que sua mãe estaria muito orgulhosa de você.

A garganta de Rhi quase se fecha, o aperto das lágrimas muito repentino.

— Por quê? — ela sussurra.

— Por tudo. Por você ter se defendido. Por ter sobrevivido a tudo o que passou. Por ter resgatado as meninas e ajudado elas a enfrentarem tudo o que aconteceu. Caramba, até por você ter raspado a cabeça. — Ele parece ficar pensativo por um instante, antes de se voltar para a parede a ser pintada. — Sabe de uma coisa, você é muito parecida com ela quando era adolescente.

Rhi abre um sorriso.

— Sério?

— Seríssimo. Sua mãe era a irmã mais velha que todo mundo gostaria de ter. E uma parte disso se devia ao coração enorme que ela tinha, é óbvio. Eu sei... que clichê, né? Mas vou te contar uma coisa que você provavelmente não sabe: ela também era uma baita encrenqueira...

Rhi pinta e escuta enquanto o tio a presenteia com histórias de sua mãe quando adolescente, como era vista pelos olhos do menino que Jimmy Abrams foi, antes de Angie Abrams crescer, se casar e se tornar Angela Chase. Ela sofre por ambos: o menino que perdeu a irmã mais velha; a mulher que se perdeu, e depois perdeu a vida. Mais que tudo, sofre pelas própria perdas: a mãe que nunca conheceu; a infância que nunca teve.

Mas em vez de se convencer a esquecer a dor, como fez a vida inteira, Rhi se permite sentir a dor profunda que serpenteia dentro dela, uma artéria de luto e perda importante demais para cortar fora ou ignorar. É amparada, por dentro e por fora, pelos rastros de magia que as garotas selvagens instilaram nela; pelas palavras de validação e consolo que lhe foram oferecidas, pela primeira vez na vida; pelas pessoas que estão em sua vida agora, que ela sabe que não são perfeitas, mas nas quais sabe que pode confiar.

Mesmo agora, com as lágrimas se formando nos olhos, Rhi se dá conta de que a dor de seu sofrimento não é tão arrasadora quanto antigamente temia que fosse.

Na verdade, quase parece amor.

# O longo caminho até nossa casa

## (... continuação)

**Trecho de *Castelo Selvagem: memórias das garotas selvagens de Happy Valley***

**No final,** o destino que nos uniu quase foi o que nos separou. Nós *queríamos* acreditar em Mãe. Queríamos ter a certeza de que ele não havia mentido para a gente. Mas acima de tudo, tínhamos pavor de que tudo que estava no cerne de quem éramos fosse apenas o fruto da psicose de um homem. Não conseguíamos engolir a ideia de sermos meras vítimas de sua ilusão prolongada, complexa, uma ilusão legada a nós sob a forma de uma infância selvagem aprisionada dentro dos limites rígidos do destino. A ideia era demais — dolorosa demais para ser acalentada. Tem certos dias que ainda é.

A verdade é que jamais saberemos se Mãe era louco ou profeta. Talvez tivesse razão a respeito de tudo, e nós simplesmente entendemos errado. Talvez tenhamos cruzado o portal de Leutéria muito tempo atrás, naquela manhã nebulosa de primavera em que nossos parentes-lobos nos levaram à nossa quinta irmã. Talvez *este* mundo tenha sempre sido nossa casa.

Mas sendo as profecias de Mãe verdadeiras ou não, duas coisas continuam inequivocamente verdadeiras: somos, sem dúvida nenhuma, deste mundo de paredes e asfalto e leis e contradições; mas ao mesmo tempo, não somos.

Às vezes, nós cinco voltamos à margem do rio onde o portal pairou por breves instantes no ar acima da água. Voltamos para pensar nas escolhas que fizemos e nas escolhas que não conseguimos fazer, naquela noite. Nos perguntamos o que teríamos encontrado do outro lado do portal. Talvez Mãe estivesse lá, e Oblivienne, renascidos sob uma nova forma. Talvez nossas famílias de sangue estivessem nos esperando. Talvez houvesse cinco reinos, uma terra em formato de estrela sitiada pela escuridão, aguardando nosso retorno.

Ou talvez só nos pegássemos caindo no rio, cinco salmões em forma de meninas, nadando com desespero rio acima.

No final, não escolhemos um mundo em detrimento de outro. Escolhemos umas as outras. Se isso significasse atravessar o portal de Leutéria ou permanecer neste mundo, sabíamos que só existia uma opção: viver esta vida como sempre a vivemos, ou em alguns casos, como sempre sonhamos vivê-la: não como indivíduos, mas como alcateia.

E o que é uma alcateia, afinal?

A alcateia é mais do que uma família. Os membros da alcateia cuidam uns dos outros em momentos de adversidade. Os membros da alcateia compartilham sua abundância, inspiram alegria uns nos outros, se desafiam. Os membros da alcateia abrem espaço para a dor uns dos outros, se protegem, se animam. Alcateia é *pertencimento*.

Alcateia é *casa*.

E por mais que a vida possa nos levar para lugares distintos e nos empurrar em direções diferentes, nossa alcateia — todas as cinco Garotas Selvagens de Happy Valley que restam — sempre vai achar o caminho de volta para casa.

# AGRADECIMENTOS

**Por volta dos dez anos,** passei a ser conhecida como "a escritora". Não só na minha família, mas também entre os amigos, os colegas de classe e os professores. Isso aconteceu principalmente graças à minha professora de inglês do quinto ano, a sra. Gauger. Embora não esteja mais entre nós, sei desde que era uma criança de dez anos, escrevendo meu primeiríssimo manuscrito no processador de texto desajeitado da minha mãe, que ela teria que ser uma das primeiras pessoas a quem eu agradeceria nesta seção. Portanto, obrigada, sra. Gauger. Espero estar fazendo jus ao seu legado como professora.

É claro, quantas dificuldades a mais eu enfrentaria se não tivesse o apoio total da minha família? Mãe e pai, não tenho nem como agradecer por todo o incentivo e a fé que vocês depositaram em mim enquanto eu corria atrás dos meus sonhos, por mais que eles demorassem a se concretizar (e apesar do sofrimento causado pela jornada de vez em quando). Irmãos, obrigada por levarem a escrita de sua irmã caçula a sério. Me dói admitir que a opinião de vocês importa, mas a verdade é que importa, sim. A todos vocês: obrigada por serem alguns dos meus primeiros leitores, meus críticos mais perspicazes e minha torcida mais barulhenta. Sou muito, muito grata.

Agradeço a Pete e Katie, que fundaram o Buffalo Writers Group original (Higher Grounds, que saudades!), e a todos os membros que tornaram esse grupo tão especial. Nos divertimos à beça juntos fazendo exercícios de escrita, criticando os textos uns dos outros e, vez ou outra, quando havia necessidade, fazendo arte performática ou instalações ou virando cinegrafistas. Mas mais do que isso, nossas reuniões semanais eram o combustível de que eu precisava para continuar narrando histórias ao longo da graduação e depois de formada. Agradeço também a todo mundo que leu minha publicação seriada na web que era "esquisita demais para virar livro", *The Poppet & The Lune*, sobretudo a vocês que continuaram lendo quando experimentei a autopublicação, e *sobretudo* a vocês que ainda estão aqui, lendo este livro. Vocês me fizeram ter fé de que eu não era a única que queria minhas histórias estranhas no mundo, e de que elas achariam seu lugar. Suponho que o mundo já esteja pronto para a minha esquisitice.

A meus vários mentores e pares: agradeço muito a Nova, a primeira pessoa que leu as primeiras páginas do primeiro rascunho deste romance e me incentivou a seguir em frente. Obrigada à VCFA por me aceitar em seu incrível programa de Mestrado em Escrita Criativa, e à toda a comunidade WCYA da VCFA, em especial a meus colegas de classe, Os Escritores da Arca Perdida. Agradeço principalmente à Ann por ter me iniciado neste caminho e por ser a luz que me guia e minha inspiração durante todo o percurso até este momento. Claro que todos os meus orientadores e professores em oficinas deixaram suas marcas em mim, mas, Martha, nosso trabalho juntas em minha dissertação provocou uma mudança profunda na forma como encaro a contação de histórias e possibilitou que eu escrevesse este livro; e Amanda, toda a nossa colaboração foi vital para a expansão da minha habilidade como escritora, mas o bilhete no Post-it roxo que você me deu na manhã seguinte à análise dos meus capítulos foi sem dúvida *a coisa* que me deu a coragem de que eu precisava para continuar (ele ainda está na porta da minha geladeira).

Um ENORME obrigada às moças de Ocean City! Foram seis anos de apoio, conversas e incentivo mútuo para que seguíssemos em frente (estou escrevendo estes agradecimentos em Ocean City, com algumas de vocês na sala ao lado, aliás). E agradeço principalmente a Lenore, que se ofereceu para ler o primeiro rascunho integral deste livro e me garantiu que sim, ele fazia sentido, e não era, na verdade, um amontoado fumegante de asneiras. Espero que a gente mantenha a tradição por muitos e muitos anos, aconteça o que acontecer nas nossas vidas.

Eu provavelmente não estaria vivendo este momento hoje se não fosse pelos cuidados de dois profissionais da medicina muito importantes: dr. Patel, que me trouxe de volta à vida depois de anos convivendo com uma misteriosa doença crônica cada vez mais incapacitante; e dr. Conant, que fez a mesma coisa, só que pela minha saúde emocional e mental, e me ajudou a digerir a enorme quantidade de bagagem que eu precisava digerir para escrever esta história específica. Ambos sabiam que a principal métrica da minha cura era: *ela está escrevendo de novo?* E graças a vocês, estou.

Mas eu não estaria em lugar nenhum sem minha agente, Danielle Burby, da Mad Woman Literary Agency, que apostou em mim e neste livro louco. Soube no segundo em que vi o nome da sua agência que era o destino! Você me ajudou não só a dar forma a este manuscrito como o colocou nas mãos das pessoas certas — pessoas que reconheceriam o coração da história e lutariam para trazê-la ao mundo. Você transformou completamente minhas expectativas sobre a perspectiva de vender meu primeiro livro. Obrigada por amar minhas garotas selvagens tanto quanto eu. Um brinde à nossa próxima aventura!

O que me leva à minha editora, Tiff, e seu assistente editorial, TJ: muito, muito obrigada a vocês dois. Sua orientação me ajudou a tornar esta história a melhor que ela poderia ser e me permitiu crescer e me aprimorar como escritora e narradora nesse meio-tempo. Vira e mexe imagino um romance como uma sacola gigantesca e desajeitada da IKEA cheia de coisas; sozinho, o autor só consegue manter tudo organizado e evitar que a bolsa transborde até certo ponto. Com o seu auxílio, pude dar conta da sacola toda, trocar alguns objetos por versões atualizadas e manter tudo reunido até cada peça virar exatamente o que precisava ser. O autor só estreia uma vez na vida, e sou muito grata por minha experiência de estreia ser com vocês e com a excelente equipe da Zando.

É claro que preciso agradecer ao artista responsável pela capa original, Tim O'Brien, e à nossa equipe de direção de arte, Jessica Handelman e Sarah Schneider, pela obra de arte formidável que se tornou o rosto deste romance. Nunca tinha concebido uma ideia para a capa, mas vocês conseguiram tirar do nada uma imagem tão lúgubre e cativante quanto espero que o livro seja também por dentro.

Enfrentar tudo o que acontece depois do primeiro contrato de publicação realmente requer uma aldeia. Quero agradecer aos meus incríveis colegas estreantes de 2024, que criaram uma comunidade muito cordial, generosa e zelosa no nosso Slack particular, onde pergunta nenhuma é boba demais, nenhum medo é absurdo demais e nenhuma vitória é pequena demais para não valer uma comemoração. Aconteça o que acontecer daqui para a frente, sempre seremos a classe de estreantes de 2024, e me orgulho de fazer parte dela.

Por fim, à família que eu criei, e àqueles que me deram apoio emocional ao longo da escrita exaustiva deste romance: Rusty, Nadja, Luke, Leto, Mort e Lando (que sua memória seja uma bênção), vocês não podem ler isso porque são bichos, mas vocês me viram nos momentos mais radiantes e mais sombrios da minha vida. Obrigada por existirem e por me lembrarem de dar um passeio, brincar, tomar um banho de sol quando as coisas se complicam (ou, no caso de Mort, obrigada por me ensinar que tudo bem ser uma babaca emocionalmente instável de vez em quando). Mas acima de tudo, ao meu parceiro, meu amor, meu melhor amigo, minha pessoa predileta: obrigada por você ser você. Obrigada por me ouvir falar deste livro por meia década, por discutir os problemas do texto comigo, todas as mudanças, pequenas e grandes, com as quais me debati. Obrigada por perceber a importância desta história mesmo quando eu não percebia. Obrigada por me lembrar que devo ser gentil e verdadeira comigo mesma, a qualquer preço. Obrigada por ser minha equipe inteira de relações públicas sem que eu peça. Não conheço homem melhor do que você, e não existe mais ninguém com quem eu gostaria de dividir essa jornada. Você e nossos filhos de quatro patas são minha alcateia. Amo vocês mais do que vocês jamais seriam capazes de imaginar.

E por fim, Leitor: obrigada, obrigada, obrigada pela leitura.

**Confira nossos lançamentos,
dicas de leitura e
novidades nas nossas redes:**

𝕏 editoraAlt
⊙ editoraalt
♪ editoraalt
f editoraalt

Este livro, composto na fonte Fairfield,
foi impresso em papel Ivory Slim 65g/m² na gráfica Coan.
Tubarão, Brasil, fevereiro de 2025.